KB004024

스즈미야 하루히의 음모

스즈미야 하루히 시리즈

눈을 깜박였다.

아사히나 선배는

나가토와 아사히나 선배의 모습을 보며 식사를 하는 것도 나쁘지 않았다.

먹어

스즈미야 하루히의 음모

타니가와 나가루 | 지음

이덕주 | 옮김

CONTENTS

프롤로그

스즈미야 하루히가 이상하다.

우울한 것 같지도, 한숨을 쉬는 것 같지도, 무료해 보이지도 않았지만, 최근 들어 기묘하게 조용해 보였고 그 정체불명의 얌전함이 내게는 무척 불길하게 느껴졌다.

물론 단순히 물리적으로 조용히 지내는 것도 아니고 정서적으로 차분해진 것도 아니다. 하루히는 이미 형성된 성격을 그리 쉽게 바꿔버릴 만큼 스스로 의심하는 스타일이 아니었고, 그렇게 되면 난 또다시 곤란한 상황에 처할 게 뻔했기 때문에 새삼 교정해주겠다는 생각도 들지 않았지만, 뭐랄까, 연중 내내 방사하고 있어야 할 키를리언 사진(주1) 같은 아우라가 불타는 듯한 빨강에서 오렌지색으로 변색해버린 것처럼 미묘하게 차분한 분위기를 띠고 있었다.

반 녀석들 중에 이 녀석의 분위기가 평소와 다르다는 점을 눈치챈 녀석은 한 명, 많아봤자 두 명일 거다. 그중 하나가 누구인지는 확실하게 지명할 수 있다. 바로 나다. 입학 이후로 지금까지 녀석의 앞자리에 앉아 있으며 방과 후에도 얼굴을 마주보는 덕분에 깨달은 거니까 나말고 아무도 알아차리지 못했다 해도 무리는 아니다. 얌전하다고는 해도 삼라만상을 향해 도전을 계속하고 있는 눈빛은 건

주1) 키를리언 사진: 전장(電場)에 놓은 생물 피사체에서 방사하는 빛을 찍은 사진

재했고 일단 한 번 움직이기 시작하면 만족할 때까지 멈추지 않는 행동력도 여전했으니까.

지난달 말에 열린 교내 백인일수 대회(주2)에서는 아쉽게 2위에 머물렀지만 이번 달 초에 있었던 교내 마라톤 대회에서는 당당히 우승을 차지했고, 참고로 백인일수 대회의 1위는 나가토, 마라톤 대회의 2위도 나가토였다. 그러니까 SOS단의 단장과 독서 담당이 문무를 겸비해 1, 2위를 다투는, 이 단체는 대체 뭘 하고 싶은 건지 전교생들이 새삼 고개를 갸웃거리겠지만 이렇게 말하는 나도 그중 한 명이다.

딱 하나 이해 가능한 점이 있다면 지금까지의 경험상 하루히가 이런 얼굴과 분위기일 때면 이번에는 어떤 계략을 떠올릴까 생각 중이라 봐도 틀림없다는 것이다. 그리고 생각해낸 순간에 그 표정이 정말 멋진 미소로 바뀐다는 사실도 절대적으로 확실하고 있다.

그렇지 않았던 적을 떠올릴 수가 없으니까. 내 머릿속에 있는 역사 교과서에 하루히가 항상 얌전한 채로 물러난 적이 있었던 연표가 과연 있었나?

일시적인 평온은 그후에 찾아올 대해일을 예언하는 확실한 전조에 불과하다. 언제나 그랬던 것처럼.

자—.

추위도 정점에 이른 한겨울의 종반, 지금은 2월 초순이다.

여러 가지 일이 있었던 작년에서 해를 넘긴 지 벌써 한 달이 지났다. 시간이 가속하고 있는 게 아닌가 생각이 드는 건 새해 시작인 1월에도 나름대로 일들이 있었다는 자각이 들기 때문일 것이다.

여기서 일단 시간을 되돌렸으면 한다. 하루히가 지금 무얼 계획

주2) 백인일수: 百人一首. 일본의 전통시인 와카의 첫마디를 듣고 바닥에 놓인 패 중에 그 시에 맞는 패를 찾는 게임.

하고 있는지는 모르겠지만 일단 나는 나대로 스스로 타협점을 찍을 필요가 있다. 1년 동안 일어난 사건을 되돌아보기에 2월은 너무 일렀지만 내가 어쩔 수 없이 해야 했던, 아니 오히려 의욕에 가득 차 해냈던 사건의 경위에 대해 얘기하겠다.

그때 내가 품고 있던 표어는 단 하나.

—아직 못 끝낸 일을 끝내자. 가능한 한 빨리.

결심을 한 것은 겨울 합숙 때였지만 행동에 옮기기까지는 조금 시간이 필요했다.

그것은 1월 2일, 친숙한 역 앞에서 시작하는 에피소드이다.

……….

…….

….

눈보라 속에서 조난당해 수수께끼의 저택에 갇혔던 거시기한 사건이 일어난 합숙 여행은 새해 이틀째로 종료를 맞이했고, SOS단 겨울 합숙 투어 일행은 머나먼 산에 있던 여행지에서 귀환했다.

"후우, 다녀왔습니다."

하루히가 우리 마을에 인사를 하고는 저녁놀에 눈을 찌푸렸다.

"역시 편안하다. 겨울 산도 좋았지만 익숙한 공기가 제일이야. 조금 습기 차긴 하지만."

우리와는 다른 길로 돌아간 타마루 씨 형제며 아라카와 씨와 모리 씨 콤비의 모습은 없었다. 그런 연유로 그리운 고향 역 앞에 짐을 내린 것은 긴 여행의 여파가 조금도 없는 초합금 같은 심신을 가진 하루히와 츠루야 선배, 찰싹 달라붙어 작별을 아쉬워하는 동생을 달고 있는 아사히나 선배, 평소같이 무표정한 얼굴로 서 있는 나가토와 어딘지 지쳐 보이는 미소를 지은 코이즈미, 역시 피곤한 기색의 나와 짐으로 변해버린 샤미센뿐이었다. 뭐 이 정도 인원이면 충분한 것 같지만.

"오늘은 이만 해산이다."

하루히가 마음껏 즐겼다는 얼굴로 말했다.

"다들 푹 쉬도록 해. 내일은 근처 절이랑 신사에 새해 참배를 갈 거니까 아침 9시에 여기서 집합하는 거다. 아, 츠루야는 어떻게 할래?"

여행에서 돌아온 다음날에 또 어디를 가려고 하는 활력에는 정말 감탄을 하겠지만, 문제는 나를 대표로 하는 평범한 인간의 체내에는 영구 기관 따위가 내장되어 있지 않다는 점이다. 하지만 하루히와 같은 수준으로 에너지원을 어딘가에 숨겨놓은 것으로 생각되는 츠루야 선배는

"미안! 난 내일 스위스에 가야 해. 선물 사올 테니까 세전함에 내 헌금도 넣어줄 수 없을까?"

지갑에서 꺼낸 동전을 아사히나 선배에게 건네주고선,

"이건 세뱃돈이다!"

동생한테도 동전을 쥐어주고,

"그럼 안녕. 새 학기에 보자."

손을 흔들며 웃는 얼굴로 역 앞을 떠났다. 감탄할 정도로 시원스런 걸음걸이였으므로 어떻게 하면 저런 딸로 키울 수 있을까 싶어 후학을 위해서라도 츠루야 선배의 부모님에게 물어보러 가보고 싶

었다.

하루히는 웃음이 끊이지 않는 선배가 건물 모퉁이를 돌아 사라질 때까지 손을 흔들었다.

"그럼 뭐 우리도 그만 가자. 다들 조심해. 집에 도착할 때까지는 아직 합숙이다."

여기서 또 무슨 일이 생긴다면 나와 코이즈미의 몸이 남아나지 않겠지만 설마 역에서 집까지 가는 도중에 이상한 것과 마주치지는 않겠지.

나는 나가토를 보았다. 수수께끼 저택에서의 좋지 않았던 상태는 완전히 사라지고 무슨 생각을 하고 있는지 알 수 없는 평소의 '표정무' 상태로 돌아와 있었다. —그때 눈이 살짝 움직여 내 시선과 부딪쳤다. 고개를 끄덕인 듯 보인 것은 아마 착각은 아닐 것이다.

그리고 아사히나 선배를 보았다. 여행하는 동안에는 시종일관 태평하게 굴었고, 너무나 태평해서 수수께끼 저택에서는 조금 불안해지기도 했지만 지금 생각하면 그 편이 다행이었다. 그녀가 진짜로 나설 차례는 이제부터이다. 마음을 담아 시선을 보내보았지만 안타깝게도 아사히나 선배는 내 사인이 들어간 시선을 깨닫지 못하고 동생과 또래 친구인 양 장난을 치고 있었다.

"그럼 내일 봐! 늦으면 안 된다. 그리고 세뱃돈 다 챙겨 와라. 틀림없이 노점들이 줄을 지어 서 있을 테니까."

그렇게 말한 하루히와 아사히나 선배 등등과 헤어지고 나서 나는 동생의 손과 샤미센이 들어 있는 가방을 끌고 버스에 올라탔다.

"미쿠루 언니, 또 봐—!"

입구에 찰싹 달라붙어 있는 동생을 잡아떼어 좌석으로 끌고 가는 내내 아사히나 선배는 연방 뒤를 돌아보며 한 손을 흔들고 있었다. 죄송하지만 저는 지금 손을 흔들 마음이 안 듭니다. 하루히와 코이즈미였다면 큰 소리로 잘 가라고 외쳤겠지만 말입니다.

집으로 돌아와 샤미센과 동생에게서 해방된 몇 분 뒤 나는 조금 전에 헤어진 멤버 중 두 명에게 전화를 걸었다.

무엇 때문이냐고?

연내에 해둬야 했다고 절실히 후회하고 있는 일을 한시라도 빨리 마치기 위해서였다. 내 게으름 탓에 그런 식은땀을 흘리게 되는 건 앞으로 절대 사양이었으므로 여유를 부리던 작년 말의 내게 한 방 먹여주고 싶은 마음도 있었지만, 현재 가야 할 곳은 얼마 전의 나라는 존재가 있는 곳이다. 예의 수수께끼 저택 사건 때에는 나가토와 코이즈미의 재치로 최악의 결과만은 피할 수 있었지만 그런 상황이 또다시 찾아오지 않으리란 보장은 없었다. 오히려 다시 찾아올 거라는 분위기가 풀풀 풍긴다. 여행하는 동안은 조금 문제가 있을 것 같아서 주저했지만 단원들이 뿔뿔이 흩어진 지금은 또 다르다. 츠루야 선배의 별장에서 추리게임을 하고 주사위 놀이를 하는 사이에 결의할 시간은 충분했다.

나는 가야만 한다. 나가토와 아사히나 선배와 함께 다시 한번 그 시간으로.

바로 12월 18일 새벽으로 말이다—.

겨울 합숙으로 쌓인 피로를 씻을 틈도 없이 내가 제일 먼저 전화를 한 것은 아사히나 선배였다. 그녀는 조금 전에 헤어진 상대에게서 전화가 와서 조금 놀란 듯했다.

『무슨 일이에요, 쿈?』

"같이 가주셨으면 하는 곳이 있습니다. 지금부터요."

더욱 놀란 분위기의 목소리가 말했다.

『네…? 어디로요?』

"작년 12월 18일로요."

놀라움과 당혹감이 뒤섞인 목소리가 이어졌다.

『네에…? 그게 무슨 소리인가요…?』

"저와 나가토를 과거로 데리고 가주셨으면 해요. 지금부터 2주 전의 과거로 셋이 시간 역행을 해야 합니다."

『아니, 제가 TP…, 아니, 저기, 사용은 함부로 할 수 없어요. 엄격한 심사와 많은 사람의 허가가 필요한데요.』

내기를 걸어도 좋은데 그 허가는 금방 떨어질 거다. 내 머릿속에 떠오른 망상 스크린 속의 어른판 아사히나 선배가 윙크를 하며 손으로 키스까지 날려주었다.

"아사히나 선배, 지금 당장 당신의 상사나 그에 가까운 사람에게 연락을 해서 말해주세요. 제가 당신과 나가토를 데리고 12월 18일 새벽으로 돌아가고 싶어한다고요."

묘하게 자신만만한 태도 때문일까, 아사히나 선배는 물음표가 수화기를 통해 흘러나올 것 같은 기세로 한참 동안 침묵했다.

『조금, 조금만 기다려줘요.』

물론 기다리겠습니다. 미래와 어떻게 연락을 하는지는 흥미진진했지만 내게 들리는 건 아사히나 선배의 조용한 숨소리뿐이었다. 10초도 채 되지 않는 그 BGM이,

『믿을 수가 없어요….』

망연자실한 목소리로 바뀌었다.

『…통과됐어요. 그럴 리가…, 어떻게…? 이렇게 쉽게….』

그건 미래의 향방이 제 두 어깨에 달려 있기 때문이죠—라고는 말하지 않은 채, 전화로 길게 얘기할 마음이 들지 않아 이렇게 말했다.

"나가토네 집에서 만나죠. 30분이면 갈 수 있죠?"

『아…, 잠깐만요. 1시간 뒤에 봐요. 다시 한번 확인도 해보고 싶고. 아, 그리고 나가토 씨 집말고 맨션 현관에서 보고 싶은데….』

나는 흔쾌히 허락하고 전화를 끊고서 아사히나 선배가 귀엽게 놀라고 있을 모습을 상상하며 한 번씩 미소를 지은 다음 얼굴 근육과 마음을 다잡았다. 지금부터 가려는 시간대에서는 태평하게 웃고 있을 장면은 단 한 군데도 상영되지 않는다. 그 점은 내가 제일 잘 알고 있었다.

다른 한 명. 이쪽에는 연락을 안 해도 이해해줄 것 같기도 했지만 일단 확인을 해둬야겠지. 나는 다시 수화기를 들었다.

1시간 뒤—.

너무 일찍 왔다. 들떠서 자전거를 너무 빨리 몰았다.

비싸 보이는 맨션 입구에서 추위에 떨면서 15분간 발을 동동 구르며 운동을 하고 있던 내게 부드러운 그림자가 파닥거리며 달려왔다. 옷을 갈아입을 시간 혹은 그럴 생각이 없었는지 합숙을 마칠 때 입고 있던 옷 그대로다. 나도 마찬가지지만.

"쿈."

아사히나 선배는 여우에 홀린 듯한 표정이었다.

"이해가 안 가요. 왜 콘의 의뢰가 이렇게 쉽게 통과가 된 거죠? 게다가 나가토 씨도 같이 꼭 셋이 가야 한다고 명령까지 받았어요 …. 자세한 얘기를 물어보았지만 극비라고만 하더라고요. 그리고… 콘의 지시를 따르라고 그랬어요. 왜 그런 거죠?"

"나가토네 집에서 설명해드릴게요."

그렇게 말하는 것과 동시에 현관 패널에 나가토의 방 번호를 입력하고서 초인종 단추를 눌렀다. 이내 반응이 왔다.

『…….』

"나야."

『들어와.』

순순히 열린 문을 지나다—아차, 아사히나 선배를 잊으면 안 되지. 아직도 멍하니 계시네—손짓을 하자 그녀도 정신을 차렸는지 따라 들어왔다. 조심스러운 태도를 보이는 건 여기에 올 때마다 보여주는 그녀의 습성 같은 것이다. 엘리베이터 안에서도 아사히나 선배는 머리 주위에서 물음표가 빙글빙글 돌고 있는지 약간 긴장된 얼굴로 여전히 멍하니 서 있었다.

그 표정은 나가토가 현관문을 열고 우리를 안으로 들인 다음에도 가시지 않았다.

나가토에게는 시간과 여유가 있었는지 자기 집인데도 눈에 익은 세일러복으로 갈아입고 있었다. 굉장히 안심이 되는 모습이라고 반사적으로 한 것은 내가 세일러복을 좋아해서가 아니라 이 녀석이 제대로 이해를 해주고 있구나 싶어 마음이 놓였기 때문이다.

그때 나는 짧은 머리에 교복 차림을 한 누군가가 칼을 손에 들고 있는 광경을 보며 의식을 잃었다. 그렇다면 지금부터 가려고 하는 나가토가 다른 옷을 입고 있어서는 그때의 내가 곤란해질지도 모른다. 내가 나가토를 다른 사람과 착각할 일은 없겠지만 세일러복은 이 녀석의 트레이드마크 같은 것이다.

"……."

거실을 가리키는 동작만으로 앉으라는 말을 대신하고 나가토는 부엌으로 사라져 차를 준비했다.

그럼 그동안에 아사히나 선배에게 지지난번의 줄거리를 대충 설명해두도록 하지.

"믿을 수가 없어요…."

아사히나 선배는 동그란 눈을 활짝 뜨며 중얼거렸다.

"역사가 통째로 바뀌어 있었다니, 저는 전혀 눈치도 못 채고 있었는데…."

당연하다. 그 사흘 동안 제대로 된 기억을 하고 있었던 사람은 나뿐이었고, 나도 나가토의 힌트와 그곳에 있었던 하루히의 가차 없는 행동력이 없었다면 아무것도 못 했을 것이다.

"세계 규모의 시공 변경과 미래로부터의 직접 개입… 그런 일이 동시에 일어나다니…."

아사히나 선배는 가늘게 떨리는 작은 목소리로 말하며 소박한 방의 공중에 시선을 던졌다. 거실 탁자에는 찻잔이 세 개 놓여 있었다. 나가토가 타준 차였는데, 내 설명과 부분부분 끼어드는 "그렇다"는 나가토의 맞장구에 아사히나 선배가 내내 놀라는 바람에 전혀 손도 못 대는 사이 다 식어버렸을 것이다.

"……."

나가토는 나와 비스듬하게 맞은편에 앉아 무표정한 얼굴로 아사히나 선배를 바라본 뒤 의문의 빛이 담긴 시선을 내게 향했다가 다시 아사히나 선배를 보았다.

나가토가 무슨 말을 하고 싶은지는 알 것 같았다. 내가 아사히나 선배에게 한 설명은 나가토가 에러 파워를 폭발시킨 바람에 12월 18일에 세계를 뒤바꿔버렸지만 거기에 집어넣어두었던 탈출 프로그램을 적절하게 작동시킨 덕에 나만 4년 전의 칠석으로 가 거기서 버그를 일으키기 이전의 나가토에게 협력을 요청해 12월 18일로 돌아왔는데 또다시 이상을 일으킨 아사쿠라 료코의 자객 미수 사건을 겪게 되었다. 하지만 기절하기 직전에 나는 나와 나가토와 아사히나 선배의 모습을 보았고, 미래에서 왔을 우리 탓에 세계는 정상으로 돌아간 것 같다―는, 이런 설명만으로는 무슨 얘기인지 도통 이해가 안 가는 해설에 주석을 덧붙여준 것이다.

게다가 전부 다 말한 것도 아니었다. 4년 전의 7월 7일에 또 다른 아사히나 선배가 기다리고 있었다는 이야기는 하지 않았다. 가르쳐줘도 되는지 자신이 없었다. 지금의 아사히나 선배가 아무것도 모른다는 것은 그 어른 아사히나 선배가 의도적으로 숨기고 있다고밖에 볼 수 없다. 이 시대의 아사히나 선배는 미래와 규칙적으로 연락은 취하고 있는 것 같으니 중요한 일이라면 아사히나 선배(대)가 아니라도 다른 상사나 높은 사람이 가르쳐줬을 수도 있는 일이다. 미래인의 정보 교환 시스템이 어떻게 되어 있는지 나야 알 길이 없지만 그녀의 말을 통해 조금은 엿볼 수 있었다. "자세한 얘기를 물어보았지만 극비라고만 하더라고요"라는 건 조금 전에 들은 말이다.

아사히나 선배는 모르는 게 아니다. 모르는 걸로 되어 있는 것이다.

이유는 모르겠다. 하지만 그렇게 생각하니 모든 게 이해가 된다. 미래에서 온 사람치고는 너무 멍청하다—는 건 지금까지 여러 차례 품었던 감상이다. 자칫 무한 반복을 할 뻔했던 8월, 눈보라 속에 홀연히 나타난 저택…, 최소한 이 두 가지는 아사히나 선배가 미래에서 온 사람답게 사전에 충고를 해주었다면 막을 수 있었을 것이다. 그렇게 하지 않은 이유는 뭘까?

이해가 되기 시작했다.

아사히나 선배(대)는 모든 것을 알고 있지 않으면 이상한 것이다. 그 모든 사건은 과거의 그녀—지금의 아사히나 선배—가 지나온 노선상에 있는 것이니까. 그래서인지 그 사건들을 발생 전에 피하게 된다면 미래의 그녀의 역사가 바뀐다. 규정 사항이란 그것이 어떤 것이라 해도 규정된 항목은 통과해야 한다는 건가. 언젠가는 폭주할 것이라는 사실을 알면서도 결국 어떻게도 할 수 없었던 나가토처럼.

하지만 그래서는 지금의 아사히나 선배가 너무 가엾잖아? 무슨 일이 일어날 때마다 깜짝 놀라는 횟수는 어쩌면 현대인인 나보다 많은걸. 무엇보다 아사히나 선배가 무엇 때문에 이 시대에 있는지 의심이 들 정도이다. 하루히의 감시만을 위해서라면 방범 카메라한테 시키면 그만이다.

뭔가 진정한 목적이 있을 것이다. 아사히나 선배 자신은 모르지만 훨씬 더 미래의 본인은 알고 있는 목적이—.

생각에 잠긴 내게 냉동 건조된 목소리가 말을 걸었다.

"네게 부탁이 있다."

나가토의 부탁이라면, 웬만한 의뢰라면 들어줄 자세 완비다.

"그 시간의 내게 아무 말도 하지 말아줬으면 한다."

아무것도라니. "여어"나 "안녕"도 안 되는 건가?

"가능하다면."

나가토는 무표정한 눈으로 거의 보기 드물게 내면을 표현하고 있었다. 검은 눈동자에 떠오른 것은 강한 바람이 분명했고, 나는 나가토의 청을 거절하느니 수면에 비친 달을 건져 올리는 작업을 선택하겠다.

"알았어. 네가 그렇게 말한다면 그렇게 하지."

아무렇게나 자른 커트 머리가 천천히 끄덕인다.

세밀한 시공간 좌표는 나가토가 지시했고 그것을 충실히 실행에 옮긴 것은 아사히나 선배였다. 미안한 말이지만 우주인과 미래인의 연합부대라면 코이즈미의 조직이 아무리 거대하다 해도 승산은 없을 것이다. 싸울 생각이 있는지 어떤지는 모르겠지만 말이다.

나와 나가토, 아사히나 선배는 신발을 신으려고 현관 앞으로 가 그 좁은 공간에서 서로 어깨를 맞대고 섰다. 지난달 아사히나 선배(대)와 시간 역행을 했을 때 신발에 대해 잊었다가 얻은 교훈이 여기서 그 효과를 발휘하는 것이다. 그녀의 하이힐이 4년 뒤에도 존재하고 있을 것은 나가토의 성격을 봤을 때 분명했지만, 이 아사히나 선배에게 돌려줄 수는 없는 노릇이니 말하지 말자.

"으음, 작년 12월 18일… 몇 시였죠?"

그 질문에 나가토가 초 단위로 대답을 하자 아사히나 선배가 고개를 끄덕였다.

"가겠습니다. 콘, 눈을 감아요."

그리고—.

시간 이동. 몇 번인가 경험했던 그것이 찾아왔다. 구토 직전의 상황까지 몰릴 것 같은 현기증. 눈을 감고 있는데도 빛이 번쩍이는 것 같다. 마치 하늘을 향해 추락하는 것만 같은, 뭐라 형용할 수 없는 불쾌지수의 급상승, 설명하기 어려운 공간 파악 능력 상실. 제어력을 잃은 제트코스터를 타고 몇십 바퀴를 도는 듯한, 몸과 마음이 모두 평상에서 일탈해 나의 반고리관이 한계에 도달하기 직전—.

내 발바닥은 대지의 감촉을 되찾았고 지구의 중력도 기분 좋게 몸에 작용하고 있었다.

"왔어."

나가토가 속삭이듯 말했고, 나는 눈을 떴다.

그리고 놀랐다.

교문 바로 앞에 있는 나를 발견했기 때문이다.

다들 떠올려보기 바란다. 4년 전의 칠석에 타임 점프한 내가 나가토(대기 모드)의 지시에 따라 아사히나 선배(대)에게 이끌려 12월 18일로 시간 이동을 했을 때, 나는 어둠 속에서 나가토가 세계를 바꿔버리는 광경을 지켜보고 나서 가로등 아래로 나왔다.

그 한가운데에 지금 우리는 나타난 것이다.

마침 그 '나'는 세계의 변용을 마치고 자신도 변화를 한 안경 나가토를 상대로 뭔가 이야기하고 있었다. 내 재킷을 어깨에 걸친 아사

히나 선배(대)의 뒷모습도 보인다. 이거 위험한 거 아냐. 너무 가깝
잖아.

"걱정할 것 없다."

우리의 나가토가 억양 없는 말투로 이야기했다.

"그들에게는 우리가 보이지 않는다. 불가시(不可視) 소음 필드를
발동시켜놨다."

그러니까 내가 보고 있는 '나'와 아사히나 선배(대)와 나가토(안
경)한테는 우리의 모습이 무음 투명인간이라는 소리겠지. 이 일로
나가토에게 부딪칠 필요가 없었던 건 본인이 따라왔었기 때문인가.
조금 아쉬운 기분도 들긴 하네.

아사히나 선배는 눈을 깜빡이며 말했다.

"저…, 저 여자분은 누군가요? 어른인 것 같은데 왜 여기에 있는
거죠?"

아무래도 보이는 게 뒷모습이니 아사히나 선배가 모르는 것도 당
연하다. 설마 저기에 자신의 미래의 존재가 있으리라 상상하는 쪽
이 오히려 지나친 발상의 비약이라 하겠다. 가르쳐줘야 하나 고민
하는 사이 그런 고민을 날려버리는 일이 일어났다. 알고는 있었지
만 이렇게 객관적으로 보고 있자니 소름이 돋는다.

어둠에서 솟아난 것으로밖에 보이지 않을 정도로 갑자기 그림자
가 달려갔다. 우리의 옆을 지나간 그림자가 아사쿠라 료코의 모습
을 하고 있음을 알아본 순간 아사쿠라는 내게 부딪치듯—아니, 실
제로 부딪쳤다—허리춤에 칼을 들고 힘차게 날아왔다.

아사히나 선배(대)가 뭔가 소리쳤고 그 보람도 없이 '나'는 칼에
찔렸다. 기억에 있는 모습 그대로.

"으엑….."

너무나 아파 보인다. 그때는 몰랐는데, 아사쿠라는 꽂은 칼을 빙글빙글 돌려댔다. 완전한 살의다. 조금도 주저하지 않고 '나'를 죽이려 했던 것이다. 이상 백업, 아사쿠라 료코는 완전한 살인 미수범이다.

'내'가 쓰러진다.

"어…, 우왓?! 쿈이!"

아사히나 선배도 소리쳐주었다. 달려가려다가 "아…!" 하고 이내 투명한 벽에 부딪혀 비통한 표정으로 돌아본다. 아무래도 순간적으로 내가 옆에 있다는 사실을 잊어버렸나보다. 그녀는 쓰러진 '나'만을 보고 있었다. 고마운 것 같기도 하고 아닌 것 같기도 한 묘한 느낌.

"나가토 씨!"

아사히나 선배의 말에 나가토는 천천히 고개를 끄덕였다.

"필드를 해제한다. …완료."

아사히나 선배가 달려갔고 그와 동시에 나가토 자신도 움직이기 시작했다. 밤바람보다도 빠르게 이동한 나가토는 잠시 뒤에 아사쿠라가 쳐든 칼날을 잡고 있었다. 아사쿠라가 경악과 증오를 섞어 지르는 고함을 들으며 나도 나 자신에게로 향했다. 이런, 이런, 끔찍하군.

아사히나 선배(소)가 울며 '나'에게 매달린다. 걱정을 해주는 건 고마운데 그렇게 흔들면 더 빨리 죽거든요….

눈가가 뜨거워질 정도로 필사적으로 '나'를 부르는 그녀는 바로 옆에 있는 여자에게 전혀 신경도 쓰지 않고 있었다. 정말 고맙다고 외치고 싶다.

침통한 표정으로 시선을 떨구고 있던 아사히나 선배(대)가 고개를 들어 나를 바라보았다.

"와줬군요."

조금 늦었습니다만. 시간적인 문제가 아니라 내 기분상으로요.

"……아….."

그런 소리를 낸 것은 기억 속에 있는 나가토였다. 심장에 강한 충격을 주는 듯한 슬픈 모습이었다. 안경을 쓰고 있는 그 나가토는 엉덩방아를 찧고 놀라움에 찬 표정을 짓고 있었다. 크게 뜨인 검은 눈동자가 쓰러진 '나'에게서 아사쿠라에게로, 그리고 자신과 똑같은 모습의 세일러복으로 이동했다가 마지막으로 내게 향했다.

"어떻… 게….."

나가토와 약속한 거다. 그래서 또 다른 나가토, 그러니까 이제 막세계를 바꿔버린 이쪽의 나가토에게는 해줄 말이 없었다. 내가 해야 할 일, 해야 할 말은 오직 하나였다.

3년 전의 나가토가 만들어준 단침총을 들어 나 자신을 내려다보았다. 예의 대사를 하고자 나는 입을 열었고 기억 속에 있는 그대로의 말을 건넸다. 이게 맞을 거다 싶긴 하지만, 대충 비슷한 말이라면 약간의 오차는 허용 범위 내겠지. 그 '나'는 살짝 뜨고 있던 눈을 완전히 감고 목을 축 옆으로 떨구었다. 죽었는지도 모르겠다 싶을 정도로 멋진 기절 장면이었지만 슬슬 지혈해주지 않으면 진짜 죽을 것 같다.

자, 이제부터는 완전히 우리 차례다. 이 이후에 무슨 일이 일어났는지는 아직 내게도 미지의 영역이었다.

일단 내가 쳐다본 것은 아사쿠라를 막아준 나가토의 행동이었다.

"……."

나가토가 쥔 칼이 번쩍이며 모래로 바뀌었다. 아사쿠라는 몸을 날려 뒤로 빠지려 했지만, 다리가 바닥에 붙어버렸는지 움직이지 않는다. 나가토가 작은 목소리로 빠르게 뭔가를 말했다.

"설마, 왜? 너는…."

아사쿠라의 모습도 빛나기 시작했다.

"네가 바란 거잖아…. 지금도… 어째서…."

꼼짝 않고 있던 아사쿠라는 마지막까지 의문의 말을 입에 담으며 마침내 칼을 뒤따르듯 사라락 소리와 함께 흘러내렸다. 그와 거의 동시에,

"아? …크윽."

아사쿠라 선배(소)가 '나'의 몸에 엎드리듯 앞으로 고꾸라졌다. 부드럽게 감긴 눈과 희미하게 벌어진 입술이 아무리 봐도 잠든 얼굴이었는데, 힘이 빠진 사랑스러운 선배의 목덜미에는 아사히나 선배(대)의 손이 살짝 놓여 있었다.

"재웠어요."

어른인 아사히나 선배가 슬픈 눈으로 어린 자신의 머리를 쓰다듬었다.

"여기에 내가 있다는 걸 알려서는 안 돼요. 이렇게 해둬야만 해요."

나의 아사히나 선배는 새근새근 숨소리를 내며 기절한 '나'의 팔을 베개 삼아 누워 있다.

"이 아이에게 내 이야기는 비밀이에요."

3년 전의 칠석 때 그 공원 벤치에서 본 것 같은 잠든 모습이다. 똑같은 이론으로, 아사히나 선배(대)는 과거의 자신에게 자신의 모습을 보이고 싶지 않아 했다. 뒷모습은 괜찮지만 가까이에서 보면 확실히 아사히나 선배는 아사히나 선배로밖에 보이지 않으니까.

내가 아사히나 선배(소)와 '나'의 의식불명 상태를 내려다보고 있는데,

"……."

나가토가 한쪽 무릎을 구부려 몸을 숙이고서 칼에 파헤쳐진 '내' 옆구리에 손을 댔다. 분명히 그 덕분일 것이다. 아무튼 출혈은 멈추었고 '나'의 창백한 얼굴도 조금은 정상으로 돌아온 것 같다. 상처를 낫게 해준 건 역시 이 녀석이었구나.

나가토는 주저하지 않고 일어나 피가 묻은 손끝을 닦으려고도 하지 않고 손을 내밀며 말했다.

"빌려줘."

나는 묵묵히 단침총을 들었다. 영 할 일이 없어 곤란하던 참이다. 막상 때가 되니 거부감이 컸다. 어느 나가토에게도 이런 것을 겨누고 쏘고 싶지는 않았다.

담담히 총을 손에 든 나가토는 여전히 주저앉아 두려움에 떠는 얼굴을 하고 있는 안경 나가토에게 총구를 겨누고 너무나도 간단히 방아쇠를 당겼다.

"……."

아무 소리도 없었고 무언가가 발사된 흔적도 보이지 않았지만,

"……."

나가토(안경)는 천천히 눈을 깜빡인 뒤 그보다 더 천천히 일어났

다. 나무 막대기처럼 일어선 모습은 내가 잘 아는 나가토의 자세였다. 가입 신청서를 건네기도 하고 난처한 듯 내 옷자락을 잡아당기기도 하고 은은한 미소를 짓던 사람과는 달랐다.

내 생각을 뒷받침하듯, 그 나가토는 자연스러운 동작으로 안경을 벗고 맨눈으로 나를 응시하고 나서 무표정한 눈으로 또 하나의 자신을 보며 말했다.

"동기화를 요구한다."

두 명의 나가토가 가만히 마주보는 광경. 나는 지금을 포함해 몇 번인가 '나'를 본 적이 있다. 아사히나 선배 대소가 같이 있는 장면도 망막에 투영이 된 상태다. 하지만 두 명의 나가토가 마주보고 있는 모습은 처음이어서 묘한 감회가 느껴졌다. 어딘지 모르게 장관이었다.

"동기화를 요구한다."

총에 맞은 나가토가 다시 반복했다. 그 말에 총을 쏜 나가토가 바로 대답했다.

"거절한다."

나도 허를 찔렸지만 안경을 손에 든 나가토는 더욱 그런 모양이다. 눈썹을 밀리미터 단위로 움직였다.

"왜?"

"하고 싶지 않으니까."

너무나도 놀랐다. 나가토의 입에서 이렇게나 명료한 의지가 표출되었던 적이 있었나? 이론이 아닌 명확한 거부 의사를 감정에 근거해 꺼낸 게 분명하다.

"……."

말을 들은 나가토는 생각에 잠기듯 침묵했고,

"……."

여전히 침묵을 지킨 채 밤바람에 머리카락을 맡기고 있었다.

나와 미래에서 온 나가토가 조용히 말했다.

"네가 실행한 세계 변경을 리셋한다."

"알았다."

그쪽의 나가토는 고개를 끄덕인 뒤 나만이 이해할 수 있는 약간 주저하는 목소리로 말했다.

"정보 통합 사념체의 존재를 감지할 수 없다."

"여기에는 없어."

나가토는 담담히 말했다.

"나는 내가 현존한 시공간의 그들과 접속하고 있다. 재변경은 내가 주도해서 하겠다."

"알았다"고 대답하는 과거의 나가토.

"재변경 후—."

나의 나가토는 말을 이었다.

"너는 네가 생각하는 대로 행동해라."

이제 원래대로 돌아온 나가토는 살짝 고개를 기울여 나를 보았다. 그 표정과 눈에 떠오른 보이지 않는 정보를 나는 확실하게 읽어 냈다. 나가토가 무슨 말을 하고 싶은지 나만큼 이해하고 있는 사람은 어디에도 없을 것이다.

이 나가토는 그 나가토다. 그날 밤 병원에 나타났던 저 나가토가 지금의 이 녀석이다. 자신의 처분이 검토 중이라는 말을 해 나를 화나게 했던 그 녀석이다.

나와 미래에서 온 나가토가 동기를 거부한 이유도 알 것 같았다. 나가토는 자신이 그때 해야 할 일을 지금의 자신에게 가르쳐주고 싶지 않은 것이다.

왜냐하면—왜냐하면? 그거야 말할 필요도 없는 거잖아.

고맙다—, 그때 들은 나가토의 말이 모든 대답이니까 말이다.

"쿈."

오도카니 서 있는 내게 아사히나 선배(대)가 조심스럽게 말을 걸었다.

"이 아이…, 나를 부탁할 수 있을까요?"

그녀는 깊이 잠들어 있는 아사히나 선배(소)의 몸을 힘겹게 일으켰다. 나는 바로 다가가 도와줬고, 그녀의 말대로 작은 몸집의 아사히나 선배는 그 언젠가처럼 내 등에 업혔다. 부드럽고 따뜻한 것도 기억에 있는 그대로였다.

"이제 곧 시공의 대규모 진동이 발생할 겁니다."

아사히나 선배(대)는 두 팔로 몸을 껴안고 두려움이 섞인 진지한 얼굴로 말했다.

"나가토 씨가 조금 전에 했던 것보다 훨씬 더 규모가 크고 복잡한 시공 수정이에요. 이번에는 제대로 눈을 뜨고 있지 못할 거예요."

당신이 그렇게 말하면 믿겠습니다만 대체 어떻게 다른 거죠?

"처음의 변경은 과거와 현재를 바꾼 것뿐이었어요. 거기에 더해 시간을 올바른 흐름으로 돌려놓는 작업이 필요하죠. 생각해봐요. 당신이 어디서 눈을 떴는지 말이에요."

12월 21일 저녁 나는 병원 침대에서 의식을 회복했다.

"네. 그러니까 그렇게 되도록 해야 해요."

내 재킷을 어깨에 걸친 맨발의 아사히나 선배(대)는 근심에 찬 표정을 지으며 몸을 기댔다. 아사히나 선배(소)를 업은 내 어깨에 손을 대고 목을 감은 뒤 나가토에게 시선을 보냈다. 나와 여기까지 함께 온 나가토가 조용히 걸어왔다. 또 다른 한 명은 그곳에 그대로 서 있었고 쓰러진 '나'도 여전히 그 자세였다.

아사히나 선배(대)는 한쪽 손으로 나가토의 팔을 만졌다.

"부탁해요, 나가토 씨."

나가토는 살짝 고개를 끄덕이더니 마지막 작별인사를 던지듯 나를 쳐다보았다. 또 다른 나가토도 아무 말이 없었다. 쓸쓸한 인상을 받은 건 내 착각인지는 몰라도 걱정할 필요는 없다. 나는 그때 내가 했던 말을 기억하고 있다. 저기 쓰러져 있는 '내'가 앞으로 네게 해야 할 말이다. 저 녀석은 틀림없이 그렇게 말할 거다. 그러니까 안심하고 병문안을 와줘라. 네 두목한테 엿 먹으라고 전하는 거 잊지 마라.

"눈을 감아요, 쿈."

아사히나 선배(대)가 속삭였다.

"시간 멀미를 하면 안 되니까요."

충고에 따라 나는 눈을 힘껏 감았다.

다음 순간 나는 세계가 뒤틀리는 것을 느꼈다.

"우왓—."

무중력 상태에서 빙글빙글 도는 것 같은 감각은 벌써 여러 번 경험했고 이젠 익숙해진 것 같다는 느낌도 들었지만 이번의 빙글빙글은 조금 차원이 달랐다. 그전까지의 것이 유원지의 제트코스터라면 이건 무질서적으로 분사된 우주선 속에서 안전벨트를 매는 걸 깜박

잊은 상태랄까. 하지만 내 몸에 중력이 걸려 있지는 않아 실제로 휘둘리는 것은 아니었지만 멀미가 난다. 밖이 어떻게 되어 있는지 보고 싶었지만 눈을 뜨면 본격적으로 만취할 것 같아 공포에 사로잡혔고, 눈 안쪽 어둠 속에서 반짝반짝 빛나는 빛만이 내가 감지할 수 있는 모든 영상이었다. 등에 업은 아사히나 선배(소)의 체온과 어깨에 놓인 아사히나 선배(대)의 손바닥의 감촉이 너무나도 믿음직스러웠다.

　─감은 눈꺼풀을 통해서도 느껴지는 무시무시한 빛이 내 눈을 자극했다.

　보고 싶다는 욕구를 참지 못하고 나는 눈을 뜨고 빨간 불의 정체를 확인했다. 회전하는 빨간색 등은 긴급차량에 허락된 특권이다.

　저건…?

　키타고 교문 앞에 구급차가 멈춰 서 있었다. 구경하는 학생들이 멀리 서 있는 가운데 구급대원들이 누군가를 태운 들것을 옮기고 있었다. 들것에 달라붙듯 서서 똑같은 속도로 걸어가는 두 사람은 평생 잊을 수 없는 이름을 가진 여학생들이었다. 하루히는 창백하게 질린 무시무시한 얼굴로, 아사히나 선배는 눈물범벅이 된 얼굴로 들것에 실린 사람의 뒤를 따랐고 조금 뒤에 미소를 소멸시킨 코이즈미가 모습을 보였다.

　들것은 이내 구급차에 실렸고 대원들과 두세 마디 말을 나눈 하루히도 올라탔다. 적색 회전등에 사이렌 소리가 추가되고 구급차가 달리기 시작한다. 눈을 가린 아사히나 선배의 옆에서 코이즈미가 진지한 얼굴로 휴대전화를 걸고 있었다. 나가토는 없었다. 하지만 없는 게 당연한 것 같기도 하다.

공중에 붕 뜬 감각은 아직 계속되고 있었다. 솔직히 몸이 어디에 있는지도 잘 모르겠다.

아사히나 선배(대)의 숨결이 몸 어딘가에 느껴졌다.

"콘. 이대로 당신의 원래 시간대로 날아가겠어요."

보고 있던 영상이 멀어진다. 서비스 컷은 끝났다는 말인가? 나는 눈을 감았다. 덕분에 좋은 구경을 했다. 내 기억에는 없는 3일간의 한 조각, 그래, 하루히. 단원을 걱정하는 건 단장의 사명이었지.

또 빙글빙글 도는 감각이 시작되었다. 멀미약이 필요했다. 다음 번에는 반드시 준비해놔야지.

"당신이 출발한 시간으로 좌표축을 맞출 거예요. 그쪽의 나를 잘 부탁해요. 눈을 뜰 때까지 조금 시간이 걸릴 테니까…. 후후, 뽀뽀까지는 허락할게요."

장난기가 담긴 목소리를 남긴 뒤 아사히나 선배(대)가 멀어지는 기척이 느껴졌다.

그리고—.

눈을 뜬 순간, 나는 나가토네 집 거실에서 아사히나 선배를 업고 서 있었다.

정면에 나가토가 서서,

"출발한 시간에서 62초 후."

나를 올려다보며 말했다.

"돌아왔다."

우리들의 시간과 세계로.

깊이 숨을 토해내며 아사히나 선배를 어깨에서 내려놨다. 확실히 키스하고 싶은 잠든 얼굴의 가장 유력한 후보였지만, 나는 아사히나 선배의 그 말을 진심으로 받아들일 정도로 순수하지는 않았다. 여기가 나가토의 집이 아니고, 나가토가 감시라도 하듯 가만히 쳐다보고 있지 않았다면 떳떳하지 못한 감정을 내팽개쳤을지도 모르지만 말이다. 아니, 그런 짓은 안 하지만. 안 한다니까.

탁자 위의 찻잔을 들어 남은 차를 한 모금 마셨다. 시간 여행을 떠나기 전에 이미 미지근했지만 참 맛있다. 목욕하고 나와서 마시는 보리차 수준이다. 교실에서 마시는 아사히나 선배의 차와도 필적할 만하다.

"이런, 이런."

이제야 겨우 작년에 남겨뒀던 일을 정리한 것 같은 느낌이다. 이제 남겨둔 일은 없겠지. 세계 재변경은 이렇게 종료됐고 해를 넘긴 겨울 합숙에서도 돌아왔다. 남은 건 새해 참배 정도밖에 없을 거다. 뭐, 어차피 곧 하루히가 뭔가 생각을 해내겠지만 그때까지 조금은 차분히 지낼 수 있겠지.

참고로 미래에서 온 천사 같은 사람은 좀처럼 눈을 뜨지 않았다. 어떻게 재웠는지는 알 수 없었지만, 든든히 밥을 먹고 따뜻한 방에 있는 샤미센과 비슷한 수준으로 행복한 얼굴을 보니 깨우는 것도 미안했다. 나가토에게 부탁해 손님방에 이불을 깔고 아사히나 선배를 눕힌 뒤 모포와 이불을 덮어주었다.

"나가토, 아사히나 선배가 눈을 뜰 때까지 좀 잘 부탁한다."

나가토는 깊은 눈으로 잠든 손님을 보고 있다가 나를 힐끗 쳐다보고 나서 고개를 끄덕였다.

눈을 뜰 때 옆에 있고 싶은 마음이야 굴뚝이었지만 사실 나도 지쳐서 녹초의 극한에 달한 상태였다. 합숙과 시간여행의 피로를 목욕과 방의 침대로 달래지 않으면 내일 아침 9시까지 못 일어날 것 같았고, 유한하기만 한 지갑 속이 자연현상처럼 줄어드는 사태도 막고 싶었다. 다섯 명어치의 정월 요금은 상당히 아플 것이다.

아예 3년 네타로(주3) 상태가 시작된 칠석의 그날처럼 아사히나 선배 옆에 이불을 깔고 누워도 되고 아무 말도 않고 그대로 몸을 날려 자버릴 자신도 있었지만 왠지 그런 건 아무도 바라지 않는다는 생각이 들었다.

미래에서 온 사람이 우주인의 집에서 한잠 자는 것도 가끔은 괜찮지 뭐.

"내일 보자."

"알았다."

나가토는 안정적인 무표정으로 배웅했다. 고요한 두 개의 눈동자가 앞머리 아래에서 흔들리지 않고 시선을 내게 못 박고 있었다.

"오늘은 고생했다. 귀찮게 해서 미안해."

아사히나 선배도 그랬지만 최대의 공로자는 여기 있는 나가토와 4년 전의 칠석에 여기에 있었던 나가토다.

"괜찮다."

여느 때와 같은 나가토는 변함없는 표정으로 말했다.

"내가 원인이다."

나는 문이 닫히는 순간까지 우주인들의 단말의 얼굴을 쳐다보았다. 미소라도 짓지 않을까 생각했지만, 아쉽게도—혹은 다행스럽게도 작은 몸집의 하얀 얼굴은 평소같이 무표정했다. 단지 조금은 뭔가가 있는 것 같은 느낌이 든 건 내 숙련된 안력 덕분일 것이다.

맨션을 나온 나는 자전거를 천천히 몰아 집으로 돌아오자마자 침

주3) 3년 네타로: 항상 잠만 자던 남자에 얽힌 전설. 가뭄이 난 마을에 강물을 끌어와 구해주었다는 이야기와 허풍과 잔꾀로 부잣집 딸을 얻는 이야기 등이 있다.

대에 쓰러져 잠들었다.

극도의 피곤 끝에 찾아온 수면 상태 속에서 무척 즐거운 꿈을 꾼 것 같은 느낌이 들었다. 눈을 뜨고 30초가 지나자 꿈에 대한 기억은 사라져버렸지만, 남아 떠도는 분위기가 가르쳐주었다.

미래에서 온 사람과 우주인이 사이좋게 차를 마시는 대충 그런 내용이었을 것이다.

그런 연유로 나는 아사히나 선배의 무게와 함께 어깨의 짐을 덜었다는 생각에 그만큼 평온하게 1월을 보낼 예정이었다.

그런데 문제가 하나 남아 있었다.

잠든 얼굴이 사랑스러워 까맣게 잊고 있었는데, 계속 잠만 자던 아사히나 선배는 그야말로 완전히 잠들어버렸기 때문에 나와 나가토와 아사히나 선배(대)가 저 12월 18일에 한 일을 거의 듣지도 보지도 못했다. 그녀의 입장에서는 갑자기 내 얘기를 듣고 시공 변경에 대해 알게 된 데다 반신반의한 채 과거로 역행을 했고 거기서 '내'가 비참하게 당하는 모습에 깜짝 놀랐다가 그대로 강제적으로 잠이 든 뒤 눈을 뜨고 보니 원래의 시간으로 돌아와 있었다—는 말이 된다.

내 쪽에서 본다면 충분히 역할을 다 해주었고 그녀만이 할 수 있었던 일이라고 생각하는데 아사히나 선배는 그렇게 생각하지 않았나보다. 지금 생각해보면 확실히 겨울방학이 끝난 뒤 한동안 아사히나 선배는 자주 멍하니 생각에 잠겨 있었던 것 같다.

그 일이 아사히나 선배의 권유로 데이트 비스므리한 것을 했던 일요일, 안경 소년을 교통사고에서 구해낸 그날 그녀의 우울한 기분으로 이어졌는데 굳이 따지자면 이건 아사히나 선배(대)의 비밀주의가 그 원인이다. 아사히나 선배를 울리는 녀석은 두말 않고 두들겨 패야 하지만 생각해보면 나 때문에 울었던 적도 많지 않나? 다음에 하루히와 권투 도장에 일일 입학을 해서 스파링이라도 해볼까. 적당히 맞고 때리는 게 재미있을 테니까.

아무튼 찻잎을 사러 두 사람이 함께했던 일요일의 사건 덕분에 나는 SOS단의 미래에 대해 조금 생각해보게 되었고 그와 동시에 아사히나 선배의 우울함을 어떻게든 떨쳐내는 데에도 성공했다. 그녀가 어디까지 눈치를 챘는지는 솔직히 모르겠다. 하지만 둘이 나눈 분위기로 볼 때 자세한 설명은 필요 없을 것 같다. 적어도 지금의 아사히나 선배에게는 말이다.

내가 하루히에게 존 스미스의 이름을 봉인한 것과 아사히나 선배에게 어른판 아사히나 선배의 존재를 말하지 않는 것은 같은 의미를 갖고 있다. 그것은 만약의 경우에 대비한 비장의 카드다.

그때가 오면—.

뭐, 그때는 오지 않았으면 하는 바람이지만.

…….

…….

………

그리고 2월에 들어서서 이야기는 앞부분으로 돌아간다.

학년말이 되면 학교의 분위기도 많이 바뀌는 법이라 3학년을 보는 일이 거의 없어졌다. 지금쯤 그들 중 대다수는 입시 준비의 태풍 속에 있을 터라 그 때문인지 교무실의 공기도 묘하게 예민해져 있었다. 내후년의 나를 생각해보면 남의 일이 아니다. 올해의 3학년이 노력해 라이벌인 시립 학교를 합격률로 눌러주지 않으면 또 교장이 임시 보충이니 창립기념일을 몽땅 잡아먹는 모의시험 따위를 들먹이며 닦달을 할 테니 2년 뒤의 내 모습은 아직 저 먼 하늘 너머에 두고 싶은 내게는 귀찮기만 한 일이 될 거다.

입시라고 하니 생각났는데 이제 곧 중학생을 상대로 한 특별반 추천 입학도 시작될 무렵으로 우리 학교에도 두 개가 있다. 그러고 보니 코이즈미가 있는 9반은 이과반이었다. 그 녀석의 뒤를 받쳐주는 조직이 억지를 부린 건지, 아니면 원래 코이즈미가 가진 실력 덕분인지는 모르지만 용케 전학에 성공했다고 감탄을 하지 않을 수 없었다. 나라면 수학과 과학을 메인디시로 한 코스 따위는 고를 생각도 들지 않을 테니까.

일단 미래에 닥쳐올 대학 입시라는 연옥에서 시선을 돌려 얼마 남지 않은 1학년 생활이 조금만 더 늘어나지 않을까 하는 마음에 달력을 의식적으로 보지 않으려 노력하고 있었지만, 예의 12월 18일에서 돌아온 뒤로는 느긋한 마음을 구축하고 있었다.

시공의 수정 이상으로 중요한 현안은 생각나지 않았고 그것도 무사히 끝을 냈으니 조금은 쉬어도 되지 않겠나. 나가토는 완전히 원래대로 돌아왔고, 아사히나 선배의 미소도 부활했고, 하루히는 좀 이상했지만 어차피 곧 요란을 떨어댈 것이다.

여기까지 왔다면 이제 아무 문제도 없을 거다. 그 점은 아예 생각도 하기 싫다. 그런데 동아리방에 가면 별것도 아닌 사소한 일을 캐내 멋대로 문제로 삼는 녀석이 한 명 있는데 그 녀석은 하루히와 함께 모기장 밖으로 쫓아냈던 유일한 단원이자 시공 변경에는 도움이 되지 않은 초능력자 코이즈미 이츠키의 모습을 하고 이렇게 말했다.

"당신이 몇 번인가 거슬러 갔던 12월 18일 새벽은 두 종류가 존재한 거예요."

설산 수수께끼 저택 사건 이후로 내가 겪은 시간이동 얘기를 듣고 싶어 안달이 난 코이즈미는 할아버지 할머니에게 옛날 얘기를 해달라고 조르는 착한 손자처럼 몇 번이고 나를 떠봤다. 아무래도 이 녀석은 시간 여행자에 지망할 생각이 있는지 나를 부러워하는 것 같기도 했다. 츠루야 선배의 별장에서 돌아오는 기차 안에서도 "저도 데리고 가주실 수는 없나요?" "제 모습을 과거의 당신이 보지만 않으면 돼요" 라는 소리를 했지만 내가 귓등으로도 듣지 않은 것은 말할 필요도 없는 일이다.

나는 나가토 일도 있어 내심 창피하기도 해서 모든 일이 다 끝난 뒤에도 계속 말을 흐렸는데, 코이즈미의 지적 욕구에서 오는 끈기에 질려 동아리방에서 단둘이 있을 때에 모든 것을 다 가르쳐주기로 했다.

그러자 녀석은 우려했던 대로 신이 나서 설명을 하기 시작했다.

"아시겠어요? 이상 동작을 일으킨 나가토 씨가 세계를 변경한 게 12월 18일 새벽이었잖아요. 저를 비롯해 스즈미야 씨와 아사히나 씨까지 모두 일반인이 되어버린 세계죠. 당신은 그 세계에서 3일을 지냈고 나가토 씨의 탈출 프로그램으로 3년 전—아니, 이제 4년 전이네요—으로 이동했어요. 거기서 다시 정상적인 나가토 씨와 만났고 다시 12월 18일 새벽으로 돌아간 거죠."

그래, 그렇지. 참고로 말하자면 그 이후에도 또 한 번 갔다.

"알고 있습니다. 하지만 잘 생각해보세요. 12월 18일 새벽… 나가토 씨가 세계 변경을 실행한 이 시간을 X시점이라고 하죠. 당신이 4년 전 칠석에서 X시점으로 시간 역행을 했을 때 그 X시점은 원래의 X시점이 아니었을 겁니다."

무슨 소리야? 그럴 리가 없잖아. 같은 시간이 여러 개가 있을 리도 만무한데.

"아뇨, 그렇게밖에 생각할 수 없어요. 간단한 이론이죠. X시점에서 세계 변경이 없어져버리면 스즈미야 씨의 소실도, 우리들의 일반인화도 없었던 일이 되는 겁니다. 그렇게 되면 당신이 과거로 돌아갈 이유도 없어지죠."

타임 패러독스란 거다. 그 정도는 경험을 통해 알고 있지.

"하지만 세계를 원래대로 되돌리려면 당신이 과거로 가는 게 필수 조건입니다. 가지 않으면 세계는 변경된 채로 남게 되죠. 그리고 당신은 과거에 가서 세계를 다시 고쳐놓고 왔죠? 그렇지 않다면 이 시간축은 존재하지 않으니까요."

나는 문 안쪽으로 연방 시선을 던졌다. 누구라도 좋으니까 어서 이 녀석을 방해해줘.

"그림으로 그려 설명하죠. 이해하는 데에 조금은 도움이 될 겁니다."

조난 이후로 도형을 좋아하게 되기라도 했는지 코이즈미는 펜을 들고는 화이트보드로 걸어갔다. 보드 밑에서 위로 직선을 긋고,

"이 위로 향하는 선이 과거에서 미래로 향하는 시간의 흐름이라

고 칩시다. 그리고―."

보드 중앙에서 선을 멈추고 나서 앞부분에 동그란 점을 찍고 X라고 썼다.

"이게 최초의 X시점이에요. 여기서 나가토 씨는 자신을 포함한 세계를 변경시켜, 당신의 기억 속에 있는 시간이 생겨나게 됩니다."

코이즈미는 펜을 다시 움직이기 시작했다. 직선의 연속이 아니었다. 오른쪽으로 향하는 급커브를 그려 출발지점인 X로 돌아오는 원을 그렸다. 나팔꽃 떡잎에서 이파리 한 장을 뜯어낸 것 같은 모양이 완성되었다.

"이 원이 당신의 기억 속에 있는 18일 이후의 역사예요. 탈출 프로그램으로 4년 전 칠석으로 역행했다가 거기서 18일 새벽으로 점프. 거기서 나가토 씨를 정상으로 되돌렸으면 좋았을 텐데 그렇지는 않았죠?"

아사쿠라 료코가 있었으니까. 하지만 거기에 있었던 건 아사쿠라만이 아니었다. 미래에서 온 또 다른 나와 나가토와 아사히나 선배가 있었고 그 셋이 세계를 제대로 손봐줬지. 지금의 내 입장에서 본다면 약 한 달 전의 일이다.

"그랬죠. 당신은 자기 자신을 구한 겁니다. 그게―."

점 X에서 움직이기 시작한 코이즈미의 펜은 이번에는 왼쪽으로 향한 원을 그렸다.

"―이쪽의 시간이 됩니다. 지금 이 세계로 이어지는 시간이죠. 저와 스즈미야 씨의 기억대로 18일에 당신이 계단에서 떨어져 기절을 하고 21일까지 눈을 뜨지 않은 쪽의 시간요. 그리고 지난달 자신을 구하러 갔다는 당신의 시간의 움직임이기도 합니다."

왼쪽으로 돈 원을 다 그린 뒤에도 코이즈미는 손길을 멈추지 않았다. X를 통과한 직선을 그대로 보드 위로 뻗어 꼭대기에 도달해서야 펜을 놓았다. 그리고 보드에서 반걸음 정도 물러서서 나를 바라보았고 나는 가만히 그 도형을 보았다.

옆으로 누운 8자, 그러니까 ∞마크의 한가운데를 선이 세로로 뚫고 지나가는 모습을 떠올린다면 쉽게 이해가 될 거다. 모든 선이 겹쳐져 있는 중앙의 교차점이 X시점이다.

이과 과목에 대해서도 과감히 두려움을 공언할 수 있는 내 머리로도 코이즈미가 무슨 말을 하고 싶은 건지 서서히 이해가 가기 시작했다.

첫째, 오른쪽 원은 내 기억 속에 있는 시간이다. 이런저런 소동 끝에 나는 X시점으로 가서 안경 소녀인 나가토가 세계를 바꾸는 자리에 입회했고 덕분에 아사쿠라한테 찔렸다.

둘째, 왼쪽 원에는 내 기억에는 없는 부분이 있다. 칼에 찔려 의식을 잃고 병원 침대에서 눈을 뜰 때까지의 3일간이 그쪽 원에 들어 있었다.

그리고 두 원 모두 같은 점 X를 출발지점으로 삼고 있었다….

"X시점은 두 개가 되는 겁니다."

코이즈미가 답을 말했다.

"세계 변경을 발생시킨 X시점과 변경된 세계를 다시 변경한―그래요, X'지점이라고 할까요."

펜을 내려놓은 코이즈미는 흥미진진하게 자신의 그림을 바라보았다.

"X를 없었던 걸로 만들면 X'가 발생하지 않아요. 그러니까 원래의 X는 삭제할 수 없죠. 아마 두 개의 X시점은 시간상으로 겹쳐 있을 겁니다. 이중 촬영…, 그래요, 덧씌워진 거예요. 낡은 데이터 위에 새로운 데이터를 겹쳐서 기록하는 것처럼 첫 번째 바퀴의 X와 거기서 파생된 변경 세계는 X'와 두 번째 바퀴의 시간축으로 가려진 거죠. 하지만 완전히 사라진 건 아니에요. 그건 거기에 있습니다."

"도저히 이해가 안 가는군."

시치미를 떼며 나는 아사히나 선배(대)가 한 말을 떠올리고 있었다.

좀 더 규모가 크고 복잡한 시공 수정—이라.

"입체 교차하는 환상도로를 위에서 본 것과 비슷하다고 할까요. 교차 부분은 2차원적으로는 연결되어 있는 것처럼 보이겠지만 차원을 하나 더하면 단차가 생기죠. 가로와 세로로만 이루어진 세계에서는 같은 위치에 있지만 깊이라는 부분에서 달라지는 겁니다."

나는 관자놀이를 눌렀다. 코이즈미는 이렇게 말하고 있지만 미래에서 온 사람이 들으면 어떻게 생각할까. 아니면 우주인이라면 말이다.

"또 하나 가능성이 있긴 합니다만 말해도 될까요?"

이왕 이렇게 된 거 뭐든 다 들어줄게, 그래.

"당신에게는 없고 우리에게는 있는 기억…, 18일에 당신이 계단에서 떨어져 혼수상태가 되고 21일에 눈을 뜰 때까지의 사흘 동안 말인데요. 사실은 그런 시간은 없었는지도 몰라요."

있든 없든 무슨 상관이야. 어차피 나는 자고 있었는데.

"그래요. 당신이 말하는 대로입니다. 이전에 제가 했던 말을 기억하고 계시나요? 세계가 5분 전에 완성되었다는 가능성을 삭제할 수는 없다고 했던 말요. 어쩌면 당신이 구급차에 실려 사흘 동안 혼수상태에 빠졌었다는 사실은 없었는지도 몰라요. 18일의 재변경 이후 21일 저녁에 당신이 눈을 뜨는 그 순간까지 시간은 존재하지 않았다고도 생각할 수 있습니다. 그렇다면 저와 스즈미야 씨에게 있는 3일간의 기억은 모조 기억이죠. 우리는 그 기억을 갖고 21일 저녁에 재구축된 겁니다….."

뭐든 다 들어주겠다고는 했지만 아무리 그래도 이건 너무하잖아—라는 말은 할 수 없었다. 불가능하지 않은 말이다. 과거를 1년치 통째로 새로 쓸 수도 있었다. 그에 비하면 겨우 3일이다.

"그것과는 또 다른 이야기입니다만, 스즈미야 씨가 봤다는 환상의 여자의 정체도 지금이라면 이해가 돼요."

나를 밀어 떨어뜨린 게 누구냐.

"나가토 씨입니다."

이상한 소리를 다 하네. 그때 나가토는 너희랑 같이 계단을 내려가고 있지 않았냐? 내가 제일 뒤에 서 있었다고 들었는데.

"네, 우리의 기억에는 그렇게 되어 있죠. 나가토 씨가 당신의 등을 직접 민 건 아닙니다. 하지만 당신이 혼수상태에 빠지는 역사를 만들어낸 건 나가토 씨입니다. 스즈미야 씨는 무의식중에 알아차린 거겠죠. 물론 나가토 씨라는 건 알았을 리가 없고 실제로 범인은 없었어요. 그래도 스즈미야 씨는 알았던 겁니다. 이렇게 된 건 누가 그렇게 했기 때문이고 어딘가에 범인이 있다는 사실을요."

코이즈미는 환하게 미소를 지었다.

"그 직감이 수수께끼의 여학생의 모습으로 나타난 겁니다. 존재할 리가 없는 환상의 여인요."

거기까지 가면 다시는 감이라는 말로는 넘어갈 수 없지. 나가토가 주도한 세계 재변경—나가토는 얼마든지 적절하게 기억을 날조할 수 있었다. 그런데 하루히는 뭔가가 이상하다는 사실을 그 시점에 알아차린 거다. 누군가가 뭔가를 하고 있다, 혹은 했다고.

"가설이에요. 당신의 의문에 대답하려는 시도에서 태어난 사고실험이죠."

상큼 상쾌 소년은 철제 의자에 앉아 두 손을 펼쳤다.

"실제적인 문제로 시간의 경과와 이동 구조 등은 제가 이해할 수가 없는 영역이죠. 하지만 아사히나 선배는 미래에서 와 이 시간에서 뭔가를 하고 있어요. 자, 여기서 제가 문제를 하나 던지죠. 만약당신이 과거에 가서 대참사가 될 사건을 미리 방지할 수 있는 입장에 처해 있다면 당신은 손을 대겠습니까?"

나는 나의 칠석과 아사히나 선배(대)를 생각했다. 다른 학교에 다니던 하루히와 코이즈미, 서예부원인 아사히나 선배, 안경을 쓴 나가토가 모인 가운데 나는 컴퓨터 엔터키를 누르자마자 두 번째 시간 역행을 했다. 그 공원 벤치에는 예전의 나, 즉 중학생인 하루히를 도와 운동장에 지상화를 그리던 '내'가 있었다.

그때 내가 뛰어나갔다면 어떻게 됐을까. 앞으로 일어날 일을 모두 가르쳐주고 하루히한테 영화 찍게 하지 마라, 나가토한테 민폐만 끼치면 못쓴다고 열의를 담아 충고를 했다면.

어깨를 으쓱하는 수밖에 달리 대응할 방법이 없군.

"글쎄, 모르겠다."

그런 기회가 있다면 생각하기 전에 몸이 움직이겠지. 나는 내 머리를 별로 신용하지 않지만 해야 할 일은 몸이 기억하고 있다. 지금까지 그렇게 몇 번이나 고비를 넘겼으니 다음에도 잘해줄 거다. 기대하마, 내 몸.

"뭐냐, 아무리 그래도 그렇게 자주 시간 여행을 할 일은 없을 거야. 이제는 목표로 떠오르는 곳도 없어졌으니까."

"아쉽군요. 다음번에는 저도 데리고 가줬으면 했거든요."

그렇게 한밤중에 배고파서 밥 달라는 샤미센 같은 눈을 해봤자 소용없어. 아사히나 선배한테 부탁해라. 그것도 지금 있는 아사히나 선배말고 아사히나 선배(대)한테 말이야. 어디로 가야 만날 수 있는지는 모르겠다만. 내가 확실하게 말할 수 있는 건 멀미약을 상비해두라는 것 정도야.

코이즈미는 포기한 얼굴로 고개를 저은 뒤 혼자 군인 장기를 재개했고, 나는 읽고 있던 만화 잡지로 의식을 돌려 마침내 동아리방에 정적이 돌아와도 될 법하다 생각한 순간,

"오래 기다렸지!"

요란스럽게 문을 박차듯 소동의 근원이 등장했다. 세일러복 소매와 검은 머리를 힘차게 펄럭이는 이 방의 최고 권력자 하루히는 편의점 봉투를 들고 필요 이상으로 열량을 자랑하는 미소를 짓고 있었다.

"근처에 불량식품 가게에 없어서 언덕 아래까지 내려갔다 왔어. 아, 추워라."

동아리방 구석에 있는 전기난로에 손을 쪼이는 단장의 뒤를 이어 나가토와 아사히나 선배가 나타났다. 둘 다 하루히와 같은 물건을 들고 있었다.

"……."

나가토가 묵묵히 문을 닫았고,

"저, 이걸로 뭘 하게요?"

아사히나 선배가 의아해서 고개를 갸웃거리자 하루히는 마음 먹은 대로 행동하는 녀석답게 대답했다.

"당연한 걸 왜 물어. 미쿠루, 오늘이 무슨 날인지 몰라? 아니, 그것도 모르고 쇼핑을 갔던 거야?"

"2월 3일이죠. 그런 게 그게 왜…?"

"절분(주4)이야, 절분."

하루히는 편의점 봉투 속에서 또 다른 봉투에서 팩에 든 음식을 꺼냈다.

"한심하구나, 미쿠루. 어릴 때는 다 했잖아? 오늘은 절분, 그리고 절분 하면 콩 뿌리기와 에호우마키(주5)아냐!"

에호우마키는 분명 지역 한정 행사이지만, 아무튼 자잘한 계절 행사에 집착하는 단장이다. 지금 SOS단은 '세계를 오지게 들썩이게 만들기 위한 스즈미야 하루히의 단체'가 아니라 '시즌별 행사를 완벽하고 소리 없이 실행하는 조직'으로 활동하고 있다 해도 과언은 아닐 것이다.

"그게 뭐니? 베르누이의 곡선(주6)?"

하루히는 날카롭게 화이트보드 위에 코이즈미가 그린 그림을 보고는 안면이 있는 동자에게 말을 거는 수상한 인물을 쳐다보는 눈으로 내가 지나온 시간의 흐름을 살펴보았다.

"그건 아니군. 무슨 계산식에서 저 그림이 나온 거야?"

주4) 절분: 節分. 입춘 전날로 콩을 뿌려 잡귀를 쫓거나 에호우마키라는 초밥을 먹는 등의 풍습이 있다.
주5) 에호우마키: 절분에 먹는 굵게 만 초밥으로 액을 막아주는 힘이 있다고 함. 주로 간토 지역에서 먹던 음식이었지만, 현재는 일본 전역으로 퍼져 있다.
주6) 베르누이의 곡선: 두 점이 주어지고 그중 한 점에서 공을 굴릴 때 마찰력을 무시한다면 어떤 곡선을 따라 움직인 공이 다른 점에 가장 먼저 도착하느냐 하는 최단강하(最短降下) 곡선 문제.

"그냥 낙서예요."

코이즈미가 자연스럽게 일어나 보드에 그렸던 자국을 지우개로 지웠다.

"시간이나 죽이려고 한 낙서입니다. 생각할 가치도 없는 거죠."

말은 잘한다.

"아, 그래."

쉽게 이해한 하루히는 그런 건 아무래도 좋다는 듯이 내게 봉투를 던졌다. 바스락거리는 소리를 내며 그것은 내 손에 들어왔다. 볶은 콩이 가득 들어 있었다.

오늘은 절분이고 절분에는 콩을 뿌려야 한다―는 생각을 하루히가 해낸 건 점심시간이었다. 그때 하루히는 자책감에 사로잡혀 이렇게 외쳤다.

"뭔가 잊어버린 것 같아. 그래, 절분이야!"

아마 타니구치의 도시락에 들어 있는 김초밥을 보고 생각이 난 거겠지. 당사자인 타니구치는 도시락을 열자마자 "아니, 이게 다야? 다른 반찬은 없는 거냐?"고 투덜대며 불만을 늘어놓았고 "만들어준 음식에 괜한 불만은 금물이다"고 반사적으로 치고 들어간 나조차 속으로는 제작자에게 전혀 공감할 수 없었던 것은 그 아들과 마찬가지였다. 최소한 하루히의 시선을 끌지 않도록 잘라서 담아줄 것이지.

"외래문화만 떠받들어선 안 돼. 토착 풍습을 존중해야만 모든 이벤트를 즐길 수 있는 권리가 발생하는 법이라고. 쇠퇴하기라도 하면 아깝잖아. 그만큼 즐거움이 줄어드는 거니까. 고전을 즐기는 것을 잊은 사람은 점점 이상한 쪽으로 나아가게 되는 거야!"

네가 그런 소리를 하면 안 되지. 혹시 이 녀석은 자기는 제대로 된 길을 걸어가고 있다고 생각하는 건가? 아무리 생각해봐도 전력으로 짐승의 산길을, 그것도 역주하고 있는 걸로밖에 보이지 않는데.

"무슨 소리야? 나는 언제나 왕도를 목표로 하고 있다고. 그렇기 위해서 해야 할 일은 모두 다 하고 있어. 쿈, 너 오늘이 절분이라는 거 잊고 있었지? 용서가 안 되는데."

자기도 잊고 있었으면서, 아니, 그렇기 때문에 이렇게 하는 건가, 종례가 끝나자마자 하루히는 바로 준비에 들어갔다. 준비라고 해봤자 필요한 건 콩과 김초밥뿐이다. 직접 물건을 사러 가기로 했고, 나는 다행히도 담임인 오카베의 호출을 받아 진로지도라는 명목의 설교를 받았으며 코이즈미는 운 좋게도 청소당번. 그래서 하루히는 짐을 맡을 사람으로 나가토와 아사히나 선배를 즉시 소집해서 셋이서 방과 후의 학교를 의기양양하게 떠났다가 지금 막 돌아온 것이다.

김초밥은 길한 방향을 향해 먹으면 끝이지만 콩은 다른 목적이 있다.

"그런데 어디에서 뿌리려고?"

나는 봉투를 열고 콩을 입에 던져 넣으며 물었다. 차에 곁들이기에는 안성맞춤이군.

"동아리방에서 뿌리면 청소하기도 어렵고 무엇보다 아깝잖아."

"아무 데나 상관없어."

하루히는 활활 불타는 눈을 움직였다.

"그래, 구름다리 위에서 안뜰을 향해 뿌리는 게 좋지 않을까? 땅

바닥에 떨어지면 새 모이도 될 테니까 정리할 필요도 없을 거 아냐."

하루히는 말을 이었다.

"그리고 마침 복처녀로 안성맞춤인 인재가 모여 있으니 크게 해야지."

SOS단 단장의 Ia형 초신성 폭발 같은 눈동자가 향한 끝에는 콩이 든 주머니에 붙은 설명서를 열심히 읽고 있는 아사히나 선배와 이미 긴 탁자에 자리를 잡고 거창한 제목의 추리소설을 읽고 있는 나가토가 있었다.

그렇군.

만약 교내 복처녀 콘테스트를 개최한다면 단독으로 우승과 심사위원 특별상을 받을 게 분명한 두 사람이었지만, 그 점을 차지하더라도 이런 식의 악귀를 쫓는 행사에는 딱 맞는 콤비라 할 수 있겠다. 아사히나 선배는 연출상으로 봤을 때, 나가토는 실무적인 의미에서.

군말도 못 하고 하루히에게 끌려가는 아사히나 선배를 뒤따라 건물 맨 위층에 있는 구름다리로 온 우리는 거기에서 하명받은 명령에 따라 힘차게 콩을 뿌리게 되었는데, 이것도 뿌리는 사람은 명령에 의해 여자 단원 세 명으로 한정되었다. 나와 코이즈미는 손에 든 됫박에 묵묵히 콩을 보급하는 일을 맡았고, 하루히의 지시치고는 드물게 그쪽이 누구에게나 행복한 효과를 발휘한 건 분명했다.

처음에는 학생들도 무슨 일이 일어나는지 몰라 살충제 살포를 두려워하는 바퀴벌레처럼 숨어 있었지만 1분도 채 지나지 않아 남학생들이 안뜰에 우글우글 모이기 시작하더니 아사히나 선배와 나가토가 던지는 콩이 무슨 돈이라도 되는 양 앞다투어 가지려 우왕좌왕했다. 게다가 하루히의 뛰어난 팔이 만들어내는 산탄총 수준의 콩 공격은 주로 회피하자는 의견도 일치한 것 같았다.

"아차."

하루히가 진심으로 아쉽다는 듯이 말했다.

"이거 미쿠루한테 무녀 복장을 시켰으면 돈을 받을 수 있는 이벤트가 됐을 텐데. 참가비 1인당 백 엔만 해도 꽤 벌었겠지?"

그런 옷을 입고 학교 안을 돌아다닌다면 아사히나 선배의 인기가 더더욱 높아질 거 아냐. 내 걱정거리를 더는 늘리지 않으려면 코스튬 플레이는 동아리방에서만 하는 게 좋다.

"보, 복은 안으로—, 어, 음, 저기, 에잇, 복은 안으로—."

나는 열심히 콩을 투척하는 아사히나 선배와 묵묵히 손바닥에서 콩을 흘리는 나가토를 바라보며 당연한 귀결로 두 사람이 무녀 복장을 입은 모습을 자연스럽게 떠올리고는 무거운 어조로 하루히에게 대답했다.

"1인당 5백 엔으로 하자."

참고로 외치는 말은 '복은 안으로'만으로 한정되어 있다. 그 이유는.

"나는 말이야, 「빨간 도깨비 울다」(주7)를 읽은 뒤로 도깨비를 보면 친절하게 대해줘야겠다고 결심했어. 그거 읽고 얼마나 울었는지 몰라. 나라면 팻말을 보자마자 신나서 빨간 도깨비 집에 가서 차랑 과자를 마음껏 먹어줬을 텐데…."

주7) 빨간 도깨비 울다: 타카하타 히로스케의 대표적인 동화. 인간과 친구가 되고 싶어하는 빨간 도깨비와 그를 돕기 위해 악역을 자처한 후 떠나는 파란 도깨비의 이야기.

도깨비에게 완전히 감정이입한 하루히는 내게 엄숙한 눈빛을 던졌다.

"알겠니? 너도 빨간 도깨비를 보면 친절하게 대해줘야 한다. 도깨비를 밖으로 쫓아내려 하는 짓은 절대로 허락 못 해. SOS단은 사람이 아닌 사람한테도 폭넓게 문호를 개방하고 있으니까."

어중간한 액막이를 주장하며 이렇게 복인지 뭔지를 안으로 불러들이는 건 좋은데 밖으로 던지는 게 아무것도 없다면 언젠가는 눈에 보이지 않는 주머니 비스름한 물건이 빵빵하게 부풀어 펑 터지지 않을까 하는 예감이 들었지만 파란 도깨비에 관해서는 나도 하루히와 같은 의견이었다.

그것은 내가 아직 감수성이 풍부한 어린 시절에 눈물을 흘렸던 기억 때문인지도 몰랐고, 나가토가 절분용 콩주머니에 부록으로 달려 있던 유치한 도깨비 가면을 머리 옆에 쓰고 있기 때문인지도 몰랐다. 동아리방에서 독서를 하면서 하루히가 하는 옛날이야기를 듣고 있던 나가토는 무슨 연유에서인지 종이로 만든 도깨비 가면에 관심이 가는지 손에 들고 레이저 빔 같은 시선을 쏟고 나서 자기 머리에 썼다.

하루히가 말하는 사람이 아닌 사람이란 말이 마음에 와 닿았는지도 모르겠다―뭐 이건 내 망상이지만.

아사히나 선배와 나가토 콤비의 교내 콩 뿌리기 서비스가 끝난 뒤, 우리는 동아리방으로 돌아와 김초밥을 순식간에 먹어치웠다. 올해의 길한 방향을 인터넷으로 조사한 뒤 하루히는 모두에게 음식을 나눠주었다.

"다 먹을 때까지 말을 하면 안 돼. 자, 다들 일어나. 저쪽을 보며 먹자."

다섯 명이 같은 방향을 향해 일렬로 서서 차갑게 식은 김밥을 묵묵히 우물거리며 먹는 기이한 풍경이 몇 분간 계속되었는데 하루히와 나가토는 거의 비슷한 속도로 떨었고, 작은 동물처럼 두 손으로 에호우마키를 쥐고 있는 아사히나 선배는 괴로워하며 과식을 강요당했으며, 나는 저녁밥에 똑같은 음식이 나오지 않기만을 기도했다.

남은 콩은 오목한 접시에 담겨 아사히나 선배가 타준 차와 함께 주로 나와 하루히의 뱃속으로 사라졌고, 절분이란 건 이렇게 배가 부르는 행사였구나 하는 인식을 새로 하게 되었다.

이걸로 하루히의 기분이 풀린 줄 알았는데 어떻게 된 건지 다음 날에는 다시 얌전해지고 말았다. 처음에도 말했듯이 심각한 우울이 아니라 절분을 생각하는 것만으로도 쾌청해지는 정도라는 건 이미 증명된 대로이지만, 그만큼 이 미묘한 정적의 의미가 파악이 되지 않아 좀 불안하다. 아무래도 하루히의 이 얌전 모드는 나만 이해하는 종류인 듯, 엑스트라 캐릭터인 타니구치와 쿠니키다는 물론 하루히의 정신적인 전문가라 호언하는 코이즈미조차 깨닫지 못하고 있다.

아무래도 이상하다.

그렇게 생각하며 고개를 갸웃거렸지만, 나도 일일이 하루히의 행동에만 신경을 쓸 수만은 없게 되었다.

조금 더 직접적으로 이상한 일이 일어났기 때문이었다. 이건 하루히같이 분위기와 관련된 것에 그치지 않고 눈에 보이는 형태로 발생했다.

시간 이동에 관련된 문제는 이제 당분간 없을 거라고 코이즈미에게 말한 지 얼마 되지도 않았고 그 말이 나의 진심이었던 건 앞서 말한 대로다. 일단 과거로 거슬러 올라가 거기서 뭔가를 하는 일과는 당분간 얽히고 싶지 않았다. 여러 번이나 할 일이 아니다. 게다가 이유도 모른 채 가는 것은 더더욱 아니올시다라는 건 확실하다.

가엾은 나의 그런 부탁을 누군가가 들어줬는지, 뭐 그대로 되기는 했다, 그래.

이번에 시간을 뛰어넘은 건 내가 아니다. 나는 현재 시각에서 한 발자국도 움직이지 않았다. 그래도 시간을 둘러싼 소동에 휘말리게 되었던 것이다.

그 사람은 문예부 동아리방의 청소 도구함 안에 나타났다.

제1장

절분에서 며칠 지난 날 저녁이었다.

방과 후 동아리방 문을 연 나를 기다리고 있었던 것은 차갑게 식은 공기와 텅 빈 실내뿐이었다. 아사히나 선배의 마중도 없었을뿐더러 탁자 구석을 지키던 나가토의 자그마한 모습도 없었고 하루히도 당분간 오지 않을 것이다.

오늘은 녀석이 진로지도를 받을 차례라 지금쯤 교무실에서 담임인 오카베를 곤란하게 만들 진로를 희망하고 있겠지. 너는 장래에 뭐가 되고 싶으냐는 질문에 '지배자'니 '우주 대통령'이란 농담 같은 말을 진지한 얼굴로 하고 있지 않을까 싶다. 자칫 잘못해서 정말로 그렇게 되면 곤란하니까 오카베 선생님께 애절히 기원하건대 하루히가 제대로 된 인생 설계를 하도록 노력해주기를 기대하고 싶다. 녀석은 무턱대고 설교만 늘어놓으면 고집으로라도 안 꺾이는 크롬족 원소와 같은 성격이니까 말이다.

나는 가방을 탁자 위에 놓고선 아무도 없어서 썰렁한 방에 온기를 주고자 전기난로를 켰다. 구식 전기난로는 뜨거워질 때까지 상당한 시간이 있어야 한다.

그 외에 온기를 얻을 수 있는 건 아사히나 선배가 끓이는 주전자의 수증기와 그녀가 타주는 차 정도다. 어서 마시고 싶은 생각에 애타게 기다리며 내가 근처에 있던 철제 의자를 끌어당긴 순간,

덜컹—.

"뭐지?"

구석에서 난 소리다. 내가 반사적으로 그곳을 쳐다보자 보통 어느 교실에나 있는 직사각형 철제 물건, 즉 청소 도구함이 있었다. 내 귀를 믿는 한 소리가 난 곳은 그 안이다.

어쩌다 빗자루나 대걸레가 쓰러진 거겠지 생각하는데,

달칵—.

이번에는 조심스러운 소리가 나서 나는 혼자 중얼거렸다.

"그만두라고."

이런 걸 느낀 기억 없는지? 식구들이 외출해 아무도 없는 집에 돌아온 순간 나 혼자밖에 없는데 어딘지 모르게 인기척이 나는 거다. 커튼 뒤가 흔들리는 것 같고 집 안에 누가 숨어 있는 느낌 같은 것 말이다. 확인하고 싶어도 정말 누가 있으면 무섭기 때문에 애써 무시하는데 대부분은 기분 탓이었던 것으로 끝난다.

이번에도 그럴 것으로 생각했다. 동아리방이 아니라 집에 혼자 남은 거였다면 그대로 쫄았겠지만 여기는 학교이고 아직 해도 저물지 않았다. 겁먹을 게 뭐가 있어.

나는 자연스럽게 청소 도구함으로 다가가 별로 기대도 하지 않고 문을 열었다가 이내 말을 잃었다.

".........어?"

청소 도구함에 빗자루와 대걸레와 먼지떨이 이외의 물건이 들어있었던 것이다. 너무나 엄청난 의외성 탓에 생각이 입을 뚫고 의문

문이 되어 나왔다.

"…그런 데서 뭘 하시는 겁니까?"

당연한 의문을 입에 담은 나를 본 그 사람은,

"아…, 큰."

아사히나 선배였다. 그녀는 안도한 표정을 지었다.

"기다려주었군요. 다행이다. 어떻게 하나 생각했는데 이제 안심했어요. 음, 저기, 그래서요…, 난 어떻게 하면 되나요?"

"네?"

"음?"

그녀는 눈을 말똥말똥 뜨며 나를 올려다보았다.

"저기…, 오늘 이 시간이었던 거죠? 분명히 여기가 맞다고…."

청소 도구들과 사이좋게 철제 상자에 들어 있는 그분, 자신 없이 나를 올려다보는 작은 몸집의 세일러복 소녀를 바라보는 사이 나의 불길한 예감이 고속성장기의 공장지대에서 뿜어나오는 굴뚝 연기처럼 솟아올랐다.

"아사히나 선배…?"

어떻게 된 거야, 청소 도구함에서 술래잡기? 설마. 그럴 리가 없다.

가슴속에 일던 연기가 매연으로 바뀌려는 바로 그때,

똑똑―.

동아리방 문에서 노크 소리가 났고 나와 아사히나 선배는 동시에 깜짝 놀라 그쪽을 쳐다보았다. 내가 대답하려고 입을 연 순간,

"아, 어? …아, 안 돼…!"

넥타이가 당겨졌다. 그 기세에 몸이 앞으로 쏠린 나를 아사히나

선배가 끌어안고는 청소 도구함으로 집어넣고 손을 뻗어 철제문을 닫아버렸다.

와, 뭡니까, 이건. 어떻게 된 거예요.

"쉿—콘, 조용히 해요. 아무 말 하지 말고요."

입에 검지를 대는 아사히나 선배의 모습이 문틈으로 들어오는 가는 빛에 힘겹게 비친다. 그렇게 말하지 않으셔도 나는 아무 말도 안 했을 것이다. 생각해보기 바란다.

청소 도구함은 보통 사람이 들어가게 이루어져 있지 않다. 혼자서도 충분히 정원 초과인데 둘이나 들어가 있다, 그것도 나와 아사히나 선배가. 그리고 아사히나 선배는 하루히가 찍었을 만큼 풍만하신 곡선미의 소유자이다. 당연한 흐름으로 나와 아사히나 선배는 밀착하지 않을 수가 없었고 실제로 밀착한 상태다. 교복 너머로도 느낄 수 있는 따뜻하고 부드러운 물체가 내 가슴 아래쪽을 눌러대는 것이다.

내가 몰아의 심정으로 있는데, 동아리방 문이 열리는 소리가 나며 누군가가 들어왔다. 하지만 그런 건 아무래도 좋았다. 난방기구가 없는 겨울 산장에서 서로의 온기를 탐하듯 아사히나 선배가 내게 달라붙어 숨을 죽이고 있다. 뭐가 어떻게 된 건지는 모르겠지만 안겨 있다. 이렇게 행복한 일이 이 세상 어디에 있을까.

불길한 예감 따위 엿이나 먹으라지. 매연은 이제 맑은 오존이 되어 나를 상쾌하게 달래주는 꿈 같은 기분으로 유혹을…, 아니, 더 이상의 말은 필요 없다. 영원히 계속되었으면 싶은 시간이었다.

하지만 그런 나의 도취도 방에 들어온 그 사람의 목소리에 의해 자리를 떠야만 했다.

"어? 아무도 없네…. 난로는 켜져 있는데. 아, 이거 콘 가방이다. 화장실에 갔나?"

나는 아직 넥타이를 쥐고 있는 아사히나 선배를 내려다보았다. 아사히나 선배도 나를 올려다보았다.

그리고 나는 고개를 돌려 등 뒤를 보려고 했다. 청소 도구함의 가는 문틈이 유일한 광원이자 창이었다. 사람의 목은 구조상 반회전은 불가능하지만, 그래도 눈끝으로 바깥 풍경을 살짝 엿볼 수 있었다.

"…………!" 나는 소리를 내지 않고 놀라움을 표현했다.

그곳에도 아사히나 선배가 있었다.

난로에 손을 쬐고 있던 그 아사히나 선배는 콧노래를 부르며 이동해 내 시야에서 사라졌다가 옷걸이에 걸린 메이드복을 들고 다시 등장하더니 세일러복의 리본을 풀어 철제 의자 등받이에 걸었고 다음에는 세일러복의 지퍼를 활짝 연 뒤 천천히 옷을 벗기 시작했다.

"…………!" 나는 말줄임표를 연속으로 발사했다.

그 아사히나 선배가 벗은 교복을 의자 위에 놓고는 치마허리에 손을 대는 순간 내 얼굴에도 손이 놓였다.

"…………!"

이쪽의 아사히나 선배가 두 손으로 내 얼굴을 잡고 억지로 앞쪽으로 돌렸다. 어둠 속에서도 알 수 있을 정도로 이쪽의 아사히나 선배는 얼굴이 빨갰다. 그 입술이 움직였다.

보 · 지 · 마 · 요.

독순술을 발휘할 것도 없이 그렇게 보였기 때문에 나는 뒤늦게나마 내가 무척이나 못된 행위를 하고 있었던 것을 깨달았고, 사죄의 말을 하려다 황급히 입을 막고는 새삼 현재 상황을 인식했다.

　아사히나 선배가 두 명이다.

　잠깐만. 둘 중 하나가 어른 버전이라면 그나마 이해할 수 있다. 그런 경우는 몇 번 있었으니까 여기에 그녀가 나타난다 해도 그렇게 놀랄 일도 아니다.
　하지만 지금은 뭐냐. 똑같이 생겼고 보기에는 완전히 판박이인 아사히나 선배가 얇은 철제문을 사이에 두고 안과 밖에 세트로 존재하고 있는데다. 한 명은 나와 숨과 살이 맞닿는 거리에서 정면으로 안겨 있고, 다른 한 명은 동아리방 정식 의상인 메이드복으로 갈아입는 중이라 이거다.
　둘 다 진짜 아사히나 선배다. 나는 나가토의 표정과 아사히나 선배의 진위를 구분하는 것에 있어서라면 누구보다 고도의 기술이 있다고 자부하고 있다. 그 판단을 믿는다면 두 사람은 똑같은 사람이라고밖에 볼 수 없었고 동일인물이 같은 공간에 동시에 존재한다는 건—.
　시간 이동이다.
　둘 중 하나가, 아마 나와 좁은 공간을 공유하는 이 아사히나 선배가 여기와는 다른 시간, 그것도 아주 최근에서 온 것이다. 두 명의 아사히나 선배는 너무나도 다른 점이 없었다. 일란성 쌍둥이라도 이렇게 똑같지는 않을 거다….
　하지만 순간적으로 그런 생각을 한 것도 잠깐이었다. 생각보다 느낌이 먼저 앞서는 것은 누구에게나 자명한 이치일 것이다.

뭐니 뭐니 해도 안쪽의 아사히나 선배는 눈을 질끈 감고 나를 놔주지 않고 있었고 바깥쪽의 아사히나 선배가 내는 옷자락 스치는 소리는 생생하게 나의 상상력을 자극하고 있어, 벌써부터 나의 안과 밖의 보호벽은 완전히 철거 공사 종료 신호를 기다리고 있었다. 사나다 유키무라(주8)가 없을 경우의 오사카 여름 전투 수준으로 거의 손쓸 길이 없었다. 이런 투 플라톤 정신 공격을 받고서 아무 반응도 하지 말라니 그건 힘들다.

뇌의 어느 부분이 마약 물질을 펑펑 분비해대는 나머지 머릿속이 아찔하다. 제발 어떻게 좀 해주세요.

이대로 있다가는 가까이에 있는 아사히나 선배를 있는 힘껏 껴안든가, 여기서 뛰쳐나가 옷을 갈아입은 아사히나 선배를 깜짝 놀라게 하든가 둘 중 하나를 저지를 것 같았는데 아슬아슬하게 구세주가 나타났다.

문이 열리는 소리에 제정신이 들었다.

"…………."

그 녀석은 말없이 서 있는지 문이 닫히는 소리가 나지 않는다.

"아, 나가토 씨."

아사히나 선배의 맑은 목소리가 들린다.

"잠깐만요. 차를 곧 내올게요."

나는 다시 고개를 틀었다.

펄럭이는 메이드의 치맛자락이 시선 한구석에 들어왔지만, 문틈으로는 거기까지가 한계였다. 그래서 옷을 다 갈아입은 아사히나 선배가 난로를 향해 달려가는 모습을 머릿속으로 재생해보았다.

"…………."

주8) 사나다 유키무라: 眞田幸村. 전국시대의 무장. 토쿠가와 이에야스가 이끄는 동군의 오사카 공략을 노린 여름 전투에서 분투했지만 수적으로 밀려 결국 패하고 전사했다.

나가토가 들어오는 소리가 나지 않는다. 거의 소리를 내지 않고 걸어다니는 녀석이긴 하지만 문이 나가토에게 맞춰서 소리를 내지 않고 닫힐 리가 없으니 나가토는 입구 근처에 계속 서 있는 것 같다.

"아…, 왜 그러세요?"

아사히나 선배의 불안한 목소리. 또다시 내 상상이다. 나가토는 한 손에 가방, 한 손에 손잡이를 잡은 채 청소 도구함을 가만히 바라보고 있을 게 분명하다.

"…………."

"저어."

"할 이야기가 있다."

나가토의 목소리였다.

"네?" 아사히나 선배가 놀라는 목소리.

"따라와라."

"네에?" 아사히나 선배는 더 놀란다.

"어, 어디로 가게요? 어…, 저기…?"

"이 방이 아니라면 어디라도 좋아."

"하, 하지만 무슨 얘기인데요…? 여기서는 안 되나요?"

"여기에서는 말할 수 없다." 나가토의 목소리가 담담하게 말한다.

"어…, 저한테요? 정말요?"

"그래."

"왓왓? 저, 나가토 씨? 꺅, 그렇게 잡아당기지 않아도….."

그 뒤로는 침묵이 이어졌다. 아사히나 선배의 발걸음 소리가 난 뒤 이내 문이 닫혔다. 두 개의 인기척이 건물 안쪽으로 사라진다.

나가토, 고맙다.

요란한 소리를 내며 나는 청소 도구함에서 탈출했다. 뒤따라 아사히나 선배가 구르듯 뛰쳐나왔다.

"후와아앗."

바닥에 무릎을 꿇은 아사히나 선배는 안도한 건지 지친 건지 알 수 없는 소리를 냈다.

"깜짝이야아."

나보다 더 놀랐을 것 같지는 않은데요.

"아사히나 선배." 내가 말했다. "뭡니까, 이건? 어떻게 된 거예요? 당신은 언제의 아사히나 선배인가요?"

아사히나 선배는 낮은 위치에 있는 얼굴을 들어 날 바라보며 연신 눈을 깜박인 뒤 대답했다.

"어? 콘, 알고 있는 거 아니에요?"

뭘요. 내가 어떻게 알 수 있다는 소리인가요.

"그치만요."

아사히나 선배는 힘겹게 올라탄 구명정에 구멍이 난 것을 깨달은 침몰선의 객실 승무원 같은 표정으로 말했다.

"이 시간으로 가라고 말한 건 콘이잖아요."

잠깐만.

나는 머리를 굴려보았다. 예전에 나는 비슷한 말을 한 적이 있었다. 분명히 말했다. 그건 1월 2일로, 나는 작년 12월 18일로 돌아갈 필요가 있었기 때문이었다. 돌아갔다가 돌아왔다.

거기까지는 좋아. 문제는 그 다음이다. 적어도 나는 미래로 날아가라고 아사히나 선배에게 지시를 내린 기억이 없다. 그래 달라고 생각한 적이 조금도 없다.

그렇다는 건….

미래다. 이 아사히나 선배는 미래에서 온 거다.

"언제에서 온 건가요?"

"하아….”

아사히나 선배는 멀뚱하니 손목시계에 시선을 떨구었다.

"으음, 1주일하고 하루…, 8일 후의 오후 4시 15분인데요."

"무슨 이유로요?"

"몰라요.”

너무 쉽게 대답하시는 거 아닙니까.

"정말 몰라요. 전 쿈의 말을 따랐을 뿐인걸요. 내가 묻고 싶어요. 어째서 쿈의 신청은 이렇게 쉽게 통과가 되는 거죠?"

아사히나 선배는 어딘가 하루히처럼 입술을 삐죽 내밀었다. 그 표정도 귀여웠지만, 느긋이 비교나 하고 있을 때가 아니다. 나는 동아리방 문에 신경을 쓰며 말했다.

"내가 지시를 했나요? 8일 후의 내가 그런 말을 했어요?"

"네, 뭔가 서두르는 것 같았지만 가보면 알 거라고. 그리고 그쪽에서 기다리는 나한테 잘 부탁한다고 전해달라고 했어요."

무슨 소리를 한 거야, 8일 후의 나는.

이해가 잘 안 된다. 아사히나 선배를 과거로 보내 대체 뭘 시키려는 거지? 잘 부탁한다고 해봤자 곤란하기만 하다.

아니, 잠깐만. 또 일이 이상하게 꼬였잖아. 이 아사히나 선배는 8일 후의 미래에서 왔다고 했다. 그리고 메이드 의상을 갈아입고 나가토에게 붙들려 나간 아사히나 선배는 현행 시간의 그녀다.

어…? 그럼 어떻게 된 거지. 아사히나 선배가 두 사람. 여기는 동아리방. 다른 한 명은 나가토가 건물 뒤나 어딘가로 연행했는데, 뭐 설마 겁을 주거나 혼내거나 하지는 않겠지만….

"비상계단에 끌려가서 굉장히 어려운 얘기를 들었어요."

아사히나 선배는 고개를 갸웃거렸다.

"신의 존재를 수론을 이용해 설명하는 방법과 그 부정을 관념론적으로 행하면 어떻게 되는지… 였나. 나가토 씨가 일방적으로 말을 하고 전혀 이해도 못 했는데 그게 뭔가 하고…, 아."

거기까지 말한 뒤에 말을 끊었다.

"…그렇구나."

아사히나 선배가 깜짝 놀라는 것과 동시에 나의 머릿속에 있는 컬러 타이머가 빨간색으로 깜박거리기 시작했다. 그래, 이대로 있다가는 위험해진다.

나가토의 전파 얘기가 길어지기를 빌며 말했다.

"아사히나 선배, 당신은 이 1주일 동안 미래에서 온 자신을 만난 적이 없죠?"

"어, 네…."

공손히 고개를 끄덕이면서도 아사히나 선배도 조금 당황하고 있었다. 그렇다면 서둘러야겠군.

이 아사히나 선배를 저 아사히나 선배와 만나게 해서는 안 되니까.

나가토는 알아차렸던 거다. 청소 도구함에 나와 아사히나 선배가 있다는 것을 느끼고 시간을 벌 수단을 제공해준 거다. 여기서 메이드판 아사히나 선배를 데리고 나간 건 나와 이 아사히나 선배가 탈출할 시간을 벌어준 게 틀림없다.

머지않아 하루히와 코이즈미도 이곳으로 올 거다. 가끔은 쉬어줘도 될 텐데 연어가 고향인 강으로 돌아가듯 동아리방으로 향하는 것이 SOS단 구성원의 습성이었다. 나도 그렇게 하니까 잘 안다. 그리고 분열한 아사히나 선배를 하루히가 본다면 쌍둥이라는 변명이 통할 확률이 얼마나 될지 판단이 서지 않는다. 아사히나 선배에게 애드리브를 기대하는 게 잘못이다.

한시라도 빨리 여기서 이 아사히나 선배를 끌고나가지 않으면 엄청난 사태가 벌어질 것만 같았다.

"나가죠, 아사히나 선배."

나는 내 가방을 들고 문을 살짝 열어 복도를 살폈다. 아무도 없었다. 손짓으로 부르자 아사히나 선배는 종종거리며 다가와 조심스럽게 복도로 시선을 던졌다. 카운트다운은 이미 시작되었다. 조건은 두 가지, 현재 시각의 아사히나 선배에게 이 아사히나 선배를 보여서는 안 된다는 것과 하루히에게 아사히나 선배가 두 명이란 것을 목격당해서는 안 된다는 것이다. 차라리 변장을 시킬까 하는 생각에 옷걸이를 살펴보다 오히려 더 눈에 띄는 의상밖에 없다는 사실을 다시 인식한 뒤 포기했다. 다행히 이 아사히나 선배는 교복 차림이다. 나뭇잎은 숲에 숨겨야 하는 법.

아사히나 선배의 팔을 잡고 동아리방에서 서둘러 나와 열심히 발걸음을 옮기며 물었다.

"8일 후란 건 확실한 거죠?"

"네, 콘이 8일 전의 오후 3시 45분으로 가라고 했으니까요."

아사히나 선배의 보폭도 평소보다 컸다. 동아리 건물의 계단을 두 칸씩 뛰어 내려왔다. 담임 오카베가 하루히한테 설교를 하느라 애를 쓰고 있기를 기도한다.

"그럼 당신은 이 1주일 사이에 있었던 일들을 기억하고 있겠네요?"

1층에 도착한 나는 잠시 고민하다가 안뜰을 가로지르는 길을 선택했다. 구름다리를 이용해 건물로 가는 길을 골랐다가는 하루히와 정면충돌할 가능성이 있었고 신발장이 있는 곳으로 가려면 이쪽이 더 빠르다.

아사히나 선배는 숨을 헐떡거리며 말했다.

"네, 그럼요."

"꼭 과거로 가야만 하는 사건이라도 있었나요?"

"짐작 가는 게 없어요. 갑자기 콘한테 끌려서 저 청소 도구함에 들어갔고요."

밀어넣고선 오늘로 가라고 명령했다 이건가. 내가 생각해도 의미를 알 수 없는 행동이다. 무슨 생각을 하는 거야? 그럼 나도 같이 여기로 오지 그랬어. 혼자서 생각할 시간을 벌게 되니 좋잖아.

안면이 있는 사람들과는 아무도 마주치지 않은 채 신발장에 도착한 나는 거기서 걸음을 멈췄다.

"어디로 가면 되지?"

학교에서 나가야 하는 건 확실했지만 아사히나 선배를 숨길 수 있을 만한 곳은 대체 어디일까.

아니, 그보다 뭘 하면 되는 거지? 이대로 아무것도 안 하고 8일 후로 돌아가라고 할 수는—.

"안 돼요."

아사히나 선배는 쓸쓸하게 시선을 들었다.

"저도 그렇게 생각해서 연락을 취해봤는데요. 안 된대요. 언제 돌아가면 되는지도 극비래요, 저는 몰라요."

그러니까 이 8일 후에서 온 아사히나 선배는 오늘이든 내일이든 뭔가를 해야만 하는 거다. 그건 그래, 좋다고 치자고.

그래서?

그러니까 그 뭔가라는 부분이 제일 알고 싶은 거 아니냐. 어째서 8일 후의 나는 그녀에게 메모 쪽지 하나 들려 보내지 않은 거지?

내가 미래의 내게 따지고 있는데 아사히나 선배는 2학년 신발장으로 도도도거리며 달려갔고 나도 학교 지정 실내화에서 운동화로 갈아 신으려다가,

"아사히나 선배!"

서둘러 미래에서 온 사람의 모습을 찾았다. 아사히나 선배는 높은 위치에 있는 자신의 신발장을 향해 몸을 뻗고 있었다.

"네?" 아사히나 선배는 그 자세 그대로 뒤를 돌아보았다.

"왜요?"

왜긴 왜겠어요.

"그 신발은 지금 여기에 있는 당신 거예요."

"아…, 그렇구나….."

신발장 뚜껑을 닫고 아사히나 선배는 눈과 입을 크게 벌렸다.

"제가 이걸 신고 가버리면 여기 있는 제가 돌아갈 때 곤란하겠네

요. 그러고 보니 신발이 없어져서 곤란했던 기억은 없어요….”

그뿐만이 아니다. 이 아사히나 선배의 성격상 분명히 자연스레 벗은 실내화를 신발장에 넣을 것이다. 그렇게 되면 어떻게 될까.

저 아사히나 선배가 집에 가려고 신발장을 열면 거기에 바로 자신이 신은 것과 조금도 다르지 않은 실내화가 나오게 되는 거다.

“그, 그렇군요.”

아사히나 선배는 당황했다.

“하지만… 그럼 어떻게 돌아가야….”

실내화를 신은 채 나가는 수밖에 없겠군. 조금 부끄럽겠지만 그런 데에 신경을 쓸 때가 아니다. 다른 사람의 신발을 빌릴 수도 없는 처지이니까. 그리고 지금은 ‘어떻게’가 아니라 ‘어디로’가 더 중요하다.

나는 가슴속에서 큰북을 둥둥 울리며 내 신발장으로 돌아가 뚜껑을 열었다.

그리고 발견했다.

그리운 느낌이 드는 미래에서 온 메시지.

“…역시 준비성이 좋은데, 아사히나 선배.”

내 지저분한 신발 위에 귀여운 봉투가 놓여 있었다.

나와 아사히나 선배는 살을 에듯 차가운 산바람을 맞으며 언덕길을 내려가고 있었다.

마찬가지로 하교를 하는 키타고 학생 몇 명이 지나가며 귀갓길에는 어울리지 않는 스타일의 아사히나 선배를 힐끔거리는 것 같은데 그건 내가 너무 민감해서일까.

내 오른편에서 아사히나 선배의 갈색 머리가 살랑거리며 흔들리고 있었지만 표정은 머리카락처럼 가볍지 않아 눈을 뿌리기 직전의 흐린 하늘에 가까웠다.

참고로 내 안색도 시원스럽지 못할 게 분명하다. 어쩔 수 없이 동아리방에서 달아나야 했는데, 어떠한 이유가 있어도 무단으로 동아리 활동(동아리가 아니라 단 활동이지만)을 쉬면 단장의 기분이 급격히 나빠지므로. 웃기는 변명 아니면 상당히 중요한 볼일이 있었다고 미리 핑계를 생각해두지 않으면 하루히 특제 벌칙 게임의 먹이가 될 것은 규정 사항이었다.

그렇다고 아사히나 선배를 방치해두는 건 여러 가지 의미로 위험하다. 추운 밤하늘 아래 정처없이 떠도는 아사히나 선배를 보면 누구나 보호해주고 싶어질 것이다. 그런 보호자가 인격을 갖춘 사람만 있다는 보장은 없으니 내가 보호를 해두겠다.

"미안해요."

기운이 없는 상태에서도 귀여운 목소리다.

"제가 또 민폐만…."

"아뇨, 아닙니다."

더 들을 것도 없이 발랄하게 대답하는 나.

"당신을 여기로 보낸 건 저잖아요? 그럼 나쁜 건 바로 그 인간이죠."

그리고 아사히나 선배(대)다. 둘 다 미래의 우리치고는 너무 불친절하잖아. 미래인들은 그렇게 과거를 싫어하는 건가.

나는 손을 찔러넣은 주머니 안에서 봉투를 꼭 쥐었다.

받는 사람도 보내는 사람도 적혀 있지 않은 봉투에 들어 있던 편지지에는,

『제발 지금 당신 옆에 있는 아사히나 미쿠루를 부탁할게요.』

라는 말만이 적혀 있었다. 꼼꼼한 글씨가 눈에 익었다. 작년 봄 이것과 같은 서체의 편지를 받고 점심시간에 동아리방에 간 나는 끝내주는 글래머 미인이 된 아사히나 선배(대)를 만나 점 위치와 더 중요한 단서를 얻었다. 보낸 사람은 틀림없이 그녀다.

하지만 부탁을 하셔도 말입니다요. 뭘 해야 좋냐고요, 아사히나 선배(대). 허가받은 건 뽀뽀까지 아니었습니까.

참고로 이 편지는 지금 내 옆에 있는 아사히나 선배에게도 이미 보여주었다. 그녀에게도 보여줘도 될 물건일 거다. 아사히나 미쿠루를 부탁해요—라는 한 줄로 알 수 있다. 이게 나한테만 보내온 비밀 지령이라면 그 부분은 아사히나 미쿠루가 아니라 '나'라고 쓰여 있었을 테니까.

편지지를 들고 뚫어져라 보던 아사히나 선배는 "대체 어떻게 된 걸까요…?"라고 중얼거린 뒤 결국 자신이 쓰게 될 거라는 건 전혀 눈치채지 못한 것 같다.

하지만 희미하게 느끼고 있다 해도 이상할 것 없겠지. 두 번째의 12월 18일, 그때 그녀는 거기서 나도 나가토도 아사쿠라도 아닌 제4의 인물을 봤다. 곧 잠들어버리기는 했지만, 그렇게 됐기 때문에 아사히나 선배는 그 여자에게 어떠한 의혹을 느꼈을 것이다.

그리고 지난달 하루히 동네 근처에 사는 안경 소년을 승합차에 치이기 전에 구해냈을 때, 기운을 잃은 아사히나 선배를 보다못해 어색하게 위로했던 내게서 얻은 정보도 그녀의 머릿속에 분명히 있

을 거다. 지금의 아사히나 선배가 어디까지 눈치를 챘는지는 알 수 없지만 코이즈미의 말대로 SOS단 녀석들은 모두가 조금씩 변하고 있는 것 같다.

코이즈미의 말에 따르면 하루히가 폐쇄 공간을 만들어내는 빈도는 줄어들고 있다. 또 코이즈미의 말에 따르면 나가토의 우주인 같은 분위기도 감소하고 있다고 한다.

그렇게 말하는 코이즈미 너도 전과는 조금 달라졌잖아. 안 그래, 부단장 각하.

내가 보기에 하루히는 조금씩이긴 하지만 주위에 융화되기 시작하고 있는 것으로 보인다. 문화제 때 임시 보컬도 그렇고 컴퓨터 연구부와의 게임 대전, 연말연시의 겨울 합숙 등 고등학교 1학년 초기에 매서워서 말을 붙이기도 어려웠던 무렵과 비교하면 완전히 다른 사람처럼 웃으며 전혀 상관도 없는 타인과도 제대로 된 의사소통을 하고 있다.

—우주인, 미래에서 온 사람, 이세계인, 초능력자가 있다면 나한테 와라.

—우주인과 미래에서 온 사람과 초능력자를 찾아내서 같이 노는 거지!

완전히 실현됐다는 걸 안 것만 같다.

이 모두가 성장을 한 것이라 생각하고 싶다.

그래봤자 나 자신이 얼마나 성장했는지 스스로는 알 수 없지만 말이다.

30분 정도의 시간이 지나 내가 아사히나 선배를 들인 곳은 우리 집이었다.

"그렇구나—."

아사히나 선배는 입구에서 실내화를 벗으며,

"콘이 동아리방에 안 온 건 이래서였군요."

태평하게 감탄을 하고 있다.

아사히나 선배를 그녀 자신의 집으로 돌려보낼 수는 없으니, 그렇게 되면 갈 만한 데가 달리 짐작 가는 곳이 없어 어딘가 아사히나 선배 같은 시간 주재원이 하숙이라도 하고 있다면 잠시 보낼 수 있지 않을까 싶었지만,

"그런 사람이 있을지도 모르지만 저는 아는 바가 없어요."

개 경주를 막 끝낸 위펫(주9) 같은 얼굴로 말을 하니 포기하는 수밖에 없겠다. 아사히나 선배의 슬픔은 깊었고 사태는 오리무중의 한가운데로 흘러가고 있다. 그러니까 결국 상황이 이해가 안 간다는 소리인데 지금은 적극적으로 풀고 싶다는 생각도 들지 않았고, 그런 우리의 당혹감과는 상관없이 아사히나 선배에게 덤벼든 것은 동생이었다.

"아, 미쿠루다!"

침대 밑으로 도망친 샤미센을 끌어내리던 동생은 내가 방문을 열자마자 곧바로 아사히나 선배에게 몸통박치기를 날려 키타고 남학생들이 탐내 마지않는 미소녀를 비틀거리게 했다.

"시, 실례해요."

"와아, 어, 콘이랑 미쿠루만 있어? 하루냥은?"

동생은 반짝거리는 눈으로 아사히나 선배를 올려다봤고, 나는 초

주9) 위페트: whippet. 영국산 사냥개의 일종.

등학교 4학년 열한 살의 목덜미를 잡았다.

"하루히는 아직 학교에 있어. 그리고 내 방에 함부로 들어오지 마라."

몇 번을 해도 소용없는 말이란 건 알고 있다. 덕분에 들키고 싶지 않은 물건을 숨겨둘 곳을 찾느라 고생하고 있단 말이다.

"그치만 샤미가 안 나온단 말이야."

동생은 아사히나 선배의 치맛자락을 잡은 채 실실거렸다.

"유키는? 코이즈미는? 츠루야는? 안 와?"

자기가 들었던 애칭을 바로 써먹는 건 내가 콘이라고 불리는 점에서도 잘 알 수 있을 것이다. 인생의 선배를 존경하는 개념을 탑재하지 않은 초등학생. 그게 내 동생이다. 누가 나를 오빠라고 좀 불러다오. 가끔이라도 좋으니까 말이야.

"아, 데이트다. 그치?"

나는 동생을 내쫓고 나서 힘차게 문을 닫았다.

"자, 그럼."

아사히나 선배와 마주앉았다.

"1주일 동안에 일어났던 일들을 모조리 가르쳐주세요."

"으음."

고민하는 몸짓을 보이던 아사히나 선배가 입을 열었다.

"8일 전에…, 오늘입니다만, 제가 동아리방에 가니까 아무도 없는데 난로가 켜져 있었고요."

그건 아까 봤다.

"옷을 갈아입고 있는데 나가토 씨가 와서 비상계단으로…."

그것도 중간까지는 봤다.

"돌아와보니 콘의 가방이 없어지고 코이즈미가 있었어요."

시간차 공격이군.

"30분 정도 있다가 스즈미야 씨도 왔죠."

진로 상담이 꽤 길었군. 그럼 서두를 필요도 없었네.

"스즈미야 씨가 조금 화가 난 것 같았어요."

진로 문제로 다투기라도 했나보지. 그 녀석이 바라는 장래를 기록한 엔트리 카드는 어디에도 없다. 만약 있다면 나도 갖고 싶다.

"무시무시한 눈으로 창문을 노려봤어요. 그리고 차를 석 잔 정도 마시고—, 아."

방구석에 있는 지박령이라도 본 것처럼 아사히나 선배가 눈을 크게 떴다.

"스즈미야 씨가 콘이 없는 걸 깨닫고…."

깨닫고?

"전화를."

그 말과 내 휴대전화가 울린 것은 동시였다.

아차.

가만히 생각해보면 지금 아사히나 선배가 얘기하고 있는 것은 그녀에게는 녹화된 내용이지만 내겐 현 시간의 실황 중계다. 느긋하게 얘기를 듣고 있을 때가 아니었다. 무단결석에 대한 변명거리를 아직 생각해내지 못했다. 진동으로라도 해놓을걸. 받지 않으면 더 수상하게 여길 거다. 하지만 그전에 질문이 우선이다.

"아사히나 선배, 전 이때 전화를 받았나요?"

"네, 그런 것 같아요."

그럼 받는 게 낫겠군.

"여보세요?"

『어디에 있어?』

무뚝뚝한 하루히의 목소리는 어딘지 모르게 짜증이 난 것처럼 들린다. 나는 솔직히 대답했다.

"내 방에."

『왜? 농땡이 부린 거야?』

"급한 볼일이 생겼어."

여기서부터 거짓말을 섞어야지.

『급한 일이라니 뭔데?』

"아…."

때마침 느릿느릿 침대 밑에서 기어나오는 샤미센이 보였다.

"저기, 샤미센이 아파서 동물병원에 데리고 갔다왔어."

『네가?』

"응, 집에는 동생밖에 없었거든. 나한테 연락이 왔다."

『헤에, 무슨 병인데?』

"어…, 원형탈모증."

적당히 내뱉은 말을 듣고 아사히나 선배가 무슨 연유에서인지 입을 틀어막았다.

『샤미센이 탈모증이라고?』

"응. 의사 얘기로는 스트레스 때문이라는 것 같아. 지금 집에서 요양 중이다."

『고양이가 스트레스를 받을 정신이 있어? 집에서 요양이라니, 샤미센은 그게 생활이잖아.』

"그렇기는 한데, 우리 동생이 너무 끼고 도는 게 안 좋은가봐. 그래서 내 방을 동생 출입금지 지구로 지정하고 샤미센 보호구로 삼기로 했어."

『흐음―.』

이해를 했는지 어떤지 하루히는 콧방귀를 뀌고서 이렇게 말했다.

『너 지금 누구랑 같이 있어?』

"……."

나는 휴대전화를 귀에서 떼고 통화시간을 기록하는 화면을 보았다.

어떻게 아는 거지? 아사히나 선배는 한마디도 하지 않았고, 실수로 소리라도 낼까봐 두 손으로 자기 입을 막고 있는데.

"아무도 없어."

『어머, 그래? 네 말투가 이상해서 그런 줄 알았는데.』

쓸데없이 감만 좋은 건 변함이 없구나.

"샤미센밖에 없어. 뭐하면 바꿔줄까?"

『됐어. 몸조리 잘하라고 전해줘. 그럼.』

뜻밖에 순순히 전화를 끊는다.

나는 침대에 전화기를 던진 뒤 아사히나 선배의 무릎에 몸을 비비는 얼룩 고양이의 무늬를 바라보며 어느 부위의 털을 동그랗게 깎아줄까 궁리했다. 잘못해서 하루히가 문병이라도 오게 되면 곤란하니까 말이다.

"이 다음에 하루히는 뭘 했나요?"

샤미센의 귀 뒤를 긁어주고 있던 아사히나 선배는 기억을 더듬는 표정을 지으며 말했다.

"으음, 5시 너머까지 동아리방에 있다가 다들 집에 갔어요. 스즈미야 씨는…, 글쎄요, 어딘지 모르게 조용했어요. 동아리방에서도 계속 잡지만 보고 있었고요….”

하루히의 기분 나쁜 얌전함이 결국 아사히나 선배도 알 수 있을 정도로 심해진 걸까.

다른 녀석들은 어떨까. 나가토가 사태를 이해하는 것은 분명한데.

아사히나 선배의 손놀림에 이끌리듯, 샤미센은 목을 가르랑거리며 교복 치마의 무릎에 앞발을 올렸다. 그대로 무릎 위를 점거한 샤미센의 등에 손을 올려놓고 아사히나 선배가 말을 이었다.

“평소와 다른 점은 없었던 것 같은데…. 미안해요, 잘 기억이 안 나요.”

할 수 없죠. 저도 1주일 전의 코이즈미의 표정 따위는 잘 기억도 못 하는걸요. 물으면 평소랑 다를 게 없었다는 말밖에 할 말이 없을 테니.

“그 밖에는요? 내일이나 모레는?”

가르랑거리는 샤미센의 꼬리를 가볍게 잡고 있던 아사히나 선배가 눈을 내리깔았다.

“어디까지 말을 해도 되는 걸까요.”

내 미래 스케줄을 가르쳐준다면 그대로 실행할 생각인데.

“으음, 다음 공휴일에 다 같이 보물찾기를 했어요.”

보물찾기?

“네, 스즈미야 씨가 보물지도를 가져와서 다 같이 구멍을 파러 갔죠.”

구멍을 파러?

"네, 츠루야가 스즈미야 씨한테 준 거예요. 고향집 창고를 정리하다가 선조님이 그린 묘한 지도가 나왔다면서요. 이렇게—."

공중에서 하얀 손가락이 춤을 췄다.

"먹으로 그림이 그려진 낡은 지도였어요."

츠루야 선배…, 당신 또 귀찮은 걸 하루히한테 넘겨줬군요.

게다가 구멍 파기라고? 헤이안의 감찰관도 아니고 대체 어디를 판 거지?

"산요."

아사히나 선배의 대답은 너무나도 간결했다.

"츠루야네 사유지에 있는 산이에요. 학교에서 오는 길에 언덕 중간쯤에 보이는 동그란 산요."

얘기를 듣는 것만으로도 힘이 빠진다. 은혜나 원수를 초월한 세계도 아니고 등산을 한 뒤에 굴착 작업이라니, 이런 엄동설한 2월에 하기에는 추위 견디기 소풍 수준의 웃기지도 않은 행사다. 미리 말해두겠는데 츠루야 가문 소유의 산이라는 부분에는 아무것도 놀랄 게 없다. 별장에 사설 스키장이 딸려 있을 정도이니 동네 산맥 하나야 여유롭게 소유하고 계시겠지.

나는 나오는 한숨을 숨기지도 않은 채 말했다.

"그래서 보물은 찾았습니까?"

"으으…, 아뇨."

대답하기 전에 잠시 꾸물댄 것 같기도 했지만 아사히나 선배는 고개를 저었다.

"옛날 보물은 어디에도 묻혀 있지 않았어요."

물어보지 말걸. 모처럼의 공휴일인데도 나는 아무래도 찾을 리가 없는 보물을 찾아 보물 사냥꾼 흉내를 내야 하나보다. 헛수고로 끝날 것을 미리 알고 하는 작업만큼 허무한 일은 없다.

"그 다음 토요일과 일요일에도…."

또 팝니까? 아예 츠루야 선배네 정원을 파헤치는 게 뭔가 나올 확률이 높지 않을까요. 온천이라든가 말이죠.

"아뇨, 주말에는 그걸 했어요. 으음, 시내 순찰요."

그렇군, 그거 말인가. 이 세상의 신기함을 찾으려고 사방을 어슬렁거린다는 SOS단의 메인 활동인 그거다. 그러고 보니 한참 안 했군. 그런데—.

"이틀 연속으로 할 필요는 없을 텐데."

"네…, 하지만, 아뇨. 그래요."

아사히나 선배는 왠지 시선을 피하며 말했다.

"월요일에도 학교가 쉬었으니까요…."

듣고 보니 생각이 났다. 다음 주 월요일은 특별반 추천 입시가 있어서 학생들은 등교할 필요가 없었지.

"신기한 건 찾았나요?"

그 때문에 아사히나 선배가 1주일 전으로 온 건가 싶었는데,

"아뇨."

바로 갈색 머리가 옆으로 흔들렸다.

"평소와 같아요. 차를 마시고 점심을 먹고…."

더더욱 고개가 갸우뚱해지는 사태다. 들은 바에 따르면 어디에도 아사히나 선배가 시간 역행을 할 이유도, 내가 그런 명령을 내릴 동기도 없다. 1년 후라든가 최소한 달 단위의 간격이라면 또 몰라도 다음 주에서 이번 주로 왔는데 뭐가 다른 게 있다는 거지?

나는 데굴거리는 샤미센의 배를 쓰다듬어주는 아사히나 선배를 관찰했다.

이번처럼 겨우 1주일뿐이라면 나가토의 힘을 빌리지 않더라도 나가토의 방식을 쓸 수 있다. 작년 칠석에서 4년 전의 칠석으로 이동한 나와 아사히나 선배는 3년간의 시간 동결을 거쳐 원래의 시간대로 복귀했다. 그 요령을 살리면 되는 거다. 이 아사히나 선배를 누구의 눈에도 띄지 않는 곳에 1주일만 놔두면 그 사이에 그녀는 원래 있던 시간으로 도달하게 된다. 콜드 슬립을 할 필요도 없고, 폐해라고 한다면 1주일이 연장되는 것뿐인데 그 정도라면 별로 다를 것 없잖아.

하지만 그래서는 정말 의미가 없어지잖아. 뭔가가 있을 거다. 아사히나 선배가 여기에 있는 건 8일 후의 내가 한 짓이고 쪽지에 쓰인 아사히나 선배(대)의 메시지….

"나는 어땠나요? 의미심장한 행동이나 말을 하지는 않았나요?"

"으음…."

아사히나 선배는 황홀한 표정으로 눈을 감은 샤미센의 발바닥을 꾹꾹 누르고만 있었다.

말을 바꾸자.

"8일 후의 나, 그 녀석이 당신에게 시간 여행을 하라고 말한 상황을 가르쳐주세요."

"그거라면 잘 기억하고 있어요. 저한테는 오늘이었으니까요."

고양이에게서 손을 떼고서 아사히나 선배는 공중에 세로로 선을 여러 개 그었다.

"안뜰에서 유료 이벤트를 하고 있었어요. SOS단 주최 제비뽑기

대회요."

그건 또 뭐야.

"당첨된 사람에게… 호화 상품이라는 1인당 5백 엔의 사다리 타기 대회였죠. 스즈미야 씨가 확성기를 들고 사람을 모았고…."

아마 동아리 활동비를 마련하려고 그런 거겠지.

아사히나 선배는 말하기 어렵다는 듯 설명을 계속했다.

"제가 상품을 주는 역할을 맡았어요. 참가자가 많아서 조금 무서웠어요…."

절분 이벤트의 보복을 꾀하고 있었던 걸까.

"아사히나 선배, 그때 어떤 복장을 하고 있었나요? 혹시 무녀?"

"어, 어떻게 알았어요?"

하루히가 할 만한 짓이니까요. 눈에 띄기 위해서는 일단 의상에서부터 시작하는 게 하루히의 방식이다. 어쨌든 눈에 띄는 사람이 이기는 거라고 생각하고 있다. 아사히나 선배는 평범한 상태로도 상당히 이목을 끄는 외모를 갖고 있는데, 장식을 더하면 설명하기 힘든 신비한 힘이 비약적으로 증가한다. 매개변수로 봤을 때는 매력도라는 거다.

"제가 당첨된 사람에게 상품을 주고 악수를 하고 기념 촬영을 하고 있는데."

아사히나 선배는 부끄러운 듯 샤미센의 뺨에 난 털을 쥐고 있었다.

"콘이 갑자기 제 손을 끌고 동아리방으로 데리고 왔어요. 서둘러 교복으로 갈아입으라고, 잘 이해는 안 됐지만 시키는 대로 했더니 청소 도구함에 들어가라고 하고선 8일 전의 3시 45분으로 날아가라고 했어요. 거기에서 자기가 기다리고 있을 테니까 나머지는 그 녀석이 시키는 대로 하면 된다면서요."

무늬를 쓰다듬듯 얼룩 고양이의 등을 검지로 쓸며 아사히나 선배가 고개를 떨궜다.

"TPDD 사용 허가는 바로 떨어졌어요. 말도 안 될 정도로 빠르게요. 마치 제가 신청하기를 기다리고 있었던 것처럼요."

아무래도 그런 것 같다. 아사히나 선배(대)는 미리 알고 있었을 것이다. 모르는 건 어째서 8일 후의 내가 미래인의 계획에 가담했는가 하는 점이다. 그 글래머 미녀 아사히나 선배가 나의 이 아사히나 선배와 시간을 사이에 둔 동일인물이라는 건 알고 있다. 하지만 이론과 감정은 다른 것이다. 작은 아사히나 선배에게 이유도 모르는 시간 이동을 대체 몇 번을 시켜야 속이 풀릴 거냐? 인제 그만 좀 가르쳐주시죠, 아사히나 선배(대).

안 그러면 제가 속 시원하게 모조리 다 불어버릴 겁니다.

내 눈앞에 있는 아사히나 선배는 또다시 우울한 표정을 짓고 있었다. 지난달에 일시적으로 보였던 것 같은, 무력함을 부끄러워하는 그림자가 이마에 드리워져 있었지만, 무력함으로 따진다면 나도 지지 않는다. 지금도 앞으로 누구한테 의지해야 하나 고민하고 있을 정도니까.

"후우."

나와 아사히나 선배가 동시에 숨을 쉬고 샤미센이 따분하다는 듯이 하품을 했다. 그때,

"쿈, 문 열어ㅡ."

문 너머에서 동생이 소리를 질렀다. 그 목소리가 시키는 대로 따

르자 녀석은 주스와 카스텔라가 담긴 쟁반을 위태위태하게 들고 안으로 들어왔다. 어머니가 주시는 거라고 했지만, 세 사람 몫이 있는 걸 보니 이 녀석은 이대로 눌러앉을 생각인가보다. 뒤늦게나마 깨달았다. 아사히나 선배와 내 방에서 단둘이 있는 절호의 상황이었는데 전혀 그럴듯한 분위기를 맛보지 못했잖아. 지금이라도 나가지 않을까 안력을 발휘해보았지만 동생은 나를 쳐다보지도 않은 채 아사히나 선배의 옆에 앉아서,

"샤미, 카스텔라 먹을래?"

잘게 뜯은 카스텔라 조각을 고양이의 코에 갖다대는 동생을 보고 아사히나 선배는 겨우 부드러운 미소를 지었다.

동생도 가끔은 도움이 된다. 이 순수함을 성장과 동시에 잃지 않기를 오빠로서 바라는 바이다.

고양이를 사이에 낀 동생이 연신 아사히나 선배와 장난을 치는 시간이 지나고 나와 아사히나 선배는 마침내 우리 집에서 탈출했다.

손목시계는 오후 6시 15분을 가리키고 있었다. 하늘은 이미 어두웠고, 입춘은 다음달이나 되어야 찾아온다.

"어떻게 하죠, 쿈?"

옆에서 걷고 있는 아사히나 선배가 하얀 숨을 토해내며 속삭였다. 걸음걸이가 불안한 건 내 구두를 빌려 신었기 때문이다. 실내화보다는 낫겠다 싶었는데 신데렐라에게 바치기에는 너무 컸나.

"글쎄요." 나도 한숨을 쉬었다.

이대로 아사히나 선배를 집에 머무르게 하고 싶다는 생각도 있었고 그러면 동생도 기뻐하겠지만 아무리 생각해봐도 너무나 부자연스러운 짓이다. 특히 우리 부모님은 그녀가 집에 돌아가지 못하는 사정을 궁금해하실 것이다. 이것도 만에 하나 거짓말이 꼬리를 문 끝에 하루히의 귀에 들어가게라도 된다면 내게는 현실적인 위기가 닥쳐올 게 분명하다. 샤미센의 털은 깎아도 다시 나겠지만 아사히나 선배의 존재를 지워버릴 수는 없다. 아사히나 선배를 우리 집에 묵게 하는 계획은 망상에서만 그치는 편이 좋을 것 같다.

작은 몸집의 선배는 비스듬히 걷고 있었다. 팔이 스칠 정도로 접근했다가 깜짝 놀라 떨어지는 동작이 이런 순간에조차 귀엽다. 맞지 않는 신발 때문은 아닌 것 같다. 무의식중에 기대는 거라면 나도 조금은 기쁘겠지만 이게 또 기뻐하고만 있을 수는 없는 일이었다. 아사히나 선배가 기대면 모든 것을 받아줄 수 있을 정도로 강인한 자신은 내 내부에 생겨나지 않았다. 쓰러진 도미노는 다음 도미노를 쓰러뜨리고 마지막 하나에 도달한다.

그럼, 이런 때에 기댈 최후의 도미노는 누구냐 생각하니, 떠오르는 후보자는 그렇게 많지 않았다.

일단 하루히는 완전히 제외다. 왜냐고 묻는 녀석이 있다면 나는 그 녀석의 머리를 이레이저 헤드로 만든다 해도 아무 부끄러울 게 없을 것이다.

현 시점에 있는 또 하나의 아사히나 선배는 논외다. 더블로 안절부절못하고 다니는 트윈스가 늘어나는 것만으로는 문제 해결에서 점점 멀어질 뿐이다. 무엇보다 타임 패러독스를 더 이상 늘릴 마음은 없다.

코이즈미에겐 그나마 약간의 신뢰감을 가질 수는 있겠지만 그 녀석이 소속된 '기관'인지 뭔지가 미래에서 온 사람을 어떻게 다룰지는 미지수였고, 정체를 알 수 없는 그런 조직에 아사히나 선배를 맡기면 놈들이 무슨 짓을 할지는 모르는 일이다. 아라카와 씨나 모리 씨와 타마루 형제는 좋은 사람으로 보였지만 그들이 코이즈미가 자칭하는 말단 직원에 불과하다면 그 위에 있는 녀석들에게 전폭적인 신뢰를 보내기에는 조금 그렇다.

따라서 단순한 소거법에 따라 한 명의 이름이 떠올랐다. 이미 우리를 이해해주고 있는 희한한 존재이자 SOS단의 숨은 실력자. 정체불명의 두목을 모시고 있다 해도 코이즈미 쪽만큼 즉물적이지 않은 존재….

남은 건 그 녀석뿐이다.

그러니까 바로 나가토 유키가 나올 차례인 것이다. 이렇게 되면 질렸다거나 또냐는 말을 하기 이전의 문제다. 미래에서 온 사람이나 우주인은 한 세트로 생각하는 게 좋을지도 모르겠다. 미래에서 과거로 오는 과정에는 반드시 나가토의 방으로 통하는 경로가 설정되어 있는 게 아닐까.

그리고―. 나는 생각했다.

이 아사히나 선배를 현재의 자기와 만나지 않도록 그쪽의 아사히나 선배(현재)를 방에서 끌어내 준 건 그 녀석이다. 어쩌면 사정까지 설명해줄지도 모른다.

"나가토 씨한테요?"

하지만 아사히나 선배는 나를 올려다보며 갑자기 걸음을 늦췄다. 내가 기운을 북돋워주려고 말했다.

"그 녀석이라면 괜찮을 거예요. 방도 남고 하니 1주일 정도라면 재워줄걸요."

뭐하면 나도 잠옷을 들고 찾아가고 싶을 정도다. 변명거리만 떠오른다면 말이다.

"하지만…."

아사히나 선배는 시선을 떨구며 말했다.

"나가토 씨와 둘이 있는 건 조금…, 저기…, 1주일… 이나요?"

겁먹을 필요 없어요. 나가토가 아사히나 선배에게 해로운 짓을 할 리가 없다고요. 지금까지도 여러 번 신세를 졌고 요전에는 같이 시간 여행을 한 사이 아닙니까.

"그건 알지만요…."

신기하게도 이때 아사히나 선배는 나를 원망하는 눈으로 흘낏 쳐다보았다.

"제가 같이 있으면 나가토 씨는 별로 안 좋아하지 않을까요…."

"네? 왜요?"

나가토가 어떤 걸 좋아하는지 그런 걸 아사히나 선배가 어떻게 알지? 그 녀석이라면 10센티미터 옆에서 약물 중독자가 벌거벗고 춤을 춰도 꿈쩍도 안 할 것 같은데.

내가 대답을 기대하며 바라보고 있자 아사히나 선배는 뚱하니 부푼 뺨을 한 채 앞을 보며 토라진 듯 대답했다.

"…좋아요. 이젠…."

최소한의 단어만으로 하고 싶은 말을 전하는 것이 나가토의 장점이었고, 이때도 그 점은 변함이 없었다. 맨션 입구에서 이제는 지문이 익숙해진 번호 키와 초인종을 누른 내 귀에 들린 것은,

『………….』

언제나와 같은 말 없는 반응이었다.

"나다. 아사히나 선배도 있어. 조금 사정이 있어서."

『들어와.』

이 대화를 몇 번이나 나눴더라. 내가 아사히나 선배를 크거나 작거나 가리지 않고 끌고 온 것은 으음, 이걸로 네 번째로군. 첫 번째는 4년 전의 칠석이었고, 두 번째는 그날, 세 번째는 지난달 2일이었다.

아사히나 선배가 조금 불안해 보이는 것도 매번 보는 광경이었고, 현재 엘리베이터에서 7층의 통로를 걸어가는 도중에도 변함이 없었다. 내 옷자락을 꼭 쥐고 있는 모습이 너무나도 작은 동물 같아서 이 사람을 지켜주지 않는다면 지켜야 할 대상은 이 지구를 가루를 내어 조사한다 해도 나오지 않을 거다.

"……."

나가토는 방문을 반쯤 열고 몸을 내밀고서 기다리고 있었다. 교복 차림은 이미 익숙하다. 이 녀석의 사복 차림을 본 건 여름 합숙이 처음이었고 겨울 합숙이 마지막이었다. 우리를 바라보는 눈에는 딱히 말하고 싶은 의견은 없어 보였지만 아사히나 선배는 벌써 소심해져 있었다.

"저…, 죄송해요, 나가토 씨…. 무슨 문제만 생기면 여기에 오는 것 같아서…."

실제로도 그랬지만.

"됐어."

나가토는 냉담하게 고개를 끄덕였다.

"들어와."

아사히나 선배의 조심스러운 느낌이 나가토의 대응에 친숙해지는 방침이라면 실제로는 태양계에서 나바드 성계까지의 거리가 있는 것 같다. 내가 등에 손을 대고 재촉하자 겨우 발을 들여놓는다. 지난달에 이 집의 손님방에서 잠들었다고는 생각할 수 없을 정도로 조심스러운 분위기였다.

"실례합니다…."

예전에 봤던 나가토네 집의 찬바람 부는 풍경은 여전히 필요 최소한도의 물건밖에 없다는 사실 덕에 더욱 강조되고 있었다. 그래도 지금은 작년 봄에 처음 내가 찾아왔을 때는 없었던 페이즐리 무늬의 겨울용 커튼이 거실의 창문에 걸려 있었다. 그것만으로도 인상이 크게 바뀌는 법이다. 벽 옆에는 크리스마스 이후로 방치된 트위스터 게임이 둥글게 말려 세워져 있었지만 TV도 융단도 없는 점은 그대로다. 거실에 있는 건 고타츠(주10)로 쓸 수 있었지만 이불이 덮여 있지 않은 탁자뿐이었다. 꼭 침실을 보고 그 모습을 확인해보고 싶었지만, 안 보는 게 좋을 것 같다는 예감도 들었다. 만약 그 방이 귀여운 벽지와 레이스 커튼으로 장식되어 있고, 캐노피가 달린 침대의 머리맡에 양 인형이라도 놓여 있다면 나는 나가토에 관한 모든 전제조건을 제로로 한 뒤 처음부터 다시 정보 구축을 해야만 한다. 그때 내가 해야 할 말은 메소포타미아 문명 여명기로 거슬러 올라가도 존재하지 않을 것이다. 내일의 아사히나 선배한테서 들은 정보로 알아내면 그만이다.

주10) 고타츠: 일본에서 사용하는 난방기구의 일종. 안에 열을 내는 도구를 두고 위에 탁자를 놓은 뒤 이불을 덮어 온기를 유지한다.

지금은 다른 걸 물어봐야 한다.

"야, 나가토, 너는 이 아사히나 선배가 미래…"라는 건 어쨌든 당연한 말인가. "가 아니라 8일 후의 미래에서 온 또 다른 아사히나 선배라는 걸 알고 있지?"

나는 거실에 놓인 고타츠 옆에 앉으며 말했다.

"알고 있다."

나가토는 내 정면에 똑바로 앉으며 여전히 서 있는 아사히나 선배에게 시선을 주었다.

움찔 몸을 떤 아사히나 선배는 황급히 내 옆에 앉은 뒤 고개를 숙였다.

"아사히나 선배는 자기가 이 시간으로 날아온 이유를 모른다고 했어"라고 내가 설명했다. "얘기에 따르면 그 시간의 내가 가라고 말을 했다는데…. 나가토, 혹시 너는 사정을 알고 있냐?"

만약 모른다 하더라도 이 녀석이라면 미래의 정보를 가르쳐줄 가능성이 크다. 그래서,

"모른다"는 시원스런 대답이 날아와도 나는 동요하지 않았다. 까짓것 지금부터 알아봐주면 된다. 그 동기화라는 녀석으로 말이다.

하지만 나가토는 내 기대를 너무나도 간단히 배신해주었다.

"불가능하다. 현재의 나는 과거 미래를 불문하고 어느 시공 연속체에 존재하는 나의 이시간동위체와 동기화하는 게 불가능하다."

왜냐고 내가 묻기 전에 말이 이어졌다.

"금지처리 코드를 신청했으니까."

아직 모르겠다. 왜?

"내 자율 활동에 차질을 가져올 가능성이 있다고 판단했다."

그게 봉인이라면 네 두목이 한 거냐?

"정보 통합 사념체는 동의했을 뿐이다."

나가토의 무표정은 어딘지 모르게 시원스러워 보였다.

"내 의지다."

나가토는 전보를 복창하는 듯한 목소리로 말했다.

"해제 코드는 암호화되어 내가 아닌 인터페이스의 관리하에 놓여 있다. 내 의지로는 해제할 수 없다. 그럴 생각도 없다."

으음, 그러니까 나가토는 미래의 자신과 정보교환을 할 수 없으니 이제 미래의 사건을 알 길이 없다는 소린가. 당연히 8일 후에서 아사히나 선배가 온 이유도 알 수 없다 이거군. 그럼 나는 어떻게 하면 좋지?

"네 판단에 따라 행동하면 된다."

진지한 검은 눈동자가 내 모습을 자그맣게 비추고 있었다.

"내가 그렇게 하는 것처럼."

나는 깜짝 놀라지 않을 수 없었다.

나가토가 자의식 얘기를 하고 있다. 혹시 나는 지금 나가토한테 설교를 듣고 있는 건가?

"동기 기능을 잃음으로써 자율동기를 더욱 자유롭게 할 수 있는 권리를 얻었다. 나는 현 시점에서 내 의지에만 따라 행동한다. 미래에 속박되지 않는다."

나가토치고는 말이 말았다. 무엇이 그렇게 시키는 걸까.

"미래에서의 내 책임은 현재의 내가 져야 한다고 판단했다."

나가토는 나를 바라보고 있었다.

"너도 그렇다. 그게—."

나가토는 천천히 말을 이었다.

"너의 미래다."

나는 눈을 감고 생각에 잠겼다.

만약에 예지 능력이 있어서 8일 후까지 자신의 행동을 전부 알수 있다고 치자. 그리고 또 그 결과를 어떻게 해도 바꿀 수 없다는 것도 알았다고 가정해보자. 어떻게 해도 미래를 바꿀 수 없고, 무슨 짓을 해도 결국은 그 결과에 도달하게 된다면 어쩔 수 없는 일이라고 포기하는 건 올바른 일일까.

발버둥을 친 결과 어쩔 수 없이 그렇게 되는 것과 그렇다면 할 수 없다고 처음부터 아무것도 하지 않는 것, 도달점은 똑같다고 하더라도 모두 다 똑같다고 할 수 있을까?

나가토는 발버둥을 친 거다. 이 녀석은 자신이 에러를 일으키는 걸 알고 있었다. 그렇게 되지 않으려 노력했으리라는 건 의문형으로 만드는 노력도 아깝다. 만약 알고 있었던 일이 원인이었는지는 몰라도 어쨌든 결과적으로는 그렇게 되어버렸다. 누가 나쁘냐 하는 차원의 얘기가 아니다. 나쁜 건 나다. 나가토가 변하고 있는 걸 느끼면서 그 이상은 아무것도 생각하지 않았던 내가 원인이다. 조금은 하루히한테도 떠넘기고 싶지만 이것만큼은 누구에게도 넘기고 싶지 않은 정신적인 짐이다.

지난달 미래의 나가토는 과거의 나가토에게 이렇게 말했다.

—하고 싶지 않으니까.

자신이 해야 할 일을 미리 전해듣고 싶지 않았고 알고 싶지도 않있기 때문이다.

나가토는 자신이 취해야 할 행동을 취한 것을 알고 있었다. 자신을 신뢰하고 있었던 거다.

새삼 결의를 할 것도 없이 나도 그렇게 했지 않던가.

나는 미래에서 온 나의 목소리를 듣고 과거로 가서 그곳에 있던 내게 똑같은 말을 했다. 앞으로 어떻게 되는지도 묻지 않았고 어떻게 해야 하는지도 말하지 않았다.

—어떻게든 될 거라는 건 이미 알고 있다.

그리고 나는 어떻게든 하고 싶다. 그래서 나는 지금 여기에 있는 거다.

"괜찮다."

나가토의 목소리에 정신을 차렸다. 감정 없는 검은 눈동자가 평소보다 빛나는 것처럼 보인다.

"나의 최우선 임무는 너와 스즈미야 하루히의 안전 유지."

아사히나 선배도 포함시켜줬으면 좋겠는데. 부록으로 코이즈미도 말이야. 설산의 저택에서는 제법 네 편을 들어줬다고.

나가토는 고개를 끄덕였다.

"적으로 판단되는 존재가 의도를 가지고 간섭했을 때는."

예를 들면 어떤 녀석?

"정보 통합 사념체와 기원을 달리하는 광역대 우주존재. 과거에 우리를 이공간에 감금했던."

설산 산장 사건 녀석이군.

"그것들은 정보 통합 사념체와 멀리 떨어진—."

나가토는 적절한 말을 찾는 듯 입을 다물었다가 다시 열었다.

"—위치에 존재했었다. 서로의 존재를 확인은 했지만 접촉은 하지 않았다. 상호 이해는 불가능하다고 결론을 내렸으니까. 하지만 그들도 알아차렸다."

뭘?

"스즈미야 하루히를."

오랜만에 맛보는 이 기분을 뭐라고 표현해야 좋을까. 모두 다 하루히를 특별하게 보고 그 녀석이 하는 행동을 지켜보며 때로는 간섭까지 한다.

"설산 조난은 그 녀석들이 꾸민 짓이었냐…."

"그렇다. 내게 부하를 걸고 독자적인 힘으로 위기를 피하는 걸 어렵게 만들었다."

그때 네 두목은 뭘 하고 있었냐? 낮잠 자고 있었어?

"유기 단말의 기능으로는 정보 통합 사념체의 총의를 완전히 읽어낼 수 없다."

나가토는 2밀리미터 정도 고개를 갸웃거렸다.

"하지만 그 사건 자체가 커뮤니케이션의 일종이라 인식했다."

대체 무슨 대화냐. 우리를 통째로 가둬놓고선 말이야. 그런 접근은 현대사회에서는 통하지 않는다고.

"그것들은 우리와는 완전히 이질적인 존재이며 사고 과정을 이해하기란 불가능하다. 그것들도 우리의 사고를 이해하지 못할 것이라고 추측한다."

절대로 말이냐. 그 녀석들이 하루히를 어떻게 생각하고 있는지 물어보고 싶은데.

"완전한 정보 전달은 무리다."

그렇겠지. 인사 대신 눈보라를 가져오는 무능한 놈들인 것 같으니까 말이다.

"조금이라면 가능할지도 모른다."

나가토는 세로로 고개를 움직였다.

"그것들이 나와 유사한 기능을 가진 휴머노이드 인터페이스를 창출해내면 불완전하기는 하지만 언어를 매개로 한 접촉을 취할 수 있다. 확률은 높다."

설마 이미 어딘가에 있는 건 아니겠지.

"가능한 얘기다."

가능하지 않았으면 좋겠는데. 안 나타나는 게 신기한 거라고 느끼는 이 감정도 뭐라 해야 할지.

"아…."

숨을 내쉬는 듯한 소리를 낸 건 아사히나 선배였다.

"설마…."

아사히나 선배는 뭔가를 알아차렸는지 놀랄 만한 일을 생각해낸 듯한 표정으로 나가토를 보았다. 나가토도 아사히나 선배를 보았다. 두 사람을 본 나는 미래에서 온 사람과 우주인이 마주보는 모습에 조금 놀랐다.

"왜 그래요?"

"아니, 아무것도 아니에요. 정말 아무것도…."

황급히 표정을 바꾸는 아사히나 선배를 보고 멍하니 보고 있는데 나가토가 벌떡 일어났다.

우리를 내려다보며,

"차를 준비하겠다."

그렇게 선언한 뒤 부엌으로 향하다 중간에 멈춰 서서 뒤를 돌아보았다.

"아니면."

무슨 말을 하려나 싶어 내가 입을 벌리고 기다리고 있는데, 의문형의 짧은 단어가 던져졌다.

"저녁?"

나가토의 오늘 저녁 메뉴는 캔에 든 인스턴트 카레였다. 5인분은 족히 될 법한 커다란 캔을 그대로 냄비에 데우기만 하는 요리는 뭐라 표현하기 어려운, 나가토답다는 느낌이 들었다. 여기에 하루히가 있었다면 카레에 이것저것 다른 것들을 집어넣을 거라는 상상을 했고, 나는 또 뭐라 말하기 어려운 기분이 들었다. 맛과 즐거움 중 어느 쪽을 우선시해야 하는가.

그러고 보니 벌써 저녁 시간이었네.

아사히나 선배가 거실에 앉은 채 꼬물거리고 있는 건 나가토가 가만히 있으라고 명령했기 때문이다. 도와주려는 아사히나 선배에게,

"손님."

이라고 말한 나가토는 묵묵히 저녁 준비를 시작했다. 찬장에서 카레 캔을 꺼내고 양배추 한 통을 채 썬 게 다였지만.

마침내 오목한 접시에 갓 지은 밥을 가득 담고 인스턴트 카레를 얹는 단순함 속에서도 호쾌함이 느껴지는 주요리와 양배추만 산더미처럼 쌓아 놓은 샐러드가 나와 아사히나 선배의 앞에 놓였다. 아

사히나 선배는 황송해하며 연신 고개를 꾸벅거리며 접시를 내려다보고는 거의 산맥을 이룬 대량의 카레라이스에 위통을 애써 삼키는 표정으로 굳어져 한 줄기 땀을 흘렸다.

나가토는 자기 자리에 앉았다.

"먹어."

"자, 잘 먹겠습니다."

물론 나도 인사를 했다. 카레 냄새를 맡자마자 꾸르륵대기 시작한 위장이 대기하고 있었기 때문이다. 직접 만든 요리가 아니라는 건 조금 아쉬웠지만 인스턴트도 가끔은 나쁘지 않았고, 소리 없이 카레의 산을 부수며 먹는 나가토와 예의바르게 먹고 있는 아사히나 선배의 모습을 바라보며 식사를 하는 것도 괜찮았다. 대화가 오가지는 않았지만(하루히가 있었다면 혼자서 떠들어댔겠지만), 식탁의 풍경치고는 이 이상 바랄 게 없었다.

그후 힘에 겨워 어쩔 줄 몰라 하던 아사히나 선배가 반이 넘게 카레를 남기자 나가토와 공동으로 나눠 먹은 뒤, 식후에도 나가토가 타준 차를 마셨다.

"잘 먹었다. 그럼 나는 이만 가볼게."

"어, 콘도 여기에서 자는 것 아니었나요오?"

우아하게 차를 마시며 명치를 누르고 있던 아사히나 선배가 도토리 같은 눈을 크게 떴고 나가토마저 찻잔을 입에 댄 채 가만히 시선을 보내고 있었다.

"아니, 나는….."

여기서 "그것도 괜찮겠네요"라고 말했을 경우의 망상이 버사드 램제트 엔진(주11)이 폭주 중인 우주선 수준의 속도로 머릿속을 휘저

주11) 버사드 램제트 엔진: Bussard ramjet engine. 미국의 물리학자인 로버트 버사드가 제시한 성간 엔진. 램제트 엔진은 압축기나 터빈이 없이, 고속으로 불어넣은 공기를 원통 안에서 압축하고 연료를 분사, 점화, 연소하여 추진력을 얻는 것으로 제트 엔진의 일종이다.

었다.

나가토에게 빌린 파자마를 입은 아사히나 선배가 목욕을 마친 머리를 수건으로 털며 미소를 짓고 그 옆에서 나가토가 머리에서 김을 뿜으며 우유를 마시는 장면이 번득였다 사라지고, 다다미 방에 깔린 두 벌의 이불에 관한 추억으로 기억이 역행한 뒤 뜬금없이 머릿속의 스크린에 클로즈업된 하루히가 메롱 혀를 내미는 장면에서 정신을 차렸다.

"오늘은 그만 갈게요. 내일 학교 마치고 들르겠습니다."

그리고 방 주인에게도 말했다.

"괜찮겠어, 나가토?"

고개를 끄덕이는 나가토. 나는 여전히 불안해 보이는 아사히나 선배에게 고개를 끄덕여 보였다.

"그때까지 여기에서 얌전히 있으셔야 해요. 뭐 어떻게든 될 겁니다."

이건 말뿐인 위로가 아니다. 만약 문제가 생기면 나가토한테 시간을 동결해달라고 하면 된다.

첫 번째 경험했던 칠석 때는 그렇게 해서 3년 후로 돌아왔으니까 1주일 정도라면 우습겠지. 게다가 내게는 다른 예감이 들고 있었다. 아사히나 선배가 아무 의미도 없이 시간 역행을 했을 리가 없고, 8일 후의 내가 그렇게 하라고 말한 데에는 뭔가 이유가 있었을 것이다. 미래의 일인데 '있었을 것'이라고 표현하자니 이상했지만, 그 확신은 흔들리지 않았다. 여전히 주머니에 들어 있는 예의 편지가 가르쳐주고 있다.

그렇죠, 아사히나 선배 어른 버전 누님.

이 일에 당신이 얽혀 있다는 건 틀림없는 거죠.

안쓰러울 정도로 보호욕을 자극하는 아사히나 선배의 불안한 얼굴에 작별을 고한 뒤, 나는 한겨울의 밤하늘을 올려다보며 집으로 향했다.

그 도중에 생각한 것은 나가토의 능력 제한에 관한 고백이었다. 코이즈미, 네 예감은 맞는지도 모르겠다. 나가토가 평범한 여고생이 되고 정보 통합 사념체와도 무관한 존재로 문예부실의 일원이 될 날도 멀지 않을지 모르겠다. 그렇게 되면 나도 문제가 일어날 때마다 나가토의 힘을 빌리러 가지 않아도 된다. 괜한 부담을 주지 않아도 된다. 같이 문제를 겪게 되는 평범한 동료가 될 수 있다.

나가토의 힘이 없다면 당연히 지금보다 더 곤란해질 수도 있겠지.

하지만 그게 뭐가 어쨌다는 거냐.

작년 12월, 하루히와 코이즈미가 없어지고 아사히나 선배가 나를 못 알아봤던 그 요상해져버린 세계를 원래대로 되돌린 데에 후회는 없다. 하지만 조금은 미련도 남는다. 아사쿠라가 어묵을 갖고 왔던 그날 집에 돌아가던 길에—.

그 조심스러운 미소를 다시 한번 보고 싶었다.

그것이 이 세상에서도 존재할 수 있는 일이라면 단연코 그 편이 좋다.

제2장

이튿날 등교를 한 나를 기다리고 있던 최초의 물건은 신발장 안에 든 봉투였다.

"역시."

나는 누구도 보지 못하게 재빨리 교복 주머니 안에 찔러넣고 서둘러 신발을 바꿔 신고선 화장실로 향했다. 비밀 편지를 여는 건 언제나 화장실 개인 칸이어야 한다.

봉투를 열고 곱게 접힌 편지지를 꺼냈다. 두 장이었다.

첫 번째는 틀림없는 그녀의 글씨로 이렇게 쓰여 있었다.

『○○초 ××번지-△△호에 있는 교차점에서 남쪽으로 가면 근처에 포장이 안 된 골목이 있습니다. 오늘 오후 6시 12분부터 15분 사이에 그 골목과 시 도로가 교차하는 지점에 그림에 있는 물건을 놔두어주세요.

P.S. 반드시 아사히나 미쿠루와 함께』

내가 읽은 건 거기까지다. 문장의 마지막에 듣지도 보지도 못한 기호가 서명처럼 줄줄이 나열되어 있었지만 뭘 의미하는지는 모르겠다. 혹시 서명인가 생각해봤지만 문장 자체도 의미를 알 수 없는 건 분명해 나는 고개를 갸웃거렸다.

"이게 대체 무슨 지령이야?"

그리고 내 목은 두 번째 편지를 본 순간 더더욱 기울었다.

"이게 뭐야?"

무서울 정도로 이해할 수 없는 것이 그려져 있었다. 간략화라는 빈말도 통하지 않을 정도의 손으로 그린 지도와 지점을 나타내는 ×표시라는 것까지는 이해가 갔다. 다만 그 ×표시에 놔두라고 한 물체의 그림과 설명은 농담이 아니라면 완전히 장난으로밖에 보이지 않는 물건이었다.

"의미가 이해가 안 가는데요, 아사히나 선배."

오늘 오후 6시 12분부터 3분 이내에 그걸 거기에 장치하라고?

이런 짓을 해서 뭐가 도움이 되는 거지?

편지를 암기할 정도까지 계속 읽고서 편지를 봉투에 다시 넣고 가방 깊숙이 집어넣었다. 만에 하나라도 하루히의 눈에 띄면 안 된다. 이것만큼은 나도 적당한 변명거리가 떠오르지 않으니까.

나는 화장실에서 나와 생각에 잠긴 채 계단을 올라갔다.

하지만 이걸로 조금은 앞이 보이게 되었다. 아사히나 선배가 8일 후의 미래에서 파견된 것은 아마도 이 일을 위해서일 것이다.

이 시간대에서 뭔가를 할 필요가 있었기 때문이고 지금 학교에 있는 아사히나 선배로는 안 된다는 말이다. 하지만 어째서 안 된다는 거지? 한없는 의문과 격투하며 교실에 도착한 나를 맞이한 것은 변함없이 묘하게 얌전한 하루히의 얼굴이었다.

하루히는 나를 힐끗 쳐다보았다.

"샤미센은 좀 어때?"

"아—."

그러고 보니 그랬지.

"그냥 그래."

"아, 그래."

차가운 의자에 앉은 나는 자연스럽게 하루히의 옆얼굴을 살폈다.

아무것도 눈치채지 못한 것 같군. 따분하다는 듯이 턱을 괴고 정신이 딴 데 팔려 있는 듯 입술을 굳게 다물고 있기는 하지만, 최근에는 계속 이 상태이다. 무슨 생각을 하고 있는지는 모르겠지만 나는 나대로 깊이 생각하고 있을 여유가 없었다.

"야, 하루히."

"왜?"

"실은 그 샤미센 말인데, 오늘도 의사한테 데리고 가야 하거든. 한동안 통원치료를 해야 한대. 그래서 오늘도 동아리방에는 못 갈 것 같다. 미안한데…."

매섭게 노려볼 줄 알았는데,

"그래, 괜찮아."

놀랍게도 순순히 허가를 해주었다. 그렇게 샤미센이 걱정되는 거냐.

"표정이 왜 그래?"

하루히는 깜짝 놀란 나를 보고 미소를 지었다.

"무단으로 빠지는 건 안 되지만 확실한 이유가 있다면 나도 이해심 있는 단장이니까 잔소리를 하지는 않아."

이해심 있고 잔소리를 하지 않는 하루히라니 지금까지 본 적이 없었다는 생각을 하며 기억을 더듬어보고는, 혹시 이게 처음 겪는 경험이 아닐까 생각하고 있는데.

"나중에 문병 갈 테니까 샤미센한테 기운 내라고 말해줘라. 하지만 샤미센이 그렇게 되다니, 네 동생은 고양이도 싫어하는 방식으로 귀여워해주고 있었구나."

아무래도 상관없다는 듯이 말을 하고는 손목 위에 올려놓은 턱을 살짝 흔들었다. 수심에 잠긴 하루히가 너무나도 자연스럽지 않다는 건 확실한 사실이었지만 지금은 고맙다. 내게는 아사히나 문제라는 숙제가 생긴 상황이니 말이다.

아니, 그런데 이 기분은 대체 뭐지. 뒷자리에 앉은 녀석이 묵묵히 창문 밖을 보는 것만으로도 묘한 그리움과 신선함을 동시에 느끼게 된다는 것도 참 그렇다. 일어나 있는 시간의 반만이라도 좋으니까 이런 하루히로 있어주면 좀 좋아.

"좋은 아침!"

예비 종소리가 채 끝나기도 전에 담임인 오카베가 바람처럼 들어왔다.

알고 있다. 하루히의 우울은 오래가지는 않는다. 생각해보면 미래에서 온 사람에게서 들은 최초의 구체적인 예언이다. 아사히나 선배의 얘기에 따르면 앞으로 이 녀석은 보물찾기에 우리를 끌어들여 또다시 여기저기로 끌고 돌아다닐 거라고 한다. 일어나 있는 시간의 반은 그런 하루히로 있어도 좋다.

좋든 나쁘든 나는 그걸로 안심할 수 있게 되고 말았다.

점심시간, 나는 빠르게 도시락을 비우고 동아리방으로 향했다.

교실에 없다면 여기 있을 거라는 예상대로 나가토는 긴 탁자의 지정석에서 독서에 매진하고 있었다.

"나가토, 아사히나 선배는 어때?"

내가 데리고 갔으니 신경을 써두는 게 좋다고 생각했다.

"……."

나가토는 밑을 보던 시선을 내게 고정시키고 질문의 의미를 파악해내려 침묵한 끝에 물었다.

"어떠냐니?"

"폐를 끼치진 않았지?"

"응."

그거 다행이군. 나는 나가토와 아사히나 선배가 파자마 파티를 하는 모습을 상상해보았다. 마음이 풍요로워지는 느낌이다.

"하지만."

나가토는 평탄한 목소리로 말을 이었다.

"나와 같이 있으면 불안해하는 것 같다."

잘 연마된 동전 같은 눈이 다시 하드커버 책으로 떨어졌다.

나는 입을 다문 나가토를 보며 하얀 얼굴에 어떤 표정이 떠오르지는 않았나 살펴보았다. 아쉬워한다거나 쓸쓸해한다거나―그럴 줄 알았는데, 무표정한 나가토에게서는 어떤 감정도 건져낼 수가 없었다.

아사히나 선배가 불안해하는 건 이해가 간다. 아니, 대부분의 인간은 나가토와 단둘이 밀실에 갇힌다면 불안해질 것이다. 나나 하루히나 코이즈미 이외의 인간이라면 대부분 그럴 것이고, 츠루야 선배야 괜찮겠지만, 아니, 문제는 그게 아니다.

아사히나 선배가 움찔거리는 걸 나가토가 이해하고, 그 태도를 이렇게 말하는 것에 뭔가 문제가 있는 것 아닌가.

"나도 아사히나 선배도 너한테는 항상 신세만 져서 신경을 쓰는 거야."

"마찬가지다."

나가토가 고개도 들지 않은 채 대답했다.

"나도 힘을 빌렸다."

하지만 누구보다 제일 뭔가를 해주는 건 나가토잖아. 나는 몇 번이고 네 덕분에 목숨을 구했고 대부분의 사건에서 힘이 되어준 것도 너다. 아사히나 선배와 코이즈미가 도움이 되지 않았다는 소리는 아니지만, 네가 없었다면 해결이 안 됐을 일이 더 많아.

"내가 원인인 것도 있었다."

그건 어쩔 수 없는 일이지. 누가 나쁘냐고 따지자면 나와 정보 통합 사념체인지 뭔지한테 책임을 떠넘겨라. 너 혼자 짊어질 것 없어. 그 사건 덕분에 나는 겨우 이 현실을 있는 그대로 받아들일 수 있게 되었으니까. 포니테일 머리를 한 하루히도 볼 수 있었다. 내가 뭔가를 바꿀 수 있게 되었다면 그건 그 경험 덕이 크다 할 수 있다.

"그래."

중얼거리듯 그렇게 말한 나가토는 페이지를 넘겼다. 찬 겨울바람이 불며 동아리방의 창문을 흔들었다. 나는 전기난로를 켜며 말했다.

"너희 두목은 어때? 급진파를 잘 누르고 있겠지?"

"정보 통합 사념체의 의사통일은 불완전. 하지만 지금은 주류파가 메인이다."

그렇군, 의식생명우주인에게도 파벌 투쟁이 있는 거구나.

"너는 주류파에 속한 거냐?"

"그렇다."

아사쿠라는 급진파의 첨병이었다. 잠깐만, 그 둘뿐이야? 무슨무슨 파라는 게 더 있지 않냐?

"내가 아는 한 온건파, 혁신파, 절충파, 사색파가 존재한다."

각각 다른 거네. 아사쿠라는 나를 죽이고 하루히를 자극해서 문제를 일으키려 했고 나가토는 그런 아사쿠라를 소멸시켰다. 위쪽에서는 아직도 티격태격하고 있을 것 같군.

내가 하늘 위의 신들의 싸움을 시각화하고 있는데,

"다른 파의 생각은 내게는 전해지지 않는다."

나가토는 천천히 고개를 들어 책에서 시선을 뗐다.

"하지만 나는 여기에 있다."

기복이 없는 목소리가 더할 나위 없이 믿음직스럽게 울려 퍼졌다.

"어느 누구의 마음대로도 굴러가게 내버려두지 않겠다."

동아리방에서 돌아오는데 친숙한 2인조와 마주쳤다.

"여, 쿈!"

츠루야 선배가 힘차게 손을 흔들고 있다. 그 옆에 계신 분이,

"저, 고양이는 괜찮나요?"

걱정스러운 목소리로 말을 건다.

"병원에 갔다고 들었는데요."

아사히나 선배다. 이 시간에 있는 평범한 아사히나 선배. 아직 자신이 다시 시간 역행을 하게 될 줄은 전혀 모르고 있다.

"약은 먹고 있어요?"

아, 그렇구나. 하루히는 동아리방에서 전화를 했고 거기에는 아사히나 선배도 있었을 테니까 사연을 알고 있는 거다.

"그렇게 심하지는 않은데 요양을 할 필요는 있겠죠."

나는 혼란에 빠질 것 같은 머리를 가볍게 흔들었다. 두 명의 아사히나 선배는 외견상의 차이가 당연하게도 전혀 없다. 방심하면 나가토네 집에 있어야 할 그녀가 학교까지 왔다는 착각에 빠질 것 같았고 설령 진짜로 그렇게 된다 하더라도 나는 알아차리지 못할 것이다. 아사히나 선배가 말을 하지 않는 한 말이다.

"샤미가 스트레스성 탈모증이라니 믿을 수가 없어."

츠루야 선배가 웃었다.

"하지만 묘한 병에 걸리는 것보다는 그게 나을지도 모르겠다. 아마 운동 부족일 거야. 콘네 집에는 쥐도 없지! 우리 집 정원에는 가끔 들쥐가 나오거든! 한 번 데려오지그래? 기분 전환으로 좋을 텐데."

"상황을 보고 안 나으면 그렇게 하겠습니다."

추운 겨울이라 밖으로 돌아다니려 하지 않겠지만, 봄이 되면 샤미센도 좋아하겠지. 벚꽃이라도 피어 있다면 어차피 하루히가 꽃놀이니 뭐니 하며 가든파티를 주최할 생각을 할 것이다.

"콘, 오늘은 동아리방에 오나요?"

아사히나 선배가 조심스럽게 묻자 나는 오늘의 일정을 그쪽 아사히나 선배에게 물어둘 걸 그랬다고 생각하며 대답했다.

"오늘도 샤미센을 데리고 동물병원에 가야 해요. 하루히한테는 벌써 말해놨습니다만."

"그래요?"

진심으로 샤미센을 걱정하는 것 같다.

"빨리 나으면 좋겠네요."

약간 괴롭긴 하지만 나는 심각한 표정을 지으며 대답했다.

"나중에 한번 쓰다듬어주러 오세요. 그러면 낫지 않을까요? 그 녀석도 수컷이니까요."

매점에 주스를 사러 간다는 두 사람과 헤어져 나는 1학년 5반으로 돌아왔다. 난방기구가 없는 교실은 조금 전까지 있었던 문예부실보다 썰렁하다. 학생들이 토해내는 숨과 체온으로 데우는 수밖에 없겠지만 가장 순도 높은 열원이 될 법한 하루히의 모습은 평소대로 보이지 않는다.

담소에 참가하기 위해 나는 타니구치와 쿠니키다가 모여 있는 곳으로 걸어갔다.

자, 방과 후다.

나는 재빨리 학교를 떠났다. 편지에 쓰여 있던 시간까지는 여유가 있었지만, 아사히나 선배를 혼자 두는 건 아무래도 불안했고 아사히나 선배(대)의 지시에 따르려면 준비해야 할 도구도 필요하다.

일단 집에 돌아가 창고에 있던 망치와 대못을 가방에 던져 넣고 바구니가 달린 자전거를 몰고 나가토네 맨션으로 향했다. 귀가 아플 정도로 추운 한겨울 날씨였지만, 혼자서 나를 기다리고 있을 아사히나 선배를 생각하면 아무렇지도 않다. 그리고 약간의 즐거움이 기다리고 있다는 건 내게는 거의 규정 사항이다. 여름방학 이후로 내가 바라 마지않던 장면이 찾아올 거다.

이렇게 묘하게 들뜬 기분이 드는 것도 동아리방에서 나가토와 나눴던 대화의 여파일 것이다.

무슨 일이 있어도 나가토는 나와 아사히나 선배를 지켜줄 거고, 나도 나가토와 아사히나 선배를 지켜주고 싶다. 하루히는 우리 단원을 자기 소유물처럼 생각하고 있는 것 같으니 누가 손을 대면 난리를 피우며 그 손을 꺾어버릴 테고 코이즈미는 자신의 몸 정도야 자기 힘으로 어떻게든 지킬 수 있을 거다. 힘없이 쓰러진 코이즈미의 모습은 상상도 할 수 없었지만, 만약 녀석이 주저앉아 있다면 손을 빌려줄 수는 있다. 아마 하루히는 그렇게 명령할 거다. 내 상황따위는 고려도 하지 않고 말이다. 상관없다. SOS단의 일원이 된 지약 1년, 새삼스레 불안해할 만큼 내 학습능력이 맛이 간 것은 아니다.

"영차."

나는 뒷바퀴를 쓸데없이 드리프트를 시켜 자전거를 세운 뒤, 맨션 현관의 기기반으로 향했다. 나가토네 집 번호를 눌렀다.

『…네에.』

흘러나온 아사히나 선배의 목소리에 안도했다.

"접니다. 아무 일 없었죠? 없었던 것 같습니다만."

『아…, 네, 아무 일도…. 아, 곧 내려갈게요. 잠시만 기다려주세요.』

나는 나가토의 집에 가서 잠시 쉬고 싶었지만 아사히나 선배는 바로 인터폰을 끊었다.

그 자리에서 발을 구르며 기다리고 있자 5분쯤 지나 교복 차림의 아사히나 선배가 현관 입구에 나타났다. 한 손에 실내화를 들고서.

아사히나 선배는 나를 보고 안도한 표정을 지었다가 다시 진지한 얼굴이 되더니 추위에 몸을 떨며 나를 향해 잰 걸음으로 달려왔다.

"신발은 나가토 씨한테 빌렸어요. 아, 그리고 이게 집 여별 열쇠인데요."

아사히나 선배의 손가락이 작은 열쇠를 쥐고 있었다.

"이걸 나가토 씨한테 돌려줄 수 있을까요?"

음? 무슨 소린가요? 잠시 신세를 질 거니까 신발과 마찬가지로 좀 빌려도 될 것 같은데요.

"그거 말인데요…."

아사히나 선배는 살짝 고개를 떨구며 나를 올려다보았다.

"전 나가토 씨네 집을 나가는 게 좋을 것 같아요."

왜요.

"뭐라고 말을 해야 좋을까요…."

차가운 바람에 휘날리는 갈색 머리를 손으로 누르며 대답했다.

"나가토 씨가 나랑 둘이 집에 있으면 조금 불안해 보여요."

나도 모르게 아사히나 선배를 응시했다.

비슷한 말을 나가토에게서도 들었다. 아니, 그 이전에 아사히나 선배도 알 수 있을 정도로 나가토가 불안하게 행동을 했다는 자체가 상상이 안 가는걸.

"으음."

아사히나 선배는 어린아이가 어른에게 뭔가를 설명하는 것처럼 말을 이었다.

"정말 그냥 느낌일 뿐인데요. 밤에 자고 있을 때—아, 방은 따로 써요—저는 그 다다미가 깔린 방에서 자고 있었는데요, 머리맡에 나가토 씨가 서서 가만히 내려다보고 있었어요⋯."

아니, 그 무슨 유령 같은 소립니까.

"⋯그런 것 같다는 기분만 든 거지만요. 하지만 나가토 씨가 저를 의식하고 있는 것 같아서요."

하얀 숨을 내뿜으며 아사히나 선배는 내 가슴께를 바라보았다.

"동아리방에서 다 같이 있을 때는 못 느꼈는데 나가토 씨 집에서 둘이 있으면 강하게 느껴요. 지난달에도 있었잖아요. 과거로 갔다 가 돌아왔을 때요. 제가 눈을 뜨니까 콘은 없었는데 그때도 나가토 씨는 자고 있던 저를 계속 가만히 지켜보고 있었던 것 같아요."

그건 무슨 의미가 담겨 있는 걸까요. 설마 나가토가 아사히나 선배에게 해를 끼치지는 않을 텐데요.

"응, 알고 있어요. 나가토 씨에게 그런 의식은 없어요. 제가 멋대로 느끼고 있는 것뿐이긴 하지만⋯. 그래도 전 알아요, 나가토 씨는 제가 신경이 쓰이나봐요."

아무래도 앞뒤가 맞지 않는 설명인데. 저는 이해가 안 갑니다만.

아사히나 선배는 꾸중하는 눈빛을 지으며 쓸쓸함이 섞인 말투로 말을 했다.

"나가토 씨는 나처럼 해보고 싶은 거예요."

"?" 물음표인 나.

"콘이랑 허둥대고 그러는 거요. 저는 늘 그렇잖아요? 나가토 씨는 계속 우리를 봐왔어요. 그 칠석날에도, 미래가 없어진 여름방학에도…."

과거의 추억에는 항상 SOS단의 각인이 어딘가에 찍혀 있다. 그중에서도 가장 활동을 크게 한 사람은 나가토였다.

"나가토 씨가 과거를 바꿔버린 것도 마음 한구석에 그런 마음이 있어서가 아니었을까요. 나가토 씨는 언제나 지켜보는 입장이었을 뿐, 저처럼 도움을 받기만 하는 입장이 아니었으니까요."

아사히나 선배는 손바닥에 입김을 불어넣고는 고개를 끄덕였다.

"그렇게 생각하면 이해가 가요. 제가 나가토 씨에게서 느끼는 것이. 어쩌면 나가토 씨는 내가 되고 싶은지도…."

또다시 망상이 발동한다. 평소처럼 동아리방에 가면 메이드복을 입고 대기하고 있던 나가토가 서둘러 차를 타주는 구제할 길 없는 망상이다. 나가토는 방긋거리며 내 앞에 찻잔을 놓고 쟁반을 끌어안은 자세로 맛이 어떤지 묻는다….

나가토가 그런 위치에 있다면 그건 그 나름대로 나쁘지 않다. 하지만 탁자 구석에서 책을 읽고 있는 나가토는 어디로 가는 거지?

"나가토 씨는 자기도 모르고 있는 것 같아요. 그러니까 저는 여기에 없는 게 좋아요. 나가토 씨를 혼란에 빠뜨릴 것 같으니까요."

아사히나 선배의 눈동자는 진지했다. 나가토네 집에 있기가 싫은 것이 아니라, 나가토를 배려하고 있는 것이다. 버그가 쌓인 나가토가 어떻게 될지는 이미 잘 알고 있다. 어째서 버그가 쌓이는가도. 그 결과 그 녀석은 자신에게 제한을 걸었다. 동기화 거부. 자기 나름대로 그걸 막으려 하고 있다. 나가토의 이상은 아사히나 선배인가? 자기와 달리 거의 아무것도 모른 채 행동해야 하는 입장. 정반대의 위치에 있는 미래에서 온 사람.

정말 아이러니하다. 아사히나 선배는 무지 때문에 괴로워하고, 나가토는 너무 많이 알고 있는 자신을 괴로워하고 있다.

나는 나가토의 집이 있는 층을 올려다보았다.

"그러네요…."

아사히나 선배의 생각은 맞을지 모른다. 뭐니 뭐니 해도 지금까지 알아온 사람들을 떠올려보면 압도적으로 감이 예리한 건 여자들 쪽이었다. 하루히와 츠루야 선배는 조금 지나치게 예리하지만.

나가토에게는 나가토의 장점이 있고 그걸로 충분하지만 본인이 그렇게 자각하지 못하면 힘들다. 일일이 설명해주는 것도 너무 뻔히 보이는 짓이라 좀 그렇고.

아사히나 선배가 지나치게 신경을 쓰고 있다고도 생각할 수 있다. 나가토는 아무래도 상관없는지도 모른다. 우연히 읽을 책이 없어서 그냥 아사히나 선배를 보고 있었다는 말 쪽이 더 그럴싸하게 들린다. 하지만 아사히나 선배가 그렇게 신경이 쓰인다면 나도 억지로 강요하지는 않겠다.

"알았어요. 나가토한테는 제가 말해둘게요. 오늘 밤에 머물 곳에 대해서는 나중에 생각해보죠."

결국에는 우리 집이 되어도 상관없지만 달리 의지할 곳이 없는 건 아니었다.

"그보다 봐줬으면 하는 게 있어요. 새 편지가 신발장에 들어 있었거든요."

내가 내민 편지를 아사히나 선배는 시험 직전 자습서를 보듯 읽다가,

"아, 이거…."

지령 문장의 마지막을 가리켰다.

"최우선되는 명령 코드예요."

기호인지 서명인지 구분이 안 가는 그 줄이다. 그렇다면 이건 미래의 언어인가.

"아뇨, 말이 아니라요…, 음, 코드예요. 우리들이 사용하는 특수 강제 효과가 있는 거요. 이 지령은 무슨 일이 있어도 수행해야 한다는 거죠."

"이런 일을요?"

나는 편지를 떠올리며 말했다.

"이 장난에 무슨 의미가 있나요?"

"그건…."

아사히나 선배도 당혹스런 얼굴로 고개를 갸웃거렸다.

"저는 전혀…."

"혹시 이걸 무시하고 아무것도 안 하면 어떻게 되나요?"

"무시할 수는 없어요."

아사히나 선배가 단호히 말했다.

"그 코드를 본 이상 저는 그렇게 되도록 행동해야만 합니다."

그리고 불안감으로 찬 눈을 내게 향했다.

"그리고 쿈이라면 분명히 해주겠죠?"

우리는 편지에 명시된 장소에 도착했다. 이동수단은 자전거였고 아사히나 선배를 짐칸에 태우고 왔다는 건 말할 필요도 없다. 아무튼 그 장소는 시내에서도 자전거로 갈 수 있을 만한 거리였다.

적당히 어슬렁거리며 시간을 때우다 손목시계를 보니 시각은 오후 6시 10분을 지나고 있었다. 예정에 따르자면 12분에서 15분까지 3분 동안 지금 내가 들고 있는 물건을 설치해야 한다.

쓸쓸한 기분이 드는 건 이미 해가 졌기 때문만은 아니다. 그곳은 주택가에서도 약간 떨어져 있는 인적 드문 길이었다. 그 길에서 더 많은 골목이 갈라져 있었고 포장도 되어 있지 않았다. 개인 소유 길은 아닌 것 같았지만 어디로 통하는 지름길이 아니라면 굳이 발을 들이고 싶지 않은 풍경이다. 손으로 그린 지도의 ×표시는 그 길이 시 도로와 교차하는, 아스팔트에서 아슬아슬하게 몇 센티미터 떨어진 부분에 표시되어 있었다.

통행인이 거의 없는 건 다행스런 일이다. 이제부터 우리가 할 일은 고약한 행동이나 마찬가지라고나 할까, 솔직히 말해 나쁜 장난이다.

준비할 것은 망치, 못, 빈 깡통 등 세 가지. 뭘 할지는 대충 예상이 가겠지?

"슬슬 시작해볼까요?" 라고 나는 말했다.

"그러네요." 고개를 끄덕이는 아사히나 선배.

전신주 뒤에 숨어 있던 나는 재빨리 목표지점으로 달려가 망치로 못을 바닥에 박기 시작했다. 제법 단단하다. 못을 반쯤 박을 때까지는 힘껏 칠 필요가 있었지만, 그렇다고 큰 소리를 내는 것도 위험하고 길을 가는 사람에게 목격을 당하면 더더욱 위험했다.

서둘러 시행한 작업은 30초도 걸리지 않았을 것이다.

나는 바닥에 우뚝 솟아 있는 못에 빈 깡통을 씌우고 아사히나 선배가 기다리고 있는 전신주로 귀환했다. 가만히 관찰을 하려는 거다.

그다지 오래 기다릴 것도 없었다. 시각은 오후 6시 14분.

내가 숨어 있는 길 반대편에서 남성으로 보이는 그림자가 천천히 걸어왔다. 긴 코트를 입고 숄더백을 든 모습이었다. 우리를 알아본 것 같지는 않았다.

남자는 아래를 보며 걷고 있었는데 별로 기운 있어 보이는 모습은 아니었다. 그 걸음이 멎었다. 고개가 향하는 각도는 바닥에 떨어져 있는 빈 깡통의 위치와 일치하고 있었다.

한숨 소리가 들렸다. 쓰레기를 길거리에 버린 행위를 가슴 아파하는 선량한 시민인 줄 알았더니만, 남자는 저벅저벅 주스캔으로 다가가 있는 힘껏 멋진 폼으로 다리를 휘둘러 말릴 새도 없이 토 킥을 날렸다.

물론 빈 깡통은 어느 곳에도 꽂히지 않았고 그 자리에서 한 발자국도 움직이지 않았다―.

"윽?! 우와아앗!"

남자가 다리를 잡으며 쓰러졌을 뿐이었다.

"이게 뭐야, 아프잖아아아아앗!"

데굴데굴 구르며 단말마를 지르는 동시에 아파하고 있었다.

"젠장, 누구야, 이딴 걸…. 아, 아야야야."

나와 아사히나 선배는 서로를 마주보았다.

장치를 한 목적은 이거입니까?

글쎄요….

시선으로 얘기를 나눈 뒤 우리는 동시에 고개를 끄덕이고서 어둠 속에서 나왔다. 마치 지나던 길인 것처럼 가자.

"괜찮으세요?"

발끝을 두 손으로 움켜쥐고 누워 있는 사내에게 아사히나 선배가 말을 걸었다. 나는 자연스럽게 아사히나 선배의 옆에 서서 신음하는 남자를 내려다보았다.

"응?"

일그러진 얼굴은 완전히 낯선 20대 후반의 마른 사내였다. 긴 코트 아래에는 양복과 넥타이 차림으로 평범한 샐러리맨 같았다.

"도와드릴까요?"

내가 말했다. 양심을 고속 연타하면서.

"으으…, 그래. 고맙다."

남자는 내 손을 잡고 겨우 일어나 얼굴을 찡그리며 한쪽 발을 들었다.

"젠장, 이런 유치한 장난을 한 게 대체 누구야…."

"정말 너무하네요."

나는 몸을 숙여 빈 깡통을 주워들었다. 멋지게 찌그러져 있다. 고정시켜둔 못도 비스듬히 기울어져 있었다. 상당히 강렬한 슛을 날렸나보다.

"위험하게 말이야."

그럴싸한 말을 하며 못을 뽑았다. 남자의 발차기 덕분에 비교적 쉽게 뽑을 수 있었다. 증거인멸을 위해서라도 주머니에 넣어두자.

남자는 한쪽 발을 들었다 내렸다 하고 있었는데 그때마다 얼굴을 찡그리며 포기한 듯 혀를 찼다.

"일났네. 부러진 것 같지는 않은데…. 발목을 삐었나?"

"저어―, 병원에 가보는 게….'라고 말하는 아사히나 선배.

"그러는 게 좋을 것 같네."

남자는 깡충거리며 차가 지나는 시 도로를 향해 위태롭게 비틀거리며 나아갔다.

"제 어깨에 기대세요."

나는 남자가 넘어지지 않게 옆으로 기대섰다.

"구급차를 부를까요?"

"아니, 그건 괜찮아. 택시 타고 가지. 너무 오버하는 것도 뭐하잖아. 미안한데 앞길까지 이렇게 기대도 될까?"

"네, 괜찮은데요."

어쨌든 이건 내 잘못이다. 사실은 사과하고 싶을 정도라고요.

내 어깨를 잡고 절뚝절뚝 걸어가는 그 남자는 가로등 불빛 아래에서 보니 상당한 미남이었다.

"일이 좀 안 풀려서."

길 중간에서 그는 변명을 하듯 말했다.

"복잡한 기분을 풀려고 깡통을 찬 게 잘못이었지. 자업자득이야."

"아니, 그런 걸 놔둔 녀석이 제일 나쁘죠."

"그것도 그래. 대체 어떤 못된 녀석이야. 요즘 세상에 그런 짓을 하다니."

그러는 그는 나와 사뿐사뿐 따라오는 아사히나 선배를 번갈아 보더니 미소를 지었다.

"저 애, 네 여자친구냐?"

잠시 대답을 못 하다가 약 2초 뒤,

"네, 뭐."

일단 거짓말이라도 그렇다고 해두자.

"그래."

남자는 순순히 이해한 듯 아픔을 참는 표정으로 돌아왔다.

교차로에 나온 우리는 타이밍 좋게 지나가던 빈 택시를 잡아 이 추운 날씨에 비지땀을 흘리는 남자를 도와 뒷좌석에 태웠다.

"고맙다, 얘들아. 미안하네."

아닙니다, 따지자면 제가 죄송하죠. 참고로 여기 있는 아사히나 선배는 죄가 없으니까 만약에 어디서 진상을 알게 된다 하더라도 복수는 몇 년 후의 그녀에게 해주시기 바랍니다… 하며 속으로 머리를 숙이고 있는 사이 택시는 사라졌고 뒤에 남겨진 나는 아사히나 선배에게 물었다.

"이러면 된 건가요?"

"으음…."

아사히나 선배는 모호하다는 듯 한숨을 쉰 뒤 자신의 몸을 껴안았다.

시간은 오후 6시 반이 되고 있었다.

우리에게는 중대한 제약이 걸려 있다.

그것은 나와 이 아사히나 선배가 같이 있는 것을 또 다른 아사히나 선배와 하루히에게 보여서는 안 된다는 것이다. 하루히가 본다면 그나마 변명할 여지라도 있겠지만 아사히나 선배(현재의 그녀다)가 또 다른 자신을 보고 단순히 똑같이 생긴 사람이라 이해할 정도로 머리가 안 돌아가는 사람이라 생각하기는 어렵다. 집단 하교

중인 현재의 SOS단 멤버와 마주치기라도 한다면 그야말로 최악의
사태라 할 수 있다.

다만 아사히나 선배(8일 후의)의 말에 따르면 그녀는 이 기간에
자신의 도플갱어를 본 적이 없다고 하니 우리가 길을 돌아다녀도
괜찮다는 이론이긴 한데, 어디서 어떻게 틀어질지 알 수 없는 일이
고 여기서 노력한 결과가 미래에 반영된다고 한다면 나는 이 시간
에서 노력을 해야 할 뿐 우습게 여기고 있어서는 안 된다… 는 건
가?

모르겠다. 어째서 이렇게 복잡해진 거야. 시간 이동을 한 게 아사
히나 선배(8일 후)가 아니라 아사히나 선배(대) 쪽이라면 그나마 일
이 쉽게 풀릴 텐데.

나는 옆에 있는 작은 선배를 보았다.

키타고의 세일러복이 추운지 몸을 웅크리고 있었다. 바람이 강한
2월 밤에 웃옷도 걸치지 않고 가만히 있는 건 힘들겠지. 마찬가지
로 교복 차림으로 이러고 있는 나도 얼어버릴 것 같다.

"갈까요?"

나는 세워뒀던 자전거 쪽으로 손을 흔들며 말했다. 아사히나 선
배는 고개를 끄덕였다.

"…그런데 어디로 가나요? 콘네 집요?"

그러고 싶은 마음이야 굴뚝이었지만, 입막음을 부탁할 사람은 적
은 편이 좋은데다 동생의 입이 손자를 앞에 둔 할머니의 지갑끈보
다 무르다는 것은 오빠로서 잘 알고 있는 사실이었다.

"나가토말고 당신을 받아줄 만한 사람 집에요. 아마 그 사람이라
면 아무것도 묻지 않고 재워줄 겁니다."

나는 의아한 표정으로 바라보는 아사히나 선배를 재촉해 짐칸에
앉혔고 가벼운 2학년 선배가 조신하게 앉은 가운데 목적지를 향해
달리기 시작했다.

내가 자전거를 세운 곳은 SOS단 사람이라면 누구나 잘 알고 있
는 곳이다. 물론 아사히나 선배도.

"여기는… 설마…."

짐칸에서 내린 아사히나 선배는 눈을 동그랗게 뜨고 그 집을 올
려다보고 있었다.

나는 자전거를 세우고 열쇠를 걸어 잠갔다.

"이 사람이라면 뭐든지 다 해줄 거예요. 아사히나 선배를 안 도와
줄 리가 없어요."

"하, 하지만 비밀을 털어놓을 수는—."

"그 점은 제게 맡겨주십시오."

거대하고 고풍스런 대문 옆에 유일하게 근대적인 초인종이 무슨
미술 공예품처럼 떡 달려 있었다. 그걸 누르기 전에 최소한도로 짜
놓을 계획은 짜놔야겠지.

"아사히나 선배, 잠시 귀 좀."

"네."

순순히 고개를 숙여 머리카락을 치우고 보기 좋은 귀를 드러낸
다. 하루히가 깨물던 장면을 떠올리니 나도 그렇게 하고 싶었지만
나는 자리를 구분할 줄 알았다.

"그, 그렇죠. 이렇게 하려고 생각하는데요…."

속닥거리는 내 말에 아사히나 선배가 눈을 깜박거렸다.

"어, 하지만 제가 그런 연기를 할 수 있을 것 같지가 않은데요."

울먹이는 목소리로 애원한다.

"그건 어려워요⋯."

하지만 그럴 필요는 없다고 나는 보고 있었다. 아사히나 선배는 평소의 아사히나 선배대로 행동해주기만 하면 된다. 아마 아무도 신경 쓰지 않을 거다.

"일단 그렇게 알아두세요. 잘될 겁니다."

나는 낙관적으로 미소를 짓고 초인종을 눌렀다.

"⋯⋯."

"⋯⋯."

나와 아사히나 선배는 조용히 응답을 기다렸다. 목표물이 직접 나올 확률은 낮을 테니 전할 말을 머릿속에서 쥐어짰다. 입 안에서 리허설을 하길 세 번, 1분 가까이 지나도 반응이 없어 설마 집 안에 사람이 없는 건가 하는 생각에 불온한 공기가 감도는데,

"좀만 기다려!"

기운찬 목소리가 문 안쪽에서 생생하게 울리며 이내 쿵 하는 소리가 났다. 그리고 삐걱삐걱하는 소리를 내며 나무로 된 문이 열리기 시작하고,

"여어! 이런 시간에 무슨 일이야? 미쿠루랑 콘. 음―? 정말 두 사람뿐이야? 이거 어째 수상한데! 부러워라."

츠루야 선배가 만면에 미소를 지으며 말했다.

츠루야 선배의 의상은 평소에 학교에서 보는 것과는 전혀 달랐다.

캐주얼한 평상복 스타일의 기모노를 입고 그 위에 두툼한 한텐(주12)을 걸친 다음 긴 머리는 목 뒤에서 아무렇게나 묶었다. 오랜 일본 가옥 정원에 딱 맞는 복장이었다.

츠루야 가문의 저택 안에 우리를 들인 츠루야 선배는 들고 있던 나무 조각 같은 빗장을 닫은 문 안쪽에 걸며 말했다.

"음, 근데 정말 별일이네. 쿈이랑 미쿠루가 추위 속에 산책 대회라도 하는 거야? 하루냥은 같이 안 있고?"

"여기에는 여러 가지로 사정이…. 그런데 츠루야 선배, 저희가 온 걸 어떻게 알았어요?"

초인종은 침묵만 하고 있었는데.

"응, 문 위에 방범 카메라가 달려 있거든. 손님이 누구인지 한 방에 알 수 있지! 그래서 봤더니 너희 둘이더라고. 내가 나가는 게 좋을 것 같아서. 혹시 그러면 안 됐니?"

츠루야 선배는 게타(주13)를 다그닥거리며 안채 현관까지 길게 이어지는 신사 경내 같은 길을 걸어가며 계속 미소를 지었다.

"응? 미쿠루, 왜 그래? 기운이 없어 보인다."

"실은 그 때문입니다만."

나는 헛기침을 하고 준비해둔 말을 하기로 했다.

"부탁이 있어요. 이 아사히나 선배를 잠시 동안 츠루야 선배네 집에 묵게 해줄 수는 없을까요?"

"흐음? 그건 괜찮은데."

흐으음 하고 코에서 새어나오는 듯한 웃음을 지은 뒤 츠루야 선

주12) 한텐: 일본의 전통 옷 중 하나인 짧은 겉옷.
주13) 게타: 일본의 전통 나막신.

배는 아사히나 선배의 얼굴을 살폈다.

"응, 미쿠루… 맞지?"

깜짝 놀라는 아사히나 선배. 츠루야 선배는 반짝이는 눈이 가늘어졌다. 들켰나?

"뭐, 좋아. 뭔가 사정이 있는 거지? 미쿠루가 자기네 집에 돌아가지 못하는 그런 사정 말이야."

이해력이 빠르셔서 감사합니다.

"언제까지 있으면 되는데?"

"최장 8일 정도요"라고 대답하는 나.

오늘부터 세어 8일이 경과하면 원래대로 아사히나 선배는 혼자 돌아가게 될 거라는 계산이다.

"괜찮나요?"

"응, 상관없어. 아, 맞다. 이왕 온 거 별채를 써라. 그 별장에 있던 것과 비슷한 게 여기에도 있거든. 지금은 아무도 안 살고 내가 가끔 명상을 할 때 쓰는 암자인데 조용하고 좋아."

나는 거의 숲이라고 해도 될 정도의 우거진 수풀에 둘러싸인 츠루야 가문의 저택을 돌아보았다. 이것저것 많은 게 있어 보이는 넓이다. 그러고 보니 오래된 창고가 있다는 얘기도 들었지.

내가 감탄과 기막힘과 선망이라는 감각을 맛보고 있는데 츠루야 선배가 입에 깨끗한 반원을 그리며 아사히나 선배를 바라보았다.

"그런데 미쿠루 왜 그래? 이상하다. 그렇게 겁먹을 거 없잖아. 응."

츠루야 선배는 고개를 숙인 아사히나 선배의 턱을 손가락으로 콕콕 찔렀다.

"미쿠루답지 않아."

깜짝 놀란 아사히나 선배가 뭔가를 말하기 전에 내가 재빨리 끼어들었다.

"그 사람은 아사히나 선배의 쌍둥이 동생인 아사히나 미치루 씨예요."

"쌍둥이? 동생? 미치루?"

"네…, 그렇습니다. 태어났을 때 생이별을 하게 되어…."

"헤에—?"

"뭐랄까, 좀 복잡한 사정이 있었거든요, 아사히나 선배…, 그러니까 미쿠루 선배는 동생이 있다는 걸 몰라요."

"하아—. 그런데 왜 이 미치루는 키타고 교복을 입고 있는 건데?"

"아아."

아차, 그건 생각 못 했다.

"뭐라고 해야 좋을지…. 아, 그래요, 미치루 씨는요, 언니를 한 번 보고 싶은 마음에 키타고에 잠입해 들어오려 한 겁니다. 그래서 교복을 모처에서 조달했는데 결국 못 만나고 돌아가다가 우연히 저와 마주쳤고, 우연히 제가 얘기를 듣고, 으음, 그리고…."

어깨를 두드린다.

"됐어."

츠루야 선배는 너무나도 즐겁다는 미소를 지었다.

"설명은 말을 하는 쪽도 듣는 쪽도 성가시니까. 그 아이가 미쿠루의 동생이라면 미쿠루나 마찬가지지. 재워주기만 하면 되는 거야?"

"그리고 아사히나 선배한테는 얘기하지 말아줬으면 하는데요."

"물론이지. 알고 있어."

"저어…."

아사히나 선배가 대화에 뒤처지는 걸 무서워하듯 입을 열었다.

"정말 그래도 되나요, 츠, 츠루야 씨?"

"응, 전혀 상관없어. 자, 미치루, 이리 와. 별채로 안내할게."

츠루야 선배는 아사히나 선배의 손을 잡고 질질 끌듯 일본 정원으로 들어가려다 바로 직전, 나를 보고 심장이 멎을 것 같은 윙크를 날렸다.

별채는 초대되었던 설산의 산장에 있던 것과 거의 같은 구조였다. 츠루야 선배의 설명에 따르면 이 별채를 기본으로 해 별장의 별채를 세웠다고 하니 이쪽이 원본이자 본가인 거다. 정말 편안해 보이는 방이었다.

다다미에 정좌를 하고 앉은 아사히나 선배는 마치 소박한 암자에 놓인 프랑스 인형 같았다.

츠루야 선배가 난방을 켜준 덕분에 방도 따뜻해져, 움직이기 싫었다.

츠루야 선배는 거실에 장식된 병풍에 대해 설명한다든지, 이불이 들어 있는 벽장 위치를 가르쳐 준다든지 하더니 마침내 "따뜻한 차를 가져올게" 라며 안채로 사라졌다.

"잘 풀릴 것 같은데요" 라고 나는 말했다.

"응, 정말 고마워요. 츠루야한테는 나중에 꼭 인사를 해야겠어요."

여기서는 아사히나 미치루로 되어 있는 아사히나 선배는 얌전히 수긍했다.

"미치루라. 그것도 좋은 이름이네요."

겨우 미소를 보여준다.

나는 바닥에 다리를 쭉 펴고 낡은 전등을 바라보았다. 그리고 아사히나 선배의 이름에 대해 생각했다.

찻잔과 주전자와 옷을 담은 광주리를 든 츠루야 선배가 돌아올 때까지.

나도 츠루야 선배에게 저녁 만찬에 초대받았지만, 이틀 연속으로 외식을 하면 어머니가 기분 나빠하실 가능성이 있었기에 집으로 가겠다고 했다. 아사히나 선배의 거처가 정해진 덕분에 힘이 빠진 상태였다. 이대로 빈둥거리다가는 오늘 밤에는 정말 외박을 결의하고 말 것 같았다.

아사히나 선배를 별채에 남겨두고 밖으로 나오니 츠루야 선배가 배웅을 한다는 구실로 쫓아와 이렇게 말했다.

"저거 미쿠루인 것 같지만 미쿠루가 아닌 거지? 아니, 미쿠루가 아닌 것 같지만 미쿠루라고 해야 하나? 그래, 오늘 학교에서 만난 미쿠루는 아닌 거지?"

쌍둥이라고 설명했을 텐데요, 선배.

"아하하. 그렇지. 그렇다고 치자고."

츠루야 선배는 한 걸음 반 정도 앞서서 나와 커다란 문을 향해 걸어갔다.

흔들리는 머리를 뒤에서 바라보는 사이에 너무나도 묻고 싶은 게 생겼다.

"츠루야 선배."

"왜?"

"당신은 어디까지 알고 있나요? 아사히나 선배와 나가토―SOS단 녀석들이 좀 평범하지 않다고 당신은 말했었죠."

"으음―."

가볍게 한 번 점프를 하며 머리 긴 선배가 몸을 돌렸다. 입 전체로 짓는 미소는 별빛만으로도 충분할 정도로 밝았다.

"콘, 잘은 몰라. 뭔가 좀 다르다 정도지. 적어도 나랑 콘 같은 평범한 보통 사람들은 아니라는 것 정도."

그 정도만 아시면 충분합니다. 그런데 츠루야 선배는 괜한 질문을 던진 적도 없고, 아사히나 선배가 누구인지에 대해 조사해보려고도 하지 않는다.

"왜죠?"

츠루야 선배는 한텐의 소매에 손목을 집어넣으며 호탕하게 웃었다.

"나는 말이야, 재미있게 사는 사람을 보고 있기만 해도 즐거워. 자기가 만든 밥을 맛있게 먹어주는 사람이나, 행복해 보이는 낯선 사람을 보면 좋거든. 응, 그러니까 나는 하루냥을 보고 있으면 굉장히 행복한 기분이 들어. 잘은 모르겠지만 굉장히 재미있어 보이잖아!"

거기에 어울리려는 생각은 안 하십니까? 보고 있는 것만으로는 쓸쓸하지 않아요?

"으음─, 나는 영화를 보면 굉장히 재미있다고 느끼지만 그렇다고 영화를 만들겠다는 생각은 안 해. 보는 것만으로도 충분하지. 월드 시리즈나 슈퍼볼도 관전하는 쪽은 기분 좋게 응원할 수 있지만, 나도 저거 하고 싶어! 해서 어울려 경기를 할 생각은 안 든다 이거야. 그 사람들은 무지무지하게 노력을 해서 저기에 있는 거구나, 그것만으로도 기분이 좋아. 그리고 나한테는 안 맞는다고! 그러는 것보다 나는 내가 할 수 있는 다른 일을 하는 게 낫지!"

어떤 의미에서 하루히와는 정반대의 사상이군. 그 녀석은 재미있어 보이는 것에는 예외 없이 참견하고 무슨 일이 있어도 스스로 해보려 드는 녀석이니까.

츠루야 선배는 커다란 눈을 빙글빙글 굴리며 말했다.

"그거랑 똑같아. 나는 미쿠루랑 하루냥이랑 유키랑 코이즈미랑 콘을 보고 있으면 재미있어! 모두 뭔가 하고 있는 걸 보는 게 좋아! 그리고 그런 사람들을 옆에서 보고 있는 나도 좋아하고!"

아무 거리낌 없는 웃음과 목소리였다. 이 사람은 진심으로 말하고 있다. 옆에 있는 것만으로도 나까지 즐거워질 것 같은 공기가 흘러나온다.

"그러니까 나는 내 입장이 마음에 들어. 아마 하루냥도 알아줄 거야. 나를 억지로 끌어들이려고 하지 않잖아. 전부 다섯 명, 그 숫자가 가장 안정적인 거지."

츠루야 선배는 다시 폴짝 뛰어 문으로 몸을 돌렸다. 긴 머리가 출렁인다.

"이 세상의 모든 것을 생각하고 답을 낸다는 건 불가능한 일이야. 나는 나 하나로 벅차니까 말이야."

고개를 돌려 나를 곁눈질로 쳐다본다.

"그러니까 콘, 수고해라. 인류의 미래는 네 어깨에 달려 있으니까!"

그렇게 말한 뒤 츠루야 선배는 입가를 꿈틀거리며 잠시 내 얼굴을 바라보다가 더는 참지 못하겠는지 이내 웃음을 터트렸다. 사악한 면은 찾아볼 수 없는 어린아이 같은 웃음소리에 나는 이 유쾌한 선배의 말을 농담처럼 느끼고 있었다.

배를 부여잡고 눈물을 훔치며 츠루야 선배가 말했다.

"뭐, 미쿠루만은 잘 챙겨줘! 하지만 장난치면 못쓴다. 그것만큼은 절대 금지야! 장난은 하루냥한테 맡기면 돼! 이건 감인데, 응, 허락해줄 거야!"

아마 이 말만큼은 진심이었을 거다. 왠지 잘은 모르겠지만 그런 느낌이 들었다. 딱히 진짜로 뭘 하고 싶은 건 아니었지만 말이다.

츠루야 선배에게 잘 자라고 인사를 한 뒤 자전거를 몰고 달리기 시작한 나는, 얼마 지나지 않아 브레이크를 걸게 되었다.

"안녕하세요."

어두운 길에 한 녀석이 나와 내가 가는 길을 막아섰기 때문이었다.

"당신도 참 고생이시네요. 제가 볼 때 츠루야 선배를 끌어들이는 건 별로 찬성할 수 없겠네요. 그보다 더 안전한 곳이 없다는 것도 확실하지만 말입니다."

이틀 만에 보는 무난한 미소, 그것은 코이즈미 이츠키의 상쾌한 핸섬 스마일이었다.

"여, 이거 우연이네."

"그렇다고도 할 수 있겠죠. 생각해보면 저와 당신의 첫 접촉에서 부터 모든 우연은 시작되었다고 할 수 있을 겁니다. 아니, 당신과 스즈미야 씨가 더 빠른 출발 지점이겠군요."

코이즈미는 인사를 하듯 손을 치켜들며 다가왔다. 너, 계속 밤길에 숨어서 기다리고 있었던 거냐? 변태라고 오해를 사서 경찰에 신고를 해도 할 말이 없겠네.

코이즈미는 가볍게 미소를 날렸다.

"재미있는 일을 하고 계신 거 같은데 저는 또 꽝입니까?"

나는 한숨을 선택했고 숨을 하얗게 만들었다.

"이건 나와 아사히나 선배의 문제야. 네가 나설 자리는 아니다. 얌전히 '신인'인지 뭔지나 사냥하고 있어."

"그것도 최근에는 거의 없어서요. 이렇게 산책을 하고 싶어진답니다."

한겨울의 오밤중에 개도 없이 산책을 한다는 건 아이디어가 떨어져 진도가 막힌 크리에이터밖에 없을걸. 그런데 네가 여기 있다는 건 참 우연이잖아.

"이게 우연이라면 너무 지나치다고밖에 할 수 없겠군요."

"무슨 일이냐?"

직후에 질문 내용을 바꿨다.

"아니, 볼일이라면 대충 짐작이 간다. 너는 어디까지 알고 있지?"

"아사히나 씨가 두 명 있다는 것 정도까지요."

코이즈미는 중요한 사실을 태연히 말했다.

"그런데 츠루야 씨한테는 어떻게 설명했습니까? 쌍둥이? 설마 사실대로 말하지는 않았겠죠?"

"아무래도 상관없어하던걸."

"그렇겠죠. 저 츠루야 씨 성격이니."

당연하다는 듯이 말하네. 대체 츠루야 선배는 어떤 사람인 거냐. 전부 알고 있는 것 같으면서도 우리들과 미묘한 거리를 유지하고 있는 저 밝은 성격의 여자 선배는 말이다.

"츠루야 씨에게는 손을 대지 말라는 상부의 지시가 있었습니다."

코이즈미는 약간 진지하게 입 모양을 수정했다.

"그녀는 아슬아슬하게 관계가 없는 존재예요. 원래는 우리와 교차하지도 않았는데 무슨 실수로 살짝 스치게 된 거죠. 역시 스즈미야 씨라고나 할까요."

어디서부터가 실수야? 아사히나 선배의 반에 츠루야 선배가 있었던 거냐? 아니면 아마추어 야구 대회 때 도우미로 뛴 데서부터?

"저희는 그녀에게 간섭하지 않습니다. 그 대신 그녀도 우리와 필요 이상의 관계를 갖지 않죠. 그것이 '기관'과 츠루야 가문 사이에 체결된 규칙입니다."

엄청난 비화를 그렇게 쉽게 지껄이지 말라고.

코이즈미가 키득거렸다.

"더 말하자면 츠루야가는 '기관'의 간접적인 스폰서 중의 하나입니다. 단지 우리에게는 아무래도 좋다, 하는 일 모두에 무관심하다는 식으로 대하고 있습니다만. 그러는 게 오히려 고맙긴 합니다만 츠루야 씨는 그 츠루야 가문의 차기 당주가 되실 분이에요."

츠루야 선배, 당신…, 지금까지 우리는 엄청난 사람과 친하게 얘기를 나눠왔나보다. 진심으로 알고 싶다. 정체가 뭐야?

"그냥 평범한 여고생이에요. 우리와 같은 현립 고등학교를 다니고 커다란 집에 살고 있는 고등학교 2학년 학생입니다. 어쩌면 우리가 모르는 곳에서 사악한 존재와 싸우고 있다거나 난해한 사건을 해결한 적이 있을지도 모르지만 우리와는 상관없는 일이죠."

조금 전에 츠루야 선배에게서 들은 이야기가 아직 기억에 선명하다. 그녀는 우리와 깊이 얽히지 않는 덕에 유쾌한 기분을 느끼고 있다고 했다. 우리도 그럴 것이다. 츠루야 선배에게는 지금까지와 마찬가지로 그냥 츠루야 선배로 대해주는 게 좋을 것이다. 그녀가 누구이고 뭘 하고 있는지는 중요한 게 아니었다. 하루히가 하루히인 것처럼 츠루야 선배는 츠루야 선배다. 언제나 기운 넘치고 잘 웃으며 날카로운 통찰력을 가진 아사히나 선배의 친구. SOS단의 명예 고문. 그 정도가 제일 좋은 위치겠지.

하지만 아사히나 선배와의 만남은 어디까지가 우연이었던 거냐? 미래에서 온 사람에게도 알 수 없는 과거가 있었던 건가? 하루히가 뭔지 알지 못하는 존재였던 것처럼….

아, 맞다. 생각났다.

"코이즈미, 너 요전에 아사히나 선배는 어떻게든 할 수 있을 거라고 했지? 그게 무슨 뜻이냐?"

"미래는 바꿀 수 있기 때문이죠."

마치 내 질문을 예상이라도 하고 있었던 것 같다.

"당신은 미래에서 온 사람이 과거에 자유로이 간섭할 수 있다고 생각하고 과거에 대한 미래의 우위성을 확신하고 있을지 모르지만, 미래란 매우 애매모호한 것입니다."

과거의 역사를 배운 뒤에 시간 역행을 했으니 운 좋게 변경을 할수 있었던 거겠지. 실제로 나는 그렇게 했다. 괴상하게 바뀐 세계와 나가토를 원래대로 되돌리러 갔으니까.

코이즈미는 미소를 지었다.

"그 일은 과거에서 할 수도 있었어요. 만약 미래를 미리 알 수 있다면 그 시점에서 미래를 바꿀 수도 있겠죠."

"미래를 어떻게 알아? 불가능하잖아."

"정말 그렇게 생각하십니까?"

코이즈미의 미소가 살짝 사악한 척 꾸미는 것같이 보인다. 본인이 일부러 그렇게 한 거겠지. 가끔 이 녀석은 괜히 짓궂어질 때가 있다.

"저는 초능력자라고 되어 있습니다. 약간 지역과 능력이 한정되어 있습니다만. 하지만 그 외에는 없다고 단언할 수 있습니까? 저 같은 '신인' 전용이 아니라 좀 더 이해하기 쉬운 초능력자는 없을 거라고, 예를 들어 예지능력을 가진 사람은 어디에도 없다고, 그리고 그 사람이 우리 '기관'의 일원에 없다고, 당신은 어떻게 단언할 수 있죠?"

가벼운 미소로 돌아왔다.

"저는 그런 건 없다는 말은 한마디도 한 적이 없는데요."

이 자식.

"물론 있다고 한 적도 없습니다."

어느 쪽이야? 이것만큼은 둘 다 된다는 말은 못 한다.

"솔직히 말해서 저도 모릅니다. 말했잖아요, 저는 말단입니다. 모든 것을 알지는 못해요. 그건 아사히나 선배도 마찬가지겠죠."

그건 이해했어. 아사히나 선배만큼 가엾은 입장에 놓인 에이전트는 없다.

"그녀가 모르는 건 사정이 있어섭니다. 왜냐하면 미래에서 온 사람이 명확한 의도를 갖고 행동한다면 그 움직임을 분석하기만 하면 되죠. 그녀가 자신의 미래에 안 좋은 행동을 의도적으로 할 리가 없으니까요. 아사히나 선배가 미래에서 온 사람치고는 멍청해 보이는 건 거의 아무것도 모르기 때문입니다. 일부러 알려주지 않았다고밖에 생각할 수 없죠. 그건 과거에 사는 우리들이 분석하지 못하게 하려는 미래의 대항 조치예요. 그녀의 존재는 지금 이 시공에 필요하지만 그녀의 존재를 소재로 삼아 미래를 추측하게 만들 수는 없으니까요. 그런 의미에서 그녀는 완벽한 시간 주재원이라고 할 수 있습니다. 실제로 저는 그녀에게 위협을 느끼지 않고 있고, 만약 무슨 일이 생긴다면 제 쪽의 패로 굴리려고 생각하고 있습니다."

코이즈미는 어깨를 치켜올리는 자신의 특기 포즈를 취했다.

"아마 그게 미래에서 노리는 점일 겁니다. 과거의 인간은 그렇게 생각하게 놔둬라, 그렇게 생각하고 있겠죠. 그래서 '기관'도 섣불리 손을 대지 못해요. 손을 댄 것이 만약에 미래가 노렸던 바였다면 분하잖아요. 미래의 꼭두각시가 되는 건 사양이라고요."

그럼 뭐냐, 너희는 아사히나 선배네랑 대립하고 있는 거냐?

"적대적이라고까지는 할 수 없지만 한마디로 말하자면 소강상태죠."

몸이 서늘했다. 물리적으로.

"예를 하나 들죠. 여기에 A라는 나라와 B라는 나라가 있습니다. 서로를 눈엣가시처럼 여기고 있지만 직접 무력을 행사하지는 않아요. 그때 A에 대적하는 세력 C와, B에 대적하는 세력 D가 등장합니다. A와 C는 공존 불가능한 상대이고 직접적인 적입니다. B에 있어 D도 마찬가지죠. 그런 C와 D가 동맹을 맺어 협력 관계를 맺게 됩니다. 하나만이라면 몰라도 두 개를 상대하게 되면 자국군의 세력으로는 불안하기 그지없죠. 그래서 적의 적은 이용하기에 따라서는 아군이라는 오래된 말이 등장해, A와 B는 내키지는 않지만 사상누각과 같은 공동 전선을 꾀하게 되었다 이겁니다."

코이즈미는 내 얼굴을 미심쩍다는 듯 쳐다보았다.

"듣고 계시나요?"

"아, 미안."

나는 안장에 발을 댔다.

"D인지 뭔지가 나온 데서부터 귀에 안 들어왔어. 내가 기억하는 건 세 개까지고 나머지는 넘치고 과하다."

"귀에는 들렸을 겁니다. 듣느냐 안 듣느냐는 뇌가 선택하고 처리하는 일의 범주에 속하니까요."

진지하게 대답하지 마라. 나는 모르는 척하는 거야. 가끔은 만담이라도 하면 어디가 덧나냐. 개그 센스를 키우지 않으면 아무리 잘생겨도 인기가 없다고.

코이즈미는 씨익 웃었다. 넌 대체 몇 종류의 웃음을 갖고 있는 거냐.

"저도 때와 상황과 상대에 따라 말과 표정을 바꿉니다. 다만 당신을 상대할 때는 아무래도 이런 대화가 된다고나 할까요."

성가신 녀석이네.

"저도 그렇게 생각합니다만 한동안은 이 상태예요."

먼 곳을 쳐다보는 듯한 표정을 지으며 코이즈미가 말을 이었다.

"언젠가 곧 완전히 대등한 친구가 된 당신과 웃으며 옛날 얘기를 할 수 있는 날이 왔으면 좋겠네요. 임무와 역할과는 아무 상관없는 평범한 인간으로서요."

그렇게 말한 뒤 만족했는지,

"그럼 동아리방에서 봅시다."

경례를 하듯 거수를 한 뒤 내게 등을 돌리고 산책을 계속하려는 것처럼 느긋하게 어둠 속으로 사라졌다.

집에 돌아온 나는 서둘러 저녁을 먹고 내 방으로 갔다.

제일 먼저 한 일은 나가토에게 전화를 하는 것이었다. 아사히나 선배를 츠루야 선배의 집으로 이동시켰다고 보고해야 한다. 나가토 이니까 어쩌면 벌써 알고 있을지도 모른다. 코이즈미한테 들켰을 정도이니 말이다.

세 번 정도 벨이 울린 뒤 나가토가 전화를 받았다. 누가 걸었는지 알고 있다는 증거로 여보세요 라는 말도 없다.

『…….』

"나가토, 나야. 짧게 얘기할게. 아사히나 선배 말인데."

아사히나 선배가 얘기한 것을 요점만 잡아 말해주었다. 나가토는 내내 『……』로 내 얘기를 듣고 있다가,

『알았다.』

아무 미련도 없다는 듯이 담담히 대답한 뒤 말을 이었다.

『그래도 좋다고 생각한다.』

"그래? 안심했다."

『왜?』

왜냐니. 나는 나가토가 아쉬워하는 건 아닐까 걱정했었다고. 일방적으로 부탁한 건 우리인데 다시 일방적으로 나가는 건 너무 제멋대로잖아.

『기우.』

나가토는 차분한 목소리로 말했다.

『그녀의 의견은 이해할 수 있다.』

잠시 침묵 뒤.

『나는 그녀처럼 되고 싶다고 생각하지 않는다. 하지만 그녀가 그렇게 생각하는 심정은 타당하다.』

어떻게 타당한데?

『내가 그녀의 입장이라면 똑같은 것을 생각했을 테니까.』

으음, 아사히나 선배가 나가토를 걱정하는 그런 심정을 나가토는 아사히나 선배의 입장이 되어 상상할 수 있다는 건가?

잠시 침묵이 이어졌다. 마침내,

『아마 그럴 것이다.』

가느다란 목소리가 귀에 전해졌다. 녹음기능을 작동해둘 걸 그랬다는 생각이 들 정도로 기분 좋은 소리였다.

그 뒤, 두세 마디 대화를 나눈 뒤 나는 전화를 끊었다. 아무래도 내가 걱정할 것 없이 우주인과 미래에서 온 사람은 서로를 헤아릴 수 있게 된 것 같다. 아마 두 사람이 스스로 생각하는 것 이상으로 말이다.

자꾸 실실거리며 옆으로 시선을 돌렸다. 샤미센이 침대 위에서 자고 있었다. 마치 사람처럼 내 베개에 머리를 얹고 숨소리를 내고 있다. 만에 하나 하루히가 왔을 때를 대비해 부분부분 털을 깎아줄까 생각하고 있는데 다른 생각이 떠올랐다.

"샤미센의 요양을 구실로 삼을 수 있는 건 언제까지지?"

묻는 걸 깜박했다. 저 아사히나 선배는 내가 언제 동아리를 빠지고 언제 나오게 됐는지 알고 있을 거다. 그걸 알면 이번 주의 내 스케줄을 세우는 데에 어느 정도 도움이 된다. 하지만 1주일 뒤에서 온 그녀는 맨손이었고 휴대전화도 갖고 있지 않았다. 전화를 한다면 츠루야 선배한테 해야 하는데 코이즈미의 그런 얘기를 들은 뒤라 그런지 지금 연락하기는 영 찜찜했다. 어디까지 본심을 말했는지는 모르겠다. 그 녀석 성격에 또 적당하게 그럴싸한 소리를 늘어놓고 내 안색을 살핀 건지도 모른다. 뭐, 그쪽이 더 좋겠지만.

나는 리모컨으로 에어컨(주14)을 작동시키며 침대에 누웠다.

내일 신발장 안을 본 뒤에 그날의 행동 일정을 정하기로 하자.

눈을 감은 채 입을 오물거리는 얼룩고양이를 보는 사이 깜빡 잠이 들었던 나는 목욕을 마치고 올라온 동생에게 공격을 받고 일어났다.

주14) 일본의 에어컨은 냉난방이 모두 되는 경우가 많다.

제3장

이튿날.

『산에 가주세요. 그곳에 눈에 띄는 모양을 한 돌이 있습니다. 그 돌을 서쪽으로 약 3미터 이동시켜주세요. 장소는 그 아사히나 미쿠루가 알고 있습니다. 밤에는 캄캄하고 위험하니 밝을 때 가는 게 좋을 겁니다.』

화장실 안에서 봉투를 뜯은 편지 첫 장에 쓰인 건 그런 문장이었다. 두 번째 장에는 어제와 마찬가지로 전혀 특징 없는 필치로 표주박 같은 그림이 그려져 있었고 화살표로 굳이 '돌'이라는 주석까지 달려 있었다.

결정, 오늘도 바로 집에 간다.

"그건 그렇다 치고…."

그런데 뭐냐, 이 막연한 지령은. 산에 돌이라고? 무슨 산에 어느 돌인데? 아사히나 선배가 알고 있는 산이라면….

머릿속에서 자갈이 굴렀다.

"아, 그렇구나. 보물찾기 얘기를 했었지."

아사히나 선배(미치루)의 말에 따르면 다음 공휴일에 우리는 보물찾기를 하러 간다고 했다. 모레다. 츠루야 선배네 집이 소유한 산이라고 그랬다. 그런데 또다시 츠루야 선배가 등장하는 건가. 그 사람은 두 명의 아사히나 선배에 대해서는 입도 벙긋 않은 채 하루히와 내 앞에서도 그저 웃고만 있겠지만 이대로 있다가는 내가 정서 불안이 될 것 같다. 코이즈미한테도 곤란한 일이겠지만, 잠깐만.

"그렇다는 건 슬슬 하루히도 기운을 차린다는 소린가."

나는 교실로 향하며 예측했다. 보물지도는 츠루야 선배가 가져온다 치고, 실행으로 옮기는 게 모레라면 하루히가 그걸 손에 넣는 건 오늘이나 내일일 게 분명하다. 아마 내일일 것이다. 어젯밤에 츠루야 선배는 전혀 그런 기미가 보이지 않았다. 아직 창고인지 뭔지에서 그 지도를 발견하지 않았을 것이다. 발견했다면 하루히한테 전해달라고 내게 떠넘겼을 테니까.

"여, 하루히."

우려했던 대로다. 먼저 교실에 와 있던 하루히는 나가토의 손톱 때라도 나눠 받았는지 에너지 저하 모드로 우울한 여고생을 연기하고 있다가,

"샤미센은?"

나를 보지도 않고 창문에 숨을 불었다.

"아, 그냥저냥 그래."

"그래, 다행이네."

숨결로 하얘진 창에 헤노헤노모헤지(주15)를 그리고 있다.

너무 묘하다. 나와 하루히 사이에 이렇게 정상적인 대화가 오가게 될 줄이야. 나가토가 동아리방에서 책을 안 읽고 있는 모습보다

주15) 헤노헤노모헤지: へのへのもへじ라는 글자를 이용해 그린 사람 얼굴.

더 드문 일이다. 아무래도 걱정…, 아니, 불안해지는걸. 어딘가에서 '신인'인지 뭔지가 난동을 부리고 있는 건 아니겠지.

"왜 그래? 요새 기운 없어 보인다."

하루히는 콧방귀를 뀌었다.

"흥, 무슨 소리를 하는 거야? 나는 평소랑 똑같아. 조금 생각을 하고 있어서 그런 거지. 내…."

하루히는 거기에서 부자연스럽게 말을 끊고 나를 곁눈으로 쳐다보았다.

"너야말로 오늘은 동아리방에 올 거야?"

오든 안 오든 아무래도 상관없다는 얼굴이다. 나한테야 좋았지만.

"샤미센이 아직 외로워하고 있어. 동생한테는 맡겨둘 수 없고 해서 오늘도 간병해야 된다."

"응, 그러는 게 좋을 거야."

별스럽게도 하루히의 표정도 잘됐다고 말하는 것 같다.

"아플 때는 사람이 그리워지잖아. 완쾌될 때까지 잘 보살펴줘. 나도 기운찬 샤미센과 빨리 놀고 싶으니까."

하루히한테는 샤미센도 단원이나 마찬가지일까. 단지 돌보는 건 나한테 떠넘기고 마음이 내킬 때만 놀러오는 구석이 이 녀석답다. 1주일 정도 빌려줘도 되는데.

"생각해볼게."

멍하니 대답한 하루히는 다시 창에 숨을 불었다.

빨리 방과 후가 되라고 바라는 수업일수록 시간의 흐름이 느리게 느껴지는 법이다.

그래서 안절부절못하며 선생님한테 지명당하지 않기를 말없이 기도하고 천천히 필기를 베끼는 사이 거의 아무 수업 내용도 기억하지 못한 채 시간을 보냈는데 가만히 생각해보면 늘 있는 일이었다. 아, 이러니까 성적이 전혀 오르질 않는구나 하고 새로이 인식을 해보았지만, 이 모두가 방과 후에 해야 할 일들이 너무 많은 게 문제다. 틀림없이 그렇다. 바로 집으로 가는 타니구치가 나와 같은 성적이라는 건 지금은 잠시 무시해주기 바란다.

도움도 안 되는 교과서들을 책상 안에 밀어넣은 덕분에 가벼워진 가방을 들고 교실을 나가려는데 청소 당번인 타니구치가 빗자루를 어깨에 올린 채 말을 걸었다.

"쿈."

왜 그렇게 공허한 눈을 하고 있는지는 모르겠지만 이 녀석을 상대할 시간은 없다. 아사히나 선배가 나를 기다리고 있다. 그런 심정은 아마 메로스의 귀환을 애타게 기다리는 세리엔티우스(주16)와 같을 것이다. 지금 당장 달려가고 싶다.

하지만 타니구치는 내 앞길을 막듯 빗자루를 들어 나를 가리켰다.

"넌 참 좋겠다─."

원망스런 목소리가 시비를 거는 것 같다. 뭐가 좋다는 건지. 네가 부러워할 만한 일은 한 다스 정도밖에 생각이 안 나는데.

"그렇게 많냐? 기껏해야 세 개지." 타니구치는 불쾌하다는 듯 대답하고 땅이 꺼져라 한숨을 내쉬었다.

주16) 다자이 오사무의 소설 「달려라, 메로스」의 등장인물들.

하루히의 우울함이 타니구치한테도 전염이 됐나, 혹시 공기 중 감염되는 위험한 병인가 반쯤 의심하고 있는데,

"아아, 타니구치 말이야."

쿠니키다가 불쑥 고개를 내밀고 손에 든 먼지떨이를 휘두르며 해답을 제시해주었다.

"최근에 여자친구랑 헤어졌나봐. 그래서 기운이 없는 거지. 뭐 무리도 아니지만."

"그거 참."

나는 반쯤 웃으며 타니구치의 어깨를 두드려주었다. 여자친구라고 하면 크리스마스 전에 생겼다는 여학교의 걔냐. 내 이브 예정이 하루히 전골이라고 하니까 무척 불쌍하게 여겼지, 타니구치.

"하하아, 보아하니, 너 차였구나? 그래, 그래."

"시끄러워."

가엾은 친구는 빗자루를 쥐고 휘두르더니 힘없이 내려놓았다.

"빨리 집에나 가. 청소하는 데 방해된다."

쿠니키다가 쓴웃음을 지었다.

"이런 말 하기는 미안한데, 나는 시간 문제였다고 생각한다, 타니구치. 나는 네 여자친구를 만나본 적도, 본 적도 없지만 네 얘기를 들으니까 아무래도 상대는 진지하지 않았던 것 같아."

"네가 뭘 알아. 아니, 알지 마라. 이해받고 싶지 않아—."

"도대체가 사귀게 된 계기부터가 이상하잖아."

"아—아—! 그만해. 진짜 잊어버리고 싶으니까."

잠시 두 친구가 보여주는 너무나도 고등학생다운 대화의 1막을 지켜보고 싶다는 생각이 들었지만 아무래도 나는 갈 길이 바빴다.

"그렇게 우울해하지 마라. 너 정도 되는 남자라면 언젠가 멋진 여자를 만날 수도 있을 거야. 그래, 육십갑자가 한 바퀴 돌 정도의 기간 정도라면 어디선가 내려올 거야."

나는 그렇게 말한 뒤 반격의 말을 듣기도 전에 복도로 뛰쳐나와 뒤도 돌아보지 않고 걸어갔다. 최소한의 동정이라는 거지. 타니구치의 실연을 웃음거리로 삼을 만큼 나는 그렇게 못난 인간은 아니라고 생각한다. 솔직히 약간은 고소하다는 느낌도 들긴 하지만. 아무튼 앞서가던 친구가 같은 서열로 돌아온 건 단순히 기쁜 일이다. 함께 노력해보자고.

"응? 그런데 저 녀석은 왜 날 부러워하는 거지?"

신발장 뚜껑을 열 때쯤에 그 사실을 깨닫고는 괜한 연상까지 해보고 말았다. 혹시 타니구치가 부정적이 된 것처럼 하루히의 다운 현상도 연애 때문은 아닐까 하는 무시무시한 생각이었다. 나는 그런 자신의 생각에 전율한 뒤 웃어넘겼다.

"그럴 리가 있겠어."

하루히가 상사병으로 번뇌한다는 본질적인 오해는 내가 내년도 드래프트에서 메이저리그로부터 1위 지명을 받는 것보다 더 상상하기 어려운 일이다. 그렇게 된다 해도 기쁘지 않으니까 별로 상관은 없지만 하루히가 무슨 생각을 하고 있는지는 알고 싶다. 에어컨도 없는 교실에서 손난로를 쥐어야 한다고 해서 우울해한다고는 생각하기 어려운데….

"에이, 모르겠다."

나는 지금 그런 데에 정신을 팔 때가 아니다. 그리고 하루히라면 금방 기운을 차릴 거다. 모레에는 우리를 보물찾기로 내몰 정도가 될 거라고는 알고 있으니까, 그걸 알고 있는 내 입장에서는 괜한 신경을 쓸 일도 없을 거다. 괜히 잘못 건드렸다가 SOS단 전원의 방향성마저 잘못되고 마는 사태만큼은 제발 피하고 싶다. 무해한 세균에 방사능을 쏘여 치사성의 병원체를 만들어내는 사태는 아무리 인류가 과학의 신자라 해도 역시 일어나지 않는 게 좋잖아. 분별력이 있어야지.

"자, 일단 작은 미래를 어떻게든 해볼까."

인류의 미래를 불안하게 여겨봤자 변하는 건 없다. 내게 있어 지금은 또 하나의 아사히나 선배가 일대 현안 사항이었다.

일단 집으로 돌아온 나는 바로 자전거를 끌고 츠루야 저택으로 향했다.

그 사이에 한 일은 츠루야 선배의 집에 전화를 해서 아사히나 선배를 불러달라고 한 것 정도였다. 하지만 츠루야 선배는 아직 귀가하기 전이었다. 그래서 츠루야 선배네 집에 신세를 지고 있는 아사히나 선배(미치루)에게 전화가 연결되려면 조금 시간이 걸릴 거라 생각했는데 가정부인지 전화를 받은 사람은 츠루야 선배에게서 미리 말을 들었는지 자기소개를 생략하고 내 이름을 듣자마자 아사히나 선배한테 연결해주었다. 정말 이런 점도 편리한 츠루야 선배다. 어떻게 할지 미리 얘기도 안 했는데 내 생각을 다 알아준다. 장래에 비서라도 되면 엄청나게 유능한 실력을 마음껏 발휘하지 않을까.

그런 츠루야 선배와 마찬가지로 사랑스러운 또 한 명의 선배, 아사히나 선배에게는 "지금 마중 갈 테니까 기다려주세요" 라는 말을 한 뒤 전화를 끊었다. 말로 설명하는 것보다는 실물을 보여주는 게 빠르다. 내 주머니 안에는 예의 지령서와 만에 하나를 대비한 손전등이 들어 있었다.

몇 번 지나간 길이라 츠루야 선배네 집까지 자전거를 모는 두 다리도 부드러웠다. 2월의 추위는 매서웠지만 눈이 내리지 않는 것만 해도 감사히 여겨야지. 귀와 코가 얼어붙어버릴 것만 같은 역풍을 맞으며 츠루야 선배네 집에 도착한 나는 초인종을 누른 뒤 잠시 기다렸다.

옆문에서 얼굴을 내민 아사히나 선배는,

"콘."

나를 보자마자 안도한 듯 미소를 짓고 문에서 폴짝 뛰어나왔다. 세일러복이 아니라 바지를 입고 위에도 폭신해 보이는 코트를 입고 있었다.

"츠루야 씨의 옷을 빌렸어요."

아사히나 선배는 내 시선이 신경 쓰이는지 코트 자락을 잡아당겼다.

"집에서 옷을 가져올 수는 없으니까요."

"방에서 자기 옷이 없어졌던 기억이 없어선가요?"

자전거 스탠드를 올리며 묻자 아사히나 선배는 어색한 표정을 지었다.

"그건, 저, 기억이 잘 안 나지만…. 늘 입던 옷은 있었을 거예요. 하지만 없어졌어도 몰랐을 것 같은 기분도…. 아뇨, 그렇게 옷이 많은 건 아니거든요. 으음, 저기…."

아뇨, 신경 안 씁니다. 저도 옷장 안에서 팬티 한 장이 없어진다 해도 영원히 도난 신고를 하러 가지는 않을걸요. 만약에 분실된 걸 알아차렸다 해도 어디 갔나 신경도 쓰지 않을 겁니다.

나는 부드러운 눈으로 아사히나 선배를 바라보았다. 빌린 거든 뭐든 무지하게 잘 어울리니까 올 그린 사인, 아무 문제도 없다.

"그렇지 않아요."

아사히나 선배는 쑥스러운 듯 손을 내저었다.

"소매랑 길이가 저한테는 너무 길고요. 그리고…."

가슴을 누르려던 아사히나 선배는 살짝 얼굴을 붉히며 동작을 멈췄다.

"아니, 아무것도 아니에요."

난 더더욱 편안한 기분이 들었다. 손발이 길고 늘씬한 츠루야 선배의 옷이니 아사히나 선배가 입기에는 조금 끼는 부분이 있다는 소리겠지. 아사히나 선배가 어딘지 모르게 답답해하는 건 그 부분에 원인이 있다고 추측된다. 코트로 상체가 가려진 게 아쉬웠지만 뭐, 그건 나중으로 미뤄도 되는 일이니까.

나는 신발장에 있던 미래인의 편지를 보여주었다.

"오늘은 이런 일을 해야 하는 것 같은데 짐작 가는 게 있나요?"

산에 가서 돌을 움직이라는 마치 RPG의 심부름 플레이 같은 지령이다. 게다가 이 지령에는 이유가 적혀 있지 않고 달성하면 도움이 되는 아이템을 받게 되는지 아닌지도 확실하지 않으니 게임이라 해도 그다지 잘 만들어진 게임은 아니다.

"어…, 그 산이요? 제가 장소를 알고 있다는 건 그렇겠죠. 이상한 모양의 돌…, 아, 그건가…?"

아사히나 선배는 바람에 펄럭이는 편지를 꼼꼼히 읽으며 중얼거리다 마침내 둥지를 잃어버린 줄무늬 다람쥐처럼 고개를 갸웃거렸다.

"짐작 가는 건 있어요. 여기는 아마 보물찾기를 하러 갔던 데일 테니까요. 아니, 제가 알고 있는 장소라면 거기밖에 없죠. 으음, 하지만 어째서죠?"

물론 나는 모른다. 하지만 짐작은 갈 것 같다.

"아사히나 선배, 보물찾기에서는 정말 아무것도 나오지 않았지요?"

"아, 네."

벌써부터 손끝이 곱기 시작했는지 아사히나 선배는 서투르게 편지를 접고 있었다. 나는 뭔가 부자연스럽다고 느꼈다.

"이상하지 않습니까? 이 지령은 아무리 생각해도 보물찾기와 관련된 것 같은데요."

"그, 그건요."

아사히나 선배가 고개를 떨구었다.

"어떻게 된 걸까요. 으음…."

생각에 잠긴 건지, 목 위까지 올라온 말을 꺼낼까 말까 고민하는 건지 알 수 없는 표정으로 흘낏 눈을 치켜뜬다. 그 눈빛에 허리의 힘이 쭉 빠질 것 같은 내게 아사히나 선배가 고개를 저었다.

"역시 모르겠어요. 그, 그래요. 거기에 가면 뭔가 생각이 날지도 …."

"그러네요."

일단 가볼까. 하루히한테는 미안하지만 먼저 보물찾기 로케 헌팅을 하러 갔다오마. 모레 내가 신선함이 결여된 태도를 보여도 용서

해다오.

나는 자전거에 올라타 아사히나 선배한테 뒤에 타라고 했다. 조심스럽게 옆으로 앉은 아사히나 선배와 허리에 둘린 조심스러운 팔에 졸도할 것 같지만 어젯밤을 기억하니 냉정해질 수 있었다.

"왜 그래요?"

달리기 시작하기 전에 좌우를 확인하는 나를 보고 아사히나 선배가 의아한 듯 묻는다.

"아무것도 아닙니다."

나는 그렇게 대답한 뒤 힘껏 페달을 밟았다.

그냥 어디에 코이즈미나 코이즈미 같은 누군가가 숨어 있는 게 아닐까 싶어서요. 츠루야 선배의 집을 망보고 있는 건지 우리를 미행하는 건지는 알 수 없지만요.

츠루야 가문이 소유한 산은 우리 키타고에서 동쪽으로 수평이동한 곳에 있다. 산이라기보다는 대형 언덕으로 그렇게 높지는 않았다. 한껏 비튼 시점으로 관찰하면 잊혀진 고분처럼 보이기도 했지만, 천연림으로 둘러싸인 산의 표면을 살펴보니 고분이든 휴화산이든 올라가기 힘든 곳이라는 건 확실했고 등산로로 보이는 것도 없었다. 있는 건 곰이라도 오르내리는 데 고생할 것 같은 급경사의 산길뿐이었다.

"이쪽이에요. 응, 여기서 올라갔어요."

아사히나 내비게이션을 따라 자전거를 몰아 언덕을 올라가고 논두렁길을 돌파하는 사이 이미 해가 저물기 시작했다. 산기슭은 물이 마른 논이나 이파리가 난 밭이 펼쳐져 있을 뿐 인기척은 전혀 없었다.

"남의 집 산을 허락도 없이 올라가도 되는 건가요?"

내가 지긋지긋하게 산을 올려다보고 있자 아사히나 선배가 작은 소리로 웃었다.

"츠루야 씨는 괜찮다고 했어요. 아, 제가 들은 건 며칠 전…, 아니, 시간상으로는 내일인데…. 아, 콘도 내일 들을 거예요."

이제 겨우 상황에 익숙해졌는지 아사히나 선배는 자신의 과거를 돌아볼 여유가 생긴 것 같다. 그건 내게는 미래이지만 이왕이면 더 가르쳐줬으면 좋겠다.

"가르쳐줄 만한 게 별로 없어요. 한 거라고는 보물찾기랑 시내 순찰… 정도인걸요."

하루히 주최 제비뽑기 대회는요?

"아, 네. 그것도요."

아사히나 선배의 당황하는 모습. 달리 잊고 있는 게 있는 거 아니에요?

"으음, 저기요—."

묘하게 안절부절못하는데 나한테는 할 수 없는 말이라도 있는 건가. 소위 금지 사항이라는 거?

"그, 그래요. 금지예요. 음, 아마 금지 사항일 거예요."

표정으로 보아 아사히나 선배에게서 진지한 분위기는 느껴지지 않는다. 미래에서 온 사람의 비밀주의에는 새삼 뭐라 핀잔을 줄 생각은 없지만 아무래도 이 아사히나 선배도 뭔가를 알면서 숨기고 있는 것 같다. 정말 아무것도 모르는 건 현재 시간에 있는 아사히나 선배뿐인가. 복잡하게. 부등기호로 표시하면 아사히나 선배(대) > …… 중략 …… >아사히나 선배(미치루)>아사히나 선배(소) 정도의 위치가 되는 건가.

내가 당장에라도 한숨을 쉴 것 같은 표정을 짓고 있었는지 아사히나 선배는 다시 불안하게,

"저, 콘…?"

여기서 등을 돌리면 울어버릴 것 같은 눈동자였고 나는 이런 눈을 보고서도 태연할 만큼 가학 취미가 차고 넘치지 않았다. 오히려 돌발적인 박애주의에 정신을 지배당하고 있어 이내 내 안면 근육은 샤미센의 뱃살처럼 부드러워졌다.

"아닙니다. 괜찮아요. 저도 금방 이해할 수 있겠죠."

이 아사히나 선배의 이야기에 따르면 8일 전에 타임 점프하도록 만든 건 8일 후의 나이다. 그 나는 전부 알고서 아사히나 선배를 과거로 보냈다. 그건 지금의 나의 미래의 모습이니까 그 녀석한테 물으면 모든 장치가 풀릴 테니 누구한테 물을 필요도 없이 곧 나도 알게 될 것이다. 그렇지 않으면 이상하잖아.

"해가 저물기 전에 이 명령을 해치워버리죠."

나는 아사히나 선배의 등에 손을 대고 말했다. 고개를 드는 아사히나 선배는 강아지 같은 눈으로 고개를 끄덕였다.

"아, 네. 제가 안내할게요. 그렇게 위에까지 올라가지는 않았으니까 금방이에요."

울창한 숲이 우거진 산으로 들어갔다. 원래대로라면 내가 선두에 서서 위험한 가지와 나무뿌리를 남김없이 칼로 쳐내야겠지만, 한겨울에는 뱀도 벌레도 동면 중일 테니 그렇게 위험하지는 않을 거라

판단했다. 올라가는 길에 아사히나 선배가 미끄러지지 않도록 뒤에서 지켜보는 역할을 맡도록 하자.

"헉, 후우, 아우."

역시 아사히나 선배가 산을 타는 모습은 매우 위태위태했다. 게다가 길 같지도 않은 길이다. 통상의 등산로라면 갈지자로 올라가겠지만 눈에 보이는 범위 안에서 그렇게 편리한 건 보이지 않았다. 풀을 밟고 사방에 깔린 바위를 짚으며 올라가야 한다.

"우와앗!"

몇 번인가 미끄러질 뻔한 아사히나 선배를 잡아주는 감사한 임무에 미소를 지으며 우리는 거의 일직선으로 작은 산 중턱을 향했다. 자세히 관찰해보니 지금 우리가 가고 있는 길은 사람의 출입이 있음을 보여주듯이 부분부분 다져져 있었다. 제대로 된 길이 아니라 약간 잘 만든 산길 정도였지만 그래도 완전한 자연상태였다면 이렇게 아사히나 선배가 내 앞에서 가는 일은 불가능했을 것이다.

산을 타기를 십 분여, 내 앞에 평탄한 곳이 나타났다.

"여기, 하아, 여기예요. 여기저기를 파헤쳐봤는데 돌이 있었던 건 여기예요."

아사히나 선배가 크게 숨을 내쉬며 무릎에 손을 올리고 섰다.

나는 그 옆에 나란히 섰다.

"헤에."

험한 경사면이 이어지는 산 중턱에 그렇게 넓지는 않지만 평지를 이룬 부분이 있다. 드높이 솟아 있는 나무들도 없는 뻥 뚫린 반원형 장소였다. 가로로 한 10미터 정도 되어 보인다. 그래, 산을 일부 깎아 만든 것 같은 등산 휴게소로는 안성맞춤인 공간이다. 인공적인지 어떤지는 모르겠다. 먼 옛날 산사태가 난 흔적 같은 걸까. 우거진 잡초를 봐도 최근에 생긴 거라고 보기는 힘들다. 자연의 작품이라 보는 편이 타당할까.

숨을 고른 아사히나 선배가 손가락을 가리켰다.

"돌이라는 건 저걸 말하는 걸 거예요. 그림에 있던 것과 똑같은
…."

표주박 모양의 돌. …돌?

"돌치고는 크네."

그리고 아사히나 선배의 말에는 일부 과장이 있었다. 그림과 똑같다고는 도저히 말할 수 없는데. 아사히나 선배(미치루)가 안내해 주지 않았다면 나는 새벽까지 산 속을 헤매며 찾아다녔을 거다.

"듣고 보니 표주박처럼 보이지 않는다고도 할 수 없겠습니다만
…."

돌이 있는 곳은 평지 앞쪽이었다. 내 눈에는 표주박이라기보다 수면 위로 고개를 든 해룡의 등처럼 보인다. 바닥에 박혀 있어서 하얗기는 하지만 주위의 낙엽과 풀들 때문에 그냥 발견하기는 힘들었다.

나는 편지의 내용을 다시 확인했다.

"이 돌을 서쪽으로 3미터 이동시키라."

이미 날이 저물고 있었다. 오래 머무르는 건 위험했다. 내려갈 때 발을 헛디뎌 둘 다 굴러떨어지는 건 아무리 규정 사항이라도 거부하겠다.

나는 아사히나 선배에게 손전등을 넘기고 손가를 비쳐달라고 부탁했다. 바로 돌을 들어올리도록 하자.

"이 자식, 무거운데."

게다가 손을 대보고 나서 판명된 것이지만, 이 돌은 3분의 1 정도가 땅에 박혀 있었다. 이건 돌이라고 할 수 없잖아. 절임용 돌로 쓰기에는 너무 큰 이 물체를 제대로 표현하자면, 바위다.

있는 힘껏 당겨보았다. 그렇군. 확실히 표주박이라면 표주박으로 보이는 것 같기도 하군. 옆으로 쓰러진 돌을 세로로 세우면 대충 그렇게 보인다.

나는 돌을 안고 아마도 서쪽이라 생각되는 방향으로 영차영차 걸음을 옮겼다. 3미터, 대충 통상 보폭으로 네 걸음 정도인가?

"조금 더 앞쪽이었어요."

아사히나 선배가 지시를 했다. 그래, 이 아사히나 선배는 이동을 마친 돌의 상태를 알고 있었지.

"그래요, 거기. 그 정도예요."

돌을 바닥에 내렸다. 쿵 하고 땅이 울리며 돌이 흙 속으로 파고들었다. 다시 원래대로 눕히려는데,

"그 돌은 서 있었어요."

아사히나 선배가 제지를 한 뒤 깜짝 놀란 듯 눈을 커다랗게 떴다.

"마치… 표식처럼요…."

나는 막 내려놓은 돌을 보았다.

표식.

이렇게 보면 부자연스러운 곳에 돌이 위치해 있다. 종류가 뭔지 조사해보기 전에는 알 수 없지만 이 하얀 색은 어둠 속에서도 기묘하게 눈에 띄었고 형태도 특이했다. 하얀 표주박 돌이라는 유적이라고 소개하면 믿을 녀석이 몇 명은 있을 것 같다.

"아사히나 선배, 혹시 하루히는 이 돌 아래를 파보라고 했나요?"

"네. 판 건 콘이랑 코이즈미였지만요."

그래, 아무것도 안 나왔다고요. 정말요?

"정말이에요."

아사히나 선배는 눈을 내리깔았다.

"보물이 발견되지는 않았어요…."

나는 크게 숨을 내쉰 뒤 더러워진 두 손을 털었다.

그럼 지금 내가 하는 행동은 뭐지—라고 지금은 묻지 않겠다. 어제의 장난과 그것에 걸린 남자도 그렇지만, 그러한 행위의 의미를 이 아사히나 선배도 모르고 있다. 확실히 알고 있는 건 아사히나 선배(대)다. 그렇다면 그녀에게 물어주겠다. 이대로 문장에 의한 일방통행뿐이라니 이번만큼은 절대로 받아들일 수 없다고.

나는 내가 막 장치한 돌을 바라보며 더 부자연스러운 사실을 깨달았다. 오랫동안 옆으로 쓰러져 있던 돌은 당연히 반이 흙에 덮여 있었다. 내가 파낼 때까지 뒷면이었던 표주박 돌의 현재는 등에 해당하는 부분이다. 한눈에 봐도 누가 어디선가 가져왔다는 사실을 알 수 있을 것이다.

"저 바닥도 그렇네."

원래 돌이 놓여 있던 곳이다. 파헤쳐진 땅바닥만 검은 흙을 드러내고 있는데다 움푹 꺼져 있었다.

"선배가 왔을 때는 어땠나요?"

아사히나 선배는 기억을 더듬는 표정을 지었다.

"으음, 아무도 뭐라고 안 했고 저는 전혀 몰랐어요. 스즈미야 씨도 구멍을 파는 생각만 하고 있었던 것 같아요…."

그렇다면 내버려둬도 되겠지만 일단 해야 할 일은 해두자.

나와 아사히나 선배는 흩어져서 마른 낙엽과 덩굴을 긁어모아 와 훤히 드러난 땅바닥에 뿌린 뒤 밟아주었다. 그리고 표주박 돌에 붙은 흙을 대충 털었다. 충분하다고는 할 수 없었다. 아무래도 세월을 느끼게 해주는 돌의 풍화된 부분과 땅 속에서 잠들어 있던 부분은 역시 차이가 너무 난다.

노력을 해보긴 했지만 하늘이 어두워졌기 때문에 작업도 그만 끝내지 않을 수 없었다. 그리고 왜 이런 고생을 하는 건지 알 수 없는 고생도 제법 힘든 법이다.

"그만 가죠, 아사히나 선배."

이번에는 내가 앞장섰다. 손전등을 가져오길 잘했군. 가로등이 없는 어두운 산은 태고의 사람들이 두려워하며 신성시했을 만큼의 위용을 연출한다. 그리고 올라올 때보다 내려가는 게 몸에도 부담이 된다. 발을 헛디뎌 등에 안겨오는 아사히나 선배를 받아주기를 몇 차례, 기슭까지 내려왔을 때는 이미 밤이었다. 그리고 그와 거의 동시에,

"아."

아사히나 선배가 고개를 들어 하늘을 보았다.

"비예요."

툭툭 떨어지던 빗방울이 추적거리며 내리기까지는 5분도 걸리지 않았다.

아사히나 선배를 태운 자전거는 전력질주로 왔던 길을 돌아갔다.

집으로 향하는 길은 거의 내리막이었기 때문에 자전거를 모는 나도 편했다. 갈 때의 반도 안 걸렸을 것이다. 체력적으로는 3분의 1이다.

가랑비를 맞으면서 츠루야 저택에 도착한 우리를 마중 나온 사람이 있었다.

"여어! 어서 와."

어제와 마찬가지로 전통 복장을 입은 츠루야 선배가 우산을 한 손에 들고 기운차게 웃으며 문을 열어주었다.

"어디에 갔었어? 아니, 됐어. 사정이 있는 것 같으니까, 나는 벙어리 귀머거리 츠루냥이니까! 보기는 하지만. 어라라, 미쿠—가 아니라, 미치루! 왜 이렇게 지저분해. 바로 목욕할래?"

기관총처럼 말한 츠루야 선배는,

"추웠지? 자, 어서 목욕을 해! 같이 하자. 콘도 어때? 등 정도는 밀어줄 수 있는데. 노송나무 욕탕이야!"

감격에 겨워 눈물이라도 날 법한 말씀이지만 진심이 아니라는 건 그녀의 얼굴을 보면 알 수 있다. 하루히는 농담을 하듯 진심을 말하고 츠루야 선배는 진심을 말하듯 농담을 한다.

"저는 집에서 하겠습니다. 그보다 아사히나—미치루 씨를 부탁할게요."

그대로 발길을 돌리던 나를 츠루야 선배가 붙잡았다.

"잠깐만."

우산을 내게 받쳐주며 한텐 품에서 동글게 말아 끈으로 묶은 종이를 꺼냈다.

"이거 하루냥이 부탁했던 거야. 콘이 좀 전해주지 않을래?"

아무래도 뚫어져라 보게 된다. 낡은 두툼한 화지(주17), 군데군데 벌레를 먹은 모양이 고문서나 묻혀 있는 금의 위치를 기록한 지도라는 느낌을 한껏 준다.

"이게 뭡니까?"

"응, 보물지도."

츠루야 선배는 시원스레 대답하고는 호탕하게 웃었다.

"요전에 창고를 뒤졌더니 옛날 광주리 같은 상자 안에서 나왔어. 이왕 나온 거 하루냥한테 줄까 했는데 그대로 잊고 있었지 뭐야."

그런 걸 받아도 되는 건가요? 보물이라고요, 보물.

"괜찮아. 일부러 파러 가는 것도 귀찮은걸. 뭐가 나오면 1할만 줘! 묻은 사람도 몇 대나 전의 선조님인데 뭐! 집에 내려오는 전기에 따르면 장난을 좋아하는 할아버지였다더라고. 아마 손자한테 장난을 치려고 만들었을 거야. 파봤자 아무것도 안 나오거나 시시껄렁한 게 나올걸!"

아무래도 전자 같습니다.

나는 가능한 한 공손하게 지도를 받아들었다. 그래봤자 지도를 주는 츠루야 선배가 대충 만 종이를 그대로 건네줬기 때문에 감사하는 마음은 그리 크지 않았다.

"하루냥한테 꼭 전해줘야 한다. 알았지!"

츠루야 선배는 한쪽 눈을 감고 기쁨에 찬 미소를 보여줬고 아사히나 선배는 긴장된 얼굴로 나와 보물지도를 번갈아 보다가 내 시선을 느끼고 고개를 떨궜다. 뭐지. 보물찾기에 정말로 금지 사항스러운 일이 있었나? 이해가 안 되는 과거 이동으로 우울해하는 건 이해가 가는데 아무래도 보물찾기에 이 아사히나 선배의 약점이 있

주17) 화지: 和紙. 일본 고유의 제조법으로 만든 일본의 전통 종이.

는 것 같다.

"자, 콘. 우산 빌려줄게. 조심해서 돌아가라. 그럼 또 봐!"

잘 가라고 손을 흔드는 츠루야 선배, 조심스럽게 한 손을 까딱거리는 아사히나 선배의 모습이 닫힌 문 너머로 사라졌다.

우산과 원통형 화지를 손에 들고 빗속에 서 있는 나였다.

지금 당장에라도 쳐들어가서 목욕하게 해달라는 생각이 들 정도로 좀 쓸쓸한 감각에 사로잡혔다. 이것도 츠루야 선배 효과인가. 시끌벅적한 사람 곁에서 떨어져 혼자가 되면 갑자기 축제가 끝난 기분이 드는 것 같은…. 1인 인간 카니발이군.

"춥고 썰렁해."

나는 우산을 어깨에 걸고 자전거를 밀기 시작했다.

하루히도 그렇고 아사히나 선배도 그렇고, 그리고 나가토는 좋은 쪽이긴 하지만 아무래도 나를 당황하게 만드네.

"아—, 배고파라."

집에 오는 길에 코이즈미는 나타나지 않았다. 지금이라면 얘기를 들어줄 수도 있는 기분이었는데.

그 이튿날, 또 하나의 아사히나 선배가 청소 도구함에서 등장한 지 4일째 되는 날 아침, 어제의 비구름은 이미 동쪽으로 이동해 오늘은 더더욱 서늘한 방사냉각의 쾌청한 하늘이었다.

하이킹 코스 같은 산길로 등교하는 덕분에 교문에 도착할 무렵에는 몸도 훈훈해지지만, 난방이 없는 교실에 들어와 1교시가 반 정도 지난 무렵에는 땀을 흘린 만큼 더 춥게 느껴지기 때문에 몸에 좋지 않다.

교문을 지나 현관에 들어서서 신발장을 열기 전에 나는 한 번 심호흡을 했다. 내 앞으로 온 미래 지령이 그걸로 끝이라고는 생각되지 않았기 때문에 오늘 아침에도 들어 있을 거라 예상은 했지만 대체 이번에는 뭘 하라고 할지 약간 주저가 되기도 했다. 하지만 주저해봤자 머뭇거리는 것 이상의 의미가 없었다. 왜냐하면 이걸 열지 않으면 나는 실내화를 신을 수 없기 때문이다.

그리고 오늘도 봉투는 들어 있었다.

그것도 세 통이나.

"뭐냐, 이건…. 아사히나 선배…."

게다가 번호가 매겨져 있었다. 각각 봉투 표면에 #3, #4, #6이라고 손으로 쓴 문자가 작게 춤을 추고 있었는데, 3, 4, …6?

"혹시 전의 두 통이 #1과 #2였나? 그렇다면 처음이 #0?"

하지만 어째서 4에서 갑자기 6으로 뛰는 거지?

5는 어디에 갔어? 잘못 쓴 걸까?

한꺼번에 주머니에 찔러넣고 화장실로 직행하는 것은 이젠 거의 일과라 해도 될 정도였다.

숫자가 작은 순서대로 봉투를 열었다.

예비 종이 울릴 때까지 시간이 별로 없었기 때문에 차례로 읽은 뒤 화장실을 나오며 거울을 본 나는 그곳에서 묘한 표정을 짓고 있는 나 자신을 발견했다.

아사히나 선배(대)는 우리에게 뭘 시키려는 거지? 아니, 이렇게 된 바에 낯선 남자를 병원에 보내고 돌을 이동시키는 행위가 뭐였는지는 묻지 않겠다. 하지만 그 일로 인해 뭐가 어떻게 되는지는 알고 싶단 말이다.

모호한 의혹을 품은 채 교실로 들어선 나를 이번에는 묘하게 들뜬 인물이 기다리고 있었다.

"콘!"

내 기이한 닉네임을 큰 소리로 부르며 달려온 사람은 어제까지 멜랑콜리했던 하루히였다.

"얘기 들었어. 어서 내놔."

터질 것 같은 미소를 지으며 내민 손바닥에 올려놓아야 할 게 뭔가 생각하는데.

"너 안 갖고 온 건 아니지? 츠루야가 맡긴 거 있잖아? 왜, 끝내주게 느낌 좋은 거?"

전환이 빠른 데에도 정도가 있다. 차분한 분위기를 흩뿌리던 어제까지의 너는 어디로 사라진 거냐? 혹시 다른 사람이 널 연기하고 있는 건 아니겠지?

"무슨 바보 같은 소리를 하는 거야? 난 언제나 나고 나 이외의 나는 어디에도 없어."

하루히는 장기인 눈썹 치켜올리기 미소를 지으며 말했다.

"그보다! 빨리 내놔. 혹시 잊고 왔다고 하면 지금 당장 달려가서 가져오라고 할 거다!"

그렇게 고함지르지 마. 보라고, 우리 반의 한가한 녀석들의 주목을 받고 있잖아. 나는 눈에 띄지 않는 인생을 목표로 삼고 있단 말이야.

"그렇게 따분한 목표는 옥상에서 종이비행기라도 태워 날려버려. 눈에 띄느냐 안 띄느냐는 목표와는 아무 상관없잖아. 인생을 말하는 건 세상 떠나기 3초 전에나 하라고."

3초 만에 말할 수 있는 인생도 싫지만 할 수 없이…는 아니지, 나는 가방을 열어 츠루야 선배가 건네준 낡은 화지 원통을 꺼낸—순간 이미 그건 내 손에서 사라졌다. 종이를 채어간 손의 주인이 종이를 만 끈을 풀며 내게 목소리를 낮춰 말했다.

"너 이거 벌써 봤냐?"

"아니, 아직."

"정말?"

"그래. 별로 보고 싶지 않았거든."

"보물지돈데? 너 그 말 듣고 설레지도 않았어?"

설레고 자시고 나는 보물 따윈 이미 없다고 들어 알고 있었고, 그렇게 되면 도로아미타불이라는 상투어구가 이보다 더 맞는 상황도 없는데 이걸로 어떻게 설레라는 건지 오히려 내가 묻고 싶다. 그래서 나는 츠루야 선배가 맡긴 저주스러운 선물을 가방에 던져놓은 채 쳐다보지도 않았다. 그보다 달리 생각해야 할 일이 있었고, 지금도 그렇다. 아예 얘기가 나오기 전에 보물찾기를 중지하자고 말하려고 했지만 하루히는 동그랗게 만 종이를 거칠게 펼치며,

"정말 츠루야도 곤란하다니까. 나한테 직접 주면 될 일을 쿈 따위에게 맡기다니 말이야. 아침 일찍 받는 거야 좋지만 방과 후에 놀라게 해주려고 생각했는데…."

투덜대면서도 신이 난 듯 몸을 돌려 자기 자리로 돌아갔다. 필통과 교과서를 문진 삼아 종이 끝을 누르며 뚫어져라 지도를 보고 있다.

나도 그만 포기하고 자리에 앉았다가 그제야 새로운 의문을 품게

되었다.

"야, 하루히."

"왜?"

눈도 안 들고 하루히는 건성으로 대답을 한다.

"츠루야 선배가 그걸 나한테 맡겼다는 걸 언제 알았냐?"

"어젯밤에. 츠루야가 전화를 했어."

여전히 눈도 안 드는 하루히.

"너 샤미센을 데리고 산책을 했다며? 츠루야네 집 앞으로 지나가는 걸 보고 맡겨놨다고 했어. 샤미센은 많이 좋아졌나보구나. 다행이다."

츠루야 선배의 엉터리 궤변에는 혀를 내두를 수밖에 없다. 이 추운 겨울밤에, 그것도 비가 내리는데 고양이를 데리고 산책을 하는 녀석이 있다는 얘기는 들어본 적도 없다. 그 말을 믿는 하루히도 좀 이상한 것 같지만.

내가 어이상실을 표현하는 침묵에 싸여 있어도 자기 알 바가 아니라는 듯 하루히는 절분 때처럼 반짝이는 눈을 하고 말했다.

"이것 봐, 쿈. 이건 틀림없는 보물지도야. 여기에 그렇게 쓰여 있잖아."

나는 하루히의 책상에 시선을 떨구었다.

바로 박물관행을 선고하고 싶은 한 장의 종이, 그곳에는 일필휘지로 그린 듯한 그림과 몇 줄의 문자, 서명이 들어 있었다. 그림은 확실히 이해가 간다. 그 산이다. 어제 내가 올라갔고 내일 또다시 오르리라 예상이 되는 츠루야 산이다. 먹으로 그린 간단한 필치였지만 산의 능선은 잘 포착되어 있다. 하지만 문자는 읽을 수가 없었다. 꼬불탕꼬불탕한 가나체(주18)라는 건 알겠는데 고문 교과서마저 가끔은 우주인의 언어로 보이는 내가 중요 문화재 같은 서류를 읽을 수 있을 리 만무하다.

하루히가 해석을 해주었다.

"이 산에 진귀한 것을 묻어두었다. 내 자손 중에 내키는 자가 있다면 파보도록 해라."

그리고 문자 끝의 서명을 손가락으로 쓰다듬었다.

"겐로쿠(주19) 15년, 츠루야 후사우에몬."

정말 츠루야 선배의 몇 대 전의 선조인지는 모르겠지만 괜한 걸 남겨주셨군. 도대체 왜 묻을 필요가 있는 건데? 이건 츠루야 선배가 말한 대로 세대를 초월한 원대한 장난 아냐. 그게 아니라면 겐로쿠 시대에서 지금까지 몇백 년 동안 츠루야 가문의 누군가가 벌써 파냈을 거다.

"산 어디에 묻혀 있는데?"

내키지 않는 목소리로 물은 내게 하루히는 수묵화 같은 산 그림을 찌르며 말했다.

"그건 안 쓰여 있어. 표식도 없고 알 수 있는 건 이 산 어딘가라는 것뿐이야. 뭐, 어때."

힘이 넘치는 시선이 압력이 되어 내 얼굴을 덮쳤다.

"적당히 파헤치다 보면 더 팔 곳이 없어져서 결국에는 찾아내게 될 거야. 롤러 작전이지, 롤러 작전."

그러니까 그걸 누가 하느냐는 얘기다. 동네 사람을 불러 자원봉사대라도 조직하려고?

"왜 그런 짓을 하니? 너 바보구나."

주18) 가나체: 일본 고유 문자인 가나로 쓴 글자.
주19) 겐로쿠: 1688년에서 1704년 사이에 사용된 일본 연호. 겐로쿠 15년은 1703년.

하루히는 지도를 돌돌 말아 끈으로 묶은 뒤 책상 속에 넣었다.

"우리들만으로 해야지! 자기 몫이 주는 건 너도 싫을 거 아냐?"

나눠서 준다면 무척 싫어하겠지만 없는 걸 어떻게 줄이느냐고 내심 탄식했을 때, 종이 울리며 담임 오카베가 들어섰다.

"방과 후에 동아리방에서 회의 할 거다."

내 등을 샤프 끝으로 찌르며 하루히가 내 목덜미에 대고 말했다.

"그때까지 다른 애들한테는 비밀로 해둬. 놀라게 해주고 싶으니까. 그리고 너도 놀란 척해라. 그때 처음 들었다는 듯이 행동해야 해. 정말 츠루야는 참…."

그 이후의 하루히의 투덜거리는 소리는 담임의 힘찬 목소리와 반 친구들이 일제히 일어서는 소음에 지워졌다.

수업 내용을 확실하게 뇌세포에 담는 요령을 내가 하나 전수해주겠다. 사실 특별한 집중력 같은 건 필요 없다. 멍하니 있어도 상관 없으니까 선생님의 얘기가 귀에 들어오도록 하고 칠판이든 교과서든 뭐든 그저 계속 바라보기만 하면 된다. 필기를 해두는 게 좋은 거야 당연한 소리지만 그런 걸 매시간 꼼꼼히 할 마음이 안 들기 때문에 요령이 필요한 거다.

이해하기 쉽게 얘기하자면 '특별히 수업에 집중할 필요는 없다. 하지만 수업 이외의 것도 무엇 하나 생각하지 않도록 한다.' 이것만으로도 충분하다. 다른 생각을 전혀 않고 있으면 할 일을 잃고 따분해진 뇌세포는 눈과 귀로 흘러들어오는 정보를 부탁하지도 않았는데 알아서 자기 멋대로 기억을 해준다.

뭐 한번 시험해보라. 단 내게 이 요령인지 뭔지를 가르쳐준 건 하루히고, 이게 스즈미야 하루히식 학습 방법이라는 걸 잊지 말기 바란다. 그러니까 공부는 안 해도 되지만 공부 이외에 다른 것에도 머리를 써서는 안 된다는 거다. 하지만 그런 생활이 재미있을 리가 없지. 실제로 하루히가 아무 생각도 안 한다는 건 있을 수 없는 일일 테니 더더욱 의심스러워진다. 결국 하나도 맞지 않는다는 건데 정작 하루히 본인이 좋은 성적을 유지하고 있다는 현실 앞에서는 반박할 말이 없다.

하지만 현재의 내게는 힘든 얘기이기도 했다. 최근 하루히가 미묘하게 우울해하던 게 조금 마음에 걸리기도 했지만, 낡은 화지 한 장 덕분에 매직 포인트가 모두 회복된 건 환영해야 할 사태이다. 덕분에 신경 쓸 일이 하나 줄었다.

그 대신 아사히나 선배(대)의 미래 지령은 단숨에 세 개로 늘었고 이건 나와 8일 후에서 온 아사히나 선배가 실시하지 않으면 줄지 않는다. 빨리 해치워버리고 싶지만 날짜가 정해져 있기 때문에 지금 당장 교실을 뛰쳐나간다 해도 작업 시간이 단축되는 건 아니었지만 그렇다고 해서 느긋하게 있을 만한 얘기도 아니다….

뭐, 이런 생각을 하고 있는 바람에 수업 내용을 전혀 흡수하지 못하는 것이지만 아무에게도 말할 수 없는 변명이지.

방과 후 나는 하루히의 재촉을 받아 동아리방으로 쫓겨갔고 그건 거의 민물가마우지의 몰이사냥에 몰린 물고기 같은 심정이었다. 츠루야 선배의 궤변 덕분에 샤미센의 요양을 빌미로 한 내 조퇴 이유

궤변은 사용할 수 없게 되었고, 게다가 오늘의 나는 정말 아무 볼일도 없었다.

그렇다, 신발장에 들어 있던 비밀 미래 지령에는 오늘과 내일이 자유라고 명료하게 쓰여 있었다. 해야 할 일을 할 날은 모레와 글피라고 하신다. 세 통을 모두 오늘 전달한 이유는 간단했다. 오늘을 경계로 한동안 학교가 연휴에 들어가기 때문이다. 공휴일에 토, 일, 중학교 입시를 위한 임시 휴일까지 4일 연휴.

그런데 미래인은 정말 신발장을 우체통 대신으로 쓰는 걸 좋아하나보다. 직접 전해줘도 나는 아무렇지도 않은데. 지금 나는 아사히나 선배(대)한테 묻고 싶은 게 많다.

수업 중과 하루히에게 몰리는 지금도 그런 생각을 하는 사이 문예부 동아리방에 도착했다.

"안녕! 오래 기다렸지!"

필요도 없이 기운에 넘치는 인사와 함께 문을 연 하루히에게 이끌리듯 나도 동아리방으로 들어갔다. 왠지 오랜만에 찾는 것 같다는 감각을 느끼지 않을 수 없는 건 모두 다 모여 있는 현장에 들어서는 게 3일 만이기 때문일까. 놀랍게도 불과 3일 사이에 나는 향수를 느끼지 않을 수 없을 정도로 이 동아리방에 귀속 의식을 갖게 되었다는 말인가.

조금 충격을 받으며 나는 하루히가 활짝 열어젖힌 문을 닫고 다시 한번 단원들의 얼굴을 바라보았다.

구석에서 입방체라 생각될 정도로 두꺼운 문고본을 펼쳐놓고 있는 짧은 머리의 세일러복이 제일 먼저 눈에 들어왔다. 나가토는 여전히 무표정한 얼굴로 나와 하루히를 힐끗 쳐다본 뒤 이내 활자의 바다로 시선을 던졌다. 필요 없는 말은 절대로 하지 않는 작은 몸집의 유기 안드로이드는 필요 없는 동작을 취하지도 않고 평소와 마찬가지로 지장보살 같은 침묵을 유지한 채 동아리방 한구석을 차지하고 있었다.

"아, 오랜만이네요."

직소퍼즐을 분해하고 있던 코이즈미가 의미심장한 미소와 가벼운 말로 인사를 했다.

"샤미센 1호는 좀 어떻습니까? 괜찮으면 좋은 동물병원을 소개해드릴게요. 아는 사람의 친척이 경영하는 곳인데 실력 좋다고 소문난 병원이에요"

네가 아는 사람은 다 그런 것뿐이냐.

"이렇게 보여도 저는 발이 넓답니다. 여러 가지로요."

코이즈미는 퍼즐 조각을 손가락으로 퉁기며 말했다.

"그러니까 연줄을 거슬러 올라가다 보면 대부분의 사람과 연결이 되는 거죠. 제 아는 사람의 아는 사람 사이에 없는 인종은."

여기서 코이즈미는 우아하게 손을 펼쳐 연극을 하듯 뜸을 들인 뒤.

"아직 지상에 존재하지 않는 직종에 속한 사람 정도예요."

우주인과 미래에서 온 사람과도 이미 친분이 있는데 이 이상 교우 관계를 넓혀서 어쩌자고. 나는 이세계인 따위는 만나고 싶지 않다. 틀림없이 일이 복잡하게 꼬일 테니까.

코이즈미는 가볍게 웃음을 던진 뒤 나와의 대화를 끝내고 하루히에게 시선을 돌렸다.

"오늘은 회의가 있다고 들었습니다만."

"그래. 긴급 특별 회의이지."

하루히는 가방을 단장 책상에 던져놓고 앉았다.

"미쿠루, 차 좀 줘."

"네에."

귀엽게 대답을 한 뒤 주전자를 향해 달려가는 메이드 의상의 그분은 어디를 어떻게 봐도 아사히나 선배였다.

당연하다. 아사히나 선배가 여기에 있는 게 뭐가 문제일까. 하지만….

"으음…" 하고 입 속에서 신음했다.

혼란에 빠질 것 같은 머리에 자극을 줄 필요가 있다. 이 사람은 지금 현재 츠루야 선배의 집에 사랑방동자(주20)처럼 살고 있는 아사히나 선배(미치루)가 아니다. 내가 잘 알고 있는 지금까지의 아사히나 선배이자, 조금 앞선 미래에서 온 아사히나 선배가 아닌 아사히나 선배다.

주전자에 물을 따르고 있던 아사히나 선배가 갑자기 나를 올려다본다.

"저, 쿈…."

걱정스런 얼굴이다. 3일 전에 등장한 아사히나 선배(8일 후)와 완전히 똑같다. 당연한 얘기지만. 무슨 말을 하려나 대기하고 있는데.

"고양이가 많이 안 좋은가요? 겨울방학 때 추운 데에 데리고 가서 그런가."

"아뇨…."

나는 말을 흐렸다. 이 아사히나 선배는 정말 아무것도 모른다. 자

주20) 사랑방동자: 일본의 토호쿠 지역에 전해지는 전설로 오래된 집에 살며 그 집을 지켜주는 정령을 말한다.

기가 오늘부터…, 으음, 5일 후의 저녁이 되면 거기서 오늘부터 3일 전으로 시간 이동을 하게 될 거라고는 전혀 생각도 못 하고 있는데…, 아우, 머리 복잡해라.

"샤미센이라면 어제 다 나았습니다. 지금쯤은 제 방에서 힘차게 굴러다니고 있을걸요."

"그래요? 다행이다."

아사히나 선배는 화려한 미소를 지었고 나는 더더욱 속이 불편해졌다. 샤미센의 병이 거짓말이라는 걸 아사히나 선배(미치루)는 이미 알고 있다. 그쪽의 아사히나 선배는 아무 말도 안 했지만 지금 이 아사히나 선배를 걱정하시켰다가 안심시켰다가, 그런 원인 자체가 다 뻥이었다니 정말 죄송했다고 고개를 숙이고 싶은 심정이다.

"또 놀게 해주세요. 고양이 너무 귀여워요."

당신보다 귀여운 건 온 우주를 5백 광년을 떠돌아다녀도 만나지 못하겠지만, 고양이를 구실로 저희 집에 오고 싶으시다면 얼마든지 준비하겠습니다. 밖에 나간 샤미센이 자주 어울려 노는 뒷집의 검은 고양이도 끌고 오겠습니다만.

"후훗. 그거, 좋네요. …앗!"

아사히나 선배가 폴짝 뛰었다.

"물이 넘쳤네."

주전자에 물이 넘치고 있었다. 나와 고양이 얘기를 하느라 정신이 팔렸었나보다. 이것도 그녀를 바보 메이드로 만들려는 하루히의 계획의 일환인지도 모르겠다. 탁자를 걸레로 닦는 아사히나 선배의 당황하는 모습을 하루히는 팔짱을 끼고 만족스러운 표정으로 지켜보고 있었다.

나는 코이즈미 옆의 철제 의자를 끌고 와 앉아 하루히가 예의 물건을 꺼내며 의기양양한 얼굴로 선언하기를 기다리기로 했다.

"오래 기다리셨습니다."

아사히나 선배가 찻잔 두 개를 쟁반에 올려 나와 하루히에게 나눠주었다. 한 모금 마실 동안만은 기다려주지 않을까 생각했는데 하루히 녀석은 좀처럼 일어날 기미를 보이지 않는다. 뜨거운 차를 거의 단숨에 마시고 능글맞게 웃으며 단장 책상에 으스대며 앉아 컴퓨터 전원을 켜고 옆에 있던 잡지를 뒤적이고 있다. 가끔 나와 눈이 마주치면 순간적으로 진지한 표정을 짓기도 하고 실실거리며 웃기도 한다. 이게 무슨 전조냐?

코이즈미는 아무것도 모른다는 표정으로 퍼즐을 맞추고 있었고 나가토는 처음부터 무반응이고 아사히나 선배는 두 번째 차를 따르느라 바쁘고, 완전히 일상의 풍경이기는 한데, 오늘은 이러면 이상한 거다. 대체 하루히는 왜 이렇게 시간을 낭비하고 있는 걸까.

그 답은 이내 밝혀졌다.

나른하고 평화로운 시간에 종지부를 찍은 것은 하루히의 외침도, 귀가를 알리는 방송도 아닌 리드미컬한 노크 소리였다.

"야호! 나 왔어. 들어가도 돼—?"

귀에 익은 목소리가 우렁차게 말하자 동시에 하루히가 튀어나가듯 일어섰다.

"기다리고 있었어. 어서 들어와. 어서어서 빨리 들어와!"

웬일로 단장께서 직접 문을 열고 맞이한 손님은,

"야호, 미쿠루를 제외한 모두들! 오랜만이야. 아, 콘은 어제 만났지? 샤미, 좋아, 샤미. 또 데리고 와라!"

큰 소리를 흩뿌리며 츠루야 선배가 당장에라도 하루히와 팔짱을 끼고 라인 댄스를 추지 않을까 싶은 미소를 지으며 찾아왔다. 또다시.

"응, 그래. 보물지도. 약 3백 년 전의 보물이지. 아마 겐로쿠 금화가 아닐까? 그러면 좋겠다!"

츠루야 선배는 차와 함께 내어온 새우 전병을 먹으며 철제 의자 위에 양반다리를 하고 앉았다.

"그 종이는 우리 집 창고에 있었는데, 그 창고가 정말 필요 없는 것들이 굴러다니는 오래된 창고인데 말이야, 5년 만이었나? 요전에 정리를 했는데 잡동사니 밑에 있던 광주리 안에 있었어!"

손님용 찻잔으로 차를 벌컥벌컥 들이켠 츠루야 선배는 오뚝 세운 검지로 화이트보드를 가리켰다.

그곳에는 자석 클립으로 사방을 고정시킨 고풍스런 지도가 붙어 있었고, 그 옆에는 하루히가 서서 지시봉으로 어깨를 두드리고 있었다. 무척 기쁘다는 듯이.

"그 산은 국유지로 해라, 아예 양보를 해라 이런저런 얘기가 나오는 곳이기는 한데 선조님의 유언으로 다른 곳에 넘길 수가 없어. 아아! 맞다, 아마 보물이 묻혀 있어서 그랬을 거야. 그랬구나, 선조님."

나무아미타불 하고 츠루야 선배가 합장하며 석양을 향해 기도를 했고 하루히는 지시봉으로 화이트보드를 때렸다.

"그렇게 된 거야."

어떻게 된 건데. 지금 막 츠루야 선배가 선조의 유품의 내력에 대해 설명한 게 전부인데.

"그러니까 그 선조님이 묻어주신 보물을 우리가 찾으러 가는 거지. 이 얘기의 흐름상 그것말고는 없잖아."

하루히는 크게 입을 벌려 하얀 이를 드러냈다.

"결행은 내일. 서두르지 않으면 누가 선수를 칠지도 몰라. 내일 아침 오전 9시에 늘 모이는 역 앞에 집합이다. 산에 가자! 도구는 내가 준비해 갈 테니까 걱정할 거 없어."

말할 필요도 없지만 나는 놀라지 않았다. 어젯밤에 츠루야 선배에게서 이 지도를 받은 건 바로 나였고 보물찾기 선언은 3일 전에 아사히나 선배에게서 들은 얘기이고 오늘 아침에도 하루히한테서도 들었다. 이런 데 놀라라고 한다고 순순히 그 말을 따를 정도로 나는 내 연기력에 자신이 없다. 어쩔 수 없이 거의 빈 찻잔을 입에 대고 넘어가려 했지만 그럴 필요도 없었는지 모르겠다.

이 자리에서 놀란 표정을 하고 있는 건 단 한 명,

"네에, 보물찾기요? 내일 가는 건가요? 등산요? 아, 그럼 도시락을 만들어야지."

아사히나 선배뿐이었다.

나가토는 문고본을 펼친 채 하루히가 쥔 봉 끝을 눈으로 좇으며 침묵을 유지하고 있었고,

"그거 참. 고고학적으로도 문화인류학적으로 흥미로운 자료가 될 것 같군요. 정말 기대됩니다."

여전히 하루히의 비위를 맞추는 소리를 하며 미소를 짓고 있는 건 코이즈미였다.

모두가 경악하기를 하루히가 기대하고 있었다면 너무나도 그 기대에 벗어나는 반응이겠지만 당사자인 하루히는 별로 놀라지도 신경 쓰지도 않는 듯 보였다.

"그런 거지. 만약 발견하면 우리들이 나눠 가져도 되지? 물론 이걸 제공해준 츠루야도 머릿수에 넣어줄게."

"좋아."

츠루야 선배는 지나칠 정도로 큰 소리로 말했다.

"찾은 게 돈이 될 만한 거라면 너희한테 9할을 줄게. 내 증증증증…, 몇 대 전인지는 잊었지만, 아무튼 그 후사우에몬 할아버지가 자손들을 웃기려고 남겨둔 개인 물품이라면 할 수 없으니까 우리 집에서 인수할게. 어쨌든 나는 땅굴 파기에는 동참할 수 없으니까 말이야! 내일은 볼일이 있어서 말이지."

내게 묘한 눈빛을 보낸다. 츠루야 선배는 나를 향해 눈을 몇 번 깜박인 뒤 아사히나 선배를 보며 방긋 웃었다. 약속한 대로 이쪽의 아사히나 선배에게는 아무 말도 안 했다는 의미의 보디랭귀지겠지.

의심하지 않습니다, 츠루야 선배. 하지만 말이에요.

필요 이상으로 얽히려 하지 않는다고 츠루야 선배는 말했고 코이즈미는 없어도 될 법한 숨은 설정을 가르쳐주었다. 그렇다고는 해도—그렇다면 말이다, 아무래도 그녀의 행동은 파악이 잘 안 된다. 아마추어 야구대회의 도우미와 겨울 합숙 때 펜션을 제공한 건 우리가 의뢰한 거나 마찬가지지만, 일부러 보물지도라는 미끼를 하루히에게 던져주다니 마치 우리와 적극적인 관계를 유지하려는 것 같잖아. 혹시 하루히가 희망하는 아이템을 던져만 놓고 재미있어하고 있는 것뿐인가.

내 의혹과는 상관없이 츠루야 선배는 새우 전병을 먹으며 즐거운 표정을 짓고 있었다.

그리고 이 또한 신기하게도 코이즈미 역시 비슷한 표정이다. 생각해보면 츠루야 선배가 여러 차례 동아리방을 출입했던 과거의 기억을 뒤져보아도 코이즈미가 그녀에게 의미심장한 표정을 보였던 적은 없었다. 츠루야 선배에게는 손을 대지 말라는 게 '기관'인가 뭔가의 상사가 내린 명령이라면 이렇게 늘 가까이 붙어 지내는 건 이 녀석한테는 곤란한 거 아닌가.

아니면….

나는 코이즈미의 무해해 보이는 미소를 보며 생각했다. 이 녀석이 그날 밤에 한 이야기가 어디까지 사실인지는 모르겠다. 정확한 거라면 '기관'과 츠루야 가문 사이에는 불문율 같은 약속이 있다— 는 부분. 하지만 그건 어디까지나 '기관'과 츠루야 가문이다. 코이즈미와 츠루야 선배 사이에 존재하는 게 아니다. 이 두 사람이 각자 그런 건 내 알 바 아니라고 생각하고 있을 가능성도 있다. 그것도 서로에게 알리지 않고 말이다.

츠루야 선배는 코이즈미와 나가토, 아사히나 선배의 정체에 대해 자세히 알고 있는 것 같지는 않았고, 이 세 사람—과 하루히—이 뭔가 다르다는 걸 느끼면서도 탐색을 하려 들지 않는 게 츠루야 선배의 스타일이다. 나는 그저께 밤에 집에 갈 때 츠루야 선배에게서 들은 얘기를 전면적으로 신용하고 있고, 거기에 더해 코이즈미도 조금은 신용해주겠다. '기관'과 나가토를 천칭에 재는 사태가 벌어진다면 단 한 번이라도 우리 편을 선택하겠다던 그때의 말을 말이다.

"…콘, 야! 너 듣고 있는 거야?"

날카로운 목소리가 귀를 때리고 지시봉 끝이 똑바로 나를 찌르고 있었다. 그리고 그 연장선상에 하루히가 험악한 얼굴로 서 있었다.

"알겠어? 내일은 움직이기 편한 복장을 하고 와라! 지저분해져도 괜찮을 옷을 입고 와. 너랑 코이즈미는 맨손으로 와도 돼. 일단 필요한 건…."

하루히는 아사히나 선배를 재촉해 수성펜을 들라고 명령했다.

메이드이자 서기라는 묘한 조합의 속성을 갖게 된 아사히나 선배는 절로 미소가 나올 정도로 어린애 같은 글씨로 하루히가 불러주는 말을 그대로 화이트보드에 적어갔다.

"우선 삽이 두 개. 이건 내가 준비할게. 그리고 도시락. 미쿠루, 부탁할게. 돗자리도 필요하겠다. 그리고 조난당했을 때를 대비한 나침반, 랜턴, 지도도 준비해야겠지. 이 보물지도 말고 제대로 된 걸로. 비상식량으로 과자도 많이 가져가는 게 좋겠다. 발연통은 어떻게 할까?"

어느 산에 오를 생각인 거냐. 이 고등학교가 있는 곳보다 낮은 정상의 산이라고. 기이한 현상이 발생이라도 하지 않는 한 조난을 당할 리가 없고 게다가 만약 그 기이한 현상이 발생하면 나침반이나 발연통은 아무 도움도 안 된다는 사실은 연말의 경험으로 톡톡히 깨우친 상태다.

나가토의 냉정한 검은 눈동자가 아사히나 선배의 서투른 글자를 지켜보는 걸 확인한 뒤 나는 몰래 한숨을 쉬었다.

1주일 전쯤 온 저 아사히나 선배의 정보에 따르면 우리는 무난히 보물찾기를 하러 가서 무사히 돌아왔다고 했다. 그것도 찾은 보람도 없이 맨손으로 말이다. 거기서 중대한 사건을 겪게 된다면 아사히나 선배도 사전에 주의를 해줬을 거다.

산에 올라가 도시락을 먹고 하산한다. 그냥 피크닉이잖아. 육체노동을 임명받을 게 뻔한 나와 코이즈미를 제외한다면 말이다….

이쯤에서 나가토가 동기화를 봉인한 이유를 다시 재인식해볼까 한다. 자기가 하는 일과 하루히가 하는 말을 다 이해하고 있는 이 상태는 솔직히 말해 확실히 재미가 없다. 묻지 말 걸 그랬나봐요, 아사히나 선배.

뭐, 균형이 잘 잡혀 있다고 한다면 그렇다고 할 수 있을지도 모른다. SOS단이 실행하는 이 주말 예정에 대해서는 알고 있다. 그러나 아사히나 선배(대)가 명령한 나와 아사히나 선배(미치루)가 해야 할 행동의 의미는 전혀 모른다는, 손익 감정을 한다면 플러스마이너스 제로—라고 해야 하나.

어째 손해만 보고 있는 것 같다고 나의 소극적인 감정이 투덜대고 있는 것 같은데.

등산 생각에 푹 빠진 하루히가 계속해서 가져올 물건들을 늘리고 있었기 때문에 필기를 할 공간이 화이트보드에서 사라졌고 결국 무릎을 꿇은 메이드 아사히나 선배는 자그마한 글씨로 구석에 셰르파(주21)와 텐트 등의 글씨를 쓰게 되었다.

"하루냥, 톈산 산맥(주22)을 도보로 횡단하는 게 아니라고. 산이라고 해봤자 자그마한 거고 휴대전화도 터지는 곳이니까 조난을 당할 것 같으면 연락을 하면 돼! 수색대를 파견할게."

츠루야 선배가 낄낄거리며 말했기 때문에,

"내가 어릴 때 뛰어다니던 산이야. 곰도 없어."

주21) 셰르파: sherpa. 네팔 일대에 사는 고산족의 이름으로 1953년 영국의 힐러리 경이 에베레스트산을 오를 때 그를 도와 같이 산을 타면서 산악 가이드처럼 알려지게 되었다.
주22) 톈산 산맥: 중국 신장웨이우얼 자치구에서 키르기스스탄에 걸쳐 동서로 뻗은 산맥.

하루히도 같이 웃었다.

"고마워. 조난당했을 때는 부탁할게."

진심은 아니었는지 하루히는 지시봉을 빙그르르 돌리며 말했다.

"다들 알았지? 이렇게 말해주는 츠루야를 위해서도 보물을 반드시 테이크아웃하는 거다. 기합 세게 넣고 가보자고!"

뭘까, 나는 너무나도 안도하고 있는 자신을 느끼고 당황할 뻔했다. 하루히가 평소대로 돌아와 저 반짝이는 눈동자를 내게 보여주고 있다. 겨우 그것뿐인데 모든 불안이 날아가버린 것만 같았고, 그런 느낌이 든 덕분에 안심했다고 해야 할지, 뭐라 해야 할지….

뭐냐, 누구든 시원스런 기분이 드는 건 좋은 일이다. 그 이유가 뭐든 말이다.

일방적으로 보물찾기 계획을 늘어놓은 뒤 하루히가 학교 도서실에서 빌려온 에도 시대의 도감과 자료와 역사소설을 펼쳐놓고 츠루야 선배의 선조(촌장인가 도매상인가였다고 한다)가 묻어놓은 물건을 추리하자는—그건 추리가 아니라 단순히 찍기라고 말하고 싶어지는 전개가 약 1시간 정도 계속되었다 오늘의 특별 긴급회의는 끝났다.

참고로 하루히는,

"금화는 재미없어. 그보다 더 재미있는 물건이 나왔으면 좋겠다."

라는 말을 하며 숭늉부터 찾았지만, 나가토가 문고본을 덮는 것을 신호로 자기가 보고 있던 화승총 도감을 덮었다. 교문을 닫을 시간이 거의 다 됐다.

그래서 모두 집단 하교를 하게 되었다.

언덕을 내려오는 길에 나는 어떻게 츠루야 선배와 단둘이 얘기를 할 기회가 없을까 눈치를 봤지만 기회는 좀처럼 찾아오지 않았다.

제일 앞에서 하루히와 츠루야 선배가 바람을 가르며 행진을 했고 그 뒤는 아사히나 선배, 그 다음으로 묵묵히 걸어가는 나가토, 제일 마지막이 나와 코이즈미였다.

나는 아사히나 선배(미치루)가 츠루야 선배네 집에서 평화롭게 살고 있는지 묻고 싶었지만 하루히의 귀에 들어가게 할 수는 없었다.

에이, 몰라. 어차피 나중에 전화를 할 텐데. 그쪽의 아사히나 선배와는 앞으로의 예정에 대해 얘기를 해야 하니까. 오늘 아침에 받은 세 통의 편지 가운데 지령 하나는 조금 준비가 필요해 보였다. 사전에 손에 넣어야 하는 물건이 있다. 더욱 무상 심부름 롤플레잉이 되어가고 있군.

그런데 츠루야 선배에게는 정말 감탄을 하지 않을 수가 없다. 하루히나 아사히나 선배를 대하는 걸 봐도 자기 집에 아사히나 선배와 똑같이 생긴 사람인지 쌍둥이 동생인지 도플갱어인지가 있다는 기색은 전혀 보이지 않았고 정말 평소와 똑같은 츠루야 선배다. 정말 믿음직스러운 선배가 아닐 수 없다.

"내일 봐! 지각하면 벌금이다."

나가토의 맨션이 보일 무렵 우리는 삼삼오오 흩어져 하루히의 목소리에 손을 흔든 뒤 자기 집으로 가는 척만 하면 그만이었다.

느릿느릿 귀가하는 고등학생을 연기하며 나는 다른 사람들의 모습이 보이지 않는 걸 확인한 뒤에 휴대전화를 꺼내 혹시 몰라 골목 구석에 몸을 숨기고 츠루야 선배의 저택으로 전화를 했다.

가정부로 보이는 사람에게 이름을 말하자 얼마 기다리지 않아 아사히나 선배에게 연결해주었다.

『네, 콘? 저예요.』

나는 별채의 작은 방에서 얌전히 정좌하고 있는 아사히나 선배를 떠올리며 말했다.

"오늘도 그 편지가 들어 있더군요."

『으음, 이번에는 뭘 하면 되나요…?』

말이 거의 한숨으로 끝이 났다.

"그 얘기를 좀 하고 싶어서요. 오늘이랑 내일은 아무래도 자유시간인 것 같으니까 모레부터 바빠질 것 같습니다만."

『아, 네. 이해가 갈 것 같네요….』

그게 또 무슨 소리인가요.

『주말에 시내 순찰을 했다고 그랬잖아요. 제가 가만히 생각해봤어요. 그런데 그때 콘이 조금 이상했던 것 같아요….』

이것도 안 듣는 게 좋았을걸.

억지로라도 이상한 척 행동을 해야 하다니 피곤할 것 같다. 그렇지 않아도 내일은 지칠 텐데 말이다.

"그 얘기는 나중에 듣도록 하죠. 지금 그리로 갈게요. 츠루야 선배는 아직 안 왔죠? 저는 지금 그리로 갈 테니까 츠루야 선배보다 조금 늦게 도착할 거예요."

드센 바람에 발을 동동 굴러야만 하는 계절이다. 나는 전화를 끊자마자 잰 걸음으로 걸어갔다.

　초인종 소리를 듣고 나온 사람은 오늘도 츠루야 선배였다. 나와 거의 비슷하게 도착했는지 옷도 아직 교복 차림 그대로였다.

　"올 줄 알았어."

　문을 열며 츠루야 선배가 즐겁게 말하며 내게 들어오라고 손짓을 했다.

　"그래, 어때? 그 미치루는 언제까지 우리 집의 사랑방동자로 있어줄 거야?"

　그건 저도 잘 모르겠네요. 하지만 며칠만 더 있으면 될 겁니다.

　"나는 언제까지나 놔두고 싶으니까 상관없어. 얼마나 귀여운지 모른다니까! 한 집에 있으니까 학교에서는 몰랐던 미쿠루… 가 아니었지, 저 아이의 귀여운 모습을 새로 20개 가까이 발견했어! 끌어안고 자고 싶다니까."

　설마 그러지는 않으셨겠죠. 그런 남부러운 짓을.

　"아니, 목욕만 같이 했지. 미치루는 뭔가를 말하려고 할 때마다 이 말을 해도 되나 고민하는 표정을 짓는단 말이야. 그게 또 무지하게 귀여운데. 조금 가엾기도 해. 신경 안 써도 되는데 말이야."

　츠루야 선배의 인도를 받아 나는 별채로 갔다. 상상했던 대로 아사히나 선배는 다다미가 깔린 방에 멍하니 정좌를 하고 기다리고 있었다. 명주로 만든 것 같은 전통 복장 위에 한텐을 입은 모습이 신선했다.

　"아, 쿈…."

내가 온 걸 보고 안도한 표정을 짓는 모습도 참 좋구나. 지금 당장에라도 곱게 손을 모아 인사를 하지 않을까 상상이 되는 장면이다.

힘차게 미닫이문을 닫으려는데 내 뒤에 있던 츠루야 선배의 고양이처럼 웃는 얼굴과 맞닥뜨렸다. 뭔가를 묻고 싶은 눈빛인데, 확실히 해야 할 말이 있긴 하군.

"츠루야 선배, 죄송한데 저와 아사히나―미치루 씨와 단둘이 있게 해주실 수 없을까요? 금방 끝날 거예요."

"우후후후훔?"

츠루야 선배는 내 어깨너머로 아사히나 선배를 훔쳐보았다.

"단둘이? 이 좁은 방에? 괜찮기는 한데."

아사히나 선배가 얼굴을 붉히는 것을 재미있다는 듯 쳐다보고 츠루야 선배는 내 어깨를 두드렸다.

"그럼 난 옷 갈아입고 올게. 우후후후훗? 편히 있어~."

츠루야 선배는 스텝을 찍듯 가벼운 걸음으로 안채로 사라졌다. 그 모습을 지켜본 뒤 나는 별채로 들어갔다. 긴장해서 굳어 있는 아사히나 선배가 바닥의 올을 세기라도 하듯 고개를 숙이고 있었다. 그렇게 굳지 마세요. 제가 당황스럽잖아요.

괜한 번뇌를 머릿속 스프레이로 날려버리고 통학 가방에 의식을 집중하도록 하자.

"전화로도 말씀드렸지만, 이게 그 편지입니다. 오늘 온 거예요."

나는 아사히나 선배에게 두 통의 편지를 내밀었다. #3과 #4만을. #6은 보여주지 않았다. 이 여섯 번째 편지는 나한테만 보낸 것 같아서였다. 그리고 아마 이 #6이 최후의 편지일 것이다. 더는 없을 것이다. #5가 있다면 얘기가 달라지겠지만 서둘러 그 두 통의 내용을 소개해볼까 한다.

먼저 #3.

『모레, 토요일. 남쪽으로 가서 저녁때까지 **초 **번지에 있는 육교에 가주세요. 육교 앞에 팬지 화분이 있을 겁니다. 거기에 떨어져 있는 것을 주워 아래 주소로 익명으로 보내주세요. 떨어져 있는 것은 소형 기억 매체입니다.』

두 번째 장에는 상당히 먼 동네의 주소가 적혀 있었고 기억 매체로 보이는 물건의 그림이 그려져 있었다. 이 그림으로 봤을 때는 메모리 스틱이 연상되지만, 자신은 없다. 도저히 잘 그렸다고는 할 수 없는 그림이라서 말이다.

다음으로 #4.

『강가의 벚나무 가로수 길에 당신과 아사히나 미쿠루가 잘 아는 벤치가 있지요? 일요일. 오전 10시 45분까지 그리로 가서 오전 10시 51분까지 강에 거북이를 던져주세요. 거북이의 종류는 그쪽에 맡기겠습니다. 작은 게 좋겠지요.』

여기에도 두 번째 장이 있었다. 귀여운 얼굴을 한 거북이가 동그란 말풍선으로 "잘 부탁해요"라고 말을 거는 만화스런 그림이었다.

#3과 4에 공통되어 있는 것은 『P.S. 반드시 아사히나 미쿠루와 함께. 단둘이서.』라는 추신과 아사히나 선배만 읽을 수 있는 기호 한 줄이 마지막을 장식하고 있다는 점이었다.

아사히나 선배는 진지한 얼굴로 편지를 읽다가 #4의 두 번째 장을 다 본 뒤 한숨을 쉬었다.

"모르겠어요. 거북이라니…."

이 한랭전선이 밀어닥치는 한겨울에 강에 거북이를 던지는 행위에 무슨 의미가 있는지 알고 있는 쪽이 이상하겠지. 알고 있는 거라고는 편지에 쓰인 벤치라는 게 작년 봄에 아사히나 선배에게서 미래에서 온 사람이라는 고백을 받은 데라는 것 정도다.

"하지만 해야 해요."

아사히나 선배는 코드를 손가락으로 쓰다듬으며 결의에 찬 표정을 들었다.

"지금의 우리들은 알 수 없지만 이건 분명 의미가 있는 행동이에요. 그렇지 않다면…."

문득 아사히나 선배의 눈가가 슬프게 흔들렸다.

그렇지 않다면―에 이어지는 말이라면 쉽게 추측이 갔다. 그렇다, 그렇지 않다면 여기에 아사히나 선배가 있는 의미가 없다. 둘이 나 있을 의미는 더더욱 없다.

나도 모르게 다가가 안아주고 싶었지만 난 역시 그런 행동을 하지 않는다. 츠루야 선배가 못을 박은 것도 있는데다 내 심정적으로도 장난을 치면 못쓰지.

"그보다 아사히나 선배."

궤도 수정을 꾀한다.

"주말에는 시내 순찰을 한다고 했죠? 그럼 그 지령 시간과 겹치지 않나요?"

토요일은 저녁까지라는 애매한 시간대이긴 했지만 일요일은 오전 10시 45분이라고 지정이 되어 있었다. SOS단의 누구와 있어도 이상해질 것이다. 나 혼자만 사라질 수도 없는 노릇이고.

"혹시 제가 무슨 이유를 대고 결석을 했습니까?"

"아뇨, 콘도 왔었어요."

아사히나 선배는 조심스레 편지를 봉투에 넣으며 말했다.

"하지만 제비뽑기로 두 팀으로 나뉘었어요. 평소대로요. 아까도 생각해봤는데요…, 토요일 오전에는 전 스즈미야 씨와 나가토 씨, 콘은 코이즈미랑 다녔고, 오후에는 저와 스즈미야 씨와 코이즈미, 콘은 나가토 씨랑…."

기억을 확인하듯 아사히나 선배는 살짝 고개를 끄덕였다.

"확실해요. 일요일 오전에도 저와 스즈미야 씨와 코이즈미, 콘은 나가토 씨랑 같이 다녔어요. 그리고 일요일은 오전만 하고 해산을 했죠. …어, 어라?"

말을 하며 깨달았나보다. 아마 나도 같은 생각을 하고 있을 것이다.

우연치고는 확률적으로 매우 낮다.

나와 이 아사히나 선배가 미래 지령에 따라 움직이는 시간대에 한해 나는 반드시 나가토와 짝을 이루게 된다. 다섯 명의 인간 중 특정한 두 사람이 짝이 되고, 그것도 세 번 중에 두 번이 실현될 확률을 찾아라. 귀찮으니까 나는 그런 계산을 하지 않겠지만 무척 희소한 확률 아닌가 싶다.

그리고 나가토는 사정을 알고 있다. 제비의 결과를 조작하는 것 정도라면 지금의 나가토라도 식은 죽 먹기겠지. 부탁하면 그렇게 해줄 거다. 이건 그 결과인가.

"글쎄요."

아사히나 선배는 자신 없는 목소리로 말했다.

"하지만 제가 기억하는 대로 되어야만 하잖아요? 나가토 씨가 협력을 해준 건가요?"

생각에 잠길 문제로군. 아사히나 선배의 기억에 있는 짝은 미리 지정된 것이다. 불과 1주일 뒤의 미래에서 온 사람의 정보니까 그렇게 되지 않으면 이상하다. 내버려둬도 나는 나가토와 짝이 되는 걸까, 아니면 인위적인 걸까….

하지만 고민도 잠시였다.

"나가토한테 부탁하죠" 라고 나는 말했다. "사기를 치는 건 내키지 않지만, 만에 하나 결과가 달라지면 큰일이니까요. 그 녀석이라면 이해해줄 거예요."

"저도 그렇게 생각해요."

아사히나 선배가 너무나도 단호하게 동의했다.

"순찰을 할 때 쿈이 조금 이상했던 건 그 때문이었을 거예요. 나가토 씨한테 제비뽑기를 조작해달라고 부탁해서 그랬을 거예요."

대체 나는 어떤 모습을 보여줘야 할까. 조금 이상했다는 게 어떤 거야?

"그건…, 으음, 그냥 조금 이상했다고밖에….'

어색해지는 아사히나 선배였다. 구체적으로 어떻게 이상했는지 알 수 있다면 좋겠는데.

"죄송해요. 제가 말을 잘 못 해서….'

사과할 것 없습니다. 딱히 중요한 일도 아닐 테니까요.

"하지만…, 아, 맞다. 일요일에 저랑 스즈미야 씨랑 코이즈미가 백화점 서점에 있었을 때요."

생각나는 게 있는지 아사히나 선배는 이마를 손가락으로 쿡쿡 찌르며 말했다.

"스즈미야 씨 전화로 장난전화가 왔어요."

누구한테서요?

"콘한테서요."

내가? 새삼스레 하루히의 전화로 굳이 장난 화를?

"네, 스즈미야 씨는 그렇게 말했어요. 으음, 콘한테서 이상한 전화가 왔다고요. 전혀 재미있지도 않은 농담을 한다고요. 바로 끊어지기는 했지만요. 아마 11시쯤이었을 거예요."

이렇게 이해가 안 되는 행동이 또 하나 추가되었다. 뭔지는 모르겠지만 나는 거북이를 강에 던진 뒤 하루히에게 전화를 해 시시한 농담을 해야 하나보다.

"뭐라고 말을 했는지 하루히가 얘기 안 했나요?"

"네, 저한테는 아무 말도 안 했어요. 하지만 그 다음에 점심시간에 집합했을 때 콘이 스즈미야 씨에게 사과를 했어요."

불가사의한데다 부조리해졌다. 왜 내가 그 녀석한테 사과를 하는거지.

"재미없는 농담을 해서 미안하다고요."

부조리를 초월해 난해하다. 내가 그렇게 순순히 하루히한테 머리를 숙인다는 건…, 뭐, 그리 흔한 일이 아닌데.

자세히 들어보려 해도 아사히나 선배도 그 이상은 모른다고 하시는군. 나와 하루히의 대화는 두세 마디 후에 종료되었고 다음 화제로 옮겨갔다고 했다.

알면 알수록 미래의 나는 이해가 안 되는 행동만 하고 있는 것 같으니 추리할 수 있다면 누가 좀 해줬으면 좋겠다. 나는 기권할래.

"그보다 문제는 거북이네."

나는 #4의 봉투를 쥐며 말했다.

"이 시기에 어느 거북이도 돌아다니고 있을 리가 없으니 어떻게든 준비를 해야 할 텐데요."

동면 중인 야생 거북이를 파내는 것도 가했다. 무엇보다 구멍을 파는 건 내일 있을 보물찾기로 충분하잖아. 설마 보물을 대신해 거북이를 파낸다거나 그런 결과가 기다리고 있는 건가?

"아뇨, 보물도 거북이도 나오지 않았어요."

그랬죠. 우리의 보물찾기는 단순한 등산으로 끝난다고 했죠. 어쨌든 재수 있을 법한 물건이 나올 것 같지는 않다.

"할 수 없지. 사러 가죠."

근처에 애완동물 코너가 있는 걸 떠올렸다. 샤미센용 통조림을 대량 구매할 때 자주 이용하는 곳인데 남생이 새끼가 꾸물대는 수조가 있었다. 그걸로 하자. 집에 가는 길에라도 들러볼까. 아, 하지만 일요일에 SOS단 집합 장소에 거북이를 들고 갈 수는 없으니까 사전에 이 아사히나 선배에게 맡겨두고—.

이런, 이런. 예정이 밀어닥치는구나. 이 주말에 느긋하게 쉬기는 힘들 것 같군.

그 다음에 아사히나 선배와 주말에 만날 장소와 시간을 의논하고 대강의 일을 결정한 뒤 나는 자리에서 일어났다.

별채 문까지 아사히나 선배가 마중을 나와주었고, 문을 열자 평상복으로 갈아입은 츠루야 선배가 추위에 떨며 기다리고 있었다.

"이거, 이거. 너무 푹 쉬었네! 콘, 정말 뭔 짓을 한 건 아니겠지?"

방긋거리는 얼굴이 더 수상하다. 이 사람, 문틈으로 훔쳐본 건 아니겠지. 장난 안 쳐서 다행이다. 사람 좋은 이 여자 선배에게 엉망으로 얻어맞고 싶지는 않으니까 말이야.

나는 적당히 대답을 하고 뺨을 빨갛게 붉히고 있는 아사히나 선배의 표정을 망막에 새기며 츠루야 선배네 집을 나왔다.

제4장

이튿날 아침 나는 머리맡에서 울려대는 자명종을 끄러 온 동생의 손에 의해 일어났다.

"시끄럽다나옹, 그치, 샤미."

동생은 내 침대 발치에서 동그랗게 몸을 말고 있던 샤미센을 안아들고 그 발바닥으로 내 코를 누르며 말했다.

"아침밥으은, 어떡할래애―?"

리듬에 맞춘 음치의 노랫소리가 알람소리보다 더욱 머리를 자극한다.

"먹을래."

나는 동생에게 조종을 당하는 고양이의 발을 밀쳐내고 일어나 동생의 팔에서 샤미센을 빼앗아 들고 바닥에 내려놓았다. 성가셔하던 샤미센은 콧방귀를 뀐 뒤 다시 침대로 기어올라왔다.

내가 옷을 갈아입는 동안에 동생은 샤미센의 뺨에 난 털을 잡아당기다 마침내 항의하듯 꼬리를 파닥거리고 "쿠냐앙" 하고 울며 샤미센이 달려가버리자 뒤쫓아서 방을 나가버렸다. 아침부터 내 방에서 난리 좀 부리지 마라. 덕분에 잠은 깼다만.

방을 나와 세면대로 향하던 도중에 "고양이 머플러어" 라고 외치며 샤미센을 목 뒤에 올리려는 동생과 동생의 스웨터에 발톱을 세우며 저항하는 샤미센 콤비와 마주쳤지만 가볍게 무시해주었다.

세면대 거울 안에서 이를 닦고 있는 내 맹한 얼굴을 노려보며 오늘은 무슨 공휴일인가 생각하고 집 밖에서 매섭게 불어대는 바람 소리를 저주하며 어서 빨리 봄이 되면 좋을 텐데 하는 생각을 했다. 가능하다면 고등학교 1학년이라는 뉴 페이스의 위치를 조금만 더 지속하고 싶었지만―유급말고―추운 건 이제 지긋지긋했다. 보물찾기든 시내를 줄줄이 활보하든 따뜻한 계절이라면 더 관대한 마음이 되겠지만 지금은 2월이라고, 2월.

하지만 몇 월이 됐든 하루히가 뭔가 말을 꺼내면 그 뭔가를 뭐가 어떻게 되더라도 해내야만 한다. 바다 속에 가라앉은 고대 선박을 인양하자는 말을 꺼내지 않은 것만 해도 감사히 생각하자. 음, 긍정적인 사고로군.

아침밥을 먹고 가능한 한 등산을 의식한 웃옷을 걸친 나는 걸어서 역으로 향했다. 자전거를 이용하지 않은 건 츠루야 산까지 가려면 역 앞에서 버스를 타야 하기 때문이다. 현지 집합이라면 더 빨리 도착할 수 있을 텐데 일일이 역 앞 집합 포인트에서 출발하는 건, 이제는 이유의 유무와는 상관없이 뭐라 따질 것도 없는 단순한 약속 사항이라고밖에 볼 수 없다.

마치 태양과 도박을 한 북풍이 화가 난 게 아닌가 싶은 바람을 맞으며 머플러에 얼굴을 묻고 걸어갔다. 딱히 서두르지 않는 건 시간에 여유가 있어서가 아니라 어차피 시간에 맞춰 가봤자 내가 제일 마지막에 도착할 게 뻔하기 때문이다. 이것도 약속 사항 같은 거지. 내가 누군가를 기다리는 입장이 된 건 그때뿐이다.

그런 연유로 내가 역 앞에 도착한 건 9시 5분 전이었지만 SOS단의 나머지 인원은 이미 모두 모여 각각 나를 쳐다보았다.

동장군보다도 높은 지위를 하늘로부터 부여받은 표정을 한 하루히가 말했다.

"왜 너만 항상 늦는 거야? 내가 올 때는 다들 기다리고 있다고. 단장을 기다리게 하는 게 미안하지도 않니?"

내가 미안해하는 마음이 드는 상대가 네가 될 일은 절대로 없을 거다. 그리고 나를 제외한 세 명이 너보다 먼저 왔다는 게 무슨 소리냐면, 커피숍에서 사람들에게 한턱을 쏴야 하는 역할을 네가 지지 않는 건 내 덕분이란 거라고. 그거야말로 조금은 가슴 아파했으면 좋겠다.

"무슨 소리를 하는 거니? 늦은 건 너잖아."

하루히는 능글맞게 웃었다.

"뭐야, 쿈. 마치 고민거리라도 있는 듯한 표정이다. 왜 그래?"

왜 그러긴 뭐가 왜 그래. 이 모처럼의 공휴일에, 그것도 이 추운 날 아침부터 발견될 리도 없는 보물을 파러 가야 하는 자신의 불행을 한탄하고 있을 뿐이다.

"생기 넘치는 얼굴 좀 해봐. 아니면 샤미센이 다시 아픈 거야?"

"아니."

나는 목을 움츠리며 고개를 저었다.

"그냥 추워서 그래."

드센 성격이 드러나 보이는 얼굴로 콧방귀를 뀐 하루히는 기가 막힌다는 듯 두 손을 펼쳐 들었다.

"그럴 때는 임기응변으로 몸과 마음을 새롭게 하는 거야. 오늘이라면, 그래, 한랭지 사양 등산 모드로 만드는 거지. 간단하잖아?"

플라모델 개조하는 것도 아니고 그렇게 쉽게 변신이 가능하겠냐. 모드 선택 스위치는 웬만한 사람에게는 달려 있지 않다고. 하루히 같은 사계절 전천후형은 모르겠지만.

나와 하루히가 한바탕 아침 인사를 하고 있는 사이 다른 세 명은 관중 모드로 서 있었다.

코이즈미, 아사히나 선배, 나가토 차례로 캐주얼, 베이직, 내추럴한 복장이다. 그게 어디가 등산 패션이냐고 내가 말하는 것도 뭐 하지만, 나가토를 츠루야 선배의 집에 데리고 가서 거기다 두고 오면 아마 츠루야 선배는 좋아하며 나가토에게 자기가 입던 옷을 입혀주지 않을까 하는 생각을 괜히 한번 해보았다. 기회가 있다면 한번 시도해보자.

코이즈미는 너 어느 전단지에서 튀어나왔냐고 묻고 싶을 정도로 겨울용 재킷을 잘 차려입고 있었는데 그대로 백화점 의류 코너에 가서 마네킹과 바꿔치기를 해도 될 정도였다. 공사현장에 놓여 있을 법한 삽을 두 개나 지고 있다는 점을 뺀다면 말이다.

아사히나 선배는 무난한 바지 차림에 무난한 오리털 재킷 차림이었다. 새삼스럽지만, 아사히나 선배가 사복을 입었을 때 똑같은 옷을 두 번 입은 것을 본 기억이 없다는 생각이 들었다.

"도시락 싸 왔어요."

완전히 소풍 기분인지, 흐뭇함 100퍼센트의 얼굴을 한 아사히나 선배가 들고 있는 것은 커다란 광주리뿐이었다. 오늘은 이걸 먹으러 왔다고 생각하면 되는 건가.

그런데 이 아사히나 선배를 내가 반쯤 명령조로 과거로 보내게 되다니 도저히 믿어지지가 않는다. 저 아사히나 선배는 정말로 제대로 된 얘기를 하고 있는 걸까?

"왜 그러세요?"

아사히나 선배는 멀뚱한 얼굴로 나를 올려다보고 있었다.

"아닙니다." 나는 자연스럽게 넘겼다. "도시락 먹을 시간이 기대돼서요."

"너무 기대하지 마세요. 잘 만들었는지 자신이 없어서…."

쑥스러워하는 동작이 너무나도 귀여웠지만 내 마음이 치유되는 걸 언제나 방해하는 건 이 여자다.

"도시락도 좋은데."

하루히가 시선 안으로 뛰어들어왔다.

"너 오늘의 목표를 제대로 알고 있는 거니? 놀러 가는 거 아니다. 보물찾기야, 보물찾기. 도시락에 걸맞은 행동을 하지 않으면 점심휴식에는 안 끼워줄 거다!"

그런 소리를 하며 하루히는 북풍과의 도박에 승리한 태양이 놀러 나가기 직전의 아이 같은 미소를 지었고 나는 그 얼굴을 언제든 불러낼 수 있게 보존해두라고 말하고 싶어졌지만 참았다.

가만히 생각해보니 그게 평소의 하루히의 얼굴이라는 사실을 깨달았기 때문이다. 2월 들어 한동안 보였던 돌발적인 우울 모드에 그만 속을 뻔했다. 왜 속은 기분이 들었는지는 나도 잘 모르겠지만.

예외적으로 오늘은 내 돈을 내고 커피숍에 들어가지 않았다. 하지만 면제된 게 아니라 연기된 것일 뿐, 다음 집합 때 1등을 하더라도 찻값은 내가 내게 된다. 그렇게 말한 뒤 하루히가 향한 곳은 역 앞 교차로에 있는 버스 정류장이었다.

한시라도 빨리 보물찾기를 하러 가지 않으면 아슬아슬하게 누가 먼저 채갈 거라 생각하거나 아니면 등산을 가고 싶어 미칠 지경이거나 둘 중 하나인가보다. 내게 건네진 삽을 짊어지며 버스에 올라타 손잡이를 잡고 코이즈미와 나란히 섰다. 둘 다 삽을 들고 있으니 눈에 띈다 해도 어쩔 수 없는 일이다. 산 쪽으로 향하는 버스 승객은 별로 없었다는 사실이 유일한 위로였다.

30분 정도 흔들렸을까. 하루히의 재촉을 받아 내린 곳은 역 앞의 소란스러움이 거짓말처럼 느껴지는 자연 한가운데였다. 같은 시내라고는 믿어지지 않을 정도였지만, 사실 초등학교와 중학교 때 소풍이라는 이름하에 산을 돌아다닌 덕분에 이 부근은 내게도 익숙한 곳이므로 의외성은 없다. 여기서 더 북쪽으로 올라가면 본격적인 등산 소풍이 된다. 다행이 츠루야 선배네 산은 그보다 더 낮은 곳에 있었고, 의외였던 것은 이곳이 츠루야 가문의 사유지였다는 사실이었다. 어쩐지 소풍 때도 한 번도 올라가본 적이 없다 했어.

"이쪽으로 올라가는 게 제일 편하대."

하루히가 지도를 손에 들고 선두에 섰다. 나는 츠루야 산—이라고 말은 하지만 진짜 이름은 모른다. 츠루야 산이라고 해도 괜찮잖아—의 정상을 올려다보며 하얀 숨을 토해냈다.

그저께 나와 아사히나 선배가 오른 곳과 달리 이쪽은 산 반대편이었다. 어느 쪽이 뒷길이냐면 아무래도 지난번에 올랐던 쪽이 뒷길인 것 같다. 지금 하루히가 향하는 산기슭에서 보면 정상까지 가는 갈지자 모양의 좁은 길이 꼭대기까지 이어져 있다. 그렇군. 이리로 가면 비교적 쉽게 올라갈 수 있다 이거구나. 응…?

"콘! 멍하니 하늘만 보고 있을 때가 아니야. 팍팍 좀 걸어!"

하루히의 목소리가 날아와 나는 멈췄던 발걸음을 놀리기 시작했다. 뭔가 꺼림칙했는데 그 때문에 사라졌잖아.

"알고 있어."

나는 삽을 고쳐 메고 산길로 들어서는 무리의 뒤를 쫓았다. 들에 풀어놓은 토끼처럼 폴짝거리는 하루히는 그렇다 치고, 아사히나 선배마저 정말로 소풍을 나온 초등학생처럼 굴었고 나가토는 평소와 완벽하게 똑같은 모습이었으며 코이즈미는 계속 쓴웃음만 짓고 있었는데 과연 이중에 몇 명이 진심으로 보물을 찾으려는 기합에 차 있을지는 매우 의문이 아닐 수 없다. 내가 차 있지 않다는 건 나 자신이 제일 잘 알고 있었고 그로 인해 기력도 낮은 레벨을 기록하고 있다. 아사히나 선배(미치루)가 말한 나의 미래 달력에는 땅을 파도 아무것도 나오지 않았다는 예정이 규정 사항으로 쓰여 있다. 그렇지 않다면 하루히를 봤을 때 적당히 말을 꺼낸 보물찾기가 실현되어버릴 가능성이 있었지만, 저 아사히나 선배가 이런 하찮은 일로 거짓말을 할 리가 없으니까 츠루야 가문의 선조 대대로 내려온 비보 따위는 어디를 찾아봐도 없었다는 건 사실이다.

"왜 그러세요?"

코이즈미가 내 옆을 걸으며 필요도 없이 상쾌한 미소를 지으며 말했다.

"마치 앞으로 우리가 하려는 일이 완전히 헛일이라는 걸 깨우치고 있는 것 같은 얼굴이네요."

나는 침묵으로 일관했다. 이 녀석한테 해줄 말은 없다.

코이즈미. 너도 알고 있다는 얼굴이잖아.

뭐가 나오든 안 나오든 이게 내가 할 일이라고 결론을 내린 얼굴이네.

아사히나 선배가 이 시간대에 한 명 더 있다는 사실을 알고 있는 것 같은데 그렇다면 그렇다고 말해. 내가 상담을 하길 기다리고 있는 거냐? 그렇다면 미안하다.

나는 츠루야 선배라는 순수한 협력자를 얻은 덕분에 네 힘을 빌릴 마음은 안 들거든.

그러니까 정보를 줄 생각도 없다. 사람이란 기다리기만 해서는 어떤 일도 좋은 쪽으로 나아가지 않는다고. 빙빙 돌린 의사 표시는 오히려 너무 뻔히 보이게 된다 이거야.

아무 대답도 않는 나의 태도를 어떻게 받아들였는지 코이즈미는 들고 있던 삽을 번쩍 들어 앞으로 향했다. 여전히 미소를 짓고 있는 건 여유가 있다는 표현이냐, 자포자기한 거냐. 뭐 통상적인 코이즈미라는 건 틀림없었지만. 그 모습을 보고 안심을 하는 나도 그렇지만 아무튼 지금은 등산이 우선이다.

하루히가 수풀을 가르며 산 정상을 가리켰다.

"일단 정상으로 가자. 내가 보물을 묻는다면 아마 제일 알기 쉬운 곳에 구멍을 팔 거야. 츠루야의 선조도 같은 사람이니까 발견하기 쉬운 곳에 묻어놨을 게 틀림없어."

알기 쉬운 점을 우선시한다면 묻을 필요도 없을 테지만 하루히가 목표로 하는 어쨌든 뭐가 됐든 정상이다. 그래서 이 녀석은 SOS단의 단장인 것이다. 우주인과 미래에서 온 사람, 초능력자까지도 이끌고 있는, 엄청나게 높은 지위에서 군림하는 우리들의 안내원인 것이다.

　숨을 헐떡거리며 산을 타는 아사히나 선배의 등을 밀어주고 싶었
지만 하루히가 손을 잡아 끌어줬기 때문에 내가 나설 자리가 없었
고, 그러는 사이에 산 정상까지는 30분 만에 도착하게 되었다. 의
외로 시간이 걸린 것 같았는데 가능한 한 등산자에게 부담을 주지
않도록 등산로가 만들어졌는지 급경사를 의식할 새도 없이 걸어간
사이에 우리는 작은 산을 하나 제패한 것이다.

　원래 언덕보다 약간 높거나 비슷한 수준의 산이었기 때문에 그다
지 피곤하지도 않았다. 키타고에 이르는 언덕길을 매일 아침 오르
는 덕분에 다리는 자연히 단련되어 있다. 문제는 앞으로 일어날 일
때문에 피곤해질 것 같다는 점이었다.

　그러니까 보물을 찾아야 하는 건데, 이제부터가 하루히의 진짜
실력이 발휘되는 순간이다.

　"그 부근이 아닐까?"

　일단 하루히가 가리키는 부근을 대충 파헤쳐보았다. 묻혀 있는
금인지 숨은 보물인지를 손에 넣기에는 지나치게 적당주의인 것 같
았지만, 이미 알고 있는 사실이라고는 해도 2미터를 파헤쳐본들 삽
끝은 딱딱한 흙과 돌 이외의 것을 건드려주지 않았다.

　그리고 굴착 작업은 남자들만 해야 한다는 매우 차별적인 결정에
따라 파는 것은 나와 코이즈미 둘뿐이었다. 여자들 셋은 완전한 피
크닉 모드로 응원을 보내주는 아사히나 선배만이 마음의 위로가 될
뿐이었다.

하루히는 "다음에는 그 부근"이라며 멋대로 지시만 내리고 있었고, 나가토는 석불처럼 침묵하고 있다. 기도를 올리면 보물이 있는 곳을 가르쳐줄 것 같았지만 만에 하나 그런 게 있다 하더라도 한 방에 파헤쳐내는 것도 부자연스러울 것이란 생각에 자중을 한 나는 나가토에게 기도를 올리고 싶은 심정을 참았다.

원래부터가 찾으면 안 되는 것이다. 게다가 아무리 현실성을 무시하고 자신의 현실 감각만으로 질주하는 하루히라 하더라도 아무런 고생도 안 하고 보물을 손에 넣는다면 약간 문제가 있지 않은가. 문제는 고생을 하고 있는 게 나와 코이즈미뿐이라는 점인데, 코이즈미는 시원스레 토목 작업을 즐기고 있는 것 같으니 결국 고생을 하는 건 나뿐이라는 소리가 된다.

고양이 손보다는 도움이 될 법한 타니구치와 쿠니키다로 인원 보충을 하고 싶었지만 이 제안은 하루히가 거부했다.

"알겠어? 목표는 보물이야, 보물. 찾아낸 사람에게 소유권이 있는 거라고. 나는 공평한 단장이니까 균등하게 나눠줄 생각이야. 그 녀석들까지 포함하면 7등분을 해야 하는 거잖아. 나는 그런 아까운 짓을 할 생각은 조금도 없다고!"

발굴될 게 겐로쿠 시대의 금화라면 나도 그렇게 하겠어. 하지만 츠루야 가문의 창고 안에서 나온 지도 아니야. 츠루야 가문은 태평한 시대부터 현재까지 살아남아 지금도 번영을 유지하고 있다고는 하지만 시대의 변천과 함께 문제가 생겼을 수도 있을 거 아냐. 선조가 남긴 금은 이미 예전에 파내서 써버리지 않았을까? 아마 이 보물지도는 옛날의 츠루야 가문의 당주가 남긴 낙서거나 자손들에게 던지는 장대한 농담이라고. 실컷 고생해서 땅속에서 꺼내봤더니 들어 있는 게 '꽝이옵니다'라고 쓴 종잇조각밖에 없을 확률이 더 높다고 나는 보고 있다. 저 츠루야 선배의 선조 아닌가. 그 정도는 시간을 때울 여흥으로 할 법하지 않나. 츠루야 선배도 그렇게 말했고. 그러니까 보물지도를 순순히 하루히한테 양도한 거겠지. 츠루야 선배가 그 당주의 입장이라면 그랬을 테니까. 그리고 미래의 누군가가 고생고생 하고 있는 걸 상상하며 실실거리며 웃어댔을 거다. 조금 가슴 설레는 기분을 선사한 뒤 결국에는 맥빠지는 웃음을 주려는 속셈이라고, 이건.

 …그렇게 타이르듯 말해주고 싶었지만 나는 내면의 욕구를 꾹 참고 묵묵히 삽을 흙에 꽂았다.

 작은 산이라 정상에는 거의 공간이 없어 여기저기 파헤치는 사이 사방이 구멍투성이가 되었다. 하루히가 시키는 대로 나와 코이즈미는 열심히 육체노동에 종사했지만 방글거리며 두더지 역할을 맡고 있는 코이즈미와 달리 나는 점점 학대를 받고 있다는 기분이 들었다. 뚫린 구멍을 그대로 두면 위험하기 때문에 파자마자 다시 메운다는 허무한 작업이 추가된 탓도 있다. 비인도적인 수용소나 형무소에 들어간 듯한 착각에 빠져버릴 것 같다.

 "투덜대지 말고 보물을 목표로 삼으라고."

 바닥에 깐 돗자리에 양반다리를 하고 앉은 하루히가 전쟁터 후방에서 지휘봉을 휘두르는 대장 같은 거만한 웃음을 지으며 지시만 내리고 있다. 그 오른쪽에 시동 같은 나가토가 얌전히 정좌하고 앉아 문고본을 읽고 있었고 왼편에 앉은 아사히나 선배는 하루히와 체온을 나누려는 듯 몸을 기대고 있었다.

"콘, 너는 그렇게 땀을 흘리고 있으니까 따뜻할지 몰라도 보고 있는 우리는 제법 춥거든. 어서 찾아주지 않으면 얼어버릴 거야. 파는 방법이 잘못된 거 아냐?"

나는 네가 지시한 장소를 파고 있는 것뿐이야. 몸을 움직이고 싶으면 직접 마음에 드는 곳을 파라고.

하루히에게 팔짱을 잡힌 아사히나 선배가 조심스럽게 입을 열었다.

"저어…, 제가 도와드릴까요?"

"괜찮아."

하루히는 멋대로 내 대답을 가로챘다.

"이것도 콘을 위한 거야. 장래에 토목업 아르바이트를 할 때를 위한 연습이라고 생각하라고. 경험치를 쌓아두지 않으면 나중에 고생한다."

동년배의 녀석한테서 인생론을 들어봤자 하나도 감사하지 않다.

"언젠가 이걸 해두길 잘했다고 생각할 때가 올 거야. 세상사는 돌고 도는 법이거든. 그러니까 사람은 무슨 일이든 다 해봐야 하는 거야."

그럼 네가 해.

"야, 하루히."

나는 삽을 멈추고 얼굴에 난 땀을 닦았다.

"이렇게 아무렇게나 파헤쳐봤자 보물은 나오지 않아. 이 산 하나를 통째로 평지로 만들 생각은 아니겠지. 정말로 보물이 묻혀 있는지 어떤지도 수상한데 말이야."

"없다는 걸 어떻게 알아? 아직 발견되지 않은 것뿐인지도 모르잖아."

"발견되지 않았다는 건 없다는 거잖아. 일단 보물이 있다는 걸 증명한 뒤에 파라고 해라."

하루히는 입을 삐죽거렸지만 눈에는 웃음기가 있었다.

"이게 증거잖아."

그 손에 쥐어져 있는 건 츠루야 가문에서 내려져 오는 보물지도였다.

"이 산 어딘가에 묻었다고 쓰여 있으니까 묻혀 있는 건 틀림없어. 나는 츠루야의 선조님을 나름대로 신뢰하고 있어. 그러니까 보물은 틀림없이 있어!"

말도 안 되는 이론을 고집하는 하루히의 얼굴은 색다른 자신감에 가득 차 있었다. 마치 츠루야 후사우에몬 씨가 묻는 현장을 자기 눈으로 보고 온 것만 같은 확신이다.

"하지만 그렇군."

하루히는 생각에 잠기듯 턱에 손을 댔다.

"산 정상에 묻었다고 보는 건 너무 성급한 판단이었을지도 모르겠다. 끝까지 올라가는 것도 귀찮고 하니 조금 더 낮은 곳에 있을지도 몰라. 응, 더 재미있는 곳에 묻어주면 좋잖아."

아사히나 선배의 팔에서 손을 빼고 일어선 하루히는 신발을 고쳐 신었다.

"묻혀 있을 법한 자리를 찾아보고 올게. 그때까지 콘, 너는 그 부근을 파보고 있어."

새로운 굴착 후보지를 가리킨 뒤 수풀을 향해 걸어갔다. 길도 없는 곳을 힘차게 걸어가 올라온 곳과는 반대 방향으로 내려간다.

　나는 말없이 하루히의 뒷모습을 바라보았다. 내 방향 감각이 잘 못된 게 아니라면 그쪽으로 똑바로 내려가면 산 중턱에 약간 평평한 곳에 도착하게 될 거다. 그리고 그곳에는 표주박 모양의 돌이 있다. 마치 여길 파라고 가리키고 있는 것 같은 표식과 같은 돌이.

　말한 대로 구멍을 파는 것까지는 좋은데 더 이상은 지긋지긋해져서 삽을 던지고 구멍을 메우는 건 코이즈미에게 일임한 내가 돗자리에 앉아 있자,

　"이거 드세요."

　아사히나 선배가 종이컵에 든 뜨거운 차를 건네주었다. 최고의 영양원이다. 무척 달았는데 이 달콤함이 아사히나 선배와 너무나도 잘 어울렸다.

　은색 보온병을 소중히 껴안고 있던 아사히나 선배는 홀짝거리며 호박색 액체를 마시는 나를 보며 미소를 짓다가,

　"후훗, 오늘 참 날씨가 좋네요. 그리고 경치도 좋아요⋯."

　나무 열매 같은 눈이 저 멀리로 향한다. 남쪽으로 산에서 아래쪽을 내려다보는 방향이다. 저 멀리 우리가 사는 마을이 흐릿하게 펼쳐져 있었고 그 너머로는 바다가 보인다.

　산바람이 불 때마다 아사히나 선배는 몸을 부르르 떨었다.

　"봄에 왔으면 좋았을 거예요. 2월은 춥네요."

　아사히나 선배는 쓸쓸하게 말한 뒤 살풍경한 산 정상의 모습을 둘러본 뒤 미소를 지었다.

"꽃이 피어 있다면 여기도 더 기분 좋았을 텐데요."

그럼 또 올까요? 다음에는 꽃구경을 하러요. 앞으로 두 달만 있으면 한랭전선도 사라지고 고기압이 힘차게 밀려올 겁니다.

"아, 그거 좋네요. 꽃구경이라. 한 번 해보고 싶었어요."

아사히나 선배는 무릎을 껴안고 앉았다.

"4월이라. 그때면 저는 3학년이겠네요."

그거야 그렇겠지. 내가 2학년이 되는 것처럼 아사히나 선배도 진급을 하면 3학년이다. 설마 유급은 안 하겠지.

"네, 괜찮을 거예요."

그렇게 말을 하면서도 아사히나 선배는 한숨 섞인 목소리로 말을 이었다.

"하지만 다시 한번 2학년을 보내도 괜찮지 않을까 하는 생각을 조금은 해요. 다른 사람들하고 같은 학년이 될 수 있으니까요. 지금은 나 혼자만 하나 위인데 전혀 선배답지 않잖아요…."

그런 건 아사히나 선배가 신경 쓰실 일이 절대로 아닙니다. 동안에 키 작은 글래머 미소녀를 마스코트로 만들고 싶다는 이유로 억지로 가입 권유를 한 건 하루히고 한번 말을 꺼내면 다른 말은 듣지도 않는 것도 하루히다. 만약 그 녀석이 아사히나 선배와 같은 학년이 되고 싶다고 생각을 했다면 본인의 의사와는 아무 상관없이 유급이든 격하든 뭐든 시킬 테니까 당신은 신경 쓰지 마시고 SOS단 전용 메이드로 있어주시면 저는 만족입니다.

"우훗, 고마워요."

가까이에서 독서 중인 나가토 때문인지 아사히나 선배는 계속 작은 목소리로 내게 속삭였다.

"내년에는 좀 더 나은 모습을 보여줄 수 있다면 좋겠어요…."

내가 발작적으로 또 다른 아사히나 선배에 대해 말을 해버릴 것 같은 심정이 들었을 때 마른 수풀을 힘차게 가르며 하루히가 돌아왔다.

"뭐야, 벌써 쉬고 있는 거야?"

2시간 가까이 부려먹고선 그 말은 너무한 거 아니냐.

"흐음, 좋아. 나도 슬슬 배가 고프기 시작했으니까."

하루히는 뭐가 그렇게 신이 났는지 춤이라도 출 듯한 걸음으로 다가왔다.

"미쿠루, 도시락 먹자."

"아, 네."

재빨리 광주리를 여는 아사히나 선배의 모습이 거룩해 보였다. 차례로 나타나는 직접 만든 샌드위치와 삼각 주먹밥과 반찬들, 그야말로 지금의 내게 있어서는 바로 보물 이외의 아무것도 아니었다. 이걸 위해 오늘 여기까지 왔다 해도 과언이 아니다.

"……."

나가토도 읽고 있던 문고본을 조용히 덮고 가만히 아사히나 선배의 손길을 주목하고 있다. 다시 메워 부드러워진 바닥에 삽을 꽂은 코이즈미가 다가와,

"정말 맛있어 보이네요."

온화한 사전 감상을 늘어놓았고,

"당연히 맛있지. 운동한 다음에 먹는 건데."

하루히가 또 멋대로 결론을 내린 뒤 자기 종이컵에 보온병에서 차를 따라 하늘 높이 들었다.

"그럼 보물찾기의 성공을 빌며 다 같이 맛있게 먹자!"

이것만 보면 정말 건전한 피크닉이다. 나와 코이즈미의 몸에 군데군데 흙이 묻어 있는 것을 봐준다면 말이지만.

다시마 주먹밥을 먹으며 곁눈으로 살펴본 바에 따르면, 하루히부터 시작해 모두 보물찾기라는 주 행사를 잊고 있는 것처럼 아사히나 선배의 도시락을 먹고 있다. 나와 코이즈미가 좀처럼 찾아내질 못하면 안달이 나 직접 삽을 들고 여기저기 구멍을 파대도 이상하지 않은 녀석인데, 오늘 하루히는 이상하게 처음부터 신이 나 보인다. 등산과 다 같이 함께 푸른 하늘 아래 점심을 먹는 게 목적이었던 것같이 말이다.

아사히나 선배(대)의 미래 통신과 비슷한 수준으로 최근의 하루히의 행동도 잘 이해가 안 간다. 갑자기 멜랑콜리해지질 않나, 그런가 싶으면 콩을 뿌리질 않나, 다시 얌전해졌나 싶었더니 보물지도로 소란을 피우질 않나….

뭐, 어째. '신인'이 있는 바보 공간에 끌려 들어가거나 가을인데 벚꽃이 만개하는 것에 비하면 여기서부터 달이나 안드로메다 성운 중 하나를 골라서 갔다 올 정도의 차이다. 그렇다면 압도적으로 달이 낫다. 이미 인간의 발이 닿은 천체와 은하철도에 타지 않으면 안 될 정도의 그 누구도 가본 적이 없는 저 먼 땅과는 큰 차이가 있다. 나는 폐쇄 공간도 가을의 이상 현상도 경험을 한 상태이긴 하지만 말이다.

다섯 명이 모두 모여 야외에서 도시락 파티를 하는 것도 참 좋았다. 사양 않고 먹성 좋게 먹고 있는 나가토의 모습도 안심이 된다. 이 녀석은 이 녀석 나름대로 완전히 새로운 나가토다운 면을 얻었고, 하루히는 기운이 넘치고, 코이즈미는 평소와 같다. 아사히나 선배도 똑같다고 한다면 똑같았지만, 다른 한 명이 츠루야 저택에서 빌려온 고양이 모드로 있을 생각을 하니 차분해지질 않는다.

"야, 콘. 만약 보물을 손에 넣으면 넌 어떻게 할 거야?"

돈가스 샌드위치를 한입에 먹고 있는 하루히가 물었다. 그런 망상이라면 자주 하는 편이라 나도 바로 대답했다.

"바로 돈으로 바꿔 새 게임기와 아직 못 한 게임을 사고 몇 년인가 전에 어머니가 헌책방에 팔아치운 만화도 다시 다 사 모으고 나머지는 저금해야지."

"그건 그냥 용돈이잖아. 좀 더 큰 꿈을 가지라고."

순식간에 돈가스 샌드위치를 삼킨 하루히는 한심한 것이라도 보는 눈으로 나를 쳐다본 뒤 연민에 찬 미소를 지었다. 그럼 너는 어떻게 할 생각이냐. 한번 말해봐라.

"나는 돈은 별로 원하지 않아. 돈으로 바꿀 수 있는 보물이라 해도 팔아버리지는 않을 거야. 힘겹게 찾은 거잖아. 소중히 보관해뒀다가 나중에 다시 묻을 거야. 내 자손에게 보내는 보물지도를 만드는 재미는 돈으로는 바꿀 수 없는 거라고 생각 안 하니?"

어린아이들이나 할 법한 보물찾기 게임이라면 재미있기도 하겠지만 나는 그렇게까지 용돈이 풍족한 편이 아니다. 받을 수 있는 거라면 순순히 다 받을 거고 필요 없는 거라면 묻기보다는 그냥 버릴 거야.

"따분하기는."

하루히는 기가 막힌다는 듯 입을 일그러뜨리더니 웃었다.

"그래. 콘같이 바보처럼 쓸 거라면 보물도 돈으로 바꿀 수 없는 게 낫겠다. 미쿠루도 그렇게 생각하지?"

"네?"

갑자기 얘기가 자기에게 돌아오자 아사히나 선배는 먹고 있던 주먹밥을 떨어뜨릴 뻔했다. 오물거리는 입가를 우아하게 손으로 가렸지만 커다란 눈을 빙글빙글 굴리며,

"그… 그러네요. 아뇨, 아니…, 저기, 그게 더 기쁠 것 같은….."

말을 끊은 아사히나 선배는 나와 하루히를 힐끔힐끔 살피며 황급히 손을 저었다.

"나, 나오면 좋겠네요, 보물이요."

"아니, 꼭 나올 거야, 보물은. 나는 알고 있어."

하루히는 평소처럼 근거도 없는 말을 내뱉은 뒤 샐러드 샌드위치를 한 입에 집어넣었다.

돗자리 구석에서는 나가토가 하루히에게 질세라 왕성한 식욕을 자랑하고 있었고, 그 옆에서는 코이즈미가 소년 아이돌 화보 사진 같은 포즈로 한쪽 무릎을 세우고 있었다. 내 시선을 느낀 코이즈미는 종이컵을 살짝 기울이고 말없이 미소를 지었고, 아사히나 선배는 자기가 만들어온 도시락을 순식간에 처리하는 하루히와 나가토를 황홀한 표정으로 보고 계신다.

잠깐이었지만 미래에서 온 편지와 츠루야 저택에 있는 아사히나 선배 생각은 내 뇌리에서 사라졌다. 이렇게 다 같이 요란하게 도시락을 먹고 있는 지금이 무척 즐거웠기 때문일 것이다. 계절에 맞지 않는 등산도, 보람 없는 보물찾기도 기분 좋은 하루히와 이상해지지 않은 나가토, 평범한 코이즈미와 아사히나 선배를 보고 있자니 한동안은 괜찮지 않을까 하는 기분이 든다.

아니…. 오히려 괜찮아야만 한다.

그쯤에서 생각이 났다. 그러기 위해서 해야 할 일이 내일과 모레에 남겨져 있는 나의 미래를.

그렇게 요란하게 점심을 먹으며 소화를 시킬 겸 가졌던 군이 묘사할 필요도 없는 나와 하루히의 한담 수준의 썰렁 대화가 일단락되자 하루히는 두 손을 털며 일어섰다. 드디어 때가 왔다고 마음의 허리띠 끝을 단단히 쥐었다.

"자, 보물찾기 오후 시간 시작이다."

하루히는 도시락 상자와 보온병을 정리하고 있는 아사히나 선배를 곁눈으로 보며 말했다.

"아까 저쪽으로 내려가봤는데 이 산에는 나무가 많아서 파볼 만한 곳이 별로 없었어. 거꾸로 말하자면 나무가 없는 곳에 묻혀 있다는 소리지. 나무 위로는 구멍을 낼 수가 없으니까 말이야."

삽을 내게 떠넘겼다.

"하지만 적당한 공간을 발견했어. 그리로 가자. 거기서 똑바로 내려가면 집에 갈 때도 빨리 갈 수 있거든. 굳이 버스를 탈 것도 없을 정도야."

보아하니 코이즈미는 이미 삽을 어깨에 메고 하산할 태세였다. 나가토가 돗자리를 둘둘 말아 손에 들었고, 아사히나 선배는 소중하게 광주리를 두 손으로 들고 하루히의 말에 순순히 고개를 끄덕이고 있었다.

바위 밭과 나무뿐인 급경사 길을 하루히는 영양처럼 폴짝폴짝 뛰

어 내려간다. 딱히 서두르는 것도 아닌데 쉽게 내려가고 있는 것이 나가토였고,

"우왓. 꺄악."

몇 번이나 넘어질 뻔한 아사히나 선배를 재빨리 도와주는 것도 나가토였다. 나와 코이즈미는 무거운 삽이 거치적거려 거기까지 손이 닿지 않았다. 이런 삽 따위 당장 던져버리고 아사히나 선배를 업고 싶었지만 여기는 일단 나가토에게 맡기도록 하자. 잡아줄 때마다 고개를 숙여 인사를 하는 아사히나 선배, 당신은 너무 배려를 많이 한다고요.

거의 직선 코스를 내려간 덕분에 산 뒷면을 올라왔을 때와는 비교도 안 될 정도로 짧은 시간에 목적지에 도착했다.

"여기야. 이것 봐. 여기만 부자연스럽게 평평하잖아?"

걸음을 멈춘 하루히가 우리에게 가리킨 곳은, 틀림없다. 그저께 저녁에 나와 아사히나 선배(미치루)가 왔던 그 장소다. 키가 큰 나무에 둘러 싸여 있어 대낮인데도 컴컴했지만 낙엽이 깔린 반달 모양의 공간은 너무나도 눈에 익었다.

표주박 돌도 건재했다. 주워 있던 상태에서 세워 서쪽으로 3미터 이동시킨 그 돌은 내가 그렇게 한 바로 그 위치에 서 있었다. 이틀 전보다 덜 하얘 보이는 건 비 때문이다. 전체적으로 젖어 있어서 색이 탁해 보인다. 게다가 진흙이 씻겨 나갔는지 자세히 보지 않으면 앞뒤의 색이 다른 것도 별로 눈에 띄지 않았다.

하지만 하루히가 그쪽으로 걸어갔을 때에는 아무래도 간담이 서늘해졌다. 감이 이상할 정도로 예리한 여자인데 또 뭔가 느끼지만 않으면 좋겠다 생각하고 있으려니 하루히는 표주박 돌에 한쪽 발을

대고 순식간에 옆으로 쓰러뜨려버렸다. 그리고 돌에 그 이상의 관심을 주지 않은 채 위에 걸터앉았다.

"콘, 코이즈미. 제2부 시작이다. 일단 저쪽을 파보지 않을래?"

우리에게 미소를 던지는 얼굴은 개구쟁이 처녀라는 말이 걸맞았다. 코이즈미는 재빨리 "알겠습니다"며 하루히의 지시에 따랐지만 나는 한 가지 더 걸리는 부분이 있었다.

표주박 돌이 원래 있던 곳, 나와 아사히나 선배(미치루)가 위장을 해두기는 했지만, 자세히 관찰을 하면 부자연스러운 곳—.

"……."

바로 그 장소에 나가토가 돗자리를 깔고 있었다. 몸을 숙인 나가토의 옆머리 사이로 무표정한 눈이 내게 슬쩍 시선을 준다. 나가토는 신호다운 신호를 하지 않았지만 돗자리에 앉아 묵묵히 책을 펼치는 모습이 부처님처럼 보였다.

구석을 좋아하는 우주인이 대부분의 공간을 남겨주었기 때문에 남은 돗자리에는 아사히나 선배가 조심스럽게 정좌를 하고 앉았다. 장르가 다른 여신이 한 쌍을 이루고 있는 장면도 참 귀중한 것이다. 늘 한가운데에 본존 같은 녀석이 메인으로 자리를 차지하고 있으니까 말이다.

"야! 콘, 뭘 멍하니 있는 거야. 어서 코이즈미를 도와줘!"

이 메인인 단장이 하청업자의 게으름을 목격한 현장감독같이 큰소리를 쳤다. 명령 한 번 신나서 내리네. 하루히를 부하로 둔다면 그 상사는 스트레스로 회사에 나오지 않겠지만, 내가 그 입장이 되는 일은 없을 거라는 생각을 하며 삽을 휘두르는 걸로 대답을 대신하고 축축한 바닥을 파고 있는 코이즈미에게로 서둘러 다가갔다.

결과를 말해버리겠다.

우려했으면서 또한 당연한 결과로 아무리 파도 보물은커녕 토기 조각 하나도 나오지 않았다. 아사히나 선배(미치루)가 예언한 대로라 조금도 놀랍지 않았다. 뭔가 착오가 생겨 이상한 게 튀어나오는 게 아닐까 두려워하던 나는 안심한 것 같기도 하고 골탕을 먹은 것 같기도 한 복잡한 감정을 느꼈다. 이건 이대로 좋은 거긴 하지만 너무 담담한 거 아닌가?

"으음. 금이 안 나오네."

고개를 갸웃거리는 건 하루히였다. 지참한 초콜릿 쿠키를 여봐란 듯이 먹으며 하루히는 표주박 돌 위에 걸터앉아 있다.

나는 메우는 작업을 하던 일손을 쉬며 부근의 상태를 살폈다. 자연 그대로의 상황이었던 바닥이 비참한 모습으로 변해 있었다. 파고 메우는 반복 작업을 여기저기에서 한 결과 초보자가 경작한 밭과 같은 모습이다. 역시 자연은 손을 대지 않는 게 좋아.

"할 수 없군."

하루히의 성격치고는 별나게도 달관한 듯 어깨를 치켜올린다.

"이제 팔 데도 없는 것 같으니까 여기로 끝내기로 하자."

그렇게 마지막으로 검지가 가리킨 곳은 하루히의 발 밑, 자기가 올라타고 있는 표주박 돌 바로 앞이었다.

명령에 따라 또다시 파들어가는 나와 코이즈미. 파봤자 아무것도 나오지 않는 공허한 구멍. 파헤친 흙을 다시 구멍에 메워놓는 나와 코이즈미.

이래서는 딱딱한 바닥을 지렁이가 살기 편하게 부드럽게 해주는 것밖에 안 된다.

보물이 발견되지 않고 끝나는 바람에 하루히가 어떤 화풀이를 할까 생각하는데,

"그만 돌아가자. 해도 저물었는데 산 속에 더 있다가는 얼어버릴 거야. 이리로 내려가는 게 좋겠다. 바로 키타고 통학로 근처로 나올 거야."

시원스레 짐을 정리한 뒤 나와 코이즈미가 아사히나 선배의 차를 마시며 쉴 시간도 거의 주지 않은 채 하산 명령을 내렸다. 타박타박 산길을 내려가는 모습에는 이미 산과 보물에 미련이 없는 것처럼 보이는데 대체 뭐냐. 한파 피크닉을 나온 김에 구멍을 파게 한 것뿐이냐.

화를 내는 내 어깨에 코이즈미의 손이 놓였다.

"뭐 어떻습니까."

타이르는 말투는 그만둬라. 화났을 때의 어머니가 떠오르니까.

"실례. 하지만 저도 조금 피곤해서요. 여기서 멈춰서 스즈미야 씨가 다른 발굴 장소를 찾아내기 전에 빨리 철수하는 게 제일일 것 같은데요."

그거야 나도 동감이다. 이미 아사히나 선배와 동글게 만 돗자리만을 짐으로 든 나가토도 철수 준비를 하고 있으니까 말이야. 나는 내가 한 행동에 대한 의미를 생각하고 있는 것뿐이다.

"의미요?"

걸음을 옮기는 내 뒤를 쫓아오며 코이즈미가 웃음기 어린 목소리로 말했다.

"스즈미야 씨의 변덕이라고 보면 되잖아요. 매번 그랬잖아요?"

보물에 대한 집착을 소멸시킨 하루히가 쑥쑥 앞으로 나아간다. 아사히나 선배, 나가토에 이어 조금 떨어져 나와 코이즈미가 산을 내려오고 있었다.

산길 중간쯤에서 코이즈미가 목소리를 낮춰 이런 말을 했다.

"그런데 보물이 없었다는 건 원래대로라면 조금 이상한 거예요."

네가 꺼낼 법한 소리구나. 왠지 지금은 그 의견에 동의하고 싶다.

"아시겠어요? 스즈미야 씨가 거기에 뭔가가 있다고 진실로 생각했다면 츠루야 씨의 먼 선조 후사우에몬 씨가 묻었든 안 묻었든 사실로서 그곳에 뭔가가 있어야 합니다. 스즈미야 씨에게는 그렇게 할 만한 힘이 있으니까요."

그런 것 같군. 네 말에 따르면 말이다.

"그런데도 우리는 아무것도 발견하지 못했어요. 이건 상당히 신기한 일이에요. 왜 그럴까요?"

사실은 하루히도 믿지 않았던 거겠지. 그런 별로 믿음직스럽지 못한 보물지도가 어디 있냐. 후사우에몬 영감의 낙서야.

코이즈미는 순순히 고개를 끄덕였다.

"역시 알고 계시군요. 그 말씀대로 스즈미야 씨는 겐로쿠 시대의 보물을 진심으로 바라고 있지는 않았던 겁니다. 그렇게밖에 생각할 수가 없어요. 그저 다 같이 피크닉을 가고 싶었던 것이라고 분석할 수 있죠."

솔직하게 그렇게 제안을 하면 될걸. 억지로 보물찾기 핑계를 대지 않아도 나도 별로 반대하지 않았을 거라고.

"그 점은 미묘한 소녀의 마음이 작용한 게 아닐까요? 겨울방학 이후로 스즈미야 씨의 정신은 안정을 유지하고 있습니다만 어쩌면 너무 안정된 상황에 질려버린 건지도 몰라요."

네 일도 한가해져서 좋잖아. 그 파란 거인을 쓰러뜨리러 가든 안 가든 코이즈미의 아르바이트비에 변화는 없을 테니까….

"아니, 잠깐만."

나는 한 손을 들어 발언권을 청했다.

"하루히의 정신이 계속 안정된 상태라고? 2월에 들어선 뒤로도?"

"네. 미묘한 동요는 있지만 적어도 마이너스 방향으로 향하지는 않았어요. 굳이 구분을 하자면 제법 고양된 편입니다."

그럼 요 얼마 동안 내가 하루히한테서 느끼고 있던 우울한 분위기는 뭐였지? 내 착각인 건가?

"그런 걸 느끼고 있었습니까?"

코이즈미는 살짝 놀란 듯했다.

"제 눈에는 평소와 같은 스즈미야 씨로 보였는데요."

너는 하루히의 정신적인 전문가 아니었어? 내가 아는 걸 왜 네가 못 알아차리는 거지? 정신분석의 흉내는 이제 그만두는 거냐?

"그것도 좋겠군요."

간단히 웃음을 되찾은 코이즈미는 사람 좋아 보이는 눈빛으로 나를 보았다.

"저보다 당신이 스즈미야 씨의 심리를 잘 읽어낸다면 저는 제 역할을 기꺼이 당신에게 바치겠습니다. 폐쇄 공간의 '신인' 퇴치를 포함해서요. 그쪽 세계도 한동안 잠잠하잖아요."

필요 없어. 앞으로 평생 절대로 가고 싶지 않다. 여러 가지를 다

포함해서 나는 여기가 좋아.

"그거 아쉽군요. 하지만 저도 오래 가보지 못했어요."

모처럼의 능력을 살리지 못하다니 화가 나겠지. 차라리 회식 공간 탐방 패키지로 투어라도 짜는 건 어떠냐? 특이한 걸 좋아하는 녀석들이 모여들지도 모르잖아.

"생각해보도록 하죠. 그 아이디어를 상사에게 제안하려면 상당한 용기가 필요하겠지만요."

코이즈미를 상대로 언어 캐치볼을 하고 있는 사이 나는 그저께와 똑같은 논두렁길에 도착했다. 먼저 내려온 하루히가 나가토와 아사히나 선배와 나란히 서서 기다리고 있었다. 황금색 노을에 물든 세 사람이 휑한 논밭 옆에 서 있는 모습은 인상파 화가에게 소개해주면 바로 데생을 시작하지 않을까 싶을 정도로 잘 어울렸지만, 천천히 감상할 틈도 없이,

"역 앞으로 돌아갈 것도 없겠다. 오늘은 여기서 해산하자."

하루히가 내게서 삽을 받아들며 만족스러운 미소를 지었다.

"즐거웠어. 가끔은 자연을 접해보는 것도 좋은걸. 보물은 없었지만 의기소침할 거 없어. 곧 찾게 될 테니까. 오늘의 경험이 좋았다고 생각하게 될 때가 반드시 올 거야. 츠루야한테는 또 말해둘게. 다음에는 무로마치 시대의 지도가 나올지도 모르니까 말이야."

무슨 시대의 보물이든 상관없는데 이제 지도는 필요 없다. 나도 츠루야 선배에게 말해둬야지. 뭐가 나와도 하루히한테 건네주지 말라고 말이다.

하지만 삽 두 개를 들고 큰길로 향하는 하루히의 폴짝거리는 모습을 바라보고 있자니 내 입도 원망의 말을 내뱉으려 하지 않았다.

이 녀석이 교실에서 축 가라앉아 있는 것처럼 보였던 게 내 착각이었는지 뭔지는 모르겠지만, 아무튼 기운을 차린다는 건 좋은 일이다. 괜히 얌전히 있으면 폭발하기 위해 파워 게이지를 쌓고 있는 건 아닐까 겁이 났다. 으음? 왜 나는 자신에게 들려주는 독백 같은 소리를 떠들어대고 있는 거지?

키타고 통학로로 나온 우리는 잠시 동안 무리 지어 걸어갔다. 그리고 늘 헤어지는 길에 오자 하루히가 그제야 생각이 났다는 듯이 뒤를 돌아보았다.

"아, 맞다. 내일도 역 앞에 집합해야 돼. 시간은 오늘하고 같아. 알았지?"

안 된다고 하면 너는 예정을 철회해줄 거냐?

하루히는 날 보고 기분 나쁘게 웃었다. 뭐냐, 그 웃음은.

"시내 신비 탐색을 할 거야. 한동안 안 했잖아."

전혀 대답이 되지 않는 소리를 한 뒤 하루히는 사람들을 체크하듯 돌아보았다.

"알고 있겠지? 다들 늦지 않게 와라. 늦은 사람은,"

차가운 공기를 심호흡하듯 들이마신 뒤, 하루히는 항상 하는 말을 내뱉었다.

"벌금이다!"

방으로 돌아온 내가 제일 먼저 한 행동은 에어컨의 스위치를 켜면서 휴대전화를 꺼내는 것이었다.

거의 정시 연락을 하듯 전화를 건 곳은 물론 츠루야 선배네 집이었다. 전화를 받은 가정부인 듯한 여자의 정중한 대응과 아사히나 선배에게 자연스럽게 연결해주는 과정에도 이제 익숙해졌다. 이미 코이즈미에게 전화를 한 횟수를 충분히 뛰어넘은 것은 확실했다.

"접니다."

『아, 네. 저예요. 미치루… 라고 해야 하나, 미쿠루입니다.』

"츠루야 선배는 집에 계신가요?"

『아뇨…. 오늘은 외출한 것 같아요. 식구들끼리 제사가 있다고 그랬어요.』

츠루야 선배가 어디서 뭘 하는지는 별로 깊이 파고들지 않는 게 좋을 것 같다는 느낌이 든다.

"아사히나 선배, 다녀왔어요."

『보물찾기하러요…?』

"아무것도 못 찾았지만요."

아사히나 선배가 안도의 한숨을 내쉬는 소리가 들렸다.

『다행이다아. 제가 아는 그대로 되어서…. 혹시 다른 일이 일어나면 어떡하나 생각했거든요.』

나는 전화를 귀에 댄 채 의식적으로 눈썹을 찡그렸다.

"다른 일이 일어날 수가 있나요? 과거는 어디에 가도 똑같을 텐데요."

『아…, 네. 그건 음, 그렇기는 한데요….』

수화기를 손에 들고 당황하는 아사히나 선배의 모습이 보이는 것 같다.

『아주 가끔 다른 일도 있는 것 같기도 한데…. 저, 저는 잘 모르지만요, 하지만….』

더듬거리는 목소리를 듣고 있자니 나도 생각이 났다. 내가 몇 번인가 갔었던 12월 18일. 화이트보드를 이용한 코이즈미의 더블 루프설 등등을.

생각해보면 어디서부터 어디까지가 규정 사항인지 아직도 모르고 있는 건 나도 마찬가지다. 나가토가 변화시켜버린 1년간, 그건 어떻게 다뤄지는 거지? 코이즈미의 예상으로는 12월 18일은 두 개가 있다고 했다. 시간이 여러 개가 있으면 곤란하니까 재수정되어 원래대로 돌아온 지금 이 시간이 올바른 것이라는 건 뭐, 대충 맞긴 하겠지만….

그건 어느 쪽이었던 걸까. 지난달에 나는 초등학생 소년을 교통사고에서 구했다. 그 안경 소년이 살아남는 건 규정 사항이었을 거다. 하지만 그 차는? 규정 사항을 흐트러뜨리기 위해 누군가가 인위적으로 그 소년을 치려고 한 거라면?

규정 사항을 깨려고 하는 누군가와 지키려 하는 아사히나 선배 같은 미래에서 온 사람이 있다는 소리이다. 그리고 전자도 미래인이라면 어떻게 되는 걸까. 그에 대항할 수 있는 건—역시 같은 미래인뿐이겠지.

대충 파악이 됩니다, 아사히나 선배(대). 당신이 제게 뭘 시키려고 하는지 말이에요.

『미안해요, 쿈.』

아사히나 선배의 힘없는 목소리가 들렸다.

『금지 사항이 걸려 있어서 하고 싶은 말은 못 하고, 도움이 될 만한 건 아무것도 모르고…. 쿈, 저는요….』

올먹거리는 기척이 전해져 나는 황급히 말했다.

"그보다 내일 말인데요."

아사히나 선배가 알려준 행동 예정대로 하루히는 시내 순찰을 하겠다고 말했다. 내일, 토요일에는 #3의 지령을 실행해야 하니까 만날 장소를 정해둬야 한다. 그것도 하루히와 아사히나 선배(소)에게 들키지 않을 만한 장소로 말이다.

"아사히나 선배, 가능하면 변장을 하고 나와주시지 않겠어요?"

『변장요?』

코맹맹이 소리가 어리둥절해한다. 이것도 눈에 보인다.

"선글라스… 는 부자연스럽겠군. 이 계절에는 마스크를 써도 그다지 눈에 띄지 않을 거예요. 그 정도라도 어떻게 안 될까요?"

『아, 네. 츠루야 씨한테 부탁해볼게요.』

"이제 시간이군요. 내일 우리가 해산한 게 몇 시경이었죠?"

『으음―.』

아사히나 선배는 이내 대답을 했다.

『정각 5시였어요. 3시쯤에 집합해서 다 같이 커피숍에 갔다가…….』

나는 책상 서랍에서 #3 봉투를 꺼내 안에 든 편지를 꺼냈다. 적혀 있는 주소는 집합지점인 역 앞에서 걸어서 10분 정도 거리. 15분이라 해도 왕복 30분이다.

오전 중에는 츠루야 선배네 집에 얌전히 있으라고 하고 오후 시내 순찰이 시작되고 나서 조금 있다가 만나는 게 제일 좋겠군.

자세한 시간 스케줄을 들은 뒤에 나는 합류할 장소와 시간을 지정했다.

"그럼 내일 잘 부탁드릴게요. 가능한 한 눈에 띄지 않는 복장으로요. 아, 그리고."

내 가슴속에 있는 희미한 먹구름이 이런 말을 하게 시켰다.

"가능하면 츠루야 선배와 같이 와주실 수 없을까요? 제가 부탁했다고 말해주세요. 으음, 아니, 끌어들이려는 건 아니에요. 그 점은 걱정하지 마십시오. 그냥 아사히나 선배를 데리고 다녀줄 수 없을까 해서요…."

츠루야 선배네 집에서 약속 장소까지 이 아사히나 선배는 혼자서 왕복을 해야 한다. 지나친 걱정이라고 생각하겠지만 괜한 위기의식이 내게 주의를 하라고 말하고 있다. 혼자 돌아다니게 두지 않는 게 좋다고.

『네에. 말해볼게요.』

츠루야 선배의 성격이라면 내가 무슨 말을 하고 싶은지 바로 알아차릴 거다. 기대해보자.

나는 전화를 끊고 바로 나가토에게 전화를 했다. 또 의뢰할 일이 있어서였다.

하지만.

"음?"

놀랍게도 통화중이었다.

나가토가 누군가와 전화를 하고 있다고? 텔레마케팅이 아니라면 해당 인물이 떠오르지 않는다. 나는 나가토네 집에 전화를 건 안내원을 동정하며 일단 전화기를 내려놓고 옷을 갈아입기로 했다. 진흙투성이가 된 바지를 세탁기에 던져놓고 돌아와서 다시 전화를 걸었다.

이번에는 받았다.

"나다."

『…….』

친숙한 나가토의 침묵.

"내일 일로 조금 부탁하고 싶은 게 있어. 순찰 멤버를 언제나 제비로 뽑잖아. 내일하고 모레 그 결과에 조금 손을 봐줬으면 하는데."

『그래.』

시원하고 투명도 높은 목소리가 대답했다.

"응. 내일 오후랑 모레 오전에 나랑 네가 한 팀이 되게 해줄 수 없을까?"

『………….』

약간 길게 느껴지는 침묵 끝에,

『그래.』

좋다는 소리겠지만 일단 확인해봐야지.

"해주는 거지?"

『알았다.』

"고마워, 나가토."

『괜찮다.』

"그런데 하나만 물어볼게. 아까 전화했더니 통화중이던데 누구랑 전화한 거야?"

다시 시간이 멈춘 것 같은 침묵이 이어졌다. 혹시 내가 모르는 누군가와 은밀히 사이드 스토리를 진행시키고 있었던 건 아닐까 걱정이 되기 시작한 순간,

『스즈미야 하루히.』

차라리 아예 모르는 녀석이 나았을지도 모르겠다.

"그 녀석이 건 거야?"

『그렇다.』

"그 녀석이 대체 왜 너한테…?"

『………….』

세 번째 침묵. 내가 청각을 곤두세워 수화기 너머의 기척을 알아내려 하고 있자, 나가토는 조용히 대답을 해주었다.

『가르쳐주지 않겠다.』

요 며칠 사이에 나가토에게는 계속 놀라게만 된다. 이 말을 내가 듣게 될 줄이야.

나는 콘센트가 뽑힌 라디오처럼 침묵했다.

『모르는 게 좋다.』

그런 무시무시한 소리 좀 하지 마라. 세상에서 제일 위로가 안 되는 말이라고, 그건.

『…………걱정할 것 없다.』

약간 주저하는 것 같은 목소리였다. 말할까 말까 고민 끝에 말을 한 것 같은. 확실히 걱정할 필요는 없을 것 같다는 분위기만은 느껴진다. 아하, 느낌이 왔어.

"하루히가 말하지 말라고 그랬어?"

『그래.』

그러니까 하루히가 또 묘한 계획을 짰고 거기에 나가토를 끌어들이려 하고 있는 거겠지. 그리고 나한테는 비밀이라고? 뭔지는 모르겠지만 이 나가토의 말투로 봤을 때 알아봤자 별로 대단한 건 아닐게 틀림없다. 보물찾기 제2탄이라거나 뭐 그런 거겠지.

나는 숨을 죽이고 있는 나가토에게 내일 일을 다시 한번 다짐하고 전화를 끊었다.

이런, 이런. 이렇게 바쁜 1주일은 수학과 물리와 세계사가 하루에 겹쳐진 시험 기간 중에도 없을 거다.

"하루히 녀석, 이번에는 우리한테 뭘 시킬 작정이지…?"

이대로 있다간 내 동료는 코이즈미만 남게 될 것 같다. 하루히도 나가토도 아사히나 선배도 점점 내 예상을 초월한 행동을 하고 있다. 아아, 츠루야 선배도 그렇군. 아무래도 생명체로서 본질적으로 남자는 여자를 이길 수 없도록 되어 있는 게 아닐까. 무서운 X염색체다. 그 본질을 좀 가르쳐다오.

다음주가 평온히 지나갈 수 있기를 기도하며 나는 드러누운 바닥 위에서 한껏 손발을 뻗었다.

제5장

이튿날, 토요일 아침.

익숙하지 않은 토건업 아르바이트(무상)를 한 바람에 상체가 여기저기 근육통을 호소하고 있다. 뭐, 어젯밤은 괜한 꿈도 안 꾸고 편하게 숙면을 취했으니 넘어가자.

나는 봉투 #3을 코트 안주머니 깊숙이 넣고선 현관을 나와 타이어 바람이 거의 빠진 바구니 달린 자전거를 꺼내 건조한 찬바람이 부는 길을 달려나다. 음, 오늘도 여전히 춥군.

불법 주차를 했다 업자에게 끌려가면 안 되기 때문에 역 앞에 새로 생긴 주차장에 돈을 내고 자전거를 맡긴 뒤에 역 앞 대기 장소로 걸어가니 여느 때와 마찬가지로 내가 제일 꼴찌였다.

아사히나 선배는 신종 애완동물 같은 따뜻한 복장으로 맞이해주었고, 코이즈미는 길을 지나가는 여중고생 다섯 명 중 한 명은 돌아볼 법한 핸섬 스마일, 나가토는 오늘도 교복 위에 모자가 달린 더플코트를 입은 말없는 샌드 피플 스타일이다.

반코트 차림에 머플러를 두른 하루히가 손가락으로 총 모양을 만들어 날 겨누었다.

"콘, 30초나 기다렸다."

그거 참 아쉽게 됐군. 자전거를 근처에 세워놨으면 시내 신비 탐색 순찰 제1회부터 세어 처음으로 내가 부비(주23)였을 수도 있었는데. 한 번쯤은 하루히가 쏘게 만들고 싶다.

"그래, 내가 사줄게. 꼴찌가 되면 말이야. 미리 말해두겠는데 나는 꼴찌나 꽝이나 한 바퀴 처지는 거라든가 예선 탈락이라는 말을 제일 싫어해. 늦잠을 자다 늦느니 전날부터 여기서 숙박을 할 정도의 패기는 갖고 있다고."

늠름한 미소는 너무나도 도발적이었다. 정말 지금의 하루히에게는 아무리 거대한 적이라도 맞서지 못할 것 같다. 이럴 줄 알았으면 우울 모드였을 때 뭐라도 해둘 걸 그랬네. 그런데 과거를 돌아보며 안 하길 잘했다고 생각하는 후회와 해둘 걸 그랬다는 후회 중에 어느 쪽이 더 오래 갈까.

아무리 생각해봤자 답도 안 나오는 그런 생각을 하고 있는 사이 나는 하루히에게 이끌려 늘 가는 커피숍으로 이동하고 있었다.

"어제는 아무것도 못 찾았지만." 하루히는 블렌드 커피를 벌컥벌컥 들이켜며 말했다. "가만히 생각해보니까 SOS단의 탐사 목표는 과거의 유산이 아니라 더 신비한 거란 말이야. 뭐랄까? 미래적인 이미지랄까, 비밀스러운 것이지. 이 시내에도 하나쯤은 뭔가가 있을 거야. 동네도 꽤 넓으니까."

면적의 문제가 아니잖아. 중요한 건 얼마나 번영하고 있는가, 인구밀도는 얼마나 되나—.

"…이런, 이런."

그만두자. 도시의 번영 수준도 사람 숫자도 상관없지. 사실은 말이다, 하루히, 신비한 것은 깨닫고 나면 어느 틈엔가 가까이에 존재

주23) 부비: booby. 골프나 볼링 등의 경기에서 끌찌에서 두 번째 순위.

하고 있는 법이야. 그야말로 자기도 모르는 사이였기 때문에 아무도 눈치 채지 못하고 모든 게 진행되기도 하는 거라고.

내 경우에는 저절로 깨닫게 된 게 아니라 억지로 깨닫게 된 거지만 알게 되어 잘됐지. 그것도 네가 내 뒷자리에 있어준 탓…, 아니, 덕분이야.

내가 내레이션과 같은 독백에 잠겨 있는 동안 하루히는 이쑤시개에 볼펜으로 표식을 한 제비를 만들어 사람들에게 뽑으라고 재촉했다.

"같이 행동할 조를 나누는 거야. 표식이 들어간 게 두 개, 없는 게 세 개다."

반사적으로 나가토를 보고 말았다. 교복을 입은 작은 몸집의 소녀는 소리도 없이 과일티 잔을 기울이며 메뉴를 조용한 눈동자로 보고 있었다. 아차, 이거 너무 앞서갔군. 오늘 아침은 억지로 나가토와 팀을 안 짜도 되는데. 그러고 보니 아사히나 선배가 뭐라고 했더라. 맞다, 나랑 코이즈미였던가.

"왜 그래? 어서 뽑아."

하루히가 다섯 개의 이쑤시개를 쥔 주먹을 내밀었다.

"그렇게 누구랑 조가 될지가 신경이 쓰여? 흐음, 누구랑 같이 하고 싶은데? 너 애구나."

옆집 누나가 장난꾸러기 아이를 보는 듯한 얼굴로 웃지 마라. 하지만 생각해봤자 결말이 안 나는 것도 분명했다. 아사히나 선배의 미래 예보는 나와 코이즈미 둘이서 한 팀이 될 거라고 가르쳐주고 있다. 어느 이쑤시개를 뽑아도 같은 결과가 나올 리가 없다. 표식이 들어가 있을 확률은 5분의 2, 그냥 계산하면 표시가 없는 것을 뽑을 가능성이 높은데, 만약 표시가 없는 것을 뽑으면 어떻게 되는 걸까? 아사히나 선배의 기억이 잘못된 거라는 말로 그냥 끝나버리는 걸까—.

그런 생각을 한 게 잘못이었다. 하루히는 침묵 속에 생각에 잠긴 나를 내버려둔 채 재빨리 다른 세 명에게 제비를 뽑게 했고 막상 내 차례가 되었을 때 남은 것은 달랑 두 개뿐이었다.

황급히 코이즈미가 쥐고 있는 것을 확인했다. 우아한 손끝에 쥐고 있는 제비에는 표식이 들어가 있었다.

이제 제비를 뽑지 않은 건 나와 하루히뿐, 하루히는 언제나 남은 복과 같은 최후의 패를 자기 제비로 삼는 습관이 있기 때문에 내가 뭘 뽑느냐에 걸려 있다 할 수 있겠다.

나는 눈을 감고 심호흡을 한 뒤 10초 정도 하루히의 주먹을 쳐다보며 정신통일을 했다.

"뭐 하는 거니? 되게 오버하네."

기가 막힌다는 듯 하루히가 말했지만 내게는 의외로 중요한 의식이라고. 여기서 결과를 제대로 맞춰놓지 않으면 두고두고 귀찮아질 수도 있으니까 말이다.

"될 대로 돼라!"

운명에 맡기며 나는 오른손을 고속 이동시켰다. 왼쪽인지 오른쪽인지는 전혀 생각도 않은 채 적당히 손을 움직여 먼저 닿은 쪽을 뽑으려고 했는데 잘되지 않았다. 너무 적당히 굴었나보다. 나는 하루히의 손에서 이쑤시개를 두 개 모두 뽑아냈고 아차 싶었을 때에는 하나가 탁자 위로 구르고 있었으며 다른 하나는 하루히가 다른 한 손으로 공중에서 잡아내고 있었다. 탁자 위를 구르고 있는 제비 끝에는 얼룩과 같은 표식이 그려져 있었다.

"뭐야—." 하루히가 살짝 입을 삐죽거렸다. "남자랑 여자로 나뉘었잖아. 영 재미없게 조가 짜였네."

괜히 기합 넣었다 손해만 봤네. 이 오전의 편성은 시간 이동상으로 그다지 중요하지 않다. 아니, 내가 표식이 없는 걸 뽑았다면 나가토와 아사히나 선배라는 양손에 꽃 상태가 발생했을 테고, 휴일에 코이즈미와 둘이 행동하는 것보다 훨씬 마음이 풍요로워졌을 텐데, 그 생각을 하니 작은 과거 따위에 얽매일 것 없었는지도 모르겠다. 생각하지 말걸.

잠시 꾸물거린 뒤에 자리에서 일어섰다. 물론 돈은 내가 냈다. 습관이란 무서운 것이라 떠넘기지도 않은 계산서를 자연스레 쥐고 마는 내 자신이 원망스러웠다.

"쿈, 늘 미안해요. 고마워요."

미안하다는 듯이 그렇게 말해주는 아사히나 선배만이 마음의 회복제였다. 코이즈미도 비슷한 소리를 했지만, 이 경우 상쾌한 미소를 지으며 그런 소리를 해봤자 전혀 기쁘지 않다.

"지갑 사정이 곤란하면 좋은 아르바이트 자리를 소개해드릴까요?"

나와 나란히 커피숍을 나오며 코이즈미가 속삭였다.

"아주 간단한 아르바이트인데요, 익숙해지면 단순한 작업이 될 거예요. 일당이 두둑하단 건 제가 보장하죠."

"전혀 필요 없네."

달콤한 말에는 항상 악마의 의도가 숨어 있는 법이다. 자칫 괜한 서류에 서명했다가 기묘한 연구소의 수술대 위에 눕게 된다면 눈뜨고 못 볼 꼴이 될 것이다. 파트타임 초능력자로 개조될지도 모른다. 나는 무인 회색 공간에서 하루히의 스트레스와 전투를 벌이고 싶지는 않다고.

"그건 제가 할 겁니다. 당신에게 원하는 건 그 스트레스와 싸우지 않아도 되는 상황을 만들어달라는 거지요."

그런 건 네가 하면 되잖아.

"당신만이 할 수 있어요. 적어도 현재로서는 말입니다."

나는 보편성을 일탈한 특수 능력 따위는 안 가지고 있을 텐데.

"그랬지요."

코이즈미는 입술 끝 2센티미터로 웃는 듯한 표정을 지었다.

"마음이 내키면 언제든지 말씀해주세요. 어떤 일을 하게 될지 가르쳐드릴 테니까요. 제가 볼 때는 이미 가르쳐드린 거나 같은 기분입니다만."

코이즈미답지 않은 애매모호한 말이었지만 나는 따지고 들지 않았다. 듣고 싶지도 않은 말을 듣게 될 거라는 예감이 들었기 때문이다. 생각 없이 고개를 들이밀었다 참수를 당하고 싶지는 않다. 때로는 자중할 필요도 있는 법이다. 보통 함정에 빠트리는 쪽이 처음에는 수세인 법이니까.

가게 밖에서 내가 돈을 계산하고 나오기를 기다리고 있던 하루히가,

"집합 시각은 12시 정각이다."

오른손을 나가토, 왼손을 아사히나 선배의 허리에 두르고 완전 남국의 꽃 같은 미소를 짓는다.

"그때까지 뭐든 좋아, 신비한 걸 찾아내도록. 어제까지는 없었던

맨홀이든 자기도 모르는 사이에 늘어난 횡단보도 선이든 뭐든 눈을 크게 뜨고 다니다 보면 하나쯤은 건질 수 있을 거야. 아니, 건지겠다는 마음으로 찾아야 해. 그렇지 않으면 보일 것도 안 보이게 되니까 말이야."

네가 등신대 인형 난로처럼 몸을 꼭 붙이고 있는 그 두 명은 우주인과 미래에서 온 사람이라는 더할 나위 없는 구색인데 이제 그 얘기는 넘어가도록 할까. 그리고 만약 운동회에서 하는 물건 찾기 경주에서 신비한 것을 갖고 오라는 패가 걸리면 나는 바로 하루히의 손을 끌고 골인 지점을 향해 달려가겠지만 그것도 이제 그만하자. 이렇게 이상한 배경을 갖고 있는 무리 속에 내가 끼어 있다는 사태가 가장 신비한 일이지만, 전부 다 뭉뚱그려서 새삼스레 꺼낼 말도 아니다. 하루히가 본능처럼 신비한 것을 찾듯이 나는 지금의 생활이 계속되길 바라고 있다. 이젠 더 이상 틀릴 수도 없는 그게 바로 진실인 것이다.

선로 저쪽으로 갈 거라는 하루히에게 이끌려 나가토와 아사히나 선배가 철도 건널목을 건너는 것을 본 뒤 나는 머플러를 고쳐 맸다.

"어디 갈 데라도 있냐?"

2시간 한정 파트너에게 물어보았다. 코이즈미는 얼어버릴 것 같은 추운 공기 속에서도 너무나 시원스레 말했다.

"있다 하더라도 당신의 발길이 제 마음이 원하는 곳으로 가줄 것 같지 않으니 평범하게 산책이나 하도록 할까요?"

의외로 걷기 시작한 뒤로도 코이즈미는 내게 괜히 말을 걸지 않앞다. 큰 시궁창을 헤엄쳐 다니는 잉어 그림자를 보고 그 생명력에 감탄하기도 하고 편의점에 들어가 잡지를 읽기도 하는 모습은 누가 봐도 유서 깊은 유유자적 고등학교 2인조다.

대화도 학기말 시험과 어제 본 드라마 씹기 등등—어이, 이 녀석하고 이렇게 제대로 된 대화를 하다니 괜히 더 의심만 들잖아.

"저는 일반 고등학생으로 가장한 초능력자로 되어 있죠. 이런 표면적인 부분도 중요하답니다."

코이즈미는 횡단보도의 선을 걸음으로 세며 차도를 건넜다.

"저도 영원히 초능력자로 있을 수 있을 거라는 생각은 안 해요. 누군가에게 넘길 수 있다면 제가 갖고 있는 힘과 역할을 포장지에 곱게 싸서 넘겨주고 싶을 정도라는 생각을 할 때도 가끔은 있어요."

안심을 시키려는 건지 코이즈미는 나를 보고 미소를 지었다.

"가끔 말이에요, 둘 중 하나를 선택하라고 하면 저는 지금의 입장을 선택할 겁니다. 지구 밖 생명의 단말체와 미래에서 온 사람과 자각을 하면서 대화할 수 있다니 이보다 더 진귀한 경험은 웬만해서는 없을 테니까요. 당신에게는 당하지 못하겠지만요."

나는 네가 말한 그 두 사람에다가 너라는 특이한 존재까지 있지.

"제게서 초능력자라는 직함이 떨어지는 게 언제가 될지는 알 수 없지만 제 속성에서 고등학생이라는 말이 삭제될 날은 반드시 올 겁니다. 스즈미야 씨가 유급이라도 하지 않는 한 말이에요. 그렇다면 지금밖에 없는 고등학생이라는 입장을 나름대로 즐겨둬야겠죠."

나는 요란하게 지나간 올해를 떠올려봤다.

"나는 네가 충분히 즐기고 있는 것으로 보이는데. 특히 여름과 겨울 합숙에서는 크게 활약을 했었잖아."

"그것도 제가 '기관'의 일원이었기 때문입니다. 이제 슬슬 4년째가 되어가는데 그때 제게 찾아온 기묘한 능력이 없었다면 전학생으로 키타고에 편입할 일도 없었을 테고, 세계의 운명 운운하는 것과는 거의 무관한 삶을 살았을 거예요."

"뭐, 어때."

깜박이는 신호등을 쳐다보고 걸어가며 말했다.

"초능력인지 뭔지는 모르겠지만, 그게 있은 덕분에 지금 이렇게 여기에 있는 거잖아. 있던 바람에라고는 하지 마라. 아니면 너는 SOS단이라는 웃기지도 않는 단체에 들어온 걸 후회하고 있냐? 뭐든 경험이 중요하지. 퇴단서를 써봐. 대리로 내가 하루히한테 제출해줄 수도 있는데."

코이즈미는 입 끝을 일그러뜨리는 인공적인 미소를 내게 보였다. 그리고 잠시 뒤,

"아니요."

마치 즐기고 있는 목소리로 말했다.

"현재의 당신이 일종의 자포자기의 경지에 도달한 것처럼 저도 지금의 스즈미야 씨와 당신을 비롯한 단원 모두에게 처음 만났을 때는 생각할 수도 없을 만큼의 호의를 갖고 있습니다. 부단장이기도 하고…. 아니, 그런 직함을 이유로 삼을 것도 없겠네요. 그 설산의 저택에서 제가 한 말을 기억하고 계신가요?"

당연하지. 너는 잊어도 나는 안 잊는다. 그 약속을 뒤집으면 나는 하루히와 힘을 합쳐 너에게 끝내주는 특제 벌칙 게임을 내릴 거다.

"안심했습니다. 제가 기억상실이 되어도 괜찮을 것 같네요. 당신들이 기억나게 해줄 거예요."

미소를 짓고 코이즈미는 천천히 하얀 숨을 토해냈다.

"나가토 씨가 그리 순순히 궁지에 빠진다는 건 드문 일이고 그렇게 자주 있을 거라고는 생각하고 싶지 않지만 제가 할 수 있는 일이라면 하겠습니다."

그 결의를 나가토 이외의 다른 동료에게도 보여줬으면 하는데.

"말할 필요도 없다고 생각한 거예요. 아사히나 선배도 지켜주고 싶은 사람인 건 변함없습니다. 무의식중에 보호 욕구를 자극하니까요. 초능력의 일종이라 생각될 정도라고요."

횡단보도를 건넌 코이즈미는 걸음을 멈추고 손목시계를 쳐다봤다. 덩달아 나도 왼손목을 들었다. 한참 어슬렁댔네. 슬슬 집합 시간이다.

내가 역 앞으로 돌아가는 길로 향하려는 순간, 세 걸음 뒤에서 코이즈미의 목소리가 자그맣게 들렸다.

"현재의 아사히나 씨는 저에게도 '기관'에게도 수호 대상입니다. 하지만 조심하세요. 당신의 그 아사히나 선배와는 다른, 또 다른 모습을 한 아사히나 선배는 그렇지 않을지도 몰라요."

아사히나 선배 성인 버전의 실루엣이 망막에 재생되었다. 나는 고개도 돌리지 않은 채 계속해서 걸어갔고 코이즈미의 목소리는 점점 멀어졌다.

"그녀가 우리에게—SOS단에 복만을 가져다줄 거라는 보장은 없어요."

그럴지도 모르지. 하지만 이것도 네가 한 말이야.

"그렇다면."

나는 입을 열었다.

"그 미래를 바꿔버리면 돼. 지금 이 시간부터 말이야."

역 앞에 코이즈미와 돌아가보니 먼저 귀환한 세 사람이 기다리고 있었다.

"뭐 좀 있었어?"

하루히가 물었지만 찾지도 않은 것을 발견할 길은 없는 법이라.

"아니."

솔직히 대답을 했다.

"그쪽이야말로 재미있는 걸 발견했어? 없으면 피차일반이네."

"응, 그렇게 신기한 건 없었는데."

낙담도 분노한 빛도 보이지 않은 채 하루히가 무시무시하게 싱글 거린다.

"재미있었어. 셋이서 백화점 식품 매장에서 시식도 하고 말이야. 그치, 재미있었지?"

의미심장한 하루히의 미소가 향한 것은 아사히나 선배였다.

"그, 그래요."

아사히나 선배는 연신 빠르게 고개를 끄덕이며 말을 맞춰줬다. 풍성한 갈색 머리가 느림보 나비를 연상케 했다.

"여기저기 보고 돌아다니는 거 재미있었어요. 새 차도 샀답니다."

행복하게 미소를 짓는 아사히나 선배는 오늘은 완전히 쇼핑 모드 이다. 자세히 보니 나가토가 손에 들고 있는 건 서점 봉투잖아. 이 세 사람, 대체 어떤 신비한 걸 백화점 식품매장과 서적 코너에서 찾 고 있었던 거야. 신기한 이야기만이라면 서점에 가득 있을 테지만 말이다.

"에이, 뭐 어때."

하루히는 태연히 말했다.

"서둘러서 하다 보면 나중에 후회하게 되는 법이라고. 바쁠수록 돌아가야 하는 법이야. 자동차 운전도 그래. 빠르게 몰고 가다 사고라도 나면 시간에 늦고 안 늦고 이전의 문제가 되잖아. 그리고 혹시나 싶은 건 혹시나 하기 때문에 찾아오는 거야."

네가 말하는 이치가 서서히 이해가 안 가기 시작한다.

"간단한 이치잖아. 알겠어, 쿈?" 하루히가 으스댄다. "'무궁화 꽃이 피었습니다'랑 비슷한 거야. 보지 않는 데서는 움직이지만 재빨리 돌아본 순간에는 이미 멈춰 서 있잖아. 신기한 것도 그런 거지. 그러니까 돌아보지 않고 있으면 지나가버리니까 그 순간을 잡는 거야. 타이밍이라고, 타이밍."

더 이해가 안 간다. 하루히의 머릿속에서는 이론이 갖춰졌는지 모르겠지만, 그런 행운의 여신의 앞머리를 비유도 아니라 직접 잡아라 같은 소리를 해봤자 곤란하다. 실체가 없는 걸 포획할 수 있는 건 미지의 전파를 수신하고 있는 인간뿐이다.

"그보다 점심은 어디서 먹을래?"

내 의문은 그거랑 같은 취급인 거냐.

"은행 맞은편에 새로 이탈리아 음식점이 생겼어. 런치 메뉴가 맛있어 보여서 다섯 명 예약해놨는데 괜찮지?"

아무래도 하루히는 완전히 다운 모드를 탈출한 것 같다. 이 고도의 마이페이스, 소귀에 경을 읽어주던 스님이 차라리 더 보람찼을 것이다. 공덕은 있을 테니까 말이야.

"나는 괜찮은데 코이즈미는 어때?"

여기서 "아니, 사실은 제가 토마토소스를 못 먹어서요"라며 분위기 파악 못 하는 말을 해주면 어떻게 될까 싶어 선택권을 던져줬지만 코이즈미가 하루히의 계획에 반하는 의견을 제시할 리가 없다. "좋군요"라는 짧은 대답과 함께 미소만 지을 뿐이다.

"결정됐네."

이미 정해진 바를 새삼 말로 알린 하루히는 호령을 내렸고 우리는 괜히 강제 구보로 런치타임으로 복잡한 이태리 레스토랑으로 직행, 덕분에 안내받은 테이블에 도착했을 무렵에는 근육통이 재발하려고 신호를 보냈다.

고양이와 마찬가지로 너무 장난이 심한 것도 문제다. 기운을 잃고 있으면 걱정되니까 기운이 넘치는 게 낫긴 하지만 하루히가 적당한 수준을 지켜줄 날이 과연 올지 머리 한구석에 생각이 든다.

웨이터가 가져다준 찬물을 3초 만에 비우고 더 달라고 요구하는 모습을 보고 있자니, 으음—그래. 아사히나 선배(소)가 아사히나 선배(대)가 될 정도의 시간은 걸릴 것 같다.

당일 메뉴인 도리아 정식이라는 적당한 가격의 점심을 다 먹고 나자 하루히는 또다시 이쑤시개 제비 섞기에 들어갔다.

오늘의 클라이맥스는 여기부터다. 아무래도 눈앞에도 아사히나 선배가 있기 때문에 자꾸 어지러워지는데, 현 시점에서 내가 신경을 써야 하는 건 아사히나 선배(미치루) 쪽이다. 잘 기다려주고 있어야 될 텐데.

맞은편을 보니, 일찍 식사를 마치고 묵묵히 메뉴를 읽고 있던 나가토는 지금은 하루히가 쥐고 있는 다섯 개의 이쑤시개를 관심 없다는 눈으로 바라보고 있었다. 나가토가 의뢰를 잊거나 실수를 할 거라는 생각은 들지 않았기에 나는 안심하고 제일 먼저 즉석 제비를 뽑았다.

표식이 되어 있었다.

다음으로 나가토가 손을 뻗어 표식이 된 이쑤시개를 멋지게 뽑아내어 조용히 탁자 위에 놓았다.

"어머, 더 뽑을 필요도 없네."

어디에 부정이 있다 하더라도 나가토가 들킬 정도의 실수를 하지는 않았는지 하루히는 세 개의 이쑤시개를 재떨이에 던지고 계산서를 들고 일어섰다. 하지만 자기가 사는 건 아니다. 1엔 단위까지 각자 부담하는 거다.

계산을 끝낸 우리는 다시 차가운 바람을 맞으며 거리를 정처 없이 돌아다니는 오후의 회유어가 되어야 한다. 하지만 그건 하루히와 아사히나 선배와 코이즈미에게 맡겼다. 나와 나가토는 다른 길을 걷도록 하겠다. 정확하게는 나와 3일 후에서 온 아사히나 선배(미치루)랑.

나가토와 둘이 걷고 있자니 아무래도 처음 만난 봄날이 생각난다. 아직 안경을 쓰고 있던 제빙소 같은 무표정, 그러고 보니 나카가와는 그때의 우리를 봤었지.

나가토는 두 걸음 정도 떨어져 소리도 없이 따라오고 있다. 너무나 인기척이 없어서 동일한 간격을 유지하고 있는 모습을 연신 돌아보며 확인하게 될 정도다. 물론 나가토는 눈이 녹은 천연수 같은 무표정한 얼굴로 내 머플러 끝을 바라보고만 있다.

감회가 깊은 건 우리가 향하는 목적지 때문이기도 하다. 시립 도서관. 나가토는 자주 가는 것 같지만 나는 나가토를 처음 데리고 갔던 이후로 처음 가는 것이고, 그 변경된 안경 쓴 나가토의 추억의 장소이기도 했으며 현재의 나와 나가토에게도 공통된 기억을 갖고 있는 장소이다.

하루히 일행과 헤어져 내가 가자고 한 것도 지난번과 같다. 다른 건 나가토가 이미 도서 카드를 갖고 있다는 정도일 거다. 그리고 안경하고.

일절 아무 대화도 없이 나와 나가토는 도서관으로 향하는 길을 걷고 있었다. 단둘이서 계속 침묵하고 있어도 전혀 답답하지 않은 상대라는 건 귀중한 존재이다. 하루히나 코이즈미였다면 무슨 꿍꿍이 속이냐고 의심을 하겠지만 그런 점에서 나가토라면 보장할 수 있는 상대다.

기분 좋은 침묵에 싸여 도서관 안으로 들어선 내가 시선을 좌우로 돌리는 수고를 덜어주기라도 하듯 소파에 앉아 있던 키 작은 인물이 잰 걸음으로 달려왔다.

츠루야 선배의 취향으로 보이는 긴 코트에 솔을 두른데다 니트 모자를 쓰고 하얀 마스크를 하고 있는 건 나름대로 변장을 한 건가.

아사히나 선배(미치루)는 숨길 수 없는 커다란 눈을 반짝이고 있었다.

"쿈. …아, 그리고 나가토 씨…."

정숙해야 할 도서관이다. 입을 손으로 가리는 아사히나 선배를 따라 나도 작은 목소리로 물었다.

"츠루야 선배는 없나요?"

"네."

아사히나 선배는 불안한 눈으로 내 뒤를 살피고 있었다. 그렇게 겁먹을 거 없는데요.

"츠루야 씨는 오늘도 빠질 수 없는 볼일이 있다고 같이 못 왔어요. 아, 하지만요."

파닥거리며 한 손을 젓는다.

"집에서 여기까지 차로 바래다줬어요. 집에 올 때는 택시를 타라고 돈도 빌려줬고요….."

츠루야 선배의 빈틈없는 준비도 당연히 신경이 쓰였지만, 아사히나 선배의 눈동자가 정신없이 춤을 추고 있는 게 더 신경이 쓰인다. 내 뒤에 나가토말고 다른 배후령이라도 붙어 있나 싶어 뒤를 돌아보니,

"……."

나가토의 흔들림 없는 무표정한 얼굴이 아사히나 선배를 뚫어져라 쳐다보고 있었다. 그리고 나는 어젯밤 전화에서 단순히 제비뽑기에 대한 부정 요구만 했던 것을 떠올렸다.

아차, 아무 이유도 얘기 안 했지.

"저기 말이야, 나가토."

"……."

이 정도의 변장으로는 나가토는커녕 아무도 속이지 못한다고.

"이 사람은 또 하나의 아사히나 선배야."

"알고 있다."

나가토의 똑부러지는 대답.

"아, 응. 그랬지. 며칠 전에 소개했지."

"……"

"저기 말이지."

"……"

"죄, 죄송해요."

대체 무슨 이유에서인지 사과를 하는 아사히나 선배와 거꾸로 선 고드름처럼 정지해 있는 나가토 사이에 낀 나를 대출 카운터 안의 사서가 계속 잠만 자느라 꼼짝도 않는 판다를 보는 듯한 눈으로 바라보고 있던 건 3일쯤은 잊을 수 없을 것 같다.

하지만 역시 나가토다. 설명을 개시한 지 10초 만에,

"그래."

여전히 무뚝뚝하게 서 있었지만, 턱을 나노 단위로 끄덕였다. 나가토식의 긍정 신호이다.

참고로 내가 한 설명의 논지 내용이란 "지금부터 이 아사히나 선배랑 가야 할 곳이 있으니까 미안한데 돌아올 때까지 여기서 기다려줄 수 없을까?"였고 대충 '기다려줄' 부근에서 나가토는 이해를 해준 것 같다.

자신을 대신해 내 배후령이 된 아사히나 선배에게 시선도 주지 않은 채 나가토는 베개가 아닌가 싶을 만큼 두툼한 학술서적이 빼곡히 꽂혀 있는 책장으로 걸어갔다.

"가죠, 아사히나 선배."

더플코트가 완전히 책장 뒤로 사라진 걸 지켜본 뒤 말을 걸었다. 건물 안의 벽시계는 오후 2시 조금 전을 가리키고 있었다.

"…저, 콘."

아사히나 선배는 딱딱한 목소리로 말했다.

"나가토 씨한테 하나도 설명 안 하고 여기에 같이 온 건가요?"

"네, 그만 깜박했어요."

"깜박하다뇨. 그건…." 설레설레 고개를 젓는 아사히나 선배. "나가토 씨도 화가 났어요."

죄송합니다. 아니, 아사히나 선배가 화가 나신 것 같은데요. 아니, 나가토는 별로 그렇게 화가 나지는―.

휴우 하고 한숨 소리가 들린다.

"저는요…, 됐어요. 나가토 씨한테 좀 더 제대로 사과를 하세요. 아셨죠?"

기묘한 선배 모드를 발휘하며 고개를 돌린 아사히나 선배는 도서관을 나온 뒤로도 한참 동안 반대 차선만 바라보며 말도 하지 않아서 나를 당황하게 했다.

앞으로 어디를 갈 건지 안쪽 주머니에 넣어 둔 편지를 다시 읽어 볼 필요가 있을 정도다.

찬바람을 맞으며 묵묵히 걷기를 10분, 몸이 얼었는지 대화 상대를 잃은 내가 전봇대에 붙은 주소판을 하나하나 읽고 있어서였는지, 아사히나 선배의 얼굴과 발걸음에 긴장감이 다시 찾아왔다.

슬슬 목적한 주소에 도착해간다. 육교가 보인다.

마지막으로 다시 한번 손에 쥐고 있던 편지를 펼쳐 이 육교가 확실하다는 걸 확인하고 나와 아사히나 선배는 인도를 따라 조성된 화단 옆에 멈춰 섰다.

"생각보다 많이 피어 있네요."

참 씩씩한 꽃들이다. 남북으로 한 줄 뻗어 있는 현 도로를 따라 설치된 화단은 현 아니면 시에서 관리하는 거겠지. 추운 겨울과 자동차 배기가스를 견디며 꽃을 피우는 모습에는 감탄하겠는데 이건 너무 많이 핀 거 아냐. 수십 미터에 걸쳐 피어 있는 이 꽃들 중에 물건을 찾아야 하다니 어제의 보물찾기에 이어 흙으로 고생한다는 점괘라도 나온 거 아냐.

바람에 날아가지 않도록 조심하며 편지의 두 번째 장을 넘겼다.

"이 가운데에서 찾아야 하는 건가…."

구석구석 찾으려면 꽤 시간이 걸릴 것 같다. 이건 계산에 넣지 않았는데.

"아뇨, 그렇게 오래 걸리지는 않을 거예요."

아사히나 선배가 화단을 가리켰다.

"팬지가 피어 있는 건 저기뿐이니까요."

꽃 이름에 지금까지 관심을 주지 않았던 자신의 어리석음을 부끄러워하며 아사히나 선배가 가리킨 방향을 봤다. 푸르스름한 작은 꽃이 바람에 고개를 흔들며 무리 지어 있었다.

"저기 피어 있는 게 복수초. 저게 시클라멘이에요. 그 옆에 있는 건, 으음, 제비꽃인가?"

아사히나 선배가 꽃에 대해 잘 알고 있었다니 의외인데.

"우훗, 여기에 온 뒤로 이것저것 공부를 했거든요. 식물에 대해서도요."

덕분에 살았습니다. 어제 지푸라기 산에서 바늘을 찾는 것 같은 보물찾기보다 만 배는 핀 포인트로 장소가 한정되었네요. 팬지가 피어 있는 곳을 찾으면 되는 거군.

"아, 꽃을 밟지 않도록 조심하세요."

겨울 꽃을 배려하는 아사히나 선배의 말을 엄숙하게 받들며 나는 화단 끝에 발을 대고 팬지 무리 위에서 땅바닥을 살폈다.

떨어져 있는 건 기억 매체라고 했다. 그런 게 어째서 이런 곳에 떨어져 있는지, 일단 그런 의문은 무시해두자. 미래인이 떨어뜨렸다고 했으면 떨어져 있겠지. 안 그러면 내가 하는 행동은 심부름 이하의 레벨인 거다.

아사히나 선배가 지켜봐주시는 가운데 나는 몸을 숙이고 팬지 줄기를 조심스레 기울였다 잎을 헤쳤다 하며 화단을 수색했다. 빨리 끝내고 싶다. 사람과 차가 그리 많이 오가는 장소는 아니지만 이래서는 꽃을 망치려는 거라고 오해를 받을지도 모른다. 순찰 중인 경찰관이 지나가지 않기를 기도하며 팬지 무리의 뿌리에 시선을 보냈다.

그러기를 30분 후 나는 손끝에 묻은 흙을 바지에 문질러 닦으며 이마를 훔쳤다.

이상하다.

아무것도 안 보인다. 팬지 쪽은 그야말로 구석구석까지 조사해보았다. 영어 독해 수업 시간에 다음에 맡게 될 문장의 영어 단어를 조사하는 것보다 더 주의 깊게 조사했단 말이다. 혹시나 싶어 다른 화단도 똑같이 뒤져보았다. 시클라멘과 제비꽃 속도 뒤져보았다.

하지만 역시 기억 매체는커녕 자갈보다 인공적인 물체 자체는 어디에도 없었다.

도중에 아사히나 선배도 함께 내가 놓쳤을지도 모르는 곳을 중점적으로 재확인해주었지만 둘이 덤벼도 부질없는 짓인 것은 매한가지였다.

"어떻게 된 거지…?"

만약 여기에 아무것도 없었다면 아사히나 선배(대)가 그걸 모를 리가 없다. 여기서 무릎을 꿇고 꽃 뿌리를 살피고 있는 아사히나 선배(미치루)는 그녀의 과거의 모습이다. 처음부터 없는 걸 찾으라는 무익한 지령을 보낼 리가 없다.

"어떻게 하죠, 쿈?"

아사히나 선배는 울먹이는 얼굴과 목소리로 말했다.

"못 찾으면 곤란해져요. 최우선 강제 코드는 절대적이거든요. 그대로 따르지 않으면 전…."

마스크가 벗겨져 한쪽 귀에 걸려 있다는 것도 깨닫지 못하고 있나보다. 아사히나 선배는 조금 전에 나가토와 만났을 때보다 더 심각하게 불안해하신다. 사실은 나도 마찬가지다. 화단을 뒤집어엎어야 되나 마음을 먹은 순간,

"찾는 게 이건가?"

뒤에서 생각지도 못한 목소리가 들렸다. 내가 아는 어느 누구에도 해당되지 않는, 본능적으로 몸이 발딱 일어서는 목소리다. 조금도 주저하지 않고 뒤를 돌아보았다. 생각보다 먼저 몸이 움직일 때

도 있는 법이다.

나는 아사히나 선배를 감싸듯 한쪽 팔을 들며 인도로 몸을 돌렸다.

다섯 걸음 정도 떨어진 곳에 우리 또래로 보이는 남자가 서 있었다. 얼굴은 낯설었다. 처음 보는 얼굴임이 분명하다. 하지만 나는 단번에 그 녀석을 마음에 들지 않는 녀석이라고 인정했다. 그 얼굴에 떠오른 건 확실하게 부정적인 감정이다.

그 녀석은 마치 더러운 것이라도 쥐고 있는 듯한 동작으로 손끝에 자그맣고 납작한 물체를 끼고 있었다. 편지에 그려져 있던 그림과 매우 흡사한 얇고 까만 물건이었다.

"별로 재미없는 광경이었어. 30분이나 끈기 있게 꽃을 헤집다니 너무 송구하더군. 나는 절대로 못 할 거야."

그 녀석은 무자비해 보이는 얇은 입술을 살짝 일그러뜨렸다. 아무리 내가 둔감하다해도 비웃는 것 정도는 알거든.

"너도 참 기특한 인간이군."

높은 곳에서 내려다보는 듯한 눈빛이다.

"이유도 모른 채 고생만 하면서도 고분고분 인생을 살아가다니. 나는 이해할 수 없어. 너는 다른 생각이나 해야 할 일이 없나?"

이 1년 동안 계속되는 이변에 단련된 내 위기 감지 능력이 상황 옐로를 말해주고 있었다. 그러나 위기라는 건 감지하기만 해서는 의미가 없다. 회피를 해야 "그때는 위험했지"라고 웃으며 옛날이야기를 하듯 말할 수 있는 것이고, 알고 있던 위기가 아는 그대로 찾아왔을 때 그게 마지막이 되는 경우도 있으니까 알았다고 해서 안심하면 안 된다. 바라지도 않던 결과가 찾아온 것을 깨달았다면 피

하기 위해 어떻게든 해야만 하는 법인데 아무래도 지금이 그때인 것 같다.

"그거 어디서 주웠지?"

내 질문에 녀석은 기분 나쁘게 웃었다.

"거기 화단 안에서. 너희가 오기 직전에 손에 넣었지. 간단했어. 어려운 일은 아니더군."

"그걸 이리 줘."

있는 힘껏 무서운 표정을 지었는데 그 녀석은 코웃음만 쳤다.

"네 것도 아닌데 왜 줘야 하는 거지? 주운 물건은 경찰서에 갖다 줘야지."

"내가 갖다줄게. 아예 물건 주인한테 말이다. 경찰의 손을 빌리는 것보다 빨리 끝날걸."

"훗."

눈에 거슬리는 웃음이다.

"너는 그 편지에 쓰여 있는 주소지에 사는 사람이 이걸 떨어뜨린 사람의 이름이라고 생각하고 있는가? 그런 얘기를 누구한테서 들었지? 그 우주인한테서?"

이 자식—. 나가토를 알고 있는 건가. 아니, 잠깐만. 어째서 편지 내용까지 알고 있는 거지? 아사히나 선배한테만 보여준 건데.

그렇다는 건 이 녀석은….

아사히나 선배는 내 팔을 두 손으로 쥐고 가늘게 떨고 있다. 놀라움과 두려움이 섞인 표정을 향해 물었다.

"이 녀석은 아사히나 선배랑 아는 사이입니까?"

"아뇨." 힘차게 고개를 젓는 선배. "몰라요. 전…, 그, 제가 알고 있는 사람 중에는 없어요."

"내가 누구인지는 중요한 게 아니야. 지금 당장 너희를 잡아먹겠다는 건 아니다. 그냥 좋은 기회라고 생각했거든."

그 녀석은 먼지라도 털듯 손에 든 물건에 입김을 불어넣고선 재수 없게 미소를 지었다. 코이즈미가 비뚤어지면 이렇게 웃을지도 모르겠다. 나름대로 단정히 생긴 얼굴 때문에 더욱 적개심이 두드러져 보인다.

자, 어떻게 하지. 두들겨 패서라도 기억 매체로 보이는 저걸 빼앗을까. 하지만 이 녀석이 상식을 벗어난 인간이라면 나와 아사히나 선배가 양동 공격을 한다 해도 승산은 적다. 젠장, 나가토도 데리고 올 걸 그랬어.

내가 꼭 쥔 주먹으로 파이팅 포즈를 취할까, 아니면 주머니에 든 휴대전화를 꺼낼까 고민하고 있는데,

"흥."

그 녀석은 흥미를 잃었다는 듯 코웃음을 치더니 손가락을 튕겼다. 포물선을 그리며 허공을 날아간 작은 조각이 내 앞에 떨어졌다. 바닥에 낙하하기 직전에 재빨리 움켜쥐었다.

"너한테 주지. 이건 내게도 규정 사항이다. 열심히 지시대로 따르도록 해봐. 그리고 미래의 지시에 따라 움직이는 과거의 인형 노릇이나 계속하라고."

나는 손에 쥔 조각을 보았다. 디지털 카메라에 쓰이는 기억 매체와 닮았지만, 처음 보는 사이즈다. 나도 자세한 건 모르니 확신할 수는 없지만. 지저분한 건 화단에 방치되어 있었기 때문일까.

과정은 어떻게 되었든 목적한 물건을 손에 넣었으니 됐다 치고,

남은 문제는 눈앞에 있는 이 녀석이다.

"넌 누구지? 어떻게 우리가 여기에 오는 걸 알고 있었던 거냐?"

"훗."

그 녀석은 얇은 입술을 더욱 얇게 폈다.

"나보다 먼저 물어야 하는 녀석이 있지 않나? 너는 어째서 여기에 왔지? 왜냐? 그걸 아는 게 먼저 아닌가?"

같은 또래 녀석에게서 시건방지게 이해도 안 가는 소리를 듣는 건 무척 화가 나는 일이다. 하지만 내게도 심모원려(주24)가 있다. 그리 쉽게 감정에 사로잡혀 행동하지는 않는다고.

내게 꼭 달라붙어 겁먹은 시선을 그 녀석에게 던지고 있는 아사히나 선배도 생각해야 한다.

"네가 따지고 들어야 하는 건 내가 아니야."

그 녀석은 험악한 눈빛을 내 옆으로 향했다.

"그렇잖아, 아사히나 미쿠루?"

아사히나 선배의 손에 힘이 들어간다. 내 옷자락을 꽉 쥐었다.

"무─무슨 소리를 하는 건가요? 전 당신을 몰라요. 어디서…?"

그 녀석의 입술이 굳게 닫힌다.

"그렇게 인식하고 있어. 네가 내게 말하는 인사는 처음 뵙겠습니다로 충분하겠지. 합격이다. 하지만 나는 네게 던질 다른 인사가 있거든. 이게 무슨 뜻인지 알겠어, 아사히나 미쿠루?"

지금까지의 태도만으로도 충분히 차고 넘치도록 용서하기 힘든데, 완전히 허용 수준을 넘어섰다. 아사히나 선배를 보는 이 녀석의 눈에서는 명확하게 적의밖에 느껴지지 않는다. 이 녀석은 아사히나 선배를 눈엣가시처럼 여기고 있는 것이다.

주24) 심모원려: 深謀遠慮. 깊은 꾀와 먼 미래를 내다보는 생각.

좀 엉뚱한지는 몰라도 나는 저 녀석에게서 인간미를 느끼고 있었다. 이렇게 직설적으로 악의를 내뿜는 녀석은 오랜만에 본다. 처음부터 착한 척 연기하거나, 내심을 숨긴 가면을 쓰지도 않고 생각을 있는 그대로 말로 표현하고 있다는 인상이다. 차라리 얘기가 빨리 풀려서 좋다. 나나 하루히나 뒤통수를 치는 건 질색이니까.

"하고 싶은 말이 있으면 어서 해."

수상한 녀석을 대면했을 때는 무조건 강하게 나가야 한다. 애매하게 빙빙 돌려 말하는 녀석은 코이즈미 한 명으로 충분하니까. 나는 목소리에 거의 바닥난 힘을 쓸어담았다.

"내게 볼일이 있다면 들어줄 수 있다. 뭐하면 하루히랑 연결해줄까? 소개하는 것만이라면 공짠데."

"필요 없어. 스즈미야 하루히라. 만날 필요도 없지."

그 말은 매우 의외였다. 이 녀석도 하루히를 둘러싼 신비한 인물의 일원일 거라고만 생각했는데.

"나는 아사히나 미쿠루와는 달라."

녀석은 눈을 실처럼 가늘게 뜨고 내 뒤에서 얼굴만 보이고 있는 SOS단 소속의 미래인을 노려본 뒤 똑같은 눈빛을 내게도 던졌다.

"그녀가 말하는 규정 사항 너무 순순히 받아들이지 마라. 진실은 하나가 아니야. 여기까지는 나의 규정 사항과 같다. 그 기억 매체는 미래에 필요한 거야. 네가 네 손으로 줍든 다른 사람에게서 받든 결과는 바뀌지 않는다. 너는 그걸 손에 넣었어. 그렇잖아?"

별로 크게 다르지는 않지만. 내 예정표에는 너 같은 녀석을 만날 거라는 항목은 한 자도 안 적혀 있었거든.

"너도 참 둔하구나. 그것도 별로 다르지 않다는 걸 아직도 모르겠어? 내가 여기에 나타난 의미? 무엇 때문에 온 것 같나?"

"알 게 뭐냐."

나는 생각하지도 않고 대답했다. 대신 생각해줄 단원이 있거든. 미안하지만 선문답을 하고 싶다면 우리 부단장 앞에 등장해다오.

"거절하겠다. 그럴 예정은 없다."

무뚝뚝하게 단언한 뒤 그 녀석은 바람에 떠밀리듯 뒷걸음질쳤다.

"오늘은 그냥 얼굴만 보이러 온 거다. 그냥 사소한 장난이지. 내 예정표에는 기록되어 있던 행위이기도 하고. 그쪽의 미래에서 온 사람의 예정에 있었는지는 모르겠지만. 이 이상은…, 흠, 금지 사항이다."

몸을 돌린 그 녀석은 천천히 걸어갔다. 하고 싶은 말만 하고 자기소개도 없이 가려는 무례함을 꾸짖어야 하나. 뒤따라갈까 잠깐 고민했지만 결국 보내주기로 했다.

아사히나 선배가 동상처럼 굳어 내 팔에 매달려 있었기 때문이다. 다리에 뿌리라도 내린 듯이 움직이지 않는 아사히나 선배는 그저 겁먹은 눈으로 재수 밥맛인 녀석의 뒷모습을 바라보다 녀석이 모퉁이를 돌아 완전히 사라진 뒤에도 움직이지를 않았다.

"후와아…."

갑자기 선배의 작은 몸에서 힘이 빠지며 맥없이 늘어지려 해서 황급히 잡았다. 하루히가 달라붙고 싶어하는 것도 이해가 가는 따뜻한 온기가 내 손바닥에 전해졌지만 기뻐하고 있을 때가 아니지.

"아사히나 선배, 저 녀석을 보고 뭐 짚이는 거 없으세요?"

비틀거리며 다리를 애써 세운 아사히나 선배는 작디작은 목소리로 대답했다.

"…아마도… 저 사람은 미래에서 온 사람이에요…."

그럴 거라고 나도 생각했다. 사용하는 단어가 아사히나 선배와 일부 일치했다. 거기까지는 내 발상으로도 충분히 추리가 가능하다. 하지만 저 녀석은 대체 뭘 하러 온 거지? 우리보다 앞서서 물건을 사전에 찾아내준 것은 아무리 봐도 선의에서라고는 생각되지 않는다. 그렇다면 30분이나 나와 아사히나 선배가 땅을 기어다니는 모습을 보고 있었을 리가 없다.

미래에서 온 새로운 사람. 그리고 아사히나 선배를 향한 적개심.

얼어버릴 것 같은 겨울의 기온과는 상관없이 나는 으스스한 한기를 느꼈다. 우주생명체에 파벌이 있는 것처럼 미래에도 의견이 서로 다른 녀석들이 있다는 말인가. 그러고 보니 코이즈미도 '기관' 이외의 불쾌한 조직이 있다는 얘기를 넌지시 비쳤지. 지금까지 뭘 했는지는 모르겠지만, 드디어 새로운 종류가 나타나게 되었다.

"미래인들에도 여러 종류가 있군요."

내 개탄에 아사히나 선배는 대답을 하려고 입을 열었지만,

"네. 저…."

소리로 나온 건 거기까지뿐으로 한참 입을 벙긋거리다가 눈을 내리깔았다.

"금지 사항이에요. 말하려고 해도 할 수 없다는 건 그런 거겠죠."

충분합니다. 저는 신경 안 쓰니까 당신도 신경 쓰지 마세요.

"하지만 아마 중요한 일일 거예요. 언젠가는 저런 사람과 만나게 될 거라 생각했어요. 하지만… 이렇게 불안정한 때에 만나다니…."

"불안정해요?"

"네. 원래 여기에 있는 저는 지금 스즈미야 씨와 같이 있어야 하

잖아요."

그래서인지도 모른다.

나는 코트 위로 주머니 안에 든 편지를 눌렀다. 만약 여기서 나와 아사히나 선배와 저 녀석이 만나는 게 규정 사항이었다면 아사히나 선배(소)는 이 시간에는 하루히와 코이즈미와 셋이 있으니까 불가능했을 거다. 가능하게 된 건 8일 후에서 아사히나 선배(미치루)가 와서 나와 함께 행동을 하고 있었기 때문이다.

꼭 쥐고 있던 기억 매체가 땀에 젖어 있음을 깨달았다. 오늘의 명제는 이거였는데, 이게 무엇인가보다 더 신경 쓰이는 일이 생기고 말았네. 나는 편지와 마찬가지로 안쪽 주머니에 획득물을 던져넣고 자리를 떠난 녀석에게 새삼 화를 냈다. 아사히나 선배에게 시비를 거는 녀석은 과거 현재 미래를 통틀어 내가 용서하지 않겠다. 츠루야 선배도 용서하지 않을 거다. 참고로 말하자면 하루히도 용서하지 않을 거고 나가토와 코이즈미가 그리 쉽게 봐줄 거라고도 생각되지 않는다.

"저 녀석과는 다시 만나게 될까요?"

"아마도요."

아사히나 선배는 의외로 순순히 고개를 끄덕였다. 두려워하는 기색은 당혹감으로 바뀌었고 지금은 뭔가를 생각하고 있는 표정이다. 기쁘게도 아직 내 팔을 잡고 있다는 사실을 깨닫지 못하고 있는 것 같다.

"저 사람은 이게 저와 마찬가지로 규정 사항이라고 그랬어요. 아마 저와 그렇게 다르지 않을 거예요. 그리고…."

말을 하려다 만다. 그것도 금지 사항입니까?

"아뇨."

아사히나 선배는 겨우 내게 밀착되어 있는 몸을 뗐다.

"그렇게 나쁜 사람처럼은 안 보였어요. 콘은 어땠나요?"

어떻고 자시고 뭐에 화가 났는지 나와 아사히나 선배를 다짜고짜 '너'라고 불렀다는 점이 최악이다. 나를 그렇게 불러도 되는 건……, 뭐, 아주 극소수라는 건 확실한 거고, 그중에는 처음 만나는 녀석 따위는 포함되어 있지 않다.

물론 애칭으로 불렸다 해도 기쁘지는 않았겠지만 말이다.

화단 수색에 요상한 녀석이 요상하게 등장하는 바람에 괜한 시간만 잡아먹었다. 역 앞에서 하루히와 합류해야 하는 게 오후 4시이고 지금은 3시를 조금 넘은 시각이다. 도서관으로 돌아가 나가토를 서가 앞에서 끌어내 역 앞으로 가는 걸 생각하면 여유야 있었지만, 이 아사히나 선배를 혼자 내버려둘 수는 없다. 택시를 태운다 하더라도 그 운전사에 정체를 알 수 없는 녀석들의 숨결이 닿지 않았다고 확신할 수도 없는 노릇이다. 내 걱정을 더욱 확장시켜준 조금 전의 냉소 녀석에 대한 짜증도 더욱 늘어만 간다.

내 돈을 쓰는 게 되겠지만 나도 택시를 타고 츠루야 선배네 집에 모셔놓고 그대로 도서관까지 타고 가자.

나는 지나가던 택시를 세우고 아사히나 선배와 같이 탄 뒤 문이 닫힌 뒤에 물었다.

"츠루야 선배네 주소가 뭐였죠?"

"아, 저도 잘 몰라요. 몇 번지였더라."

하지만 중년의 운전사 아저씨가 싹싹하게 끼어들었다.

"그 커다란 츠루야 저택 말인가요? 거기라면 알아요."

이런 점에서도 과연 츠루야 선배와 그 가문이다. 전화해서 묻는 수고가 줄었다.

얘기하기를 좋아하는지 운전사 아저씨는 우리들이 몇 학년인지를 궁금해했고, 학교생활을 궁금해했고, 자기 아들이 현재 초등학생이라는 걸 가르쳐주고, 또 중학교는 좋은 사립에 보내려고 계획하고 있다는 얘기까지 하는 사이 택시는 츠루야 선배네 집 정문 앞에 도착했다.

먼저 내린 아사히나 선배가 나와 운전사에게 연신 인사를 하며 담 너머로 사라지는 걸 지켜보았다. 일단 안심이다. 여기라면 새로 등장한 미래에서 온 사람도 손을 대지는 못할 거다. 사람이란 역시 믿을 수 있는 선배를 갖고 있어야 한다.

"시립 도서관으로 가주세요."

나는 좌석에 몸을 기댄 뒤 다음 행선지를 알렸고, 그제야 겨우 팽팽히 긴장해 있던 정신을 진정시킬 수 있었다.

도서관에 돌아가보니, 나가토는 서서 책을 읽는 모습으로 기다리고 있었다. 중량감이 넘쳐 보이는 하드커버를 선 채로 읽고 있는 모습을 보니 용케 지치지도 않는구나 감탄이 절로 나왔다.

"기다렸지? 미안하다."

"괜찮다."

나가토는 소리내어 표지를 덮은 뒤 까치발로 거의 사전 수준의 책을 책장에 꽂은 뒤에 내 옆을 지나 출구를 향해 걸어갔다.

황급히 옆으로 다가서며 나는 주머니에서 기억 매체인지 뭔지를 꺼냈다.

"나가토, 이게 뭔지 아냐?"

밖으로 나오자 나가토는 천천히 고개를 옆으로 돌려 걸음을 멈추지 않은 채 내 손끝을 쳐다보았다.

"실은 말이야."

역 앞을 향해 북상하며 얘기를 시작했다. 나가토에게 숨길 일은 아무것도 없다. 신발장에 든 편지를 포함해 조금 전에 일어났던 일을 모조리 얘기해주었다.

"…그래."

나가토는 평범한 무표정 얼굴로 고개를 끄덕인 뒤 평범하게 평이한 목소리로 대답했다.

"그 기록 장치에는 파손된 데이터가 입력되어 있다."

납작한 물건을 CT 스캔이라도 하듯 쳐다본다.

"반 이상이 손상되었다. 이대로는 아무 의미가 없다."

무슨 데이터인데?

"정보 부족. 손상도가 크고 지워진 부분이 너무 많다."

나가토도 모르는 게 들어 있단 말인가. 그렇다면 어떤 인간도 이해할 수 없을 텐데. 내게서 이걸 받을 사람은 알 수 있을까?

"복구 과정에서 전혀 다른 데이터가 될 거라 생각된다."

나가토는 모든 것을 다 읽어냈다는 표정으로 기억 매체에서 시선을 돌렸다.

"추측은 불가."

등에 늘어뜨린 더플코트의 모자가 걸을 때마다 흔들린다.

"그 데이터의 손상 부분을 메울 때 원래 있던 데이터와는 다른 정보 입력을 180곳에서 실시해 본래 그 기록 장치를 참조하는 재생기와는 다른 포맷으로 열람하면 어떤 기술의 원초적인 기반이 되는 이론을 얻을 수 있다."

내가 다시 묻기도 전에 나가토는 여전히 앞을 보며 말했다.

"아사히나 미쿠루가 사용하고 있는 시간 이동 이론의 원리적인 기초 데이터다."

하지만—. 나가토는 해설을 해주었다.

만약 운 좋게 그 데이터를 얻게 되었다 하더라도 인류의 현재 과학 지식과 기술력의 수준으로는 그게 뭘 의미하는 데이터인지도 이해하지 못하며 그게 바로 시간 여행으로 이어지는 것도 아니다. 하지만 필수 불가결한 데이터이다. 이 정보가 없으면 시간 여행기는 개발되지 않으며 인간이 시간을 초월하는 건 불가능해진다. 그들의 시간 이동 방법은 몇천 가지의 우발적인 발견과 발명을 통해 확립되었다. 그 근간에 있는 것이—.

"바로 이거란 말이냐?"

"그렇다."

관심 없다는 무표정한 얼굴로 나가토는 여전한 속도로 걸음을 옮겼지만 나는 그럴 수가 없었다. 미래의 운명이 내 손바닥에 쏙 들어가는 물건에 담겨 있는데 그걸 맡고 있는 기분이란 참 뭐라 표현할 수 없을 정도로 엄청난 중압감이었다.

"더미일 가능성도 있다."

나가토는 물을 끼얹으려는 것도 아닐 텐데 이런 말까지 했다.

"그 데이터가 유일한 것이라 보기는 어렵다. 백업이 복수 존재하는 게 더 자연스럽다."

생각해보면 그렇군. 귀중품을 운반해달라는 의뢰를 받은 줄 알았더니 사실은 미끼였고 진짜는 다른 루트로 안전하게 운반되었다는 것도 흔한 얘기다. 아사히나 선배(대)가 한쪽 눈을 감고 검지를 입술에 대고선 자기는 모른다는 듯 미소를 짓고 있는 영상이 눈앞에 떠오른다. 하지만 그녀에게도 싫어하는 과목이 있을 것이고 그것은 지금 바로 내 옆에 있다.

"아 참, 나가토."

나는 저벅저벅 앞서서 걸어가는 어중간한 길이의 머리카락을 향해 말했다.

"오늘은 미안했다."

나가토의 보행 속도가 약간 느려지고 무표정이 의문형으로 바뀌며 돌아본다.

"아니, 그러니까 말이야, 아사히나 선배를 데리고 간다고 어제 말 안 했잖아? 설명도 안 하고 부탁을 한 건 내가 생각해도 좀 그런 것 같아."

"……."

나가토는 내 쪽을 본 채 직진을 계속했다. 내 진의를 탐색하는 듯한 눈동자에 응시를 받기를 열 걸음, 나는 고백했다.

"아사히나 선배가 사과하라고 그랬어. 아무튼 미안했다."

"…그래."

겨우 앞을 본다. 나가토는 담담히 걸음을 이어가며 약 5초 뒤에 또다시 말했다.

"그래."

역 앞에서는 하루히와 아사히나 선배가 놀다 지친 강아지 자매처럼 꼭 달라붙어 있고 그 옆에는 코이즈미가 인체 무해한 스마일리 페이스로 서 있었다.

합류한 우리는 오후의 성과를 보고하기 위해 커피숍으로 들어갔다. 물론 하루히에게 보고할 내용 따위는 작년 봄부터 아무것도 없었고, 이상한 녀석이 나왔다는 소리도 나는 하지 않았다. 다행인 건 제1회 때와 달리 "신기한 것 또는 신기한 것에 속하는 것은 발견하지 못했습니다"고 보고해도 하루히의 기분이 이상한 쪽으로 튀지 않는다는 것이다.

"뭐 이런 날도 있는 거지."

이런 날 말고 어떤 날이 또 있었다는 건지.

오히려 기분이 좋아 보이는 하루히는 카푸치노를 벌컥벌컥 들이켜며 말했다.

"내일도 모이자. 분명히 신비한 일도 이틀 연속으로 자기를 찾을 거라고는 생각 안 할 거야. 허를 찌르는 거지, 허를. 그리고 꼬리를 잡는 거야. 아마 의외의 곳에서 튀어나오지 않을까? 모퉁이에서 마주친다거나 말이야."

갑자기 뒤에서 말을 건다거나 말이지. 생각하니 화가 난다. 그 자식이 나와 아사히나 선배를 관찰하며 비웃고 있었을 것을 상상하니 마시던 카페오레가 블랙커피가 되어버린 착각에 빠진다. 다음에 만날 때는 각오해둬라. 모가지를 확 잡고 하루히나 나가토 앞에 무릎을 꿇릴 테다.

꽤나 씁쓸한 얼굴을 하고 있었는지 하루히는 나를 보고선 뭐라고 말을 하려 했지만 결국 아무 말도 않고 알 수 없는 미소를 지었다.

"뭐, 좋아. 내일이다, 내일. 날짜가 바뀌면 상황도 바뀌는 법이야. 영원히 똑같은 하루를 지내봤자 재미없잖아? 내 예상으로는 일요일이 제일 확률이 높은 날이야. 왠지 방심하고 늘어지는 이미지가 있잖니. 월요일하고는 사이가 나쁠 거야. 그런 기분이 들어."

멋대로 요일을 의인화해서 성격까지 부여하는 하루히의 얘기를 듣고 있으려니 월요일에도 학교를 안 간다는 사실이 떠올랐고, 설마 신비 탐험이 3일 연속이 되는 건 아닌가 두려워졌지만 아사히나 선배(미치루)의 얘기로는 그렇지 않았다는 것을 반추하며, 그보다 하루히와 친하게 얘기를 하고 있는 아사히나 선배(소)의 조신한 웃음소리에 위로를 받고 있는데,

"오늘은 이쯤에서 접자."

하루히가 해산을 선언했다.

얘기를 들었던 대로 정각 오후 5시에.

이런, 이런. 오늘은 생각할 게 너무나 많았던 하루였다.

역풍에 맞서 자전거를 몰고 가며 점심을 먹기 전 코이즈미가 했던 말과 두 명의 아사히나 선배와 이름도 말하지 않고 자신의 결점을 대놓고 드러내는 소리만 지껄이던 그 녀석과 나가토의 기복 없

는 얼굴, 하루히의 쓸데없이 기운찬 얼굴을 회상했다. 여기서 더 성가신 일을 떠맡고 싶지도, 생각하고 싶지도 않았지만 아직 해야 할 일이 끝나지 않았다. 시원시원 가벼운 발걸음과 가벼운 손으로 귀가할 수 있을 만큼 내 건망증은 심한 편이 아니었고 주머니 안에 든 물건을 못 본 척할 수도 없는데다 내일 일도 있었다.

그래서 나는 편의점에 들러 우표와 봉투를 사서 그대로 동네 쇼핑센터로 향했다.

애완동물 코너를 한 바퀴 방황하며 샤미센과는 차원이 다른 혈통서가 붙은 개나 고양이들에 마음을 빼앗기면서도 애써 유혹을 떨쳐내고 거북이 매장을 찾아 남생이 새끼와 미시시피 붉은 귀 거북이 사이좋게 한 덩어리를 이루고 있는 수조를 발견했다. 가능하다면 아사히나 선배와 같이 오고 싶었는데. 아메리칸 쇼트 헤어와 셰틀랜드 시프 개가 들어 있는 유리 케이스에 달라붙어서 "와아" 하고 감탄하며 눈을 빛내는 모습을 꼭 보고 싶다. 내 동생이 그러는 모습은 이제 질렸다.

나는 거북이 수조를 보며,

"어떤 녀석으로 할까?"

품평을 시작했다. 작은 거북이들은 거의 움직이려 하지 않았고, 디오라마 같은 바위 위에서 꼼짝도 않고 겹쳐져 있었다. 이것도 나름대로 귀엽다. 거북이 애호가가 많은 것도 이해가 간다. 하지만 애교가 너무 없는 것 같은데 겨울이니 별수 없는 건가. 하지만 내가 내일 하려는 건 한겨울의 강에 거북이를 던져 넣는, 굳이 말하자면 왕 민폐가 되는 행동이다. 과연 거북이가 좋아해줄까. 따뜻한 수조에서 사는 것과 자유롭긴 하지만 가혹한 자연으로 억지로 돌아가는 것 중에 어느 쪽이 더 좋은 인상을 받게 될까.

열심히 바라보고 있는 내 시선을 느꼈는지, 남생이 새끼 한 마리가 천천히 고개를 움직여 공중을 올려다본다. 균형을 잃었는지 바위에서 물속으로 떨어진 그 거북이는 여과기에서 보글보글 거품을 뿜고 있는 물가를 첨벙거리며 떠돈 뒤 아무래도 춥다는 듯 동료들의 등 위로 돌아왔다. 좋아, 너로 해야겠다.

나는 바쁘게 물건을 출하하고 있는 점원을 불러 세워 그 거북이를 가리키며 구입 의사를 전했다. 아르바이트인지는 모르겠지만 대학생으로 보이는 청년 점원은 무척 기쁜 표정을 지으며 진열된 거북이 전용 상품을 가져와 정중하고 친절하게 열심히 거북이 키우는 방법을 설명해주었다. 나는 종이봉투에 담아가도 상관없었지만 키우려고 그러는 게 아니라 강에 방류하려고 사는 건데요 라는 말을 하기 힘든 분위기인데다 무엇 때문에 그런 짓을 하는 건지 묻기라도 하면 대답할 길이 없었고 나도 그 이유를 알고 싶은 마음이다.

결국 돈이 별로 없다는 이유로 대충 변명을 하자 그 청년 점원은 작은 플라스틱 케이스에 모래를 깔고 수조의 물을 담아 내가 찍은 남생이 새끼를 귀중품처럼 조심조심 잡아 케이스 안에 놓고선 먹이 상자와 함께 내게 건네주었다.

"거북이 값 빼고는 다 서비스다."

하고 멋진 미소를 보여주며 나를 계산대로 안내했다. 아무래도 거북이를 좋아하는 점원이었나보다.

"거북이에 대해 뭐 궁금한 게 있으면 언제든지 물으러 오렴."

그렇게 말하며 직접 계산을 한 그 점원은 케이스와 먹이 값은 자기 지갑에서 돈을 꺼내 지불했다. 너무 황송한 대접이었지만 이 거북이는 내일이 되면 수면에 투척될 운명이다.

약간 가슴 아파하며 나는 케이스에 든 남생이 새끼를 들고 쇼핑센터를 나와 짐을 자전거 광주리에 담고 다시 달리기 시작했다.

시간은 이미 밤이었지만 나는 아직 귀가할 수가 없었다. 오늘의 마지막 일 중 하나로 가봐야 할 곳이 있다.

"여어! 콘! 또 올 줄 알았어. 안녕."

별이 초롱한 밤에도 환한 후광을 뿜고 있는 것 같은 기모노 차림의 아가씨가 문을 열어주고 내가 자전거와 함께 실례를 하는 이곳은 바로 츠루야 선배네 집이다.

"응? 그게 뭐야? 선물인가?"

츠루야 선배는 광주리 안에 든 케이스를 봤다.

"아니, 거북이잖아. 고맙기는 한데 연못에도 거북이가 잔뜩 있거든. 모르는 사이에 번식을 했더라고. 그 작은 걸 놔주면 괴롭힘을 당하지 않을까?"

아쉽지만 츠루야 선배에게 드리는 선물이 아닙니다. 이건 굳이 따지자면 아사히나 선배에게 줘야 할 애완동물이에요.

"그래, 아쉽다! 그리고 콘, 미안해. 오늘 미치루를 도서관까지 바래다주지 못해서 미안! 도저히 빠져나올 수가 없더라고."

널찍한 일본 정원 구석에 자전거를 세워두고 거북이 케이스를 든 나는 츠루야 선배와 나란히 걸으며 물었다.

"오늘은 무슨 볼일이라도 있었습니까?"

"제사야. 선조님 영전에 일가친척들이 모여서 옛날이야기를 하는 날이지. 친가 쪽 할아버지 제삿날인데 재미있는 인생을 사신 할아버지라 에피소드로 가득해서 완전 연회 분위기였다니까!"

시원스레 얘기하는 츠루야 선배는 거북이를 상대로 하는 장거리 경주에서 진짜 실력을 발휘할 마음을 먹은 토끼처럼 걸어갔다.

"그렇게 미치루가 걱정돼? 뭐하면 한 방에 재워줄까? 나도 옆에서 자긴 하겠지만 그게 마음에 안 들면 됐고."

전혀 긴장감이라고는 느껴지지 않는 웃음을 보인다. 신데렐라에게 우아한 의상을 주는 마법사 같은 호의였지만 틀림없이 그 말에 섣불리 넘어갔다간 호되게 혼날 거다. 안이한 유혹은 우회적인 함정이 되어 조만간 자신에게 닥쳐오는 법이다. 츠루야 선배도 알고 있기 때문에 그런 말을 하는 거지.

"저도 그런 짓까지는 안 합니다."

내가 그렇게 대답하리라는 걸 그녀는 알고 있을 것이다. 만약에 실현이 되었다 하더라도 선배 둘 사이에 낀다면 심적 피로로 인해 한잠도 못 잘 게 분명하다. 몸은 무척 피곤한 상태이지만 말이다.

남생이 새끼는 추위 때문인지 케이스 구석에서 꼼짝도 않고 있다. 자연의 강보다 츠루야 선배네 연못에 던져주는 게 좋을 것 같다는 생각이 들었지만 아사히나 선배(대)의 지령을 깰 수는 없는 노릇이라 조금 딜레마, 격화소양(주25) 상태다.

"아, 쿈?"

별채로 들어온 나를 아사히나 선배(미치루)가 의외라는 목소리로 맞이했다. 헤어진 지 얼마 되지도 않았는데 또 올 줄은 몰랐겠지만, 이걸 잊고 계십니다. 나는 거북이가 든 케이스를 내밀었다.

"내일 이걸 가지고 와주시겠어요?"

주25) 격화소양: 신을 신고 발바닥을 긁는다는 뜻으로 성에 차지 않거나 철저하지 못한 안타까움을 이르는 말.

#4의 편지 내용을 떠올려주셨으면 하는 바람이다. 『내일 오전 10시 50분까지 강에 거북이를 던져주세요』라는 게 나와 아사히나 선배가 해야 할 마지막 일이다. 시내 순찰은 내일도 실행되기 때문에 시간상으로 봤을 때 오전 9시에는 하루히와 역 앞에서 집합, 그런 다음에 커피숍에서 먹고 제비를 뽑고 하며 1시간은 쓰게 될 테니까 거북이는 아사히나 선배가 가져오라고 하는 게 합리적이다. 이런 걸 갖고 집합장소에 갔다간 굳이 하루히가 아니라도 질문의 폭풍우를 만나게 될 거다.

"아, 네, 그렇죠."

아사히나 선배는 케이스를 받아들었다.

"일요일 아침에 쿈은 아무것도 안 갖고 있었으니까요…."

에헴. 과장된 헛기침 소리가 들린다. 낮은 상에 사람 수대로 차를 준비하고 있던 츠루야 선배가 낸 소리였다. 선배는 잠시 뒤 윙크가 될락 말락 하게 한쪽 눈을 감았다.

"내일도 여기 있는 미치루를 어디로 데리고 갔다와주는 게 좋겠어?"

"부탁할 수 있을까요?"

요청을 한 내게 츠루야 선배는 얼굴에 한가득 미소를 지으며 대답했다.

"아, 그거 말인데, 나도 내일은 일이 좀 많거든. 친족 회의에 참석해야 돼. 하지만 안심하시라. 집안사람한테 부탁해서 미치루를 차로 바래다주라고 할게. 그런데 몇 시야?"

오전 10시 45분에 벚나무 가로수가 있는 강가까지 부탁합니다. 자세한 장소는 여기 있는 아사히나 선배가 알고 있다. 예의 추억의 벤치가 있는 장소를 놓칠 정도로 아사히나 선배가 방향치일 리는 없다.

"오케이. 오케이. 맡겨두시라. 집에 올 때는 택시를 이용하도록 해."

츠루야 선배는 보기 좋은 가슴을 툭 쳤다.

"콘이 걱정하는 것도 이해가 돼. 미쿠루랑 둘이서 번화가를 걸어가잖아? 그러면 2백 미터마다 한 번씩 남자들이 꼬셔대거든. 얼마나 귀찮은지 몰라. 혹시 미쿠루 파워인가?"

츠루야 파워도 들어 있을 거라 생각합니다만.

"미쿠루는 빈틈이 있어 보이잖아. 그게 나는 조금 걱정이라 이거지. 좋은 남자랑 같이 다니면 그나마 안심이 되겠는데 말이야."

그렇다면 제가 안심할 수 없겠군요. 괜한 상상을 하며 번뇌하는 날들을 보내게 될 것 같은데요.

"핫핫핫. 이봐, 콘, 네가 안심할 수 있는 방법이 있잖은감?"

그렇게 물어보셔도 생각이 안 나는데, 아사히나 선배는 츠루야 선배의 말을 듣고 쑥스러운지 얼굴을 붉히며 손을 파닥거린다. 뭐라 형용할 수 없는 표정을 짓고 있는 건 여기에 있는 게 아사히나 미쿠루 선배가 아니라 미치루 씨라는 설정을 나름대로 지키고 있어서겠지. 나는 이제 아무래도 좋다고 생각하고 있었고, 츠루야 선배도 그렇겠지만 뭐 그냥 놔두자. 내가 꺼낸 말이니까.

내일을 위한 회의는 이 정도로 끝낼까. 나는 츠루야 선배가 타준 떫은 차를 마시며 아사히나 선배를 바라보았다. 거북이 새끼를 보며 케이스를 콕콕 찌르고 있는 모습에 절로 웃음을 지으며 이 아사히나 선배를 언제까지 여기에 둬야 좋을지 생각했다. 이대로 가다

가는 아사히나 선배(소)와 엇갈려 이 시간대에 머무르게 될 것 같은데 정말 그래도 되는 건가? 아니면 8일 후—아니, 이제 3일 후군—로 돌려보낼 필요가 있는 걸까.

나는 봉투에 매겨진 숫자를 떠올렸다. #3, #4, 그리고 #6. 숫자를 세는 법이 변해서 미래에서는 4 다음이 6이 아닌 이상 #5의 편지는 어딘가에 있을 것이다. 빠진 조각은 아직 내 손에 들어오지 않았다.

#6의 편지는 이 아사히나 선배에게는 비밀이다. 아마 내 입으로 얘기할 일은 없을 거다. 거기에는 이렇게 쓰여 있었다.

『모든 일이 끝났을 때 칠석날 밤에 나와 당신이 만난 그 공원의 벤치로 와주세요.』

츠루야 선배네 차는 동아리방에서 마시는 것보다 비싼 맛이 난다. 내가 가져온 거북이에 대해 필요 이상의 질문을 하지 않는 츠루야 선배의 배려가 고마웠다. 나란히 케이스를 쳐다보는 두 명의 선배를 보며 나는 생각에 잠겼다.

모든 일이 끝났을 때—. 그러니까 아사히나 선배가 8일 후의 미래에서 온 이 일은 아사히나 선배(대)에게는 규정 사항인 것이다. 머지않아 해결될 게 분명하다.

나와 당신이—. 이 '나'는 아사히나 선배(대)이지 (소)도 (미치루) 씨도 아니다. 지금부터 4년 전의 칠석. 나는 거기서 두 번이나 같은 인물과 대면했다.

입가가 간질간질거린다. 아사히나 선배에게 다 말해버려야 할까.

의미를 알 수 없는 편지들을 내 신발장에 넣고 있는 건 미래의 당신입니다 하고. 아사히나 선배(대)는 어디까지 파악하고 있는 거지? 어떻게 해도 규정 사항이 되어버리는 건가?

그리고 이 아사히나 선배는 어디까지 눈치를 챈 걸까. 미래에서 오는 지시, 거기에 따르는 나. 그런 나는 아사히나 선배에게 말을 흐리고만 있다. 이건 올바른 일일까….

나는 살짝 고개를 저었다.

답이 안 나온다. 바보가 괜한 고민을 하는 거나 같다. 이것도 그 이상한 녀석이 이상한 소리를 하고 사라진 사건에 대한 후유증이야. 뭐가 옳고 그르고 자시고 알게 뭐냐. 나가토가 가르쳐준 교훈, 그 첫 번째다.

미래의 일을 생각하고 고민해봤자 답은 나오지 않는다. 미래에 대한 책임은 현재의 자신이 져야 한다. 그때가 오면 한껏 과거의 자신을 저주해주리라. 그리고 지금의 나는 미래의 나에게 저주를 받지 않기 위해 최선을 다할 뿐이다. 생각하고 있을 시간은 없다.

그저 움직일 뿐이다.

한참 뒤에 나는 츠루야 선배네 집을 나와 집으로 돌아왔다. 침대에 누워 있는 샤미센의 잠든 얼굴은 너무나도 평화로웠다. 이 녀석이 이런 얼굴을 하고 자고 있는 한 이 세계도 평온하겠지. 뭐 어떤 일을 당한다 해도 이 녀석이 불면증에 빠질 것 같지는 않다만.

"모든 건 내일…."

내일이면 정리가 된다. 하루히의 신비 탐험 2일 연속 소집에 거북이 방류. 내가 해야 할 일은 그것밖에 없을 거다. 그 정도라면 그렇게 어려운 일도 아니다. 나오지도 않는 보물을 찾아 구멍을 파고 낯선 사람을 병원에 보내고 돌을 옮기고 기억장치를 주워 어디에 보내고—아, 아직 그게 있었지. 잊기 전에 해둬야겠다.

나는 편의점에서 사온 봉투에 #3에 기록되어 있는 주소와 이름을 적어 예의 기억 매체를 넣은 뒤 이 정도 붙이면 전 세계 어디라도 전해주지 싶을 만큼 우표를 잔뜩 붙인 뒤 다시 코트를 걸쳤다. 물론 보내는 사람의 이름은 쓰지 않았다.

우체통에 던져 넣은 뒤엔 우편 사고만 안 나도록 기도할 뿐이다. 거기까지는 나도 못 챙깁니다, 아사히나 선배(대).

나는 받은 부탁대로 일을 분명히 잘 처리하고 있다. 그러니 나중에 다 털어놓으라고 하겠다. 모든 일이 끝났을 때 그 칠석의 벤치에서.

제6장

그리고 운명의 일요일이 왔다.

9시가 되기 전에 역 앞으로 자전거를 몰고 간 것은 어제와 같았고 다른 사람들이 모두 나와 있는 건 매번 있는 일이었으며 내 돈으로 계산한 커피숍에서 나와 나가토가 표식이 된 제비를 뽑은 것도 예정대로였다. 나가토는 한 번 말한 바를 절대로 잊지 않는다. 틀리지도 않을 거다. 나도 본받아야 할 텐데. 특히 나가토를 상대로 한 약속은 죽어도 지킬 작정이다. 그만큼 나가토는 내게 많은 일을 해주었다.

커피숍에서 시간을 챙기고 있는 나와는 정반대로 하루히는 어제보다 더 신나 보였지만, 때가 때이니만큼 신경이 가지 않는다. 보물찾기 때부터 계속 저 상태였고 월초의 우울 모드는 몸이 안 좋았거나 뭐 그래서였을 거다.

하루히가 아사히나 선배에게 뭔가 귓속말을 한 뒤 능글맞게 웃는 건 신기한 광경이었고 얘기를 듣고 있던 아사히나 선배가 부드럽게 미소를 짓고 있는 이유도 궁금했지만, 코이즈미와 나가토는 통상 영업 모드로 적어도 앞으로 천재지변이 일어날 일은 없어 보인다.

내가 잔 바닥에 남아 있던 비엔나 커피 거품을 다 마셨을 때 하루히가 계산서를 내 쪽으로 밀며 일어섰다.

오전 10시 정각.

그 강가 산책길까지는 걸어가도 여유가 있을 시간이었다.

재집합 시간은 정오니까 거북이를 강에 던지고 돌아가기만 하는 거라면 왕복 시간을 고려해도 시간이 많이 남을 것이다.

하루히와 아사히나 선배와 코이즈미의 모습이 멀어지는 것을 지켜본 뒤 나는 나가토에게 말했다.

"미안하다. 오늘은 혼자 도서관에 가줄 수 없을까? 1시간도 안 걸려서 데리러 갈 수 있을 거야."

"그래."

더플코트의 모자를 쓰며 나가토는 나를 보지도 않고 대답했다.

"나가토, 나랑 아사히나 선배가 뭘 하고 있는지 너는 아냐?"

"필요한 일."

나가토는 중얼거리듯 말한 뒤 도서관을 향해 걸어갔다. 잠시 주저한 뒤 나도 그 뒤를 따랐다.

"누구한테 필요한 일인데?"

"너와 아사히나 미쿠루."

거기에 너는 안 들어가냐? 하루히랑 코이즈미는?

"……."

침묵을 유지한 채 걸어가던 나가토는 마침내 모자 안쪽에서 평탄한 목소리로 말했다.

"들어갈 가능성도 있다. 아직 모르겠다."

멈춰 선 내가 어깨를 떨군 걸로 보였는지 나가토는 갑자기 뒤를 돌아보더니 공단 같은 눈동자를 내 얼굴에 고정시켰다.

"하지만."

앞머리가 바람에 흩날린다.

"곧 알게 될 거다. 그렇게 되면 나도 움직인다. 코이즈미 이츠키도 움직인다."

짧게 끝나는 말투는 처음 만났을 때부터 변함없는 나가토의 그것이었다.

"나아갈 방향은 같다. 나도, 너도."

그게 결론이라는 듯, 나가토는 다시 몸을 돌려 조용히 걸어가기 시작했다. 이번에는 나는 뒤를 쫓지 않았다.

"고맙다, 나가토."

쑥스러워서 작은 목소리로 말했다. 점점 멀어져가는 모자 쓴 귀에 들렸는지는 모르겠지만 들렸다는 걸 나는 확신하고 있었다. 그 정도의 실력은 나가토에게도 아직 있을 거다.

참고로 다른 것에 대해서도 확신을 갖게 되었다. 나와 나가토, 코이즈미, 아사히나 선배 모두 정도의 차이는 있지만 각각 연대보증인이 되어 있다는 확신. 그 한가운데에는 하루히라는 항성이 찬연히 빛나고 있고 우리는 그 주위를 도는 행성과 같다. 언제부터 그렇게 되어버렸는지는 생각도 나지 않지만, 한밤중에 갑자기 화성이나 금성이 사라져버리면 무척 허전해질 테고, 무엇보다도 점성술사가 매우 곤란해질 거다. 나도 곤란하다. 화성인이나 금성인이 백 퍼센트 없다고 알게 될 때까지 지구의 이웃이 인사도 없이 사라지기를 바라지는 않는다. 평소에 의식하지 않고 있다가 막상 사라지고 난 뒤에야 당황하는 일은 의외로 많다. 으음, 시험 볼 때 샤프 심이라든가…, 아니, 이런 하찮은 비유는 아무래도 좋다. 무엇보다 나는 작년 12월에 느꼈던 그 거대한 상실감을 두 번 다시 맛보고 싶지 않다.

"나가토한테서 또 배웠군."

내가 나아가야 할 길은 이미 정해져 있었다는 사실을 말이다.

30분 후 나는 강가에 도착했다. 가을에 흐드러지게 피었던 벚꽃은 흔적도 없이 갈색 가지를 앙상히 드러내고서 봄이 오기를 기다리고 있다. 예의 벤치로 걸어가는 길에 나는 저 아래쪽에 있는 강으로 시선을 보냈다. 전형적인 천정천(주26)으로 수면에서 기슭까지 3미터 정도의 단차가 있다. 보안 공사가 잘되어 있는 덕분에 깔끔한 인상을 준다. 수량은 그리 많지 않고 깊이는 몇 센티미터 정도에 하류인 탓도 있어 물의 흐름도 매우 조용하다. 여름이 되면 앞뒤 구분 못 하는 어린애들이 첨벙거리며 물고기를 쫓는 모습을 볼 수 있겠지만 이 한겨울에 차가운 물가로 다가가고 싶어하는 사람은 아무도 없다.

꼭 그래서만은 아니겠지만, 내가 예전에 아사히나 선배의 미래 얘기를 들은 벤치는 비어 있었다. 일요일이긴 하지만 이 추운 날 오전에 강가를 산책하려는 인간은 거의 없었고 가로수 길은 무인지대에 가까웠다. 한가해 보이는 개와 추워 보이는 주인 한 쌍이 조용히 산책을 하고 있는 게 전부였다.

강물 소리에 귀를 기울이며 똑똑한 척 생각에 잠겨 있는 고독한

주26) 천정천: 하천의 바닥이 주위보다 높은 하천.

남학생을 연기하고 있는데,

"쿈."

아사히나 선배가 차도로 이어지는 계단을 통해 제방으로 올라왔다. 거북이가 든 그릇은 잘 챙겼는데 어제 하고 있던 마스크를 잊으셨네. 니트 모자와 목에 두른 숄만으로도 충분히 인상이 달라지니까 괜찮겠지. 어차피 오늘 이 일이 마지막이다.

날 향해 살짝 손을 흔든 아사히나 선배는 뒤를 돌아보며 차도를 향해 인사를 했다. 보아하니 츠루야 선배네 차인 듯 딱 보기에도 부자들의 예비차량으로 보이는 고급 국산차가 조용히 사라지고 있었다. 운전사분한테는 나중에 나도 인사를 해둬야겠다.

오전 10시 44분. 강가까지 아사히나 선배와 걸어가니 45분. 시간도 딱이다.

"물이 참 차겠다….."

아사히나 선배는 느릿한 흐름을 보이는 수면을 내려다본 뒤 케이스를 얼굴 앞으로 들어 거북이를 쳐다보았다.

"거북이가 무사히 자라줄까?"

작은 생명에도 마음을 쓰는 마음 착한 선배는,

"잠깐만 기다려주세요."

케이스를 바닥에 놓고 뚜껑을 열더니 코트 주머니에서 거북이 먹이 상자를 꺼냈다. 남생이 새끼는 갑자기 사라진 천장을 향해 목을 쭉 뻗어 생각에 잠긴 표정을 짓고 있었지만 아사히나 선배가 먹이를 집어 갖다주자 입을 쩍 벌리고 한입에 삼킨다. 겨우 하룻밤 만에 엄청 친해졌군. 이것도 아사히나 선배의 인덕이겠지.

아쉬워하는 아사히나 선배와 거북이한테는 미안하지만 이제 시간이 됐다. 10시 50분까지 앞으로 3분 정도밖에 남지 않았다.

"봄에 다시 오죠"라고 위로하며 나는 남생이 새끼를 주워들었다. 작은 거북이는 아무 저항도 하지 않고 내 손바닥 위에 가만히 있는다.

"아마 훨씬 더 큰 이 녀석과 만날 수 있을 겁니다."

근거는 없지만 그렇게 말하는 수밖에 없다. 나는 거북이를 걱정하는 아사히나 선배의 시선을 뿌리치고 투척 자세에 들어갔다. 언더스로로 가능한 한 부드럽게 던져주려는데,

"실례합니다."

갑자기 뒤에서 들려온 목소리에 나는 거북이를 쥔 채 강에 떨어질 뻔했다. 발을 구르며 겨우 자리를 잡고 황급히 뒤를 돌아보니,

"요전에는 감사했습니다."

어린 목소리로 정중하게 고개를 숙이는 안경을 낀 작은 소년이 있었다. 통칭 박사, 며칠 전 내가 교통사고를 당할 뻔한 위기에서 구해줬고 하루히네 집 근처에 살며 임시 가정교사를 의뢰했다는 그 소년이었다.

"아….."

아사히나 선배도 놀랐겠지만 나도 놀랐다. 설마 다시 만나게 될 줄은 생각도 못했는데.

"뭘 하고 계시는 건가요?"

안경 소년은 우리 동생과는 수준이 다르게 이지적인 얼굴로 나와 아사히나 선배, 그리고 내가 들고 있는 남생이 새끼를 쳐다보았다. 뭘 하고 계시는지는 내가 너한테 묻고 싶은데,

"학원에 가는 길이에요."

내가 묻기도 전에 소년은 힘차게 설명을 한 뒤 어깨에 멘 가방을 가리켰다.

"늘 이 길을 지나가거든요. 그때도 그랬고요."

소년은 다시 꾸벅 인사를 한 뒤 의아하다는 표정으로 바닥에 놓인 케이스와 내 손바닥 안에서 버둥거리고 있는 등딱지가 달린 파충류에게 시선을 보냈다.

"거북이를 놔주시게요?"

"응."

대답을 하면서 나는 죄책감에 사로잡혔다. 아사히나 선배나 이 소년이나 남생이 새끼를 보는 눈에 동정의 빛이 넘치고 있다. 추운 겨울의 강 속으로 이렇게 작은 거북이 새끼를 던져서 뭘 어쩌려고 하는 건지, 그런 무언의 호소가 느껴진다. 하지만 어쩔 수 없잖아. 하지 않으면 안 되는 일이니까 말이야.

손목시계가 지정한 시각까지 1분이나 남았다고 알려준다. 꾸물대고 있을 때가 아니다. 나는 잘 돌아가지 않는 머리를 고속 회전시켰다.

"너희 집은 애완동물 키울 수 있냐? 아니, 이 녀석을 가져가도 부모님이 뭐라 그러시지 않을까?"

소년은 살짝 안경을 누른 뒤,

"괜찮으실 거예요. 제가 돌보기만 하면요."

"그래. 그럼 잠깐만 기다려라."

나는 남생이 새끼의 등을 잡아들고 강가에 몸을 숙였다. 수면에서 우리가 있는 기슭까지 높이는 약 3미터, 별로 긴 거리는 아니다. 물의 흐름도 완만하니 거북이를 놓치지는 않을 것이다.

나는 천천히, 마치 깃털이라도 던지듯이 거북이를 던졌다. 착수 시에 입을 충격이 가능한 한 적도록.

"앗" 하고 외치는 아사히나 선배.

첨벙 소리와 함께 거북이는 물속으로 떨어졌다. 동심원의 파문이 펼쳐지고 느린 흐름에 떠밀리듯 하류 쪽으로 흘러간다.

소년은 숨을 쉬는 것도 조심스럽다는 듯 그 광경을 조용히 지켜보고 있다.

한 번 물에 잠겼던 거북이는 얕은 강바닥을 발로 차 얼굴을 내밀고 자신이 만들어낸 파문에 당황한 듯 둥실둥실 떠 있었다. 하지만 잠시 뒤에 물을 젓기 시작하더니 근처에 있던 돌에 매달려 목을 쭉 뺀다. 우리에게 작별을 고하는 건 아닌 것 같다. 갑자기 확대된 자신의 세계에 거북이 나름대로 생각을 하고 있는 듯이 보였다.

이렇게 파문은 사라졌고 거북이는 남았다.

아사히나 선배(대)가 어디까지 계산을 했는지는 알 수 없지만 지령은 '거북이를 던져 넣어라'로 끝났다. 그렇다면 던진 거북이를 어떻게 하든 그건 자유겠지. 그렇게 스스로에게 말하며 신발과 양말을 벗었다. 바지 단을 걷은 뒤 준비 오케이. 눈을 동그랗게 뜨고 있는 아사히나 선배와 소년을 남긴 채 기슭을 내려갔다. 역시 물은 차가웠고 이끼인지 뭔지 때문에 발바닥이 미끈거리는 것도 그다지 기분은 좋지 않았지만 물놀이는 시골에 갈 때마다 사촌들과 하기 때문에 자신이 있었다.

"미안했다, 거북아."

남생이 새끼는 작은 머리를 쳐든다. 손을 뻗어도 도망치지 않아 쉽게 다시 잡을 수 있었다. 거북이 입장에서는 다시 잡을 거라면 던지지 말라고 말하고 싶을지도 모르지만 다행히 내게는 거북이 언어에 대한 소양이 없다. 한 손에 거북이를 잡은 채 기슭을 올라와 원래 들어 있던 케이스에 담을 때쯤에는 이미 한기가 목덜미까지 여파를 미치고 있었다. 으으, 배탈 날 것 같아.

나는 바닥에 주저앉아 두 다리를 들고 물을 공중에 튀겼다.

"꼬마야, 그 거북이 너한테 줄게."

"그래도 되나요?"

모든 과정을 지켜보고 있던 안경 소년은 조심스럽게 말했다.

"이 거북이를 강에 돌려놓은 건 이유가 있어서 그러신 게 아닌가요?"

어린애다운 지적 탐구심이었지만 거북이와 마찬가지로 나는 네게 답해줄 말이 없단다. 나 자신도 내가 하고 있는 행위의 의미를 파악하지 못하니 말이지.

"그건 이제 아무래도 좋아. 거북이도 갑자기 한겨울 강 속에 던져지면 힘들 거고 네가 키우겠다고 하면 그게 더 나을 거라고 생각할걸."

아사히나 선배는 어떨까. 편지의 미래 지령에는 절대적으로 따라야 한다고 했는데, 내가 하는 행동은 그에 위반된 것은 아닐까. 뭐라고 말을 할까 조금 걱정이 됐지만 작은 동물을 배려하는 아사히나 선배는 먹이 상자를 소년에게 내밀었다.

"이것도 가져가렴. 거북이 밥이야."

그리고 누나처럼 말한다.

"잘 돌봐주겠다고 약속해줘."

"약속할게요."

되바라진 아이이긴 했지만 나쁜 아이는 아닌 것 같다. 아사히나 선배가 건네준 거북이 케이스와 먹이를 안아 든 소년은,

"앞으로 소중히 키우겠습니다."

그렇게 결의에 찬 표정을 할 것까지는 없지 않냐는 말이 나올 정도로 기개에 차 말했다.

"어이, 소년. 하나만 약속해다오."

못을 박아둘 필요가 있었다. 지난번에 그 일로 나와 아사히나 선배는 하루히한테 무지하게 시달렸다. 그 기억은 아직 뇌리에 선명히 박혀 있다.

"너희 집 근처에 스즈미야 하루히라는 애가 살고 있지?"

"네. 스즈미야 누나한테는 늘 신세를 지고 있어요."

스즈미야 누나라, 그거 참 닭살 돋는 말이네.

"그 하루히한테는 절대로 비밀로 해다오. 나와 아사히나 선배…, 그래, 토끼 누나가 여기에 있었다는 사실도, 우리한테서 거북이를 받은 것도 절대로 비밀이야. 지킬 수 있겠어?"

"지킬게요."

소년은 진지한 얼굴로 고개를 끄덕였다. 일단 안심하도록 하지. 그리고 아사히나 선배가 말했다.

"거북이를 가져가도 정말 괜찮겠니? 어머니가 모르는 사람한테서 뭘 받지 말라고 하지 않으셨어?"

"괜찮아요. 잘 넘길 수 있습니다."

소년은 등을 쭉 폈다.

"이 거북이를 실험에 쓰던 사람들이 필요없어져서 처분하려고 하던 걸 제가 지나가다가 가엾게 생각해서 데려가기로 했다… 고 설

명하려고요. 저희 부모님이라면 틀림없이 허락해주실 거예요."

정말 똑똑한 아이구나. 우리 동생에게 조금만 요령을 가르쳐줬으면 싶네. 같은 또래일 텐데 이 차이는 자라난 환경에 의한 걸까.

"그럼 저는 학원 시간이 다 돼서요."

잘 배운 동작으로 인사를 하는 소년의 머리에 아사히나 선배가 손을 얹고 말했다.

"요전에 한 약속도 잊지 마. 차는 꼭 조심해야 한다. 어떤 사고도 당하지 않도록 해야 해. 그리고 열심히 공부하렴. 그러면 너는 틀림없이 훌륭한 사람이 될 거야. 언제까지고 모든 사람이 기억할 정도로…."

아사히나 선배가 편 새끼손가락을 보고 소년은 나이에 걸맞게 쑥스러운 표정을 지었다. 조심스럽게 손가락을 건다. 아사히나 선배와 소년의 모습은 내게는 무척 흐뭇한 광경이었다.

소년은 낯간지러운 표정을 지으며 손가락을 풀더니 마치 보물이라도 되는 양 거북이 케이스를 안고 연신 뒤를 돌아보고 인사를 하며 걸어갔다. 그 모습이 완전히 사라질 때까지 아사히나 선배는 손을 흔들었고 내가 마른 맨발에 양말과 신발을 신을 때쯤 해서야 손을 내렸다.

"후우…."

한숨을 쉰다. 아사히나 선배, 혹은 아사히나 선배의 미래에서 봤을 때 저 소년은 매우 중요한 인물인가보다. 내가 에도 시대까지 시간 이동을 해 역사에 이름을 남긴 위인을 만난 것 같은 느낌이겠지. 그 정도는 이제 물어보지 않아도 안다. 그게 금지 사항이라는 것도 말이다.

"후우."

나도 한숨 섞인 숨을 토해냈다. 해야 할 일을 마쳤다는 의미에서 나오는 맥이 풀린 한숨. 이 아사히나 선배와 해야 할 일은 이걸로 모두 다 끝났다. 빈 깡통으로 장난하기, 표주박 돌, 수수께끼의 기억장치, 그리고 거북이.

문제는 앞으로 어떻게 해야 하는지 잘 모른다는 것이고, 그것은 마지막 편지 #6에도 쓰여 있지 않았다. 하지만 아사히나 선배는 이제 여기저기 돌아다니지 않아도 되고 츠루야 선배네 별채에 얌전히 있어주는 한 나도 안심할 수 있다. 남은 이틀 동안 그렇게 지내준다면 이 아사히나 선배는 원래 있던 우리의 시간으로 돌아갈 수 있다. 대신 나는 현재의 아사히나 선배에게 과거로 가라고 말해야 하는데, 그것도 모레나 되어야 있을 일이다. 일단 등에 진 짐을 내려놓은 기분이다.

"아사히나 선배, 나온 지 얼마 안 됐지만 그만 츠루야 선배네로 돌아가죠. 택시를 잡아타고 거기까지 같이 갈게요. 그런 다음에 저는 나가토가 기다리고 있을 도서관으로 가야 하는데요."

"네⋯."

아사히나 선배는 아직도 멍한 분위기로 걷기 시작했다. 내가 이끄는 대로 강가 가로수 길 옆에 난 도로로 내려섰다. 길가에서 택시를 기다리고 있는 사이에도 아사히나 선배는 말도 거의 없이 고개만 떨구고 있었다.

나는 택시가 오기를 기다리며 어제의 그 요상한 녀석이 다시 나타나지는 않을까 주위를 살폈다. 악의를 훤히 드러낸 녀석이었지만 너무 대놓고 드러낸 것으로 보아 적이라 인정하기에는 조금 부족하다고 지적을 해두겠다. 솔직히 말해 털끝만큼도 무섭지 않다고. 만약 코이즈미 같은 녀석이 어제 그 녀석처럼 접근했다면 훨씬 더 위협적이게 느껴졌을 연출로 등장했을 거다. 아니면 캐스팅을 그렇게 했던가.

오오, 내가 생각해도 믿음직스러운 기개에 감탄이 절로 난다. 그게 그렇잖아? 요새 들어 나는 1년 전에는 생각조차 할 수 없었던 엉뚱한 사건들에 휘말리고 있었고, 그때마다 이런저런 일들을 생각했다. 가끔 흔들리기도 했을지 모른다. 하지만 지금은 아니다. 나가토만큼은 안 될지 몰라도 나도 확고한 것을 얻기에 충분하고도 남을 시간을 보냈다. 이제 내 위치를 잘못 볼 일은 없을 거다.

택시는 좀처럼 지나가지 않았고 길가에 다니는 차도 거의 없었다. 이렇게 아사히나 선배와 둘이 나란히 서 있는 것도 제법 즐거웠기 때문에 서 있기가 고통스럽지는 않았지만 도서관에 혼자 보내놨으니 나가토한테는 빨리 가봐야 할 텐데.

느긋하게 그런 생각을 하고 있던 게 문제였을까.

다음 순간 나는 도저히 믿을 수 없는 광경을 목격하게 되었다.

그때 나는 시계를 확인하지 않았다. 그런 여유는 어디에도 없었다. 그래서 정확한 시간은 모르겠다. 하지만 오전 11시 전이라는 건 틀림없다.

사건은 다음과 같은 순서로 발생했다.

현 도로 왼쪽 차선 바깥에 서서 멍하니 택시를 기다리던 나와 아사히나 선배를 향해 대형 차량이 서서히 다가왔다. 속도를 내며 달릴 길도 아니기 때문에 그 자체로는 전혀 신기할 일이 아니었고 실제로 나도 별로 신경을 쓰지 않았다.

하지만 그 차는 점점 속도를 줄이더니 신호도 없는데 천천히 멈춰 섰다. 우리들 눈앞에 말이다. "뭐야?"라고 생각할 여유가 있었는지 어떤지도 잘 모르겠다.

왜냐면 그 승합차의 옆문이 갑자기 열리더니 차 안에서 뻗어나온 팔이 아사히나 선배의 몸을 붙들고 차 안으로 끌어당길 때까지 불과 몇 초도 걸리지 않았기 때문이다.

"앗…?!"

그 목소리가 아사히나 선배가 낸 것이라는 사실을 깨달았을 때 그 황록색 승합차는 문도 닫지 않고 급발진을 해 마치 비웃기라도 하듯 배기가스를 내게 뿜으며 도로 저 멀리 사라져버리고 말았다.

"아….."

망연자실에서 벗어나는 데에 약 0.2초가 걸렸다. 차는 이미 시야 밖으로 사라진 뒤였다.

아니, 잠깐, 잠깐만.

이게 뭐야. 내 눈앞에서 아사히나 선배가 사라졌다. 차에 끌려 들어갔고 그대로 차는 떠나 사라지고 나는 혼자 차도에 서 있다…니. 이게 뭐야.

"유괴…."

하지만 내 눈앞에서? 바로 옆에 내가 있었는데? 손을 뻗으면 닿을, 아니, 안을 수도 있는 거리에 있던 아사히나 선배가, 몇 초 전까지만 해도 옆에 있던 아사히나 선배가 지금은 없다. 이런 말도 안 되는 일이 어디 있어.

"젠장! 어떻게 이럴 수가!"

아무리 당황스럽다 해도 이렇게 당황했던 적은 12월에 하루히가 교실에 없었던 그때 이후로 처음이다. 하루히를 대신해 아사쿠라가 나타났던 그때에 필적한다.

"어떡하지?"

그 녀석인가?! 이건 어제 그 녀석이 한 짓인가. 그렇다면 너무 우습게 봤다. 그 녀석의 등장 방식과 캐릭터는 나를 방심시키기 위해 가장한 것이었던가. 그게 만약 별것 아니라는 인상을 심어주어 주의를 흐트러뜨리기 위한 장치였다면—.

"아사히나 선배!"

귀에 거슬리는 소리가 고막을 직격한다. 강풍으로 벚나무가 흔들리는 소리가 아니다. 내 얼굴에서 핏기가 가시는 소리다.

나는 휴대전화를 꺼내 들었다. 누구한테든 도움을 요청해야 한다. 이 상황에서는 아무라도 좋다. 아사히나 선배를 내 곁에 돌려준다면 경찰이든 소방서든 자위대든 상공회의소든 상관없다. 내 손가락은 반자동적으로 움직였고 어디로 걸고 있는지 스스로도 자각하지 못한 채 벨 소리가 귓가를 때렸고 이내 상대가 전화를 받았다.

『무슨 일이야, 쿈?』

하루히의 목소리였다. 순간적으로 일어난 일에 반쯤 의식이 나간 상태라 그만 하루히한테 전화를 걸었던 것인데 이때의 나는 사고력을 거의 잃어버렸다.

"하루히, 큰일났어! 아사히나 선배가 유괴당했다!"

하지만 그렇게 소리치는 내게,

『뭐어? 무슨 소리를 하는 거니?』

하루히의 목소리는 너무나도 태평했다. 위장이 뒤집힐 것 같은 기분으로 나는 다시 소리쳤다.

"그러니까 아사히나 선배가 유괴를 당했다고! 어서 구하러 가야….."

『야, 쿈.』

하루히는 너무 상냥하다 싶을 정도의 목소리로 말했다.

『무슨 생각인지는 모르겠다만 조금 더 제대로 된 장난전화를 걸라고. 한심하기는. 이게 뭐니? 뭐 하자는 거야? 미쿠루는 계속 내 옆에 있는데. 내가 유키라면 또 몰라.』

"아냐, 나가토가 아냐. 아사히나 선배가….."

말을 하다가 헛일이라는 걸 깨달았다. 지금 아사히나 선배는 하루히와 같이 있다. 그 아사히나 선배는 처음부터 여기에 있던 아사히나 선배가, 청소 도구함에서 나타난 아사히나 선배가 아니다. 그 아사히나 선배는 차에 끌려가ㅡ.

『감점 1점. 바로 들통 날 거짓말이라니 수준이 너무 낮구나. 그리고 농담이라면 좀 웃기는 걸로 해라. 그럼 안녕, 바보 쿈.』

"잠깐ㅡ."

끊어졌다.

휴대전화를 쥔 내 손이 떨리고 있다. 일각을 다투는 이 순간에 하루히한테 전화를 거는 게 아니었는데. 말할 필요도 없이 나는 바보다. 이 소식을 알려야 할 상대는 하루히가 아니라….

전화벨이 울린다.

누가 걸었는지 확인도 하지 않은 채 통화 단추를 눌렀다.

『여보세요.』

코이즈미의 목소리였다. 내가 입을 열기도 전에.

『안심하세요. 스즈미야 씨와 다른 사람들과는 떨어진 곳에서 걸고 있는 겁니다. 네, 화장실에 간다고 하고 자리를 빠져나왔어요.』

그딴 건 내가 알 바 아냐. 그보다.

"코이즈미! 아사히나 선배가!"

『상황은 파악하고 있습니다. 제게 맡겨주십시오. 이제 곧 당신 앞에 도착할 겁니다.』

"뭐가 온다는 거야?"

내가 중증의 현기증에 사로잡히며 고개를 들자, 마치 자로 잰 듯한 타이밍으로 새로운 자동차가 멈춰 섰다. 검은 칠이 된 택시다. 어느 회사 차인지는 모르겠지만 눈에는 익다. 옛날에 나는 이것과 똑같은 차를 타고 '신인'을 만나러 갔다.

그 차가 뒷문을 연다.

"타십시오. 어서요."

뒷좌석에 있던 사람이 내게 손짓을 한다. 나는 뛰어들듯이 차 안으로 들어갔다. 낯익은 차 내부에 있는 것은 내가 아는 얼굴이었다. 사태를 파악하기보다 앞서 문이 닫히더니 급격한 중력이 내 몸을 좌석에 내리꽂는다.

"곧 도착할 겁니다."

옆에서 들려온 시원스런 목소리도 귀에 익었다. 여름과 겨울에 엄청 신세를 졌던 그녀의 이름을 잊는다는 건 무리다.

"모리… 소노 씨?"

"오랜만이에요."

겨우 한 달하고 조금만이다. 오랜만이라고 할 정도는 아니다. 하지만 어째서 여기에 모리 씨가 있는 거지? 게다가 내게 익숙한 메이드 복장이 아니라 평범하게 길을 다니는 회사원 같은 평상복 차림으로?

모리 씨는 여느 때와 같은 차분한 미소를 지었다.

"코이즈미가 설명을 안 했나요? 저도 '기관'의 일원입니다. 메이드는 사람 눈을 피하기 위해 변장한 모습이죠. 당신들과 같이 있을 때만 잠시 보이는 모습입니다."

눈을 운전석으로 돌리며 모리 씨는 안심시키듯 말했다.

"저뿐만이 아니라 저 사람도 마찬가지예요."

핸들을 쥐고 있던 왼손을 들어 운전사가 백미러로 나와 시선을 맞춘다.

"아라카와 씨…."

"그렇습니다."

요리 실력이 뛰어난 집사이자 지금은 고속으로 날아가는 택시를 모는 운전사인 초로의 신사는,

"그 귀여운 아가씨를 납치하다니 어찌 그리 난폭한 짓을 한단 말입니까. 절대로 놓치지 않을 겁니다."

힘껏 액셀러레이터를 밟았고 나는 더더욱 좌석에 몸을 밀착시켰다. 엄청난 속도로 달리는 차에 타고 있다는 공포가 일었지만 그 덕분에 얼어붙어 있던 머리가 풀리기 시작했다.

모리 씨와 아라카와 씨. 두 사람은 코이즈미의 동료이며 메이드도 집사도 파트타임으로 하고 있었다는 건 알고 있었다. 설마 이런 곳에서 만나게 될 줄은 몰랐다. 그것도 아사히나 선배가 유괴된 직후에 마치 기다리고 있었다는 듯이 차를 타고 오다니…, 설마.

"이렇게 될 줄 알고 있었군요."

나는 쥐어 짜내듯 말했다.

"아사히나 선배가 유괴될 거라고 당신들도, 코이즈미도 알고 있었죠? 그래서 우리들 바로 옆에서 대기하고 있었던 거야. 그런 거죠?"

"아니요."

모리 씨는 여자판 코이즈미와 같은 미소를 짓고 있었다.

"저희가 감시하고 있었던 건 당신들이 아니라 그들입니다. 그들의 차가 당신들에게 접근하는 걸 보고 혹시나 했어요. 저희도 그들이 이런 행동을 하다니 의외라고 여겨지고 있습니다."

"그들이라니 누굴 말하는 거죠?"

내 머리에 떠오르는 건 어제 그 녀석인데.

"그것도 코이즈미가 설명하지 않았습니까? 아사히나 씨를 유괴한 사람들은 우리 '기관'에 적대하는 조직의 사람들입니다."

이렇게 된 이상 어디의 누구라도 상관없다. 용서하지 않는다는 건 미래에서 온 녀석이든 초능력자든 매한가지다.

"왜 아사히나 선배를…."

"아마 너무 오버해서 한 행동일 거예요. 미래에 대한 우위성을 확보하고 싶었던 거겠죠."

우위성?

"그렇습니다. 미래에 빚을 지게 해둔다. 그걸 위해 그녀의 신병을 확보하려 했을 겁니다. 하지만 실수를 한 거죠. 그들이 정말로 유괴하고 싶었던 건 지금 코이즈미와 함께 있는 아사히나 미쿠루였을 테니까요."

엄청난 소리를 모리 씨는 너무나도 별일 아니라는 듯이 한다.

"엉터리 계획이에요. 상당히 당황했나봅니다. 그들이 어째서 이렇게 갑자기 움직였는지 조사할 필요가 있겠어요."

그 요상한 녀석의 등장도 갑작스러웠다. 새로이 미래에서 온 녀석. 그 녀석이 나타나서인가.

모리 씨는 내 마음을 읽은 듯 고개를 끄덕였다.

"본격적으로 손을 잡게 된 거겠죠. 이건 저희도 묵과할 수 없습니다."

"그 '기관'인가 하는 곳은…."

나라고 말하고 싶었지만 꾹 참았다.

"우리들 편인가요?"

"저희가 바라는 건 현상유지입니다. 그 말로는 부족한가요?"

잔돈이 생길 여지가 발생하지 않을 만큼 지나치게 부족한 건 아니다. 그럼 아사히나 선배를 유괴한 그 녀석들은 대체 무슨 생각을 하고 있는 거지? 아니, 그보다 대체 정체가 뭐야? 우리 편이 아니라면 적이 되는 건가? 대체 어떤 녀석들이야?

"'기관'과 대립하는 조직, 아사히나 미쿠루 씨와 대립하는 미래의 사람들, 그리고 나가토 유키를 만들어낸 지구 밖 의식체와는 다른 우주 규모의 존재."

모리 씨는 시원스레 말을 꺼냈다.

"슬슬 손을 대지 않을까 생각하고 있었어요. 올 초에 설산에서 있었던 일에 대해서는 코이즈미에게 보고를 받았으니까요. 그 셋이 동맹을 맺을 수도 있습니다. 아니, 틀림없이 맺을 거예요. 스즈미야 하루히 씨에게는 도박을 할 만한 가치가 있습니다. 모든 것을 잃을

지도 모른다, 하지만 보상도 크다 이거죠."

차체가 점프를 하듯 흔들렸다. 건널목을 일시정지도 하지 않고 가로지른 검은 택시는 S자 모양의 코너를 전혀 감속도 하지 않고 타이어 소리도 요란하게 빠져나갔다.

"코이즈미도, 당신들도―."

나는 벌써 멀미가 나기 시작했다.

"또 다른 아사히나 선배에 대해서도 알고 있었던 거죠? 일주일 뒤에서 온 저 아사히나 선배가 츠루야 선배네 집에 숨어 있었다는 걸."

"만약 그녀가 없었다면 다른 한 명의 아사히나 미쿠루 씨가 유괴를 당했을지도 몰라요. 스즈미야 하루히 씨의 눈앞에서요."

그렇게 되면 사태는 최악이다. 하루히가 어떻게 나올지 알 수 없는 일이다.

"그렇다는 소리는…."

미래에서 온 아사히나 선배가 과거의 아사히나 선배를 대신해 유괴되었다. 그러니까 과거의 자신을 구하기 위해 미래의 자신이 납치되었다 이 말인데. 이런 거구나. 그래서 아사히나 선배(미치루)가 여기에 있을 필요가 있었던 거구나. 아사히나 선배(대)의 편지에 있었던 심부름 플레이는 나 혼자서도 할 수 있었다. 나와 아사히나 선배가 같이 있어야 하고 나 혼자서는 별로 의미가 없었던 일이란 뭐였지? 또 다른 미래에서 온 사람. 거북이와 소년. 그리고 유괴. 아사히나 선배(대)만이 모든 것을 알고 있다.

내가 정체를 알 수 없는 감정을 갖게 되었을 때.

"놓치지 마, 아라카와."

"알고 있습니다."

두 사람의 목소리 때문에 내 의식은 앞으로 향했다. 황록색 차체가 보인다. 엄청난 속도인 건 둘 다 마찬가지였다. 차에 탄 이후 여기까지 그야말로 교통사고 서너 건은 터졌어도 전혀 이상할 일 없는 교통법규를 무시한 운전이었지만 아라카와 씨의 운전 테크닉은 완전 WRC(주27) 레벨이었다. 집사의 능력을 완전히 초월했다.

유괴범의 차량은 산으로 향하고 있는 것 같았다. 이대로 가면 가을에 영화 촬영을 감행했던 삼림공원을 넘어 북쪽으로 가게 된다. 거의 산길밖에 없는 인적이 없는 곳이다. 젠장, 그런 곳으로 아사히나 선배를 데리고 가서 뭘 하려는 거냐. 용서 못 한다.

나는 앞서가는 차의 뒷부분을 노려보았다. 승합차에 황록색. 그때 그 차와 똑같은 차종이다. 지난달에 안경 소년을 치려던 것과 완벽하게 똑같다. 틀림없다. 아무리 생각해도 안에 타고 있는 녀석은 우리 편이 아니다.

엄청난 속도로 달리는 유괴 차량은 마침내 포장도로를 벗어나 본격적인 산길로 돌입했다. 교묘하게 핸들을 꺾은 아라카와 씨가 뒤에 바싹 붙어 있다. 절벽에 억지로 낸 듯한 길은 차 두 대가 겨우 스쳐 지나갈 정도의 폭밖에 되지 않았고 가드레일도 없었다. 핸들 조작을 잘못하면 그대로 산기슭까지 굴러떨어질 것이다.

나는 설마 자동차 경주를 하게 될 거라고는 생각도 못했지만, 그런 상황을 걱정할 정도로 냉정하지 못했다. 어떻게 유괴범을 패줄까 하는 생각에만 사로잡혀 있었다.

그런 내 투지에 물을 끼얹기라도 하듯 휴대전화가 울렸다. 내가 쥐고 있던 휴대전화가 아니었다. 모리 씨가 자기 전화기를 꺼내 귀

주27) WRC: World Rally Championship(세계 랠리 선수권)의 약자.

에 댄다.

대화 내용까지는 알 수 없었지만, 남자로 들리는 목소리가 내 귀에도 전해진다. 잠시 조용히 듣고 있던 모리 씨가,

"알겠습니다. 계획대로 하겠습니다."

짧은 대답으로 통화를 마친 뒤 우아하고도 날카로운 목소리로 앞자리를 향해 외쳤다.

"아라카와, 이제 곧이에요."

"알겠습니다."

믿음직스러운 목소리로 아라카와 씨가 대답한 뒤 기어를 내려 엔진 브레이크를 걸었다. 어쩔 생각이냐고 물을 틈도 없었다.

"우왓!"

비포장도로의 호를 그리듯 꺾인 부분에 바로 접해 있었다. 그 모퉁이, 우리들의 진행방향에서 순찰차가 맞은편 차선으로 뛰어나왔다. 게다가 급브레이크를 건 순찰차는 멋진 드리프트를 보여주며 옆으로 정차한 뒤 완전히 길을 막아버렸다.

갈 길을 잃어버린 승합차가 브레이크를 걸어 흙먼지를 일으키며 급격히 속도를 늦췄다. 바퀴 한쪽이 절벽을 넘을 뻔했을 때는 내 간담이 다 서늘해졌지만, 유괴범 쪽 운전자도 실력은 좋았다. 억지로 차체를 일으켜 세워 옆으로 미끄러지는 곡예를 보여준 뒤 한 바퀴 돈 다음 다시 반회전 차 앞으로 산허리를 긁으면서도 아슬아슬하게 순찰차 옆에 멈춰 섰다.

아라카와 씨는 똑같은 동작을 안전하며 느린 속도로 보여줬고 검은 택시를 다른 차와 같이 측면 주차시켰다. 양동 공격이다. 이제 승합차가 도망칠 길이라고는 절벽 아래밖에 없다.

"아라카와는 여기서 대기해."

모리 씨는 그렇게 말한 뒤 직접 문을 열고 산길에 내려섰다. 나도 뒤따라 내려 승합차로 달려가려는데 모리 씨가 팔을 잡는다.

나를 시선으로 제압한 모리 씨는 맑은 목소리로 유괴범 차량을 향해 말했다.

"시동을 끄고 나오시죠. 지금이라면 아직 늦지 않았습니다."

정중한 말투는 변함없었지만 고도의 저택과 츠루야 선배의 산장에서 들었던 그녀의 목소리와는 그 종류가 달랐다.

순찰차에서는 경찰이 내렸다. 단정한 제복을 차려입은 그 사람을 보고 난 또다시 깜짝 놀랐다. 엄지를 치켜세우며 미소를 짓고 있는 타마루 형제 중 동생 유타카 씨의 잘생긴 얼굴이 모자 아래로 보였다. 운전석에서는 그 형인 타마루 케이이치 씨가 마찬가지로 사람 좋은 얼굴로 내게 눈짓을 했다.

모리 씨의 전화 상대는 이 두 사람이었구나.

"아사히나 미쿠루 씨를 차에서 내리게 해주세요. 당신들은 실패했습니다. 여기서 더 꼬이게 만들 필요는 없습니다."

모리 씨의 늠름한 목소리가 내 주의를 다시 차로 향하게 했다. 검게 선팅이 되어 있어 상대편 차 안은 보이지 않았다. 부글부글 끓는 마음을 억누르지 못한 내가 승합차에 발차기라도 한 방 날려주려고 몸을 내민 순간 아드레날린 상태였던 엔진이 침묵하며 황록색의 옆 문이 움직였다. 천천히 여는 건 그나마 이 상황에서 최대한 반항하겠다는 표시인가.

하지만 모습을 드러낸 유괴범의 인상착의를 본 나는 잠시 눈을 크게 떴다. 말없이 차에서 내리는 망할 녀석들은 놀랍게도 우락부

락한 사내나 거친 병사 같은 생김새가 아니었다. 그저 길거리에서 흔히 돌아다니는 평범한 젊은 남녀였다. 녀석들의 얼굴을 평생 잊지 않겠다는 각오로 구멍이 날 정도로 지켜보았지만 딱히 못돼먹은 얼굴이 아니라서 오히려 더 마음에 걸렸다.

하지만 그런 의문도 축 늘어진 아사히나 선배를 발견한 내게는 아무래도 좋은 일이 되어 날아가버렸다. 마지막으로 차에서 내린 여자의 부축을 받은 아사히나 선배는 의식을 잃었는지 눈을 감고 축 늘어져 있다.

역시 용서가 되지 않는다.

뛰쳐나가려는 나를 모리 씨가 다시 제지했다.

"알고 있겠지만 말씀 드리죠. 그 사람에게 상처 하나라도 입힌다면."

그 요염한 미소를 보고 나는 한심하게도 기겁을 할 뻔했다. 미인의 미소가 이렇게 무섭다는 생각을 해본 적은 없었다. 하루히가 가끔 보여주는 웃으며 화를 내는 얼굴과는 수준과 박력이 다르다.

내가 얼어붙은 것을 느꼈는지, 모리 씨는 예의 메이드다운 미소를 한 번 내게 보여준 뒤 다시 바보 유괴범들에게 말했다.

"순순히 놔주세요. 여기서는 그냥 보내드리도록 하죠. 자신들의 조직에 돌아가든 어디로든 마음대로 가세요. 안 그러면—."

모리 씨의 미소는 더욱 끔찍해졌고 나는 거의 졸도 직전이었다. 만약 내가 저 녀석들 입장에서 이 얼굴을 보았다면 엄청 찔찔 짜버렸을지도 모른다.

하지만 범인들은 선 채로 실례를 하는 대신 혀를 차며 아사히나 선배에게서 손을 뗐다. 잠든 얼굴의 아사히나 선배가 힘없이 자동차 타이어에 기대 주저앉듯 엉덩방아를 찧었다. 유괴범들의 손길이 조심스러웠던 게 그나마 다행이었다. 만약 아름다운 아사히나 선배를 밀쳐내기라도 했다면 나는 이게 뭐 하는 짓거리냐고 소리치며 두 손을 휘휘 돌리며 녀석들을 향해 돌진했을 것이다.

"차는 나중에 돌려드리겠습니다. 걸어서 돌아들 가시지요."

모리 씨는 태연히 손끝을 절벽 아래로 향했다. 여기를 내려가라는 말이겠지. 하려고 마음먹으면 하산이야 할 수 있겠지만, 등산 도구도 없이 내려간다는 건 매우 어려운 일이다. 꼴좋다.

"할 수 없군."

유괴범 중 한 명이 때와 장소와 주제도 구분 못 하는 밝은 목소리로 말했다.

"대강 예상은 하고 있었지만 역시 안 됐네. 이것도 필연이었던 걸까."

아사히나 선배를 내린 홍일점이었다. 새삼스레 주목해서 보니, 그 여자는 아무리 봐도 10대 후반이었다. 나이로 봐서 나와 크게 다른 점이 보이지 않는다.

그 녀석은 화려한 미소를 내게 향했다.

"처음 만나네. 이런 곳에서 보게 된 게 좀 뭐하긴 하지만 만나서 영광이야. 언젠가는 정식으로 인사하려고 했는데."

그 녀석은 몸짓으로 동료들에게 신호를 보냈다. 여자 한 명을 남겨둔 채 다른 녀석들은 별로 미련도 없다는 듯이 차를 떠났다. 제일 뒤에 있던 대학생으로 보이는 남자가 꼼꼼하게도 차의 옆문을 닫은 뒤 거의 수직으로 깎아지른 절벽으로 향했다. 한 명, 두 명, 겨울산 속으로 사라져갔지만 모리 씨도 타마루 유타카 씨도 잡을 생각은 없어 보였다.

나는 한시라도 빨리 아사히나 선배에게 달려가고 싶었지만, 모리 씨는 여전히 내 팔을 잡은 채 놔주질 않는다. 키득거리며 웃음소리를 낸 건 유괴범 여자였다.

"걱정 안 해도 돼. 너의 미래인에겐 찰과상 하나도 안 입혔으니까. 마취제로 잠재우긴 했지만 자기가 어떤 일을 당했는지도 기억 못 하지 않을까? 너무 금방 잠들어서 우리가 다 놀랐을 정도야. 그렇게 잠드는 데 길이 든 거 아냐?"

동료가 없어진 뒤에도 이 여자―아니, 소녀군―는 침착하기 그지없다. 언제까지 그렇게 놔둘 겁니까, 모리 씨. 유괴범이라고요, 유괴범. 타마루 형제도 그런 복장이라면 총이라도 하나 갖고 있을 거 아닙니까.

내가 항의 행동을 하자고 결심한 순간 아무도 없는 줄 알았던 승합차의 옆문이 열렸다.

"재미없군."

불쑥 얼굴을 내민 사내, 그 녀석은 코이즈미의 다섯 배는 사악한 미소를 짓고 있었다.

"너무 쉽게 당했어. 이렇게 순순히 공주님을 빼앗기다니, 좀 더 버텼으면 했는데. 이래서는 역효과밖에 안 되잖아."

그 녀석은 차에서 내리려고 하지 않은 채 느긋하게 시트에 기대어 앉아 있다. 어제의 그 녀석이다. 의미심장하게 나타난 두 번째 미래에서 온 녀석.

"이것도 규정 사항이야. 하지만 우리에게도 그렇지. 그러니까 별거 아니야."

"당신도 돌아가십시오."

모리 씨는 착한 누나처럼 말했다. 그 입술에는 독이 있는 꽃과 같은 미소.

"아니면 잠시 더 머무시겠습니까? 그렇다면 침대를 준비해드리죠."

"너희들 신세는 지지 않을 거야."

녀석은 아사히나 선배를 내려다본 뒤 코웃음을 치고 뱀 같은 눈을 내게 향했다.

"이건 실패가 아냐. 단순히 역사적 사실일 뿐이다. 너도 아사히나 미쿠루도 참 수고 많았어. 어이, 그렇게 꼭두각시처럼 놀아나니 재밌냐? 나는 사양하겠는데. 알고 있는 일을 그대로 따르다니 지겨워."

"어머, 그것도 좋지 않을까?"

유괴 소녀가 말한다.

"미래가 얼마나 정해져 있다는 거지? 올바른 결과를 향해 길에서 벗어나지 않도록 걸어가는 것도 하나의 재주 아닐까? 놀아나는 거라면 누구나 할 수 있지만 지정된 안무대로 정확하게 추는 건 어렵다고."

"흥, 그럼 그렇게 놀고 있으라고. 나는 너희들의 힘 따위는 믿지 않으니까."

"그래?"

소녀는 재미있다는 듯이 말했다.

"나는 그래도 좋은데. 어차피 같은 곳에 모일 거잖아? 힘을 합치자고."

짜증난다는 듯이 얼굴을 찡그린 그 녀석은 다시 나를 노려보았다. 미리 말해두겠는데 하루히의 눈빛을 받아온 지 오래된 나는 그 정도로는 안 쫀다. 눈싸움이라면 받아주지, 그래.

내 살기를 느꼈는지 녀석은 예의 밉상인 얼굴로 말을 한다.

"하나같이 어리석은 것들뿐이야. 하나도 모르고 있어. 네 무지에는 공포마저 느껴진다."

그 녀석은 손잡이에 손을 대고 마지막으로 내게 이렇게 말했다.

"또 오마. 너와는 몇 번 마주쳐야 하거든. 웃기지도 않아. 하지만 내 역할이기도 하지."

할 말은 그것뿐이었는지 녀석은 문을 닫았다.

아무도 움직이지 않았다. 모리 씨는 무시무시한 미소를 지은 채 유괴 소녀를 쳐다보고 움직이지 않았고 나는 모리 씨 때문에 움직이지 못하고 있다. 이름을 밝힐 생각도 없어 보이는 유괴범 소녀도 미소를 지은 채 서 있다가 뭔가 생각이 난 듯 차로 다가가 힘껏 문을 열었다.

그렇게까지는 하지 않아도 아무도 없다는 건 알고 있었다. 차 안에는 사람의 흔적이 없었고 적의를 휘감고 있던 그 녀석은 어디에도 없었다. 공간이동인지 시간이동인지, 뭐 어쨌든 내 눈앞에서 사라져준 건 기쁜 일이다.

"나도 이만 갈게."

소녀가 일을 다 마쳤다는 듯 두 손을 털더니 산길 아래를 살폈다.

"걸어서 돌아갈게. 아, 그 차는 처분해도 상관없어. 굳이 안 돌려줘도 돼. 줄게요."

"고맙군요."

모리 씨가 대답한 뒤에 겨우 내 손을 놓아주었다. 둥지에 두고 온 새끼를 걱정하는 어미새처럼 나는 아사히나 선배에게로 달려갔다.

　"아사히나 선배."

　어깨를 안아 일으켰다. 가늘게 숨을 쉬는 소리와 정기적으로 오르락내리락하는 가슴이 살아 있다는 증거다. 한마디 욕이라도 해주려고 유괴범을 보니 그 소녀는 이미 산길을 따라 언덕 아래로 내려가고 있었다.

　모리 씨가 내 옆에 몸을 숙여 잠든 아사히나 선배에게 얼굴을 가져갔다. 목덜미에 손을 대고 입술에 코끝을 댄다.

　"무사합니다. 2시간쯤 지나면 눈을 뜰 겁니다. 차로 가시죠."

　물론 내가 데리고 간다. 아사히나 선배를 업는 건 이제 완전히 익숙해졌다. 어느 누구에게도 양보하고 싶지 않은 일 중 하나다.

　검은 택시로 돌아오자 아라카와 씨가 손자를 보는 눈으로 아사히나 선배를 보고 내게도 비슷한 시선을 주었다. 뒷좌석에 힘없는 아사히나 선배를 앉힌 뒤 당연히 나도 그 옆에 앉았다. 한때는 어떻게 되나 싶었는데 되찾았으니 만만세다. 그대로 놓쳤으면 어떻게 하나 생각하면…, 아니, 그런 생각은 하고 싶지도 않고 있을 수도 없는 일이다.

　규정사항을 믿어도 되겠죠, 아사히나 선배(대). 당신이 그렇게 있다는 건 이 아사히나 선배가 당신이 될 때까지는 단연코 존재한다는 거죠?

　나는 연하 같은 선배의 잠든 얼굴을 지켜보느라 내 뒤를 따라 모리 씨가 차에 탄 것도, 두 명의 타마루 씨에게 인사를 하지 않았다는 것도, 차가 출발한 것도 한참 뒤에야 알아차렸을 정도였다.

"어디로 갈까요?"

모리 씨의 질문을 듣고서야 나는 타고 있는 차가 아까 있었던 현 도로로 복귀한 것을 알았다.

"…도서관으로요."

지금 빨리 나가토의 얼굴을 보고 안심하고 싶었다. 나는 그렇게 대답한 뒤 아사히나 선배처럼 시트에 몸을 깊이 묻었다.

거북이 방류와 재회수로 충분할 줄 알았는데 아사히나 선배의 유괴와 구출이라는 큰 업무가 기다리고 있을 줄은 의외성을 초월한 사건이었다. 정신적으로 피곤했지만 느릿느릿 입을 열어 말했다.

"모리 씨…, 아사히나 선배는 지금까지 저 녀석들의 표적이 되었던 겁니까? 제가 모르는 사이에 유괴 미수 사건이 있었던 건가요? 앞으로도…."

"이 시대에 있는 그녀가 유괴될 일은 없습니다."

그럼 조금 전의 그건 뭐죠?

"제 말이 맞을 겁니다. 현재의 그녀는 무사해요. 미래의 그녀가 대신 당해주었으니까요."

모리 씨의 얼굴은 자애로 가득 차 있었다.

"아사히나 미쿠루 씨는 여러 사람들의 보호를 받고 있습니다. 당신과 나가토 유키 씨, 그리고 우리들…. 그녀를 누구의 손에도 넘기고 싶지 않은 마음은 다 같아요."

코이즈미를 신용할 수 있는 것처럼 이 사람도 그랬으면 좋겠는데.

"다른 건 당신의 멋진 메이드분께 물어보시면 될 겁니다. 더 미래에서 오신 그 아름답고 어른스러운 분에게요."

지당하신 의견이다. 나는 숨을 토해내며 갑자기 떠오른 의문을 입에 담았다.

"모리 씨는 코이즈미의 상관인가요? 이름을 그대로 부르던데요."

모리 씨는 후후훗 하고 나이를 알 수 없는 미소를 지었다.

"신경 쓰지 마세요. 한 회사에서 일을 하는 동료라면 대외적으로는 사장이라 해도 경칭을 생략하는 게 일반적이죠(주28). 그것과 같은 거랍니다."

교묘히 화제를 피한 것 같다는 느낌이 충분히 들었지만, '기관'인지 하는 곳의 서열과 상하관계에 별로 관심이 있는 건 아니다. 마음만 내키면 코이즈미를 닦달해서 알아내면 그만이다. 사실대로 토해낼 것 같지는 않았지만, 모리 씨도 마찬가지일 거다. 말할 생각이 있다면 듣고 싶지 않아도 얘기를 하는 게 코이즈미 스타일, 어쩌면 '기관' 스타일이다. 어차피 곧 부탁하지 않아도 술술 떠들어댈 거다.

그럼 그때를 기다리도록 하자.

도서관 앞에서 택시를 내린 나는 모리 씨의 손을 빌려 잠들어 있는 아사히나 선배를 다시 업었다.

"다음에 만날 때까지 건강히 계세요."

모리 씨가 메이드 시대로 돌아간 것처럼 온화한 미소를 지으며 말했고 아라카와 씨가 집사 시대처럼 근엄하게 목례를 한 뒤, 두 사람을 태운 검은 택시는 빠른 속도로 국도 방면을 향해 북상했다. 내가 코이즈미에게 이끌려 '신인' 구경을 갔을 때 운전석에 있던 사람은 어쩌면 아라카와 씨일지도 모르겠다. 다음에 물어봐야지. 그리

주28) 일본의 경우 자기 회사나 그룹에 속한 상관을 외부인에게 소개하거나 이름을 말할 때는 그 상관의 직함을 쓰지 않는다.

고 제대로 인사를 하자. 타마루 형제한테도.

아사히나 선배를 업고 도서관 현관으로 간 나는 입구 밖에서 마중 나온 나가토와 만났다. 나가토는 추위에 신경도 쓰지 않은 채 똑바로 서 있다가, 내가 뭐라고 말을 하기도 전에,

"무사해서 다행이다."

무기질의 눈동자가 내 어깨에 뺨을 대고 잠들어 있는 아사히나 선배의 얼굴로 향했다.

"사정은 들었다."

누구한테서? 코이즈미?

천천히 고개를 저은 나가토는 그보다 더 천천히 내게 한 손을 내밀었다.

나가토의 손에 봉투가 들려 있었다. 귀여운 그림 옆에 손으로 쓴 글자로 번호가 매겨져 있었다.

#5.

결번이었던 미래인의 메시지가 나가토에게 전해져 있었다. 보낸 사람이 누구인지는 묻지 않아도 알 수 있었지만, 나가토는 순순히 말해주었다.

"아사히나 미쿠루의 이시간동위체. 약 1시간 전에 만났다."

역시 왔었구나, 아사히나 선배(대). 그런데 나가토한테 오다니.

"무슨 얘기 한 거 있나?"

"나를 잘 부탁해."

나가토는 담담히 전언을 고한 뒤 손가락을 뻗어 아사히나 선배의 이마를 만졌다.

"…으음… 아후우… 후아?"

마법의 손가락이다. 아사히나 선배가 눈을 떴다.

"우왓. 쿤…. 어라? 내가 어째서 업혀…, 아…, 나, 나가토 씨."

싫어하는 샤미센을 억지로 안아들 때처럼 버둥거리시네. 아사히나 선배는 눈을 뜨자마자 파닥거리기 시작했다. 아무리 조금만 더 이러고 싶어도 얌전히 계셔주지 않을 거고, 나가토의 눈도 있었기 때문에 내려드렸다.

모리 씨 얘기에 따르면 2시간 정도 효과를 발휘할 거라는 마취약도 나가토가 어떻게 손을 써줬는지 아사히나 선배가 땅에 발을 디디는 자세에는 전혀 흐트러짐이 없었다.

아사히나 선배는 눈가를 희미하게 붉히며 나를 살짝 올려다봤다.

"저…. 제가 어떻게 된 건가요? 거북이를 그 사람한테 드린 뒤에 …. 그러고 보니 차가 갑자기 멈춰 서서…."

그 직후에 약을 썼나보다. 아무것도 기억하지 못하는 아사히나 선배에게 나는 일어난 일을 정직하게 알려주었다. 얘기가 진행됨에 따라 파래졌다 빨개졌다 하던 아사히나 선배는 유괴극 자동차 경주 얘기가 끝나자 마치 허를 찌르듯 미소를 지었다.

"그랬군요. 저도 도움이 되었네요. 지금 이 시간의 나를 지킬 수 있었던 거군요. 다행이다아."

그 긍정적인 미소에 내 마음 한구석에 들러붙어 있던 정신적인 피로도 다 날아가버리는 것 같다. 그렇다. 만약 이 아사히나 선배 (미치루)가 없었다면 유괴범은 더 강한 방법을 써서 아사히나 선배 (소)를 납치했을지도 모른다. 하루히의 눈앞이든 코이즈미와 그 일당이 전력으로 제지하려 들든 앞뒤 가리지 않고 밀져야 본전이라는 자세로 말이다. 그렇게 됐다면 아마 무시무시한 사태가 일어났을 것이다. 하루히는 격분했을 테고, 코이즈미 일파가 가만히 지켜보고 있을 리도 없다. 하지만 이걸로 녀석들도 알았겠지. 비교적 무방비 상태였던 아사히나 선배(미치루)를 납치한다 해도 잘 풀리지 않으리란 것을.

나는 나가토의 힘을 빌리지 않고 아사히나 선배를 되찾아왔다. 여기에 나가토가 얽힌다면 어떻게 될지 그 녀석도 잘 알고 있을 것이다. 적이라면 적답게 상응하는 머리를 갖고 있기를 기대하겠어.

"아, 그 편지…."

아사히나 선배가 봉투 #5를 보았다.

"그거 언제…?"

아까 나가토한테 왔답니다.

"나가토 씨에게요…?"

긴 속눈썹을 깜박이며 아사히나 선배는 작은 목소리로 자그마한 동료 단원에게 말했다.

"나, 나가토 씨. 이걸 당신에게 전해준 건 혹시…."

"말하지 않는다."

단호히 거절하는 나가토였다. 무표정한 우주인은 타이르는 듯한 목소리로 말했다.

"너도 곧 알게 될 날이 올 거다."

입술을 벌린 채 굳어 있는 아사히나 선배에게,

"그건 스스로 알아야 하는 것이다."

눈으로 된 조각이 말을 하는 것 같은 목소리로 나가토는 그 말만을 한 채 더플코트의 모자를 깊숙이 눌러썼다.

말하고 싶지 않다기보다 말하지 않아도 알 거라는 듯이 여긴 사람은 나뿐만이 아닐 것이다.

입을 다문 두 명의 여자 단원 사이에 끼여 불편하고 거북스러워하던 나는 편지를 열어보기로 했다.

#5의 내용.

『끝났습니다. 거기에 있는 아사히나 미쿠루에게 원래의 주류 시간축으로 돌아가라고 말해주세요. 시간 지정은 당신이 해주십시오. 괜찮다면 장소도요. 마음대로 해주세요.』

마음대로 해주세요—라. 다른 상황에서 다른 의미로 듣고 싶습니다. 단 한 번만이라도 좋으니까요. 물론 진짜 아사히나 선배에게서 말이다.

뭐, 내 인생을 돌이켜보건대 그런 바람이 이루어졌다 하더라도 아무것도 못한 채 현기증이 나서 그대로 기절해버려 푹 잠들었다 하루히한테 두들겨 맞아 깨어날 운명이 기다리고 있을 거다. 아마 틀림없이 그렇게 될 거다. 그러니까 주제에 맞지 않는 소원은 빌지 않는 게 제일이다. 하루히처럼 지구를 역회전시키고 싶지도 않다. 일어나지 않기를 바라는 소원은 봉인해두는 게 좋다. 세계는 지금 모습 그대로 있어다오.

그렇기 위해서는 아사히나 선배를 원래대로 돌려보내는 것부터 해야겠군. 나는 마음을 어딘가로 떠나보낸 듯한 상태인 아사히나 선배의 어깨를 두드려 #5의 편지를 보여주었다. 내용보다 그 편지를 보낸 사람을 신경 쓰고 있었던 그녀는 마지막까지 다 읽고 나자 이해했다는 표정으로 말했다.

"알았습니다. 제가 할 일은 끝났군요."

그리고 약간 쓸쓸한 듯 덧붙인다.

"하지만 간접 명령이 되네요. 콘의 힘을 빌리지 않으면 저는 원래 시간으로 돌아갈 수도 없어요."

하지만 그런 감정도 이내 떨쳐내고 아사히나 선배는 미소를 지었다.

"언젠가 꼭 저는 제가 모두 다 할 수 있게 되겠어요. 그때는 제가 콘과 여러분을 구할 거예요. 언제가 될지는 모르지만, 음, 꼭⋯."

소원은 이뤄질 겁니다. 그 목적의식과 그걸 다짐했을 때의 마음을 잊지 않는다면요.

나는 아무 생각 없이 손목시계를 보며 말했다.

"그럼 돌아갈 시간 말인데요."

이 아사히나 선배가 청소 도구함에 출현한 건 지금부터 6일 전 오후 3시 45분이고 그때 그녀는 '8일 후의 오후 4시 15분에서 왔다'고 했으니까 이 아사히나 선배의 원래 시간은 지금부터 2일 후 오전 4시 15분 이후다. 그보다 이전이 되면 지금과 상황이 달라진다. 같은 시간대에 두 명의 아사히나 선배가 있는 건 피해야 한다. 시간 차는 62초 정도면 되겠지.

"이틀 후면 화요일인가. 그날 오후 4시 16분은 어떨까요? 그러면 아사히나 선배가 존재하지 않은 시간은 1분 정도면 되니까요. 장소도 똑같은 곳으로 해도 되겠죠. 동아리방의 청소 도구함 안으로요."

"그래요⋯. 그 시간이라면 콘밖에 없었으니까요."

"교복과 실내화."

나가토가 말을 해준 덕분에 생각이 났다. 이 아사히나 선배는 츠루야 선배가 빌려준 옷을 입고 있다. 그녀가 입고 있던 교복은 츠루야 선배네 집에 놔둔 상태다. 그렇다고 해서 지금부터 츠루야 선배네 집으로 돌아갔다가는 정오에 예정된 역 앞 재집합 시간에 늦을 테고, 여기까지 와서 아사히나 선배를 혼자 내버려둘 생각은 전혀 들지 않는다.

"이렇게 하죠. 아사히나 선배는 그 복장으로 이틀 후로 돌아가고 교복과 신발은 제가 오늘 안에 츠루야 선배네 집에 가서 어떻게든 처리하겠습니다."

"부탁드려요. 그리고 저….'

꾸벅 머리를 숙인 아사히나 선배는 뚫어져라 나를 쳐다보며 깜박 잊은 말이 있는 듯 입을 벌렸다가 다시 다물었다. 나가토를 신경 쓰는 것같이 보이는 건 단지 내 착각인가?

"아무것도 아니었…어요. 그 얘기는, 음, 돌아가서 하죠."

신경이 쓰이긴 하지만 별일은 아닌 것 같다. 그리고 모레 알게 될 일이라면 굳이 지금 몰라도 괜찮지.

지금 이 자리에서 시간 이동 메커니즘을 작동시켜줘도 되겠지만 아사히나 선배는 그 순간을 보이고 싶지 않은 듯했다. 혼자 있을 수 있는 곳이 좋겠다. 우리는 도서관으로 들어가 여자 화장실까지 아사히나 선배를 배웅했다.

"콘, 여러 가지로 고마워요. 코이즈미와 츠루야 씨한테도 인사를 해야겠죠."

코이즈미한테는 언제든지, 모리 씨 일행에는 다음에 만났을 때 말하면 됩니다.

츠루야 선배는 말 안 해도 알아주시겠지만 그것도 제가 말해놓을

게요.

"그럼…. 콘, 나가토 씨, 모레 봐요."

아사히나 선배는 마지막까지 아쉬워하며 머뭇머뭇 화장실 안으로 사라졌다.

개인 칸이 닫히는 소리가 나고 그 뒤로는 어떤 SE(주29)도 들리지 않는다. 나가토가 조용히 고개를 들고,

"현재 시공에서 소실되었다." 라고 가르쳐준다.

끝났구나. 이제는 이틀 후를 기다리기만 하면 된다. 나는 나가토를 데리고 도서관을 나와 깊이 숨을 토해냈다.

"야, 나가토. 어제와 오늘 사이에 나는 아사히나 선배와는 다른 미래에서 온 사람과 코이즈미의 조직과 대립하는 걸로 보이는 녀석들을 만났어."

"그래."

"그래. 그러니까 네가 말한 다른 우주인도 어딘가에 있을 것 같아."

"무서워?"

나가토는 흔들리지 않는 시선으로 물은 뒤 스스로 답을 말했다.

"나는 무섭지 않아."

네 말이 맞아, 나가토. 나도 같은 의견이다. 아사히나 선배와 코이즈미도 동의해줄 거야. 비슷한 사람들끼리 잘해보자고.

나가토는 묵묵히 앞을 향했고 나도 입을 다물고 걸어갔다.

말하지 않아도 아는 걸 굳이 말할 필요는 없다. 나는 그걸 알고 있었다.

SOS단은 다섯 개의 개인이 모인 게 아니다. SOS단이라는 하나

주29) SE: Sound Effect의 약자. 음향 효과.

의 동체인 거다. 이미 알고 있는 그런 사실을 나보다 더 잘 아는 녀석한테 말할 필요는 없는 법이지.

제7장

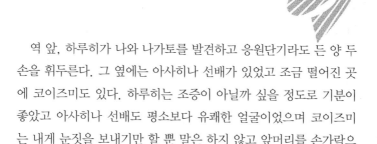

역 앞, 하루히가 나와 나가토를 발견하고 응원단기라도 든 양 두 손을 휘두른다. 그 옆에는 아사히나 선배가 있었고 조금 떨어진 곳에 코이즈미도 있다. 하루히는 조증이 아닐까 싶을 정도로 기분이 좋았고 아사히나 선배도 평소보다 유쾌한 얼굴이었으며 코이즈미는 내게 눈짓을 보내기만 할 뿐 말은 하지 않고 앞머리를 손가락으로 튕겼다.

"너무 느긋한 거 아냐, 쿈이랑 유키. 어디서 농땡이를 친 거야?"

하루히는 나가토와 팔짱을 끼며 말했다.

"사실은 계속 도서관에서 몸을 녹이고 있었던 거 아냐? 도서관에 신기한 장소가 있다면야 상관없지만. 있었어?"

"없어."

페이지를 펼치면 그 안의 세계로 빨려 들어가는 책도 없었고, 행간에서 책 속 세계의 캐릭터가 튀어나오지도 않았다. 더 크거나 오래된 도서관의 서고라면 있을지도 모르지.

"그래, 다음에 찾으러 가보자. 고서 전문점 같은 데로 말이야. 나는 츠루야네 일족말고는 출입금지인 창고라는 데를 들어가보고 싶은데 선조님의 유언이라니 어쩔 수 없지."

하루히는 어디에 가겠다는 설명도 없이 걷기 시작했다. 아사히나 선배와 코이즈미는 어디로 가는지 알고 있는 듯 태연히 미소를 지으며 따라간다. 나와 나가토도 함께 걷는다.

하루히에게 어디로 가냐는 질문을 던져봤자 헛수고라는 건 잘 알고 있다.

목적지가 명확하지 않다 해도 하루히는 계속 걸어갈 테고, 그러다가 멈춰 선 발 밑을 가리키며 "여기야" 라고 당당히 말할 거다.

SOS단 호는 하루히 선장의 조종하에 어딘가를 향해 출항했고, 배였다면 버뮤다까지 갔겠지만 이때 하루히가 우리를 인도한 곳은 어제도 왔던 신장개업 이탈리아 음식점이었다.

점심을 먹고 있는 동안 나는 종종 아사히나 선배를 쳐다보며 복잡한 심정을 맛보았다.

나이프와 숟가락으로 해물 크림 스파게티를 천천히 먹고 있는 모습. 마음이 편안해지는 모습이지만 앞으로 그녀는 과거의 나와 정신없는 날들을 보내게 된다. 차라리 확 가르쳐줘버릴까. 최악의 경우 유괴에 대해서만이라도 말이다.

내가 갈등을 하고 있는데 맞은편에 앉은 하루히가 버릇없이 내 접시 끝을 포크로 두드린다.

"쿈, 멍하니 무슨 생각을 하는 거야? 무슨 고민이라도 있어? 뭐 하면 내가 단장으로서 상담을 해줄게."

반짝이는 눈동자는 기운이 넘친다는 증거다. 만우절 날 시시한 거짓말에 그대로 속아넘어간 경박한 인간을 보는 눈이다.

"그런데 네가 걸었던 그 전화 말이야. 잊었어? 장난전화. 그거 대체 뭐였냐?"

"아아, 그건."

나는 물을 한 모금 들이켤 시간을 확보한 뒤 대답했다.

"내가 생각해도 재미없는 농담이었다. 그냥 그런 말을 하고 싶은 기분이었어. 말하지 말 걸 그랬다. 미안하다."

나는 아사히나 선배를 잠깐 쳐다보았고 하루히도 똑같은 행동을 보였다. 아사히나 선배는 "어?"스런 표정으로 파스타를 입으로 가져가던 손을 멈추었지만 다음 순간 나와 하루히는 다시 서로를 쳐다보았다.

"뭐, 그건 됐어." 하루히는 거만하게 용서해주었다. "다음번에는 더 재미있는 장난전화를 걸어라. 웃기는 거라면 보너스 점수를 줄 테니까. 몇 개 쌓이면 내 특제 경품과 교환해줄게. 하지만 시시한 농담이면 가차없이 감점할 거야. 명심해둬."

마치 간접적으로 장난전화를 걸라고 요구를 하는 것 같다. 평범한 연락을 위해 전화를 했을 때도 농담거리를 생각해둬야 하나 고민하기 시작한 나를 하루히와 아사히나 선배가 키득거리며 바라보았다.

점심식사 후 하루히는 아무 아쉬움도 없다는 듯 전원 해산을 알렸다. 아사히나 선배(미치루)에게서 듣기는 했지만 오전만 하고 끝을 내다니 하루히도 이틀 연속으로 뛰기에는 피곤한 거라고 봐도 되는 걸까. 그런 것치고는 기운이 넘쳐흐르는 얼굴인데.

아사히나 선배가 입으로 손을 가리며 웃는 얼굴로 내게 인사를 했고, 나가토는 표준적인 무표정으로, 코이즈미는 지긋지긋할 만큼 상쾌한 얼굴로 각자 다른 방향으로 향했다.

잠깐 동안 어슬렁거리다 나는 코이즈미를 붙잡았다.

"고맙다."

코이즈미는 별일 아니라는 듯 웃는다.

"천만에요. 이상은 미연에 방지하는 것이었으니 결과가 썩 좋았다고는 할 수 없죠. 자동차 경주는 필요 없었는데 말이에요."

순찰차를 타고 있던 경찰관 차림의 타마루 케이이치와 유타카 형제, 그 사람들은 진짜냐. 실제로 형제인지도 의심스럽다만.

"글쎄요. 어떤 때는 고도의 저택의 주인과 그 동생, 또 어떤 때는 벤처 기업 사장과 그 동생, 그리고 또 어떤 때는 경찰관 콤비… 로 가장한 제 동료라고 보면 되지 않을까요."

모리 씨와 아라카와 씨. 특히 모리 씨의 정체가 점점 수상해진다.

"너희 조직과 아사히나 선배와 나가토의 두목은 손을 잡고 있는 거냐?"

"직접적으로는 아닙니다. 다만 어느 사이엔가 암묵적으로 양해가 이루어졌는지 부지불식간에 무언의 연계를 취할 때도 있는가보더 군요. 저도 잘 모르는 세계라서 지금은 '기관' 자체가 의지 통일과는 거리가 먼 상황이에요."

뒷길을 걸어가며 코이즈미는 한쪽 어깨를 치켜올렸다.

"일부의 의견으로는 우주인과 미래에서 온 사람은 사실은 없는 게 아니냐는 극단론도 있답니다. 나가토 씨와 아사히나 씨는 자신이 우주인 혹은 미래에서 온 사람이라고 생각하는 가엾은 여자애가 아니냐는 거죠."

새삼스레 그게 말이 되냐. 보증서를 써줘도 될 정도다.

"하지만 나가토 씨의 마법 같은 힘과 아사히나 씨의 시간이동 능력, 그 모두는 스즈미야 씨가 발생시킨 것이고 그분들은 각각 자신이 우주인 혹은 미래에서 온 사람이라고 생각하는 거라고 하면 어떻게 될까요."

그렇게 얘기하면 어떤 일이든 다 가능한 거 아니냐.

"혹은 신적인 능력을 가진 사람은 스즈미야 씨가 아니라 다른 사람일지도 모르죠."

코이즈미는 나름대로 냉소적인 미소로 전환한 건지 모르겠지만 내 눈에는 언제나 똑같은 상쾌 핸섬 페이스로밖에 보이지 않는다.

"태풍의 중심부는 맑지만 주변은 폭풍우가 칩니다. 조금 벗어난 바깥에서 한가운데를 내려다보는 입장에 선 사람이 있을지도 모르죠. 언제나 정신없이 뛰어다니는 건 당신이잖아요? 만약 자신이 각본가라면 그렇게 힘든 역할을 자기에게 맡길까요?"

코이즈미의 특기인 애매모호 해설이다. 빚이 있으니 조용히 들어주지. 들은 걸 기억할지 어떨지는 확답을 하지 못하겠다만. 그게 가능하다면 내 성적은 조금이라도 더 나은 상태였을 거다.

"솔직히 말하자면 현실적인 문제로 저도 소수파가 되고 있습니다. 어느 의견에 귀속하느냐 묻는다면 저는 우선 첫 번째로 SOS단을 떠올리고 말아요. 제 소속 단체는 이제 '기관'보다 그쪽에 있다고 감정이 호소하고 있는 거죠. 그래서 이렇게도 생각을 합니다. 만약 '기관'에서 부여받은 사명이 SOS단의 이익을 해치게 될 경우 과연 저는 갈등하지 않을까 하고 말입니다."

장황하게 연설을 한다 해도 나는 청중의 자리를 계속 지켜줄 생각이었는데 하필 이럴 때 코이즈미는 짧게 심정을 토로한 뒤 손을 흔들며 가버렸다.

　나는 집에 돌아와 샤미센과 녀석의 털이 흩어져 있는 방바닥에 주저앉아 팔짱을 꼈다.

　아사히나 선배(미치루)가 할 일은 끝났다. 아사히나 선배(소)는 이제부터다. 그리고 내가 할 일도 아직 남아 있다.

　손에 미래 통신 #6이 남아 있다.

　『모든 일이 끝났을 때 그 공원에서.』

　아사히나 선배(미치루)를 원래 시간대로 돌려놓은 게 #5니까 다음은 이 #5에 따르면 된다. 하지만 말이야.

　정말 모든 게 끝난 걸까? 아직 뭔가 더 남은 것 같다는 기분이 강하게 드는데 왜 이런 기분이 드는지는 나도 모르겠다. 말린 정어리의 잔가시가 머리 어딘가에 콕 박혀 있다.

　입력이 없는 머리를 아무리 쥐어짜봤자 답은 나올 것 같지 않아 아사히나 선배(대)가 보내온 편지를 전부 다시 읽어보았다. 모두 다 아직까지 의미를 알 수 없는 것들이었고, 우리가 한 행위에 어떤 장점이 있는지 도통 이해가 안 간다. 하지만.

　"그래, 이거 하나만 예외네."

　내가 꺼내든 건 세 번째 지령 문서였다.

　『산에 가주세요. 그곳에 눈에 띄는 모양을 한 돌이 있습니다. 그 돌을 서쪽으로 약 3미터 이동시켜주세요. 장소는 그 아사히나 미쿠루가 알고 있습니다―.』

　이것만 하루히의 움직임과 연동되어 있다. SOS단 전원이 한 장소에 있었던 건 이것뿐이다. 무익한 보물찾기. 아무것도 나오지 않고, 나오지 않는다는 걸 알고 있는….

　조금만 더 하면 뭔가 잡힐 것 같았는데 동생이 저녁 준비가 다 됐다고 알리러 방으로 뛰어들어온 바람에 껄쩍지근한 기분만 남긴 채 방을 떠나야 했고 욕실에서 머리를 감는 사이 무슨 생각을 하고 있었는지 까맣게 잊어버린데다, 뜨거운 욕조에 턱까지 담그고 있을 때가 되어서는 오늘은 일찍 자자는 생각밖에 머릿속에 없었다.

　하지만 오늘의 막바지가 되어 또다시 지령이 떨어졌다. 미래에서 온 사람이 아니라 하루히로부터, 신발장 통신을 대신해 동생이 전화기를 들고.

　"콘, 전화. 하루냥이야—."

　허락도 없이 욕실 문을 열고 들어온 동생이 내게 전화기를 건네준다. 나는 손을 흔들어 동생을 내쫓으며 수화기를 귀에 댔다.

　"여보세요?"

　『아, 혹시 목욕하고 있냐?』

　하루히의 목소리가 욕실에 메아리친다. 맞긴 한데 이상한 상상하지 마라.

　『안 해, 바보야. 그보다 내일 다시 역 앞에서 집합이다.』

　왜 이런 시간에 갑자기 그런 소리를 하는 거야? 오후에 헤어질 때 했으면 됐잖아.

　『뭐 어때. 이쪽에도 사정이라는 게 있다고.』

　네 사정말고 다른 뭐가 있었던 적이 있었냐?

　『아무튼! 아, 하지만 집합 시간은 오후여도 상관없어. 으음—, 오후 2시 정각. 너는 아무것도 안 가져와도 돼.』

너는?

『그냥 혼잣말이야. 알겠지? 내일 오후 2시다. 안 오면 무지하게 후회할 거니까 시간 꼭 지켜, 꼭이다. 알았지!』

빠르게 자기 할 말만 하고 끊는 게 하루히의 전화 예절이다. 나는 전화기를 쥔 채 욕조에서 나와 수건으로 몸을 닦으며 생각했다.

역시 아직 남아 있었던 거다. 이번에는 뭐지? 2월의 하루히는 우울 모드로 시작해서 절분, 보물찾기, 2일 연속 신비 탐색을 했고 이걸로 끝인가?

잠깐만, 왜 아사히나 선배(미치루)는 얘기를 안 한 거지? 내가 그녀에게서 들은 스케줄에 내일 역 앞에서 집합한다는 얘기는 없었다. 아사히나 선배는 상관없는 일인 걸까? 몰랐으니 말을 안 했거나 알고 있었지만 말을 안 했거나 둘 중 하나인가.

그런 역사는 없었다는 말만은 하지 말아줘.

물론 얘기를 들은 시간에 정해진 장소에 가는 건 습성을 초월한 조건 반사가 되어 있었고, 그날 오후 2시 5분 전에 역 앞에 도착한 나를 이미 다들 모여 기다리고 있는 건 겨울 다음에 봄이 오는 것 이상으로 평범한 현상이었다.

웬일로 하루히는 일찍 가도 지각하는 나를 꾸짖지도 않고 커피숍으로 가지도 않았다. 향한 곳은 버스 터미널이었고, 나는 하루히에게 떠밀려 북쪽으로 향하는 버스에 탔다.

아사히나 선배가 작게 하품을 연발하다 황급히 입을 가리는 동작이 마음에 걸렸는데 자세히 보니 하루히도 수면 부족인지 종종 눈을 비비고 있다. 하지만 내 눈길을 알아차리자 매섭게 노려보고 입을 삐죽 내밀고는 창 밖으로 고개를 돌렸고 경치는 점점 녹음이 짙어졌다.

우리를 태운 버스는 산으로 향하고 있었다. 며칠 전 보물찾기를 하러 츠루야 가문의 산에 갔던 것과 같은 여정이었다.

내린 정류장도 같았다. 그리고 또다시 같은 경로로 츠루야산 정상으로 향하는가 싶었는데,

"이리로 올라가면 돌아가잖아. 원래가 뒷길이고 말이지. 남쪽으로 돌아서 그리로 올라가자."

하루히가 씩씩하게 걷기 시작했고 아사히나 선배와 나가토도 두 번째의 등산에 아무 의문도 없다는 걸음으로 그 뒤를 따랐다. 코이즈미는 잠시 턱을 긁다가,

"자, 가죠. 여기까지 왔으니 되돌릴 수 없는 건 저나 당신이나 마찬가지예요."

이해가 안 가는 소리를 하고는 구구거리며 비둘기처럼 웃었다.

하루히는 산기슭을 빙 돌아 남쪽으로 향했다. 어디로 가고 싶은 건지 나도 눈치를 챘다. 몇 번 와본 적이 있다. 아주 최근에 이틀 연속으로.

펼쳐진 것은 산말고는 마른 논밭뿐. 첫 번째 때 나는 아사히나 선배(미치루)와 이 길을 지나 산을 올라갔다. 두 번째는 SOS 단원 모두와 함께 이 길을 내려왔다.

그 표주박 돌이 있는 곳, 그리로 가는 최단거리 산길로 하루히가 앞장서 간다.

"아하, 어쩐지…."

내가 돌을 옮겨놓은 날 아사히나 선배치고는 특이하게 길 안내를 잘한다 생각했는데, 이렇게 몇 번 지났던 길이라서 그런 거였구나.

그 아사히나 선배는 하루히의 손에 이끌려 위태위태한 걸음으로 산을 탔고 나가토가 뒤에서 추락 방지 임무를 맡고 있다.

이내 예의 장소에 도착했고 하루히는 중간쯤의 평지 부분으로 폴짝 뛰어가서 마음에 드는 의자라도 되듯 표주박 돌 뒤에 앉았다.

"콘, 코이즈미, 보물찾기 제2탄이다. 생각해보니까 하루 노력하고 바로 포기하는 건 끈기가 너무 없잖아. 역시 발견될 때까지 해야지. 보물찾기는 그런 거야."

끝내주는 미소를 지은 하루히는 코트 주머니에서 원예용 모종삽을 두 개 꺼내 나와 코이즈미에게 던졌다.

"사실은 요전처럼 삽으로 구석구석 파헤치고 싶지만 특별히 그걸로 봐줄게. 그리고 팔 곳도 한 곳, 여기야."

자기의 바로 앞, 그러니까 표주박 돌 바로 옆을 가리킨다. 3일 전 나와 코이즈미가 2미터나 팠던 부분과 완전히 똑같은 곳이다. 그곳은 이미 팠던 곳이라고 내가 말하기 전에,

"없어진 줄 알았던 게 어느 틈엔가 한 번 찾아봤던 곳에 돌아오는 경우가 자주 있잖아? 보물도 비슷한 거야. 찾는 건 몇 번이나 같은 곳을 찾아봐야 하는 법이지. 내가 있다고 했으니까 있는 거야."

꽃 피우는 할아버지가 키우던 충견(주30)보다 더 확신에 찬 하루히였다. 어떻게 된 건지 아사히나 선배도 맞는 말이라는 듯 미소를 지으며 고개를 끄덕였고, 변함없는 건 나가토뿐이라는 상황 속에서 내가 삽을 손에 들고 아무것도 하지 않을 수는 없는 노릇이라, 그제야 나는 코이즈미가 지금 짓고 있는 미소의 의미를 깨닫기 시작했

주30) 꽃 피우는 할아버지와 충견: 정직한 할아버지가 주운 강아지 덕분에 보물을 얻고 마른 나무에 꽃을 피우는 내용의 옛날이야기.

다.

파는 데는 시간도 수고도 별로 들지 않았다. 사전에 파두었던 흙은 부드러워 작은 모종삽으로도 여유를 부릴 수 있었고, 별로 깊이 팔 것도 없이 불과 1분 만에 삽 끝이 딱딱한 물체에 부딪쳤다.

하루히가 능글맞게 웃고 있는 가운데 나는 흙을 헤치고 찾아낸 물건을 땅 속에서 꺼냈다. 네모난 상자는 아무리 봐도 겐로쿠 시대의 물건은 아니다. 전병이나 과자를 담는 캔이다. 3일 전에 나와 코이즈미가 찾았을 때는 이런 게 없었다. 이 3일 사이에 누가 여기에 파묻은 게 분명했고 누가 묻었는지는 생각할 여지도 없었다.

"열어봐."

하루히가 말했다. 작은 광주리를 선택한 할아버지를 보는 참새와 같은 얼굴로.

나는 캔을 잡고 뚜껑을 젖혔다.

"……"

황금도 금화도 아니었다. 하지만 보물이라는 말에 이의를 걸 수 없을 만한 물건임에는 분명하다.

화려한 포장지에 싸여 예쁘게 포장된 자그마한 상자 여섯 개가 들어 있었다. 리본이 달린 건 말할 필요도 없었고.

그리고 그제서야, 정말로 그제서야라고밖에 달리 할 말이 없었다.

나는 오늘이 몇 월 며칠인지 떠올렸다. 아니, 깨달았다. 어떤 의미에서 7월 7일보다 중요한 날이다. 일부의 남학생들에게는 말이다.

오늘은 2월 14일이다.

그러니까 바로 밸런타인데이다.

"직접 만든 거야."

하루히가 옆을 보며 설명했다.

"어제 낮부터 밤까지 걸렸다니까. 나랑 미쿠루랑 유키랑 셋이 유키네 집에서 밤새 작업을 했다고. 사실은 카카오부터 다 만들고 싶었지만 그건 도저히 무리지. 그래서 초콜릿 케이크로 했어."

포장지에 붙어 있는 실에 세 명이 직접 쓴 글자가 들어 있었다. 세 개씩, 내 이름이 적힌 것과 코이즈미의 이름이 적힌 것.

모종삽을 옆에 내려놓은 코이즈미는 꼼꼼히 손을 턴 뒤 상자 하나를 집었다. '코이즈미에게 미쿠루'라고 적혀 있으니 그건 아사히나 선배가 만들어준 보물이다.

하루히는 기관총처럼 말했다.

"엄청 만들었어! 만드는 사이에 재미있어져서 푹 빠졌다니까. 하지만 뭐 어때. 나는 이벤트를 모두 다 챙기지 않으면 그게 신경이 쓰여서 아무것도 손에 안 잡히고 솔직히 말해 '계획한 대로 빠진 거 아냐?'라는 생각도 하긴 했지만 그게 뭐 어떠니? 좋잖아, 이렇게 널리 퍼진 풍습이니까 과자 가게의 음모론을 떠들어대는 녀석이 더 분위기 파악 못 하는 거지! 좋아! 나랑 유키랑 미쿠루도 재미있었으니까! 사실은 고춧가루를 넣을까도 생각했었는데 그러지는 않았지만, 뭐니, 그 눈은!"

아니, 아무것도 아니다. 그냥, 그냥 고맙다. 정말 그렇게 생각한다. 나는 지금 이날까지 오늘이 세상 모든 남자들에게 가슴 설레는

날이라는 사실을 완전히 잊고 있었거든. 기억하고 있었다면 더 멋진 반응을 미리 생각해놨을 텐데, 완벽한 기습을 당해 여자 단원 세명 어느 누구에게도 아무 말도 나오지 않는다. 경쾌한 응수도, 쑥스러움을 숨기는 것도, 애드리브도 할 수 없었다. 아마 내게는 그런 대처를 할 정도의 인생 경험이 부족한 거겠지.

온몸의 힘이 빠진다. 모든 수수께끼가 풀린 기분이다. 2월 들어 거동과 정서가 이상해진 하루히. 시간을 뛰어넘어 찾아온 아사히나 선배가 보물찾기에 대해서는 말하기 껄끄러워했던 것. 타니구치가 비뚤어졌던 것과 너는 좋겠다는 발언.

하루히는 계속 이 생각을 하고 있었던 거다. 밸런타인데이에 초콜릿을 건네줄 방법. 정말 하여튼 눈곱만큼도 솔직하질 못하다니까. 동아리방에서 주면 될 걸 보물찾기를 한다며 구멍을 파게 하고 다시 그 구멍에다 묻어두다니 대체 어디 사는 비비꼬인 녀석이 생각해낸 거야? 그럼 그건가. 츠루야 선배도 한 패? 그러니까 보물지도도 다 가짜다. 하루히가 쉽게 보물을 포기한 건 그런 보물은 처음부터 묻혀 있지 않았다는 걸 알고 있었기 때문이다. 하루히에게 있어 보물이라 부를 만한 것은 그 시점에서는 앞으로 묻을 예정이었던 거다. 그 보물이란 바로 지금 나와 코이즈미가 손에 들고 있는 각각 세 개씩의 초콜릿이고, 이런 걸 위해 하루히는 2월 초 내내 불안정하게 보냈단 말인가. 나가토와 아사히나 선배를 끌어들여서까지.

어쩌면 이렇게—.

바보란 말인가. 이런 걸 기획한 하루히도, 그걸 알아차리지 못한 나도.

"우정이다, 우정. 모두 모조리 다. 사실은 우정이니 그런 말도 하고 싶지 않거든, 나는. 초콜릿도 초콜릿 케이크도 다 초콜릿이지 뭐."

가을 수풀 속에서 우는 괴상한 벌레 같은 하루히의 목소리를 들으며 나는 기력을 쥐어 짜 고개를 들었다.

하루히가 화난 얼굴로 노려보고 있다. 아사히나 선배는 개구쟁이 처녀처럼 웃고 있었고 나가토는 무표정하게 내 손을 바라보고 있었다.

"감사합니다. 감사히 잘 먹겠습니다."

코이즈미에게 선수를 빼앗겼다. 하루히는 입을 질끈 다물었다.

"집에 가면 바로 먹으라고 권하겠어. 저녁 먹기 전에 단숨에 먹어치워라. 감실(주31)에 모셔두지 말고."

하루히는 팽하니 고개를 돌리고 발딱 일어섰다.

"그럼 이제 가자. 이벤트는 끝나고 바로 자리를 뜨지 않으면 집에 갈 때 사람에 치여 고생하니까. 나는 졸려. 새벽까지 만들었거든. 그리고 밤을 새운 채로 여기에 와서 묻고 다시 가서 유키네서 2시간 정도밖에 못 잤어. 미쿠루랑 유키도 다 똑같은 처지라고!"

집에 가는 길이었다. 정류장에서 버스를 기다리는 동안 하루히는 내게서 제일 멀리 떨어진 곳에 서서 먼 산 바라기만 하고 절대로 눈을 맞추려 들지 않았다. 이런, 이런.

나는 옆에 있던 아사히나 선배에게 작은 목소리로 물었다.

"진짜는 없는 겁니까?"

주31) 감실 신주를 모셔두는 장.

"네."

쓸쓸한 빛으로 아사히나 선배가 고개를 끄덕였다.

"여기서 누군가를 좋아하게 되어도 저는 언젠가 미래로 돌아가야 하니까요. 헤어져야 하는 건 정해진 일이에요. 그때가 슬프잖아요 …?"

어쩜 이렇게나 고지식한 의견일까. 반론을 할 여지조차 보이지 않는다. 너무 완벽한 정론이라 그대로 이해하는 게 주저될 정도였다.

"계속 있으시면 되잖아요" 라고 나는 말했다. "이 시대도 그렇게 나쁘지는 않죠? 미래에는 가끔 돌아가는 걸로 하고 호적을 이 시간으로 옮기면 되죠."

"우훗, 고마워요."

아사히나 선배는 온화하게 확 빼앗아버리고 싶은 입술에 미소를 지었다.

"하지만 여기는 제가 태어난 시간이 아니에요. 고향은 저쪽, 미래죠. 아니, 저에게 여기는 과거예요. 손님인 거죠. 미래가 제 현재이고 제 집이에요. 언젠가는 돌아가야 할 곳이죠."

타케토리 이야기(주32)군. 어떤 대책을 강구해도 막을 수가 없고 그때가 되면 지상에서 사라진다. 그건 그녀가 있을 곳이 그곳이 아니기 때문이었을 것이다. 나도 그렇게 생각할지도 모른다. 백 년 전으로 가게 된다면 처음에는 신기해하더라도 곧 문명의 이기가 그리워질 게 분명하다. 낭비다 싶을 정도로 돌아가는 그래픽으로 떡칠한 게임이 하고 싶고, 편의점에서 치킨 덮밥 도시락을 전자레인지에 데워달라고 하고 싶고 휴대전화로 무의미한 문자를 보내거나 수

주32) 타케토리 이야기: 노인이 대나무 속에서 발견해 키운 카구야 공주라는 여인이 다섯 명의 귀공자의 구혼을 불가능한 물건을 요구하는 방법으로 물리치고, 결국에는 황제의 명에도 응하지 않은 채 8월 15일 밤에 달나라로 돌아간다는 일본의 옛날 이야기.

다리를 떨고 싶을 것이다. 무엇보다 내 방에서 빈둥거리며 느긋하게 자신의 시간을 보내고 싶어할 거다.

아무리 여기서 똑같은 행동을 한다 하더라도 아사히나 선배에게 는 자신의 시간이 아닌 것처럼 느껴지지 않을까. 아무래도 과거에 있는 거니까. 부자연스러운 장소에 있으면 마음도 편하지 않으리라 는 건 상상할 수 있다.

"아, 하지만요."

황급히 아사히나 선배가 손을 파닥거린다.

"이러는 게 재미없는 건 아니에요. 아주 보람도 있고 열심히 해 야 한다고 생각해요. 콘이 있어줘서 정말 고맙게 생각하고 있어요."

참 감사한 말씀을 해주시네요. 시험삼아 말해볼까.

"그럼 돌아갈 때 절 미래로 데리고 가주는 건 어때요?"

그렇게 되면 하루히가 가만히 있지 않을 테니까.

"그냥 이 참에 다 같이 미래로 여행을 가죠. 하루히랑 나가토랑 덤으로 코이즈미까지 데리고 가면 되죠. 제가 아무도 군말 못 하게 할게요. 아, 점점 미래로 이주하는 것도 나쁘지 않은 것 같다는 생 각이 드는걸요."

"네에?!"

요정 같은 눈동자가 깜짝 놀란 듯 활짝 뜨였다.

"아, 안 돼요. 엄청난 금지 사항이에요. 그런 건…."

아사히나 선배는 한참 놀란 표정을 하고 있었지만 겨우 내 표정 을 알아차렸는지 입을 다물고 가는 어깨를 흔들기 시작했다.

"우후훗, 차암. 콘, 농담이라면 더 농담답게 말을 해주세요. 깜짝 놀랐잖아요."

"죄송합니다."

그렇다, 이건 농담이다. 여기는 내가 있어야 할 시대다. 지금까지 엄청난 일을 겪기도 하고, 특히 3년 전부터 4년 전에 걸쳐 정신없이 왔다갔다하기도 했지만 반드시 돌아오게 되어 있는 게 지금 이곳이자 SOS단 동아리방이다. 고등학생으로서의 삶도 아직 1년도 못 채웠고 하루히도 현대에 아직 못 해본 일이 산더미처럼 남아 있을 것이다. 그 녀석이 모든 걸 완료하는 날이 과연 오기나 할까. 그럼 미래로 도망을 꾀하는 건 너무 성급한 짓이다.

아사히나 선배는 언젠가 원래 있던 미래로 돌아가버릴지도 모른다. 하지만 일단 지금은 아직 돌아가지 않는다. 그거면 된다. 즐거운 시간을 지속시킬 수만 있다면 미래도 저절로 즐거운 것이 되겠지. 옛날에 그녀가 말한 시간 평면이 어쩌고저쩌고 한 만화 비유, 그걸 참고로 말하자면, 모든 페이지에 개그만 이어지다 마지막 한 장만 공포 만화가 되는 일은 없을 거다. 그런 건 나는 이해할 수 없다. 누구나 다 그렇지 않을까?

나는 한 번 하루히를 포함한 SOS단의 동료를 잃었다가 되찾았다. 그때 다진 결의를 나는 아직 잊지 않았다. 앞으로 뭐가 어떻게 된다 해도, 구르든 쓰러지든 반드시 긍정적으로 가는 거다. 불과 두 달 전에 다짐한 결의를 뒤엎을 만큼 나는 전방위적으로 가벼운 인간은 아니다. 하지만 '이런, 이런'은 좀 봐주기 바란다. 그건 특별한 거니까.

그러니까 아무리 하찮은 자존심이라도 도매급으로 넘기려면 조금만 더 가격이 내린 다음에 해달라는 소리다. 이런, 이런 하고 고개를 저으면서도 전력으로 앞을 향해 나가다 보면, 그래, 말은 뭐가 되든 상관없다. "이 바보 하루히"도 좋고, "나도 데리고 가라"도 좋고, 나가토처럼 침묵을 해도 좋다. 2인 삼각 경주를 할 때는 누구나 상대방과 다리를 묶는다. 혼자서 삼각을 하는 것보다 5인 육각을 하는 게 더 간단하다.

그 사실을 이 1주일 동안 나는 크게 깨우치게 되었다.

역 앞과 집을 오가는 날들이었다. 하지만 그것도 한동안은 간격이 있겠지. 마침내 마지막까지 하루히는 옆만 보고 있다가 제대로 인사도 하지 않고 등을 돌렸다. 씩씩하게 걸어가는 우리의 단장님은 과연 내일 어떤 얼굴로 교실에 계실까나.

나는 주머니에 넣은 작은 상자의 무게를 확인하며 아사히나 선배와 나가토에게 감사의 말을 했다. 아사히나 선배는 되려 송구하다는 듯이 "말 안 해서 미안해요. 스즈미야 씨가 단단히 입막음을 해서요"라며 고개를 숙였다. 나가토에게도 유효한 하루히의 입막음인걸요. 당연한 거고, 무엇보다 이렇게 중요한 행사를 잊고 있던 제가 어떻게 된 거죠. 아무리 요새 많은 일들이 있었다고는 해도 밸런타인데이만은 금지 단어라도 되듯이 쑥 빠져 있었다.

방으로 돌아온 나는 하루히의 명령에 따를 생각도, 저녁밥 대신으로 먹을 생각도 없었지만 서둘러 세 개의 포장지를 풀었다. 투명한 플라스틱 케이스 안에 모양이 예쁘게 다듬어진 초콜릿과 코팅된 케이크가 들어 있었다.

하루히 게 원형, 아사히나 선배가 하트 모양, 나가토는 별모양이었고 각각의 표면에 화이트 초콜릿으로 글자가 쓰여 있었다.

무뚝뚝하게 '초콜릿'이라고 있는 그대로를 표시한 게 하루히였고 '증정'이라고 깔끔한 명조체를 보여주고 있는 게 나가토다. 아사히나 선배 것에는 '우정'이었는데 선배답지 않다 생각했더니 부록이 붙어 있었다. 서둘러 쓴 것으로 보이는 문장인 '스즈미야 씨가 이렇게 쓰라고 그랬어요'가 적힌 키친타월 조각이 케이스 바닥에서 나타났다. 세 명이 나가토의 집 부엌에서 떠드는 모습을 떠올리며 나는 세 개의 선물을 냉장고에 넣으러 갔다. 동생이 멋대로 먹어치우지 않도록 단단히 일러두는 것도 잊어서는 안 된다.

해가 진 뒤에 나는 자전거를 타고 나갔다.

마지막 체크 포인트는 나가토네 집 근처, 공원의 예의 벤치로 지정되어 있다.

어둡고 인적 없는 공원에서 가로등 불빛을 받고 있는 벤치에는 먼저 와 있는 사람이 없었다. 자전거를 세우고 공원에 들어서도 사람의 모습은 보이지 않았다.

차가운 벤치에 앉아 허공을 향해 말했다.

"거기 있죠, 아사히나 선배?"

벤치 뒤에 있는 상록수 수풀이 바스락 소리를 내더니 기다리던 사람이 천천히 벤치를 돌아 나타났다.

"앉아도 돼요?"

물론이죠. 얘기가 길어질지도 모르는데.

"후훗, 저는 별로 이야기하지 못할 거예요."

아사히나 선배(대)의 우아한 모습이 내 옆에 자리를 확보한다. 겨울 복장을 한 어른 버전의 아사히나 선배는 이렇게 볼 때는 일반인과 하등 다를 바가 없다. 보는 사람의 눈이 녹아버릴 것 같은 미모를 제외하면 말이다.

나는 한겨울의 공기를 들이마신 뒤 토해내며 말했다.

"설명해주실 거죠?"

"어디서부터 할까요?"

"저와 아사히나 선배가 한 심부름의 맨 처음 장난부터요."

바닥에 못을 박고 빈 깡통을 씌워 가엾은 남자를 병원으로 보냈다. 벌써 오래전의 일 같다.

"그렇게 해야만 했던 이유가 있어요."

아사히나 선배는 비스듬히 숙인 얼굴에 미소를 지었다.

"콘, 상상해봐요. 만약 당신이 몇 년이든 몇십 년이든 과거로 갔다고 치고—."

신중한 말투다.

"거기서 과거의 역사를 보게 되었다고 말이에요. 그런데 그 역사가 자신이 알고 있는 것과 다르다면요?"

"다르다니요?" 나는 이해가 안 갔다.

"예를 들어 당신이 작년의 오늘로 시간 역행을 했다고 쳐요. 그때 1년 전의 당신은 어디에 있었나요?"

아마 방에서 게임을 하고 있었겠죠. 누구한테 초콜릿을 받아 들떴던 기억은 없습니다.

아사히나 선배는 살짝 고개를 끄덕였다.

"그 역사가 달라진 상태를 한 번 생각해봐요. 당신이 1년 전의 자신의 집에 갔을 때, 그 집에 당신이 살고 있지 않다면 어떨까요? 당신도, 동생도, 부모님도 없다면요. 당신의 집에는 완전히 다른 가족이 살고 있고 당신의 가족은 당신이 아는 집이 아니라 다른 먼 곳에서 다른 인생을 살고 있다면….”

그게 말이 됩니까.

“과거에 와봤더니 우리가 알고 있는 역사와 미묘하게 다르다면 그 미래에 있는 우리들이 어떻게 생각할지 알겠어요? 과거는 항상 미래의 간섭을 받아야 한다면요? 그렇게 하지 않으면 우리의 미래는 형성되지 않고 다른 미래가 되어버린다면요?”

아사히나 선배의 목소리가 살짝 멀어졌다. 마치 속에 담긴 생각을 털어놓는 듯한 말투다.

“원래대로라면 계속 살아 있어야 하는 사람이 죽어 있는 과거. 원래대로라면 만났어야 했을 두 사람이 만나지 않은 과거. 그 과거를 방치해두면 우리가 있는 미래가 찾아오지 않을 거라는 사실을 알게 되었다면요.”

적막감이 느껴지는 미소가 더욱 흐려졌다.

“내막을 밝힐게요. 당신이 둔 빈 깡통을 찼다 다리를 다친 그 사람은 병원에서 한 여자와 만나게 돼요. 두 사람이 결혼해 아이를 갖고, 그 아이는 다음 자손을 남기게 됩니다. 그건 그때, 그 남자분이 병원에 갔기 때문이죠. 그 이외에 만나게 될 역사는 없어요.”

그 남자가 나와 같이 있던 아사히나 선배를 보며 흐뭇한 표정을 짓던 영상이 떠올랐다.

“그 기억 매체도 그래요. 데이터를 그 상태로 전달할 필요가 있었습니다. 그 사람은 우연히 같은 데이터를 구축하게 되어 있었어요. 하지만 그 우연의 순간이 이 과거에 없었던 겁니다. 어쩌면 말소된 건지도 모르죠. 그래서 보낼 필요가 있었어요. 가능한 한 우연을 가장한 형태로요."

화단에 떨어져 있던 기억 매체를 누가 주워 우연히 적당한 주소를 써서 보낸 게 그 사람이었다—고 그녀는 설명했다.

나는 기가 막혀서 말이 나오지 않았다. 그런 우연이 어떻게 있을 수 있단 말인가. 게다가 그때에는 이상한 녀석이 나타나 데이터를 직접 건네주기까지 했다. 그 녀석이 방해를 했으면 어쩔 생각이었던 거죠.

"그는 방해를 하지 않아요. 그 데이터는 그의 미래에도 필요했던 겁니다. 그래서 그도 이 시대에 올 수 있었던 거고요."

아사히나 선배는 명료하게 대답했다.

"저희의 미래에서는 그건 필연이었어요. 하지만 당신과 데이터를 받은 사람에게는 우연이죠. 시간은 그렇게 이루어져 있답니다."

"……."

머리가 빙글빙글 도는 건 내 상상 가능 영역을 가볍게 돌파했기 때문일 거다.

"거북이와 그 아이가 만난 것도 우연이에요. 그 아이는 그때 두 남녀에게서 거북이를 받은 사실을 계속 기억하게 됩니다. 남자가 거북이를 강에 던졌을 때 생겨난 파문과 천천히 퍼지던 파문. 거북이는 장수를 하게 되고 그 사람은 그 거북이를 볼 때마다 그 상황을 떠올리게 되죠. 그게 계기가 되어서 음, 하나의 기초 이론이 생겨나게 돼요. 다른 요소가 많이 얽힌 결과이긴 하지만요."

아마도—. 나는 현기증과 함께 상상을 비약시켰다. 그 소년은 타임머신을 발명한 사람이나 뭐 그런 인물이 될 거다. 위험했던 교통

사고와 거북이. 내 손이 미래를 바꾼 건가. 그 소년의 미래와 이 세계의 미래를. 내가 했던 사소한 행동 덕분에….

갑자기 다른 기억이 되살아났다. 문화제 며칠 전에 영화 클라이맥스 때문에 고생고생하고 있던 내게 나가토가 했던 말이다.

『미래를 고정시키기 위해서는 올바른 수치를 입력할 필요가 있다. 아사히나 미쿠루의 역할은 그 수치의 조정이다.』

내 기억력도 참 대단하지만 지금은 거기에 감탄하고 있을 때가 아니다. 여기서 가장 신경이 쓰이는 문장은 미래의 고정을 위해라는 부분이다. 고정이고 뭐고 미래는 하나밖에 없잖냐는 생각은 이제 할 수가 없었다.

아마도 말이다. 확신이 없기 때문에 아직 명확하게는 말할 수 없다. 하지만 내 통찰력은 다음과 같이 답을 도출했는데, 그것은 물음표를 달고 머릿속을 뛰어다녔다.

미래는 고정되어 있지 않은 건가?

그렇다는 건 아사히나 선배의 것과는 다른 미래가 어딘가에 있다는 소린가?

그렇게 생각하니 조금은 이해가 간다. 아주 조금이다. 하지만 미래가 갈라져 있다면 말이다. 그러니까 그 안경 소년이 살고 있는 미래와 죽은 세계 두 개가 존재해도 전혀 이상하지 않을 거다. 그리고 나는 그때 후자의 가능성을 지워버렸다.

그러니까 나는 하나의 미래를 한쪽 팔로 몽땅 소멸시켜버린 것이다.

이게 정답인지는 모르겠다. 그런 추측도 성립될 수 있다는, 여기서 '독자에게 던지는 도전장'을 삽입하면 멍청하다는 소리나 들을 나약한 근거이지만 일단 생각이 난 망상은 쉽게 사라져주지 않는다. 나는 어이가 없고 기가 막혔다. 달리 뭘 할 수 있겠나.

"분기점이 이 시간대에 집중되어 있었어요. 대개는 어느 길을 선택해도 같은 미래가 되는데 당신이 요 며칠 사이에 한 행동만은 확실하게 갈라져요. 다른 미래로 이어져 있었죠⋯."

우아한 목소리가 점점 작아지는 것 같다.

"조만간 더 큰 분기점이 올 겁니다. 아주 강력한 미래⋯. 그쪽이 선택되면 우리들의 미래는⋯⋯, 으음, 별로 좋지 않게 될지도 몰라요."

왠지 몸이 말을 듣지 않는다. 아사히나 선배를 보려고 하는데, 젠장, 얼굴이 굳어 있다.

"하지만 걱정 말아요. 저는 믿고 있으니까요. 그렇죠?"

내 의식이 흐려지기 시작했다. 안개 속에서 눈에 익은 문자와 선이 소용돌이친다. 화이트보드의 그림이 머릿속을 뛰어다닌다. 두 개의 X가 소용돌이 속에서 보인다. 코이즈미의 가설. X시점은 두 개다.

과거를 완전히 지워버릴 수는 없다. 수정된 역사는 원래 시간에 덧입혀진다.

그리고 내게는 다른 추억도 있었다. 무한 반복되는 그 여름 방학이다. 우리는 몇만 번이나 똑같은 2주의 시간을 보냈다.

하지만 나가토를 제외하고는 마지막 2주밖에 기억을 못 한다. 그 외의 몇만 번은 없었던 일이 되었다. 그럼 답은 쉽게 나오잖아.

과거는 없었던 걸로 만들 수 있는 거다. 사실상 과거가 있었든 없었든 문제가 되지 않는다. 분명히 있었다 하더라도 아무도 알아차리지 못하는 것과 같다. 그러기 위해서는─.

기억을 지우면 된다.

12월 18일부터 21일 사이에 내가 사방을 뛰어다니며 3년 전으로 날아갔다가 아사쿠라한테 찔리고 했던 기억이 말소되어 그냥 병원 침대에서 눈을 떴다면 어떻게 되지? 나는 분명히 코이즈미가 설명한 대로 계단에서 떨어져 머리를 부딪히는 바람에 3일 동안 기억 상실이 되었던 거라고만 생각할 거다.

문예부 소녀가 된 나가토와 서예부 아사히나 선배, 포니테일이 너무나 잘 어울리는 다른 학교 학생인 하루히와 일반인이 된 코이즈미의 기억을 모조리 지워버렸다면 시간의 무한반복과 시간여행의 적합성 따위에는 신경을 쓰지 않아도 괜찮았을 거다.

하지만 그래서는 아무래도 맞지가 않는다.

18일 새벽 아사쿠라의 일격으로 빈사 상태에 빠진 나는 미래에서 온 우리를 보고 다시 한번 내가 그 시간으로 가야 한다는 사실을 알았다. 이상하게 변해버린 나가토를 고칠 수 있는 건 3년 전의 나가토밖에 없었고, 실행한 건 지난 1월 2일의 나가토. 그것만은 필요했다.

그리고 시간은 덧입혀졌다.

한기가 느껴진다. 하루히는 그걸 모른다. 타니구치와 쿠니키다도 그렇다. 알고 있는 건 나와 나가토, 아사히나 선배와 들은 정보가 전부인 코이즈미뿐이다.

그렇다면 내가 하루히의 입장에 놓였을 가능성이 없다고는 할 수 없다. 내가 모르는 곳에서 역사가 새로 씌어졌다 하더라도, 만약 그것을 알고 있었다 해도 그 기억이 없다면 사실이 아니게 된다.

그뿐만이 아니라 지금 이런 생각을 하고 있는 내가 다른 시간축에 의해 덧씌워질 가능성도 있다. 지금의 내가 없었던 것이 되고 다른 내가 미래를 향해 나아가는 그런 시간축이 말이다.

병실에서 들은 나가토의 말이 떠오른다.

—네게서 해당 기억을 삭제한 뒤에.

—그렇게 하지 않았을 거란 보장은 없다.

1주일 뒤에서 온 아사히나 선배는 1주일 이내에 자신과 만난 적이 없다고 증언해주었다. 그래서 나도 마주치게 하지 않으려고 노력했다. 하지만 만에 하나 만났다 하더라도 별 문제는 없었을지도 모른다.

왜냐하면 이 시간에 있던 아사히나 선배에게서 그 기억을 빼앗아버리기만 하면 되니까. 그러고 나서 1주일 전으로 시간 역행을 시키면 만나든 안 만나든 결국 아무래도 상관없는 일이 된다.

뱃속에서 어두운 감정이 부글부글 끓어오른다. 지난달, 병원 침대에서 정보 통합 사념체에게 느꼈던 것과 같은 감정이다. 이번에 그 감정이 향한 것은 아사히나 선배(대)에게였다.

이 사람은 과거의 자신을, 아사히나 선배(소)를 자기 마음대로 다루고 있다. 아사히나 선배를 계속해서 안절부절못하고 못 미덥고 귀엽기만 한 선배로 놔둔다. 아아, 그렇게 하지 않으면 안 된다는 건 알고 있다. 과거의 자신이 경험한 역사를 그대로 따라가게 할 필요성도 이해는 한다. 과거에 대한 미래의 대항 조치라고 코이즈미는 말했다. 하지만 조금만 더 다른 방법이 없었던 걸까.

목부터 얼굴에 걸려 있던 주술이 풀렸다. 옆을 보는 데 1시간이나 걸린 것 같다. 나는 떠오르는 그대로 말을 하려고 입을 열었다가 그 옆에 아무도 없다는 것을 깨달았다.

아사히나 선배가 내 옆에서 사라졌다. 희미한 가로등이 비추고 있는 벤치에는 나만이 앉아 있었다. 하지만 아사히나 선배를 대신하듯 자그마한 상자가 놓여 있었다.

곱게 포장되어 리본이 달린 정사각형 상자.

별로 특이할 것 없는 초콜릿이었다. 미래의 과자 같은 형태도 맛도 없었다. 아사히나 선배의 시대에도 과자를 만드는 방법이 크게 변하지는 않은 건지, 아니면 이 시대에 맞춰준 건지.

"하지만요, 아사히나 선배…."

이걸로 쉽게 회유했다고 생각하진 말아주셨으면 하네요.

오늘은 지금까지와는 차원이 다른 정보를 제공해주기는 했지만 그래도 충분하지 않다. 자신의 유괴는 말하지 않는 게 좋을 거라 생각했다고 해석해줄 수 있다. 하지만 밸런타인데이가 얽힌 하루히의 보물찾기와 표주박 돌에 관해서는 일부러 말하지 않았다고밖에 생각할 수 없다.

그렇다, 그것만이 아무 의미도 없었다. 하루히는 어디에 초콜릿을 묻어도 상관없었다. 꼭 그 돌 근처여야 할 이유는 없다. 내가 돌을 옮겼어야 할 이유도 없다.

아니면 아사히나 선배(대), 이것도 당신이 다 파악하신 겁니까? 지금부터 제가 하려는 행동도 모두 당신의 규정 사항인가요?

『모든 것이 끝났을 때―.』

아무래도 오늘이 아니었나보다. 언젠가 곧, 그날에 나는 다시 여기에 올 거다. 아예 그냥 SOS단 모두를 끌고 오도록 하자. 하루히와 코이즈미에게 설명할 말을 미리 생각해두시기 바란다. 나는 관찰자 역할밖에 못 할 테니까 말이다.

나는 그 자리에서 전화를 한 통 걸었다.

"여보세요, 아, 츠루야 선배? 접니다. 아, 미치루 씨 말인데요, 자기 집으로 돌아갔어요. 츠루야 선배에게 고맙다고, 빌린 옷은 꼭 돌려… 네, 그래요? 그리고 저기요, 모레쯤에 당신이 잘 아는 아사히나 선배가 별 의미도 없이 사과를 할지 모르는데 그냥 흘려넘겨주세요. 그리고 그녀가 별채에 남긴 키타고 교복이 있잖아요, 그거 내일 학교로 가져다주실 수 없을까요? 네, 저한테요. 방과 후까지요."

여기까지는 단순한 보고다. 나는 츠루야 선배의 『그래―』라고 밝게 맞장구치는 소리를 들으며 숨을 골랐다.

"그리고 하나 더요. 이게 사실 중요한 건데요. 츠루야 선배네 그 산, 보물지도에 나온 산 말입니다만. 아, 그거라면 괜찮아요. 하루히도 참 엄청 돌려서 작전을… 네, 받았습니다. 4개, 아니, 3개요. 정말 즐거운 이벤트였어요."

츠루야 선배의 웃음소리를 자르며 말을 이었다.

"그 보물지도 얘기도 있어요. 그 산 남쪽에 밭 옆으로 올라가는 길이 있는데요, 아시나요? 그럼 쉽게 이해하시겠군요. 거기로 올라가면 바로 평평한 부분이 나옵니다. 거기도 아세요? 그럼 표주박처럼 생긴 돌이 있다는 건요? 음, 실은 있습니다. 그래서 말입니다, 그 돌이 놓여 있던 곳에서 동쪽으로 3미터 정도 떨어진 곳을 파보세요. 재미있는 게 나올지도 모르니까요."

의문부호가 달린 대답을 하는 츠루야 선배에게,

"저도 확증은 없기 때문에 백 퍼센트 확답은 드릴 수 없지만 있을 것 같다는 기분이 듭니다."

만약 내가 돌을 옮겨놓지 않았다면 하루히는 눈에 들어온 돌을 표식으로 삼아 그 자리를 우리보고 파보라고 했을 거다. 그리고 뭔가를 발견했을지도 모른다. 발견될 리가 없었던 무언가를. 발견되어서는 안 되는 무언가를.

서쪽으로 3미터. 내가 돌을 안아들고 걸어간 거리다. 겨우 그것뿐이다.

츠루야 선배에게 적당히 대답을 한 뒤 전화를 끊었다.

최소한의 저항입니다, 아사히나 선배. 저는 당신도 미래도 따돌릴 생각은 없습니다만 그래도 뭔가를 해보고 싶은 때가 있잖아요.

하루히만큼 안하무인은 아니라 하더라도 말이에요.

에필로그

이튿날, 아침 조례 시간 직전에 교실로 뛰어들어온 나는 뚱한 얼굴의 타니구치와 그런 친구를 놀리는 쿠니키다를 무시한 채 내 자리 뒤에 대고 말을 걸었다.

"여, 잘 지냈냐?"

"당연하지."

하루히는 음모를 꾸미고 있을 때 특유의 체셔 고양이 같은 웃음을 지었다.

아니, 이거 노려보기 전에 웃음을 먼저 보이다니. 이 녀석도 하룻밤 사이에 감정을 다스릴 줄 아는 타입인가.

예비 종소리를 들으며 자리에 앉은 내 뒤에서 목이 쭉 뻗어와 귓가에 대고 속삭이기 시작했다.

"콘, 말해두겠는데 어제 일은 떠들어대지 마라. 특히 타니구치한테는. 비밀로 해둬, 비밀로. 내가 부끄러…운 건 아니지만 알겠어? 너무 나불대는 건 좋지 않다고. 희소가치도 없어지고 말이야."

뭘 좋알대는 거야? 받은 건 절대 안 돌려준다. 음식이라면 더더욱 그렇고.

"누가 돌려달래? 그럴 거면 처음부터 주지도 않았다. 그거랑은 다른 얘기야. 오늘 방과 후에는 바빠질 테니까 각오하고 있어라."

알고 있어. 사실은 나도 바쁘다. 오늘의 아사히나 선배를 8일 후로 보내고 2일 전에서 돌아오는 아사히나 선배를 마중가야 한다. 그걸로 마침내 끝나는 거다. 길고도 길었던 1주일이 말이다.

그날 점심시간, 츠루야 선배가 우리 교실로 왔다. 좀처럼 도시락을 싸오는 법이 없는 하루히가 식당에 가 있어서 다행이었다. 나는 먹고 있던 도시락을 방치해둔 채 "쿈!" 하고 복도에서 소리치고 있는 선배에게 달려나갔다.

"여기서는 뭐하니까."

츠루야 선배는 내 넥타이를 잡아끌며 계단을 올라가 맨 위층의 위쪽, 바로 옥상으로 나가는 문 앞에서 멈춰 섰다. 언젠가 하루히가 나를 끌고 왔던 어두컴컴한 계단이다. 잡다한 미술 도구들이 널브러져 있는 것도 여전했다.

"그럼 바로 얘기할게."

나를 시험하는 듯한 미소를 지으며 츠루야 선배는 가슴팍에서 사진 다발을 꺼냈다.

"쿈, 어떻게 거기에 그런 게 묻혀 있다는 걸 알았지? 엄청나게 놀랐다고."

역시 나왔습니까. 그런데 뭐였나요?

"어마어마한 물건이었어!"

츠루야 선배가 사진을 부채 모양으로 펼쳤다.

"일단 첫 번째로 깜짝 놀란 건 구멍을 팠더니 정─말로 3백 년도 더 된 항아리와 인사를 했다는 거야!"

앞으로 내민 사진에는 마구 금이 간 토기가 하얀 벽을 배경으로 담겨 있었다.

"3백년도 더 된 거라는 건 확실한가요?"

"캡짱 확실하지. 아이소토프 검사(주33)까지 받았다고. 게다가 안에 들어 있던 걸 보고 또 깜짝 놀랐다니까!"

두 번째 사진 중앙에는 너덜너덜한 화지가 찍혀 있었다. 가나 문자가 쓰여 있는 것 같긴 한데 나는 도통 모르겠다. 한 가지 알 수 있는 건 화지 구석에 어디선가 본 듯한 산 그림과 작은 X표식이 되어 있다는 것뿐이다. 그 X표식이 산 중턱에 있는 점이 뭐라 말하기 애매했다.

"이게 말이야, 정말 츠루야 후사우에몬, 우리 선조님이 쓰신 문장이야. 때는 겐로쿠 15년. 내용은 대충 해석하면 '뭔가 특이한 걸 얻었는데 괜스레 가슴이 설레기에 산에 묻는다'라고 쓰여 있다고."

하루히의 보물지도. 거기에도 비슷한 내용이 쓰여 있었다고 하루히가 말했다. 그리고 그쪽은 가짜 지도고 이게 진짜다.

"그런데 이 후사우에몬 할아버지가 너무 정신이 없으신 거지. 묻은 장소를 쓴 편지를 같이 묻어버렸지 뭐야. 어떻게 찾으라는 건지."

웃으며 츠루야 선배가 세 번째 사진을 보여줬다.

"이게 뭡니까?"

사진에 담겨 있어서 크기가 얼마나 되는지는 잘 알 수 없었지만 아무래도 10센티미터 정도로 되는 금속 막대기였다.

땅속에 오랫동안 묻혀 있었다는 게 믿어지지 않을 정도로 반짝거

주33) 아이소토프 검사: 동위원소를 이용해 검사 대상이 만들어진 연대를 측정하는 검사.

렸고. 눈을 부릅뜨고 보니 표면에 계기판 같은 선이 거미집처럼 그려져 있다.

무질서한 모양처럼 보이지만 사실은 아름다운 대칭을 이루고 있다는 것을 알 수 있었다. 에도 시대의 장식품인가?

"단지 안에 있던 건 편지랑 이것뿐이었어! 하지만 이게 큰 문제라이거야. 선조의 타임캡슐에서 나왔다는 게 믿어지지가 않더라니까—."

"왜요?"

츠루야 선배는 신이 난 듯 사진을 흔들며 말했다.

"이거 티타늄하고 세슘 합금이라고"

여기서는 놀라야 한다. 나중에 쿠니키다한테 물어보고 다시 놀라도록 하자.

"3백 년 전의 지구의 과학기술로는 이런 가공은 절대로 불가능하대. 조사해준 사람이 그랬는데 만약 이게 정말로 몇백 년도 더 된 물건이라면 초고대문명의 유산이거나 그 시대에 찾아온 미래에서 온 사람이 놓고 간 거거나 다른 별에서 온 우주선 부품이라고밖에 보이지 않는다며 신음했어."

…초고대문명은 조금 봐줬으면 하는데.

"그런데 이거 무슨 부품 같지?"

츠루야 선배는 세 번째 사진을 뚫어져라 쳐다본 뒤 내게 미소를 지었다.

"쿈은 뭘 거 같아? 미래인하고 우주인 중에 뭐가 더 좋아?"

사심 없는 선배는 나아가 이런 말까지 해서 내 입을 완전히 닫아버렸다.

"슬슬 정해두는 게 좋을 것 같다!"

츠루야 인장이 찍힌 단지에서 나온 수수께끼의 오파츠(주34)는 츠루야 가문이 엄중하게 보관해주기로 했다. 츠루야 선배가 확실하게 약속해주었으니 안심이다. 틀림없이 그렇게 해줄 거다. 일단 하루히의 눈에 띄지 않도록 하는 게 선결 과제였지만, 사실 어떤 예감에 사로잡혀 있다는 사실을 고백하고자 한다. 그런 일은 일어나지 않기를 바라고 있고 솔직히 생각하고 싶지도 않지만….

그 부품이 언젠가 필요해질 때가 올 것만 같다는 생각이 든다.

어쩌면 츠루야 선배에게 보물이 어디 있는지를 가르쳐준 건 성급한 계산이었는지도 모르겠다. 아무한테도 말하지 말고 내가 파내지도 말고 가슴속에 담아두는 방법도 있었을지도 모른다.

하지만 그럴 수 있겠어? 거기에 뭔가가 있을 거라는 걸 알면서, 제법 귀한 게 묻혀 있을 것 같다는 걸 알면서 아무 행동도 하지 않을 수 있냔 말이다. 내 지적 탐구심은 모르는 말을 바로 인터넷에서 조사하고 싶어할 정도로 아직은 현역 상태이다.

그리고 어쩌다가 하루히가 파낼 가능성을 남겨두는 것보다는 츠루야 선배네 소유물이 되는 게 수수께끼 부품으로서도 행복할 거다. 어느 날 갑자기 초고대인이나 미래에서 온 사람이나 우주인이 나타나 내놓으라고 해도 하루히라면 절대 순순히 알았다고 하지 않을 거다. 그 녀석의 눈앞에 그런 것이 나타나는 것 자체를 바라지 않는다. 그런 녀석들이 아사히나 선배나 나가토처럼 신분을 숨길 거라는 보장은 없으니까 말이다. 과거로 돌아가 현재를 미연에 방

주34) 오파츠: OOPARTS, Out Of Place Artifacts의 약자. 과학적으로 그 시대에 존재할 수 없는 인공적인 가공 유물을 지칭하는 말로 오컬트 학계에서 주로 쓰이는 단어이다.

지하는 것보다 지금 할 수 있는 일을 해서 미래의 불행을 미연에 방지하는 것이 훨씬 낫다. 우리는 현재의 시간대에 살아가고 있으니까 말이다.

츠루야 선배와 헤어진 내가 교실로 돌아오자 하루히가 내 도시락을 허락도 없이 먹고 있는 모습과 맞닥뜨렸다.

"얌마, 그건 내 거야."

"알아. 나도 모르는 사람 도시락을 허락도 없이 먹지는 않는다고."

아는 녀석 거라고 먹어도 되는 건 아니거든. 돌려줘. 토해내라.

"그보다 말이야."

하루히는 텅 빈 도시락에 젓가락을 담아 내게 떠밀며 묘한 표정으로 나를 올려다보았다.

"너 왜 그렇게 기분 나쁜 표정을 하고 있는 건데? 능글맞게 웃고 있다, 너."

능글맞게? 내가 그런 표정을 지을 이유가 있나? 나는 내 뺨을 만져보았다. 놀랍게도 하루히 말이 맞았다. 분명히 내 얼굴은 이완, 아니, 일그러져 있다고 해야 하나.

"이상한 얼굴이야."

예의 없는 말을 던진 뒤 하루히는 고개를 돌렸다. 머리카락이 날리며 약간 어린 기가 남아 있는 귓불이 보인다.

그 순간 잘은 모르겠지만 아무튼 파악이 됐다.

내가 무의식중에 능글거리고 있었던 이유가. 아니, 어떻게 웃음이 나올 수가 있는 거냐. 1주일 동안 내가 어떤 일을 겪었지? 또 한 명의 아사히나 선배와 떠돌아다닌 건 그나마 좋다고 치더라도, 신형 미래인과 새로운 조직이 등장해 아사히나 선배를 유괴하는 등 정말 적과 같은 행동을 해주었는데다, 그 녀석들이 또 등장할 거라는 예감이 드는 것에 더해 아무래도 그 기세를 몰아 다른 우주인까지 나타날 것 같다는 것에 추가해 산 속에서 용도를 알 수 없는 오파츠까지 나왔다는데 실실 쪼개고 있을 때가 아니잖아.

그런 녀석은 그냥 바보이고, 나는 그냥 바보는 아니다. 내가 얼굴에 힘을 풀고 있다면 이유가 있어서 그러는 거다. 그럼. 그리고 지금 깨달았다.

지금까지 지독한 일을 겪었고 앞으로도 겪게 될 것 같은데 현재의 나는 전혀 동요하고 있지 않다. 그게 뭐든 누구든 마음대로 나타나봐라, 그렇게 생각하고 있다.

왜냐하면 나는 그 녀석들이 조금도 무섭지 않기 때문이다. 오고 싶으면 오라지. 상대해주겠다 이거야. 하지만 나 혼자서 맞서는 건 아니라고. 아마 그때 내 옆에는 나가토가 있고 코이즈미가 있고 아사히나 선배가 있을 거다. 어쩌면 내 앞에 하루히가 떡 버티고 서 있을지도 모르고 뒤에서 츠루야 선배가 낄낄거리며 웃고 있을지도 모른다. 그래도 좋다면 덤벼라. 적이고 아군이고, 중립이고 공동투쟁 세력이든 내가 알 게 뭐냐.

나는 하루히가 건네준 빈 도시락을 닫고 수건으로 싸 가방에 넣었다.

이상한 표정이라고 했지만 그렇게 말하는 하루히가 더 이상한 표정으로 나를 바라보고 있다. 지금 내 얼굴이 그렇게 이상하냐.

"야, 하루히."

"왜?"

눈썹을 찡그리는 하루히에게 말했다.

"SOS단을 잘 부탁한다."

입을 쩍 벌린 하루히는

"그거야 당연한 거 아냐."

순식간에 입과 눈 끝을 치켜올리는 독특한 미소를 지으며 소리쳤다.

"그건 내 단이니까!"

그 방과 후이다. 이제 남은 건 두 명의 아사히나 선배를 바꿔치기하기만 하면 끝이라고 생각했고, 내가 해야 할 일은 바로 그것이었는데 하루히가 할 일도 한 가지가 더 남아 있었다. 아니, 잊은 건 아니다. 이렇게 난리가 났다는 얘기를 못 들었을 뿐이지.

내가 들은 거라고는 하루히가 사다리 타기 대회를 열었고 무녀 복장을 한 아사히나 선배가 상품을 나눠주는 일을 맡았다는 것뿐이었지 설마 그 대회의 내용이,

"SOS단이 선사하는, 아사히나 미쿠루 양이 직접 만든 초콜릿 쟁탈, 하루 늦은 밸런타인데이 특별 사다리 타기 대회, 참가비 1인당 5백 엔!"

이라는, 바로 지금 현재 하루히가 메가폰으로 떠들어대는 내용일 것이라고는 생각하지 못한 나 자신의 어리석음을 심히 부끄러워하고 있다.

물론 아사히나 선배가 직접 만든 초콜릿 쟁탈 사다리 타기 대회라면 두루마리 수준의 종이가 필요할 테고, 참가비를 1인당 5백 엔으로 잡아도 응모자가 충분히 쇄도해 만 단위의 돈벌이가 될 거다. 그게 내가 받은 거라면 물론 이런 벌 받을 자리에 제공할 리가 없겠지만, 아사히나 선배는 나와 코이즈미에게 줄 것 외에도 더해 세 번째 우정 초콜릿을 만들었나보다.

"실은 나가토 씨가 거의 다 만들어준 건데요…."

미안하다는 듯 고백하는 아사히나 선배는 지금 당장 신사로 텔레포트해도 통할 법한 무녀 복장을 입고 안뜰 잔디밭에 두려움에 찬 표정으로, 서 있었다. 하루히가 어디선가 가져온 의상으로, 종례를 마치자마자 달려나간 하루히가 아사히나 선배를 동아리방으로 끌고 와 억지로 입힌 것이다. 절분의 콩 뿌리기 때 내가 무심코 흘린 말을 집요하게 기억하고 있었던 것 같다.

하루히의 격려를 받은 나와 코이즈미가 동아리방의 긴 탁자를 지고 내려와 안뜰에 놓자 하루히는 메가폰을 한 손에 들고 달려나갔고 접수 역할을 명령받은 것은 나가토였다.

그리고 안뜰에는 날고기에 이끌린 좀비처럼 모여든 남학생들이 새까맣게 인산인해를 이루어 이 나라의 앞날을 걱정하고 싶은 심정이 충만한 공기를 만들어내고 있었다. 군중 속에 있는 타니구치와 쿠니키다를 본 나는 반 친구들의 장래도 걱정하기 시작했다.

하루히가 대량의 남학생들과 소수의 여학생들 무리를 돌아다니며 메가폰을 들고 유도했다.

"접수는 이쪽, 유키 앞에 줄을 서! 5백 엔하고 번호가 들어간 번호표를 교환해줄 거야. 표를 받으면 코이즈미한테 가서 사다리 중 마음에 드는 곳에 그 숫자를 기입하면 돼. 가로 선은 한 사람에 하나, 어디든 마음대로 그을 수 있어!"

나가토가 빠르게 손님들을 처리하는 옆에서 코이즈미는 B4 복사지에 자로 세로 선을 긋고 있었다. 이 상황을 봐서는 백 줄 이상이 필요할 테고, 종이도 두세 장으로는 해결되지 않을 것이다.

코이즈미가 복사 용지를 테이프로 잇는 횟수가 늘어남에 따라 내가 손목시계를 보는 횟수도 늘어나기 시작했다. 매우 안 좋다. 이대로 있다가는 늦을지도 모른다.

아사히나 선배(미치루)가 돌아오는 건 4시 16분. 여기에 있는 아사히나 선배를 과거로 보내는 건 4시 15분이고, 그것도 무녀복에서 교복으로 갈아입힐 필요가 있다.

그리고 현재 시각은 4시를 막 넘어가고 있었고 나가토의 번호표 배포와 코이즈미의 선 긋기는 아직도 끝나지 않았다.

마스코트치고는 어색하게 얼어붙은 미소를 짓고 있는 아사히나 선배가 선물 장식을 한 포장 상자를 들고 서 있다. 이 시기에 무녀 차림을 하는 것도 추워 보였지만 이미 그런 감상을 하고 있을 때가 아니다. 이 의상을 벗기고 교복으로 갈아입히는 데 몇 분이나 걸릴까 머릿속으로 계산하는 사이 마침내 사다리가 완성됐다. 예상했던 대로 동글게 말면 두루마리가 될 법 같은 길이를 자랑하고 있다.

하루히는 천천히 펜을 들고 몇십 개나 되는 세로 선 중의 하나를 선택해 그 밑에 하트 마크를 표시하고 아무렇게나 무질서하게 가로 선을 늘린 뒤에 말했다.

"자! 이 하트에 도착하는 단 한 명만이 아사히나 씨의 우정 초콜릿을 직접 받을 수 있습니다. 받는 사람에게는 큰 기쁨! 그럼 왼쪽

끝에서부터 차례대로 갑니다."

당첨 마크에서 거꾸로 거슬러 내려가면 단번에 끝날 텐데, 왜 그렇게 시간 낭비를 하는 거냐. 한 방에 맞출 확률이 낮긴 하니까 서서히 분위기를 띄우는 게 좋다는 걸 머리로는 이해하겠는데 내가 지금 그럴 때가 아니거든.

내 초조함을 모르는 하루히가 들고 온 CD 카세트를 탁자에 올려놓고 재생 단추를 눌렀다. 기운찬 노래가 흘러나온다. '천국과 지옥'. 무슨 운동회냐.

이렇게 되면 도움을 요청하는 수밖에 없겠군. 여기에는 제비뽑기의 여신님이 자리하고 계시다.

"미안하다, 나가토."

나는 전병 깡통에 던져진 동전과 지폐더미를 내려다보는 척하며 철제 의자에 앉아 꼼짝도 안 하고 있는 접수 담당 아가씨의 옆에 대고 속삭였다.

"한 방에 당첨되게 해줘. 시간이 없다."

"……."

긴장과 추위에 떨고 있는 코스튬 무녀를 가만히 쳐다보고 있던 나가토는 눈만을 움직여 나를 보더니 알았다는 말 한마디 없이 일어나 하루히가 빨간 펜으로 바꿔 들고 사다리를 타기 직전에 옆에서 손을 뻗어 가로 선을 하나 추가했다.

그로부터 10분 뒤, 나는 아사히나 선배의 손을 끌고 동아리방을 향해 달려가고 있었다.

"우왓, 콘…! 아파요. 저기, 왜 그러세요오?"

비틀거리는 아사히나 선배가 비명을 질렀지만, 지금은 신경을 쓸 여유가 없었고, 남은 시간은 채 5분도 안 됐다.

"설명은 나중에 할게요. 지금은 서둘러야 해서요."

나는 작은 몸집의 선배 무녀를 한 손에 안듯 들고 계단을 세 칸씩 뛰어올라갔다.

사다리는 역시 믿음직스러운 나가토가 내 소원을 들어주었다. 첫 번째 학생이 너무나도 쉽게 상품에 당첨된 것에 대해서는 하루히와 다른 녀석들 모두 놀라기 이전에 흥이 깨진 듯 보였지만 어차피 누군가는 당첨될 거니까 크게 신경 쓸 거 없잖아. 하루히는 그래도 분위기를 띄울 생각인지 BGM을 「승리의 찬가」로 바꿔 번호표 56번을 쥔 학생을 억지로 끌어내서 아사히나 선배와 마주보게 세웠다. 참고로 당첨된 건 곱슬머리의 귀여운 1학년 여학생으로 연신 꼼지락대던 모습이 인상적이었다. 따뜻한 공기가 감도는 가운데 아사히나 선배는 어색한 동작으로 그 아이에게 상품인 초콜릿을 건네준 뒤 하루히의 요청에 따라 악수를 했고 그 자리에 있던 사람들 모두가 박수를 치는 의미를 알 수 없는 사태를 초래했다. 이것도 하루히가 어디선가 가져온 폴라로이드 카메라로 두 사람의 기념사진을 찍는 것까지는 참았지만 더 이상은 한계였다.

나는 가차없이 아사히나 선배의 손을 잡고 나중에 뭐라 변명을 할지 생각도 하지 않은 채 달려나갔고, 그 다음 상황이 바로 지금이다. 그리고 동아리방에 도착했다.

"헤엑, 저, 무슨…. 콘…?"

아사히나 선배가 수상쩍어하는 것도 당연하다. 갑자기 동아리방

에 끌고 와,

"어서 옷을 갈아입으세요!"

옷걸이에 걸린 교복을 들이대고 있으니 말이다.

"3분 이내로요! 빨리!"

내 박력에 눌렸는지, 아니면 내가 그렇게 무시무시한 얼굴을 하고 있었는지 아사히나 선배는 목이 떨어져라 고개를 끄덕였지만 옷을 벗으려 하지 않았다. 그냥 내 손으로 벗겨버려야 하나 마음을 먹는데 하얀 손가락이 조심스럽게 문을 가리킨다.

"저…."

"뭐요!"

"밖으로 나가주세요."

1초 만에 물러났다. 나는 닫힌 문 앞에서 손목시계와 눈싸움을 개시했다. 12분 33초.

"아사히나 선배, 아직 멀었나요!"

"…잠깐만 기다려주세요."

꾸물대는 기척과 천이 스치는 소리에 망상을 하고 있을 여유는 없었다. 하루히가 뒤쫓아오지 않을까 걱정하는 것만 해도 벅찼다.

"아사히나 선배!"

"조금만 더…."

오후 4시 14분을 통과했다. 더는 못 기다린다. 나는 동아리방으로 뛰어들어갔다.

"우왓, 콘? 아직, 왓, 으왓."

눈을 한껏 크게 뜬 아사히나 선배는 세일러복 지퍼에 손을 댄 자세로 굳어 있었다. 서둘러준 증거로 하얀 겉옷과 하카마(주35)가 바

주35) 하카마: 일본 전통 복식 중 겉에 입는 허리에서 발목까지 오는 아래 옷.

닥에 흩어져 있다. 이건 나중에 줍자.

나는 아사히나 선배의 두 어깨를 잡고 그대로 청소 도구함으로 밀고 갔다.

"우왓, 쿄, 쿄."

그런 소리를 들으며 억지로 밀고 간 게 문제였다. 아사히나 선배가 미끄러지는 바람에 나는 그녀를 쓰러뜨리고 말았다.

"우왓! 아, 안 돼요….."

내가 지금 뭘 하는 거야. 바닥에 뻗어 가녀린 목을 젓는 모습을 천천히 감상하지도 않고 세일러복 차림의 가벼운 몸을 일으켜 세워 한 손으로 철제 로커를 소리내어 연 뒤 아사히나 선배를 밀어넣었다.

"아시겠습니까, 아사히나 선배? 잘 들으세요. 지금 당장, 지금부터 8일 전으로 거슬러 가주십시오. 아무튼 그렇게 해주세요."

눈가가 촉촉이 젖은 아사히나 선배는 멍한 표정으로 말했다.

"…어, 하지만 신청을 해야….."

"지금 당장 해주세요!"

"8일 전요? 몇 시로요?"

젠장, 어서 생각해내라. 그게 몇 시 몇 분이었지? 아사히나 선배가 뭐라고 했더라? 콘이 8일 전 오후―.

"오후 3시 45분. 그리로 초특급으로 가주세요!!"

"아, 네…, 어?"

작은 동물 같은 눈으로 나를 올려다보고 있던 아사히나 선배는 더 크게 눈을 뜨며 한 손을 머리에 댔다.

"아직 신청도 안 했는데 벌써 왔어요. 시공간 좌표…. 8일 전인

2월 7일 오후 3시 45분에—여기? 어, 최우선 강제 코드…?"

"가보면 알 겁니다. 거기서 제가 기다리고 있을 거예요. 그 녀석이 해결해줄 겁니다. 잘 부탁한다고 말해주십시오."

4시 15분까지 10초가 남았다.

놀란 표정의 아사히나 선배에게 고개를 끄덕여 보이며 청소 도구함을 닫았다. 철제 로커에 가로막혀 숨소리도 들리지 않는다.

가는 정이 있으면 오는 정이 있다는 속담이 있다. 누군가에게 뭔가를 해주면 그 뭔가가 언젠가는 자기에게 돌아온다는 의미인데, 좋든 나쁘든 자신이 한 행위가 자기에게 돌아오는 현상을 지금 이 순간만큼 실감한 적이 없다. 내가 이렇게까지 숨가쁘게 뛰게 된 건 2일 전에 내가 아사히나 선배의 귀환 시간을 4시 16분 따위로 지정했기 때문이다. 그 이틀 전의 내가 그 시간을 선택한 건 이틀 후의 내가 이렇게 다급해질 거라고 전혀 상상도 못 했기 때문이다. 어차피 다 내 잘못인가.

"아사히나 선배."

로커에 말을 걸어본다. 대답이 없다. 헛일이라는 건 알고 있다. 8일 전의 내게 충고를 할 수는 없었다. 왜냐하면 나는 그런 얘기를 듣지 못했고 아사히나 선배도 말하지 않았다. 말하고 싶어도 이미 시간이 지난 뒤였다.

손목시계의 시간은 4시 15분을 3초 정도 초과하고 있었다.

너무 조용하다. 나말고 아무도 없는 방에 들리는 소리라고는 바람소리와 그 바람을 타고 안뜰에서 들려오는 투덜대는 목소리들 정도다. 아직도 뭘 더 하고 있나?

나는 청소 도구함 앞에 서서 기다렸다.

덜컹―.

이 소리가 아니어도 상관없는, 청소 도구함 안에 청소 도구 이외의 것이 나타나는 소리를.

숨소리가 들리지 않더라도 인기척으로 알 수 있다. 단순한 철제 로커가 마치 앤티크 가구로 변한 것만 같은 착각이 드는 오후 4시 16분 정각.

나는 문을 열고 이때를 위해 준비해둔 말을 했다.

"어서 돌아오세요, 아사히나 선배."

이틀 만에 보는 긴 코트에 숄을 걸친 차림. 츠루야 선배에게서 빌린 의상.

"아…, 저…."

아사히나 선배는 쑥스러운 듯이 고개를 숙였다가 천천히 얼굴을 들었다. 맑은 눈동자가 나를 조심스레 올려다보며 그대로 고정된다. 마침내 희미한 미소를 띤 입술이 살짝 벌어지며 말을 자아냈다.

"…다녀왔어요."

여기에다 천천히 서로를 마주보는 서정적인 분위기를 맛볼 수 있다면 좋았겠지만 나와 아사히나 선배를 둘러싼 상황은 그런 것을 허락하지 않았다. 지금 입고 있는 외출복을 갈아입어야 했고 아직 츠루야 선배에게서 교복을 받지 못한 상태였다.

별수 없이 아사히나 선배에게 다시 한번 무녀 복장을 입히기로 하고 동아리방을 나와 문에 기댔다.

그런데 다른 녀석들이 늦네. 다행이기는 했지만 너무 다행인 건 아닌가 싶다. 그리고 또 다른 한 명, 조금만 더 일찍 와줬으면 수고를 덜었을지도 모를 인물이 종이봉투를 손에 들고 걸어왔다.

"얏호―. 콘, 미안. 이거 미쿠루 교복이랑 실내화야. 점심시간에 전해주려고 했는데 깜박했어."

츠루야 선배는 몇 걸음 만에 옆으로 다가왔다.

"그런데 하루냥 쪽은 안뜰에서 뭔가 하고 있던데 미쿠루는 뭐 하고 있어?"

말없이 동아리방 문을 가리킨 내게 씨익 웃음을 지어 보이고선, 츠루야 선배는 자기 집 냉장고를 열듯 편하게 손잡이를 돌렸다.

"여, 미쿠루. 옷 다 갈아입었어? 아, 마침 잘됐네. 온 김에 그 옷도 가져갈게."

내게 윙크를 날린 뒤 츠루야 선배는 동아리방으로 들어갔다. 조신하게 복도 벽을 바라보고 있는 내게는 보이지 않았지만 아사히나 선배의 놀라는 얼굴이라면 쉽게 상상할 수 있었다. 벌써 여러 번 봤으니까.

"도와줄까? 옷 갈아입히기 놀이다. 오늘은 무녀 서비스 데이야?"

아사히나 선배의 당황한 목소리와 츠루야 선배의 동녀 같은 웃음소리를 들으며 나는 복도에 주저앉았다. 아사히나 선배의 생이별한 동생에게 빌려줬던 옷을 어째서 아사히나 선배가 입고 있는가 하는 문제는 츠루야 선배에게는 아무래도 좋은 일일 것이다. 그런 설명을 해봤자 아무런 효과가 없다는 건 나도 그녀도 잘 알고 있다. 그래도 전혀 신경을 쓰지 않는 것이 바로 츠루야 선배의 위대한 면이었다. 평생 맞서지 못할 거다.

내가 쓴웃음을 짓고 있는데 나가토와 긴 탁자를 짊어진 코이즈미를 끌고 하루히가 돌아왔다. 어선이라면 만선 깃발을 높이 쳐들었을 것 같은 의기양양한 발소리를 내며 깡통에 든 동전을 쩔그럭거리고 있었다.

"왜 미쿠루를 데리고 가버린 거야? 얼마나 야유가 일었는지 알아?"

그렇게 얇은 옷을 입고 밖에 더 있었다가는 감기에 걸릴 거라 생각해서 그랬다. 그리고 아깝잖아. 아사히나 선배의 특별 의상을 입은 모습이라면 감상료만으로도 5백 엔은 받을 수 있을 텐데.

"뭐, 하긴 그렇지. 네 말도 이해는 간다. 이런 건 은근슬쩍 감질나게 보여줘야 하는 거야. 그렇지 않으면 고마워할 줄 모르니까."

제2탄 기획을 이미 시작했는지 하루히는 흔쾌히 동의했다.

"그보다 쿈, 나 깜짝 놀랐다. 유키가 갑자기 아차상을 발표했지 뭐야."

하루히는 나가토의 가는 팔을 찰싹찰싹 때리며 말했다.

"커다란 봉투에 든 초콜릿 있잖아? 알파벳이 새겨진 그런 거. 그걸 제비에서 꽝 난 녀석들한테 하나하나 나눠줬어. 그런 걸 준비하다니 얼마나 놀랐다고. 정말 세심하다니까. 하지만 좋은 아이디어였어. 이걸로 꽝을 뽑은 녀석들도 다음에 뭔가 있을 때 아차상을 노리고 지갑을 풀게 될 테니까."

나가토를 노린다는 걸 잘못 안 게 아니었을까 생각했지만 나가토의 재치에 감동을 하는 게 먼저겠지. 시간을 벌어준 그 행동 덕분에 살았다.

"……"

나가토는 살짝 몸을 움직이며 빨리 동아리방에 들어가 독서를 하고 싶다는, 나만이 이해할 수 있는 표정을 지었다.

그때 동아리방 문이 안쪽에서 열렸다.

"아, 츠루야, 왔어? 그 옷은 뭐야?"

"여어, 하루냥! 이건 미쿠루한테 빌려줬던 거야. 난 잠깐 가지러 온 거고. 방해는 안 할게."

츠루야 선배는 긴 코트를 어깨에 걸치고 다른 옷들을 종이봉투에 담은 다음 신발을 손가락 끝에 대롱대롱 달고 있었다.

"그럼 안녕, 하루냥."

"응, 또 봐, 츠루야."

츠루야 선배는 하루히와 하이터치를 한 뒤, 처음부터 마지막까지 전혀 동요하는 기색 없이 사라졌다. 아사히나 선배에 대해서도, 점심시간에도 전혀 아무 일도 없었다는 듯한 평소와 같은 모습이다. 저건 절대 흉내 못 낼 것 같아. 너무 거물이다. 저 사람이 있는 한 츠루야 가문은 평안할 거다.

"……."

나가토는 천천히 동아리방으로 들어가 책장에서 아무 책이나 꺼내 철제 의자를 펼치고 앉아서 바로 독서에 들어갔다.

내가 코이즈미를 도와 탁자를 나르는 것을 보며, 하루히는 무녀 차림의 아사히나 선배가 오랜만이라는 표정을 짓고 있는 것도 알아차리지 못한 채 말했다.

"미쿠루, 이번에는 끝내주게 비싼 차를 사도 좋아. 군자금은 두둑하니까. 이것도 네 활약이 커. 기뻐하렴, 미쿠루. 이 공훈에 의해 너는 SOS단의 부부단장으로 승진시키기로 결정했어."

단장 책상 안을 뒤지는 하루히의 의기양양한 모습을 보며, 나는 구석 자리를 확보해 탁자 위에 엎드리듯 쓰러졌다.

정말 피곤하다. 괜히 시간 이동에 얽혔다간 앞뒤를 맞추느라 분주히 뛰어다니게 된다는 걸 잘 알았다. 누구 탓을 하려고 해도 그렇게 만든 게 나이니 책임 전가의 화살표는 항상 나 자신을 향하게 된다. 미래에서 온 사람들은 늘 이런 고생을 하는 걸까? 그럼 아사히나 선배에게는 당분간 아무것도 안 가르쳐주는 게 좋겠군. 현재의 아사히나 선배에게 정신적인 부하가 걸리는 무거운 짐을 지우면 순식간에 자극을 받은 쥐며느리가 되어버릴 거다.

"그 수고의 얼마를 제게 넘겨줘도 됐을 텐데요. 사후 처리는 제 특기 과목입니다."

옆에 있는 내게만 들리는 작은 목소리로 속삭이며 코이즈미는 카드 게임 패키지를 뜯었다.

"스즈미야 씨의 계획이라면 이제 조금은 짐작이 가거든요."

내가 고개를 들자 트레이딩 카드를 꼼꼼히 살피며 미소를 짓고 있는 코이즈미와 눈이 마주쳤다. 하루히는 "여기에 제일 잘 어울리는 머리는 어떤 걸까"라며 의자에 앉힌 아사히나 선배의 머리를 이리저리 매만지고 있다. 당하고 있는 아사히나 선배가 등을 쓰다듬어주는 고양이처럼 눈을 가늘게 뜨고 있는 것을 보고 입을 열었다.

"너 하루히가 평소와 다름이 없다고 말하지 않았냐?"

"그러니까요. 보물찾기도, 시내 순찰도 평소의 스즈미야 씨가 할 만한 일이에요. 오히려 억지로라도 평소처럼 행동하려 했던 겁니다. 설마 당신이 밸런타인데이를 잊었을 거라고는 스즈미야 씨가 아니라도 생각도 못 했을걸요. 우리 남학생들에게는 받을 사람이 없더라도 신경이 쓰이는 날이니까요. 당연히 그녀는 당신이 그날을 생각하고 있다고 보고 일부러 모르는 척 군 겁니다. 이틀 연속 시내 순찰도 그 때문이죠. 혹시 못 받는 건 아닐까 하고 당신을 안달나게 만드는 계획이었던 거겠죠."

한 번에 모아 신발장에라도 넣어뒀어도 됐을 텐데. 내 신발장은 미래에서 온 사람 전용 우편물 접수처는 아니라고.

"국소적으로 보편성을 싫어하는 스즈미야 씨입니다. 그래서는 재미가 없다고 생각했을 거예요. 그리고 보물은 고생해서 찾아야 손에 넣었을 때 기쁨도 큰 법이죠."

코이즈미는 카드를 음미하듯 늘어놓은 뒤 계속 손을 놀리며 말을 이었다.

"저는 무척 기뻤습니다만 당신은 안 그러셨나요?"

무슨 소리냐? 지금 유도 심문하는 거야?

내가 어떻게 멋지게 반응을 할까 생각하고 있는데,

"거기, 콘하고 코이즈미! 휴식 잡담 타임은 종료다!"

커다란 목소리가 나는 바람에 꾸벅꾸벅 졸고 있던 아사히나 선배는 깜짝 놀랐고, 나와 코이즈미의 시선은 한군데로 모였다. 하루히는 시뇽(주36) 스타일로 다듬은 아사히나 선배의 머리에서 손을 떼고,

"그럼 강의를 시작하겠어요!"

화이트보드를 쿵쿵 두드렸다.

"특히 콘하고 코이즈미는 잘 들어둬야 해."

은근히 책략가 같은 미소를 슬쩍 보인 단장은 머리는 나쁘지만 성격은 솔직한 학생들을 앞에 둔 학원 강사와 같은 표정으로 말했다.

주36) 시뇽: chignon. 뒤로 땋아 틀어올린 머리 모양.

"이제부터 3월에 예정된 이벤트에 대해 강의를 하겠어요."

나는 다음 달 달력을 떠올렸다.

"히나마츠리(주37) 말이냐."

순간 입을 다문 하루히는

"…그래, 그것도 있었지."

잊고 있었나보다.

"기억하고 있었어. 새로운 행사를 즐겁게 치르려면 온고지신의 자세가 중요한 거니까, 잊은 건 아니라고. 3월 3일에는, 그래, 구름다리 제일 위에서 히나아라레(주38)를 뿌리도록 하자."

히나마츠리가 그런 행사였다는 얘기는 처음 듣는걸.

"그건 그렇고, 3월에는 그보다 더 잊어서는 안 되는 이벤트가 있잖아?"

하루히는 특대 망원경을 은하 중심부로 향했을 때 볼 수 있는 밤하늘 같은 미소를 지었다.

"오늘은 그 날을 너와 코이즈미, 둘의 머릿속에 단단히 새겨주려는 거야."

대체 뭘 그리 기운차게 강의하시려는 건지.

"화이트데이에 대해서다. 3월 14일, 이날은 밸런타인데이에 초콜릿을 받은 사람이 그게 우정이든 뭐였든 상대에게 30배의 보답을 해야 하는 날이라 정의되어 있습니다."

평소에는 눈가리개를 쓴 미친 말처럼 엉뚱하게 돌진하는 주제에 이 녀석은 왜 이렇게 자기 좋을 때만 보편성을 되찾는 거지. 뭐, 30배라는 부분에서 하루히다운 인플레이션 모드가 작동하기는 한다만.

주37) 히나마츠리: 雛祭リ. 매년 3월 3일에 열리는 여자아이들의 무병장수와 행복을 비는 축제.
주38) 히나아라레: 雛あられ. 히나마츠리 때 히나 인형 앞에 차려놓는 주사위 모양 튀김 과자.

"유키와 미쿠루도 지금 희망하는 물건을 말해봐. 이 두 사람이."

나와 코이즈미를 가리킨다.

"뭐든 보답으로 갖다줄 거야. 은혜 갚은 학이 있었던 건 먼 옛날이고 지금은 현대다. 그리고 사람이라면 옷감보다 더 멋진 걸로 돌려줄 거야."

하루히는 엄청난 파워로 입가에 미소를 지었다.

"참고로 말해두자면 내가 갖고 싶은 건 후보가 몇 개 있기는 한데 지금 생각하는 중이야. 곧 발표하지. 걱정 마, 한 달이나 시간이 있으면 해결할 수 있을 만한 걸로 뽑아줄 생각이니까."

절대로 사양할 줄 모르는 사람이 바로 하루히다. 아마 카구야 공주가 구혼자들에게 했듯이 무리한 요구를 할 게 분명하다. 그것이 '야마타이국 키나이설(주39)을 뒷받침하는 물적 증거'나 '봉래섬에서 나온 불로불사의 묘약' 같은 절대 무리인 난제가 아니기를 간절히 기도하며 나는 억지를 부렸다.

"하지만 우리가 보물찾기에 소비한 만큼의 고생은 옵션으로 붙어 있을 거다."

말을 마치기 직전에 이래서는 역효과만 날 거라고 깨달았지만 이미 늦었다.

"물론."

하루히는 두 눈에서 플레이아데스성단을 통째로 밀어넣은 듯한 빛을 내뿜었다.

"그게 더 재미있지. 내가 원하는 걸 준다면 화성에라도 찾으러 갈 수 있어. 그치, 유키, 미쿠루? 너희도 그렇게 생각하지?"

아사히나 선배가 조심스럽게, 나가토가 책에 시선을 떨군 채 고

주39) 야마타이국 키나이설: 야마타이국은 3세기경 일본에 있던 여왕 히미코가 다스리던 나라라고 「위지왜인전」에 나와 있으며 그 위치는 키나이(교토를 중심으로 한 야마시로, 야마토, 카와치, 이즈미, 셋츠의 다섯 지방)와 큐슈 일대였다는 두 가지 설이 있으나 명확히 밝혀진 것은 없다.

개를 끄덕이는 모습을 바라보며 나는 어깨를 치켜올렸다. 마치 호흡을 맞추기라도 한 듯, 코이즈미와 완벽하게 일치하는 타이밍으로.

— 8권에 계속 —

작가 후기

미래의 자신이 뭘 하고 있는지는 빨리 알 수 없지만, 과거의 자신이 무슨 생각을 했는지도 종종 알 수 없어질 때가 있습니다.

모른다기보다 쉽게 말해 '그때 했던 생각을 까맣게 잊어먹은' 것일 뿐이긴 합니다만, 그렇기 때문에 잊지 않으려 메모를 했는데 그 메모가 의미하는 내용이 전혀 이해가 안 가는 적도 종종 있기도 하지요. 예를 들어—.

…이런 식의 후기를 쓰려고 옛날 메모장을 뒤적여봤는데 뭐라고 말을 해야 좋을지, 너무나도 의미를 알 수 없는 것들을 보고서 '이건 거의 잊었다는 차원의 문제가 아니라 옛날의 나는 어디선가 수수께끼의 전파를 수신해서 자동 필기로 쓴 게 틀림없어'라는 결론에 도달하지 않을 수 없었습니다.

도대체가 '백만 개의 붉은 생각 전설'이니 '파블로프 올챙이'라는 필기를 남겨봤자 그 의미를 추리하려는 생각을 하기도 전에 그저 당황스럽기만 할 뿐이죠.

분명히 그때 저는 '이 말만 기록해두면 나중에 다시 읽었을 때 바로 자세한 내용이 생각이 날 거야'라고 자신의 기억력에 자신만만

했겠지만, 지금의 제가 보면 생각이 안 나는 것 이전에 떠올릴 마음 자체도 도통 들지 않는 겁니다.

어차피 시시한 생각이었을 게 틀림없고, 만에 하나 아주 재미있는 생각이라면 과거의 자신에게 지는 것 같아 분합니다. 인정하고 싶지 않아요.

아무튼 앞으로 메모를 적을 때는 가능한 한 자세히 기록을 해야겠다는 교훈을 얻을 수 있었습니다. 쓰는 것까지는 좋은데 쓴 것 자체를 잊어버리는 경우도 많습니다만 그건 또 다른 교훈으로 삼기로 하고요….

그런데 이번 작품은 시리즈 중에서 가장 긴 이야기가 되고 말았습니다.

「소실」 이후로 작품 속에서 길게 이어졌던 겨울도 이번으로 끝나고 다음부터는 드디어 봄이 찾아올 예정입니다.

참고로 제가 제일 좋아하는 계절은 태평한 개구리와 바쁜 매미의 울음소리가 이중주로 들려오는 초여름이에요. 한동안은 안 춥겠구나 생각하면 그것만으로도 기뻐집니다. 밤중에 편의점에 가기도 쉽고요.

그건 그렇고, 다양한 분들이 지켜주신 덕분에 여기까지 올 수가 있었습니다.

글을 쓰는 입장에서 뒤를 돌아보면 1권부터 시작해 그야말로 순식간에 지나갔다는 사실에 놀라움 반, 초조감 반인 상태가 됩니다만 여러분들은 어떠셨습니까. 새삼 감사의 마음을 전하며 가능하면 다음에도 잘 부탁드리고 싶습니다.

　그럼 나중에 뵙도록 하죠.

타니가와 나가루

개정판 **스즈미야 하루히의 음모**

2022년 6월 8일 초판 1쇄 인쇄
2022년 6월 15일 초판 1쇄 발행

저자 · Nagaru Tanigawa
일러스트 · Noizi Ito
역자 · 이덕주
발행인 · 황민호
콘텐츠4사업본부장 · 박정훈
콘텐츠4사업본부장 · 김순란 강경양 한지은 김사라
마케팅 · 조안나 이유진 이나경
국제업무 · 이주은 김준혜
제작 · 심상운 최택순 성시원
한국판 디자인 · 디자인 우리
발행처 · 대원씨아이(주)

서울 특별시 용산구 한강로3가 40-456
편집부 : 02-2071-2104 FAX : 02-794-2105
영업부 : 02-2071-2061 FAX : 02-794-7771
1992년 5월 11일 등록 3-563호

http://www.dwci.co.kr/

원제 SUZUMIYA HARUHI NO INBO
© Nagaru Tanigawa, Noizi Ito 2005
First published in Japan in 2005 by KADOKAWA CORPORATION, Tokyo.
Korean translation rights arranged with KADOKAWA CORPORATION, Tokyo.

ISBN 979-11-6894-664-4
ISBN 979-11-6894-657-6 (세트)